DROEMER

Von Jørn Lier Horst sind sind bereits folgende Titel im Droemer Taschenbuch erschienen:
Winterfest
Jagdhunde
Blindgang

Über den Autor:
Jørn Lier Horst, geboren 1970, arbeitete lange in leitender Stellung bei der norwegischen Kriminalpolizei, bevor er Schriftsteller wurde. 2004 erschien sein Debüt; seither belegt er mit seiner Reihe um Kommissar William Wisting regelmäßig Platz 1 der norwegischen Bestsellerliste. Für seine Werke erhielt er zahlreiche renommierte Preise, zuletzt 2019 den Petrona Award für den besten skandinavischen Spannungsroman. Auch in Deutschland stehen seine Krimis regelmäßig auf der SPIEGEL-Bestsellerliste.

JØRN LIER HORST

EISIGE SCHATTEN

Kriminalroman

Aus dem Norwegischen von
Andreas Brunstermann

DROEMER

Die norwegische Originalausgabe erschien 2013 unter dem Titel
»Hulemannen« bei Gyldendal Norsk Forlag.

Eigenlizenz Januar 2022
Droemer Taschenbuch

Ein Imprint der Verlagsgruppe
Droemer Knaur GmbH & Co. KG, München

Redaktion: Maria Koettnitz
Covergestaltung: ZERO Werbeagentur, München
Coverabbildung: Collage unter Verwendung von
Motiven von shutterstock.com
Satz: Daniela Schulz, Gilching
Druck und Bindung: CPI books GmbH, Leck
ISBN 978-3-426-30853-0

2 4 5 3 1

1

Der Tote war völlig ausgetrocknet. Mit aufgeplatzten Lippen und schwarzgelben, entblößten Zähnen saß er zurückgelehnt im Sessel. Ein paar dünne, verstaubte Haarsträhnen hingen noch an seinem Schädel. Unter der Gesichtshaut schimmerten bleiche Knochen. Die Finger waren eingeschrumpft, schwarz und schrumpelig.

William Wisting blätterte durch die restlichen Aufnahmen, die der Kriminaltechniker gemacht hatte. Der Mann war verhältnismäßig klein, aber da sich das Gewebe zurückgezogen hatte und eingetrocknet war, wirkte sein Körper noch kleiner, als er zu Lebzeiten gewesen sein musste.

Die Mappe war mit *Viggo Hansen* überschrieben. Die Fotos waren aus verschiedenen Winkeln geschossen worden. Wisting betrachtete die Abbildungen der nahezu mumifizierten Leiche. Normalerweise ließ ihn der Inhalt solcher Fotomappen kalt. Er war mit dem Tod vertraut und hatte gelernt, sich von Sinneseindrücken zu distanzieren. Im Laufe von mehr als dreißig Jahren bei der Polizei hatte er so viele tote Körper gesehen, dass er nicht mehr wusste, wie viele es eigentlich gewesen waren. Doch das hier war anders. Nicht nur, weil er noch nie zuvor etwas Ähnliches gesehen, sondern weil er den Mann im Sessel gekannt hatte. Im Grunde genommen waren sie Nachbarn. Viggo Hansen hatte drei Häuser weiter unten an der Straße gewohnt und dann vier Monate tot in seinem Sessel gesessen, ohne dass Wisting oder einem anderen Nachbarn etwas aufgefallen war.

Wisting hielt bei einer Aufnahme inne, die das Wohnzimmer von der Küchentür aus zeigte. Der Mann saß mit dem Rücken zum Fotografen vor dem Fernseher. Das Gerät war eingeschaltet, so wie es die Polizeistreife vorgefunden hatte, als sie ins Haus eingedrungen war.

Das Zimmer war spärlich möbliert. Abgesehen vom Fernsehtisch und dem Sessel, in dem der Mann saß, sah Wisting einen länglichen Wohnzimmertisch, einen weiteren Sessel sowie ein Sofa mit Kissen und Decke. Auf der anderen Zimmerseite hingen graue Gardinen vor dem Fenster. Rechts neben dem Fernsehgerät befand sich eine Stehlampe mit Fransen und braunen Brandflecken am Schirm. An den Wänden hingen drei Bilder mit Landschaftsmotiven. Auf dem Tisch lagen eine Wochenzeitschrift und die Fernbedienung, daneben standen ein Glas und ein Teller mit undefinierbaren Essensresten. Ansonsten wirkte das Zimmer aufgeräumt.

Es gab keine Anzeichen eines Kampfs. Nichts deutete darauf hin, dass der einsame Mann in seinen letzten Stunden unwillkommenen Besuch erhalten hatte. Keinerlei Verdachtsmomente, die Rückschlüsse auf eine kriminelle Handlung zuließen. Gleichwohl erforderten die Umstände eine polizeiliche Untersuchung des Todesfalls, und Espen Mortensen hatte einen gründlichen, wenngleich von Routine geprägten Job ausgeführt.

Das nächste Bild war eine Nahaufnahme der Wochenzeitschrift auf dem Wohnzimmertisch. Sie zeigte die Programmübersicht für Donnerstag, den 11. August.

Wisting hob den Blick und schaute durch das Bürofenster auf den Schnee, der feucht und schwer vom Himmel fiel. Der Kalender zeigte Freitag, den 9. Dezember. Wenn nicht die unbezahlte Stromrechnung gewesen wäre, hätte Viggo Hansen womöglich noch länger tot in seinem Haus gelegen. Der Stromlieferant hatte mehrere Mahnungen geschickt und mit einer Unterbrechung der Stromzufuhr gedroht. Schließlich hatten sie einen Außendienstmitarbeiter zu der Adresse geschickt. Nur zufällig hatte dieser durch einen Gardinenschlitz ins Wohnzimmer geblickt und Viggo Hansen in seinem Sessel entdeckt.

In der Programmübersicht waren die Sendungen, die Viggo Hansen sich anscheinend hatte ansehen wollen, mit Haken dahinter sowie Kreisen um die Uhrzeit versehen. Eine der Sendungen lief bei Discovery Channel und hieß *Archive des* FBI. Wisting kannte die Serie, bei der einige der größten Fälle des amerikanischen Ermittlungsdienstes rekonstruiert wurden.

Wisting blätterte weiter. Das nächste Bild zeigte das Gesicht des Toten. Es war dunkel und angeschwollen; wo sich die Haut abgelöst hatte, waren Risse entstanden. Die Zähne mitsamt den hintersten Kronen waren deutlich erkennbar. Die Reste der Zunge lagen als blauschwarzer Klumpen im Mund. Die Augenhöhlen waren groß und leer, der Tote schien starr vor sich hin zu blicken.

Wisting legte die Fotos zurück in die Mappe, stand auf und trat ans Fenster. Die Dämmerung hatte eingesetzt. Eine blaugraue Winterdämmerung. Er hätte nach Hause fahren sollen, aber eigentlich gab es nichts, wohin er hätte zurückkehren können, mit Ausnahme des Fernsehers.

Unten im Hinterhof rollte einer der Streifenwagen aus der Garage heraus. Die Reifen drehten kurz durch, bevor sie schließlich Halt im Schnee fanden. Das Blaulicht fiel auf die Schneeflocken und wurde in Form winziger Funken zurückgeworfen.

Langsam ging Wisting zurück zu seinem Schreibtisch und starrte auf die dünne Akte. Viggo Hansen hatte keine Familie, keine Freunde oder sonstige Angehörige. Er hatte sein Leben genauso einsam beendet, wie er es gelebt hatte.

Wisting wollte die Akte gerade auf einen Stapel legen, der ins Archiv wandern sollte, doch irgendetwas hielt ihn zurück. Er wusste nicht, was. Weder Erfahrung noch Intuition sagten etwas anderes, als dass dieser Fall abgeschlossen war. Die wichtigste Aufgabe der Ermittlungen hatte in der Identifizierung des Toten bestanden. Es gab keine Familienmitglieder, mit denen sein DNA-Profil hätte abgeglichen werden können, doch die Referenzproben von einer Zahnbürste sowie einem Kamm in der hinteren Tasche einer über einen Stuhl geworfenen Hose im Schlafzimmer stimmten überein. Die Analyse der untersuchten Proben zeigte eindeutig, dass der tote Mann identisch mit dem Bewohner des Hauses war: Viggo Hansen, einundsechzig Jahre alt.

Der Rechtsmediziner war erstaunt darüber, wie gut die Leiche erhalten war. Eine Kombination aus geringer Luftfeuchtigkeit, niedriger Temperatur und einem nahezu luftdichten Raum, in dem alle Türen, Fenster und sonstigen Luftkanäle geschlossen waren, hatte dazu geführt, dass Viggo Hansen langsam, aber sicher zu einer Mumie vertrocknet war, anstatt zu verfaulen und sich aufzulösen. Ungeachtet dessen war es unmöglich gewesen, die Todesursache zu bestimmen. Auf dem Totenschein stand lediglich *mors subita.* Plötzlich eingetretener Tod.

Der Computer gab ein Signal von sich, und ein rotes Rechteck erschien auf dem Bildschirm. Eine Eilmeldung der Einsatzzentrale. Wisting spähte auf den Schirm. Vier Wörter: Leichenfund beim Bauernhof Halle.

Er legte den Hansen-Fall auf den für das Archiv bestimmten Stapel und öffnete die Nachricht.

2

In den Redaktionsräumen war es still. Der feuchte Schnee haftete an den Scheiben und dämpfte die Geräusche von draußen. Die Bürolandschaft war bereits weihnachtlich geschmückt. Die Fernsehbildschirme, auf denen sich stumme Szenen der internationalen Nachrichtenkanäle abzeichneten, waren mit silbernen Girlanden und roten Weihnachtskugeln verziert. Das VG-Logo hatte ein paar weiße Engel hinzubekommen, und an vielen der Trennwände zwischen den einzelnen Arbeitsplätzen blinkten bunte Lichter.

Der Leiter der Nachrichtenabteilung hieß Knut A. Sandersen. Sein Büro war mit gläsernen Wänden vom Rest der Redaktion abgetrennt. Line beobachtete, wie er sein Handy zwischen Schulter und Ohr einklemmte, während er an der Tastatur arbeitete. Er hätte schon längst nach Hause gehen müssen. Vor zweieinhalb Monaten war er erneut Vater geworden. Jetzt war es schon fast sieben, und er hatte bereits drei Überstunden hinter sich.

Sandersen beendete das Gespräch, trank einen Schluck Kaffee und legte den Kopf zurück. Direkt über ihm hatte irgendjemand einen Mistelzweig an die Leuchtarmaturen gehängt.

Line stand auf, um zu ihm zu gehen und ihm ihren Vorschlag zu unterbreiten. Doch in Sandersens Glaskasten hatte das Telefon erneut zu klingeln begonnen. Line nahm ihre Kaffeetasse in die Hand und dachte an Weihnachten, während sie darauf wartete, dass der Abteilungsleiter sein Telefonat beendete. Sie fragte sich, wie sie Weihnachten feiern sollte. Zwar hatte sie noch nicht mit ihrem Vater gesprochen, ging aber davon aus, dass sie beide zusammen mit dem Großvater zu Hause in Stavern feiern würden. Vielleicht könnte Thomas ja auch kommen. Sie waren Zwillinge, und er arbeitete als Hubschrauberpilot in der 330er-Schwadron. Als ihre Mutter noch lebte, hatte er niemals über Weihnachten freibekommen. Der Gedanke rief unvermittelt ein Gefühl des Verlusts in ihr wach. Die Mutter war jetzt seit fünfeinhalb Jahren tot. Zu Beginn war die vergebliche Sehnsucht nur schwer zu ertragen gewesen. Es hatte Tage gegeben, an denen Line morgens nicht aufstehen konnte; inmitten einer Besprechung war sie plötzlich in Tränen ausgebrochen, und ständig hatte sie sich Sorgen darüber gemacht, wie wohl ihr Vater sein Leben allein bewältigen würde. Inzwischen war das Verlustgefühl milder geworden, weniger verzweifelt; gleichwohl wusste Line, dass sie nicht zufällig so viel arbeitete. Sie war ein wenig abhängig davon geworden, die Konzentration und Spannung zu spüren, wenn sie sich mitten in einer Story befand.

Der Nachrichtenchef beendete sein Gespräch, bekam aber einen weiteren Anruf, bevor Line aufstehen konnte. Sandersens Haar hatte im Laufe der Jahre, die seit Lines erstem Vertretungsjob bei der Zeitung vergangen waren, ein paar weitere graue Strähnen bekommen. Mittlerweile war Line fest angestellt und gehörte zur Kriminalabteilung. Die Sache, die sie Sandersen vorschlagen wollte, lag zwar außerhalb ihres Bereichs, aber es gab in der Redaktion gewöhnlich genügend Kapazität, um Line ein paar Tage für das Wochenendmagazin arbeiten zu lassen, und dafür hatte sie nun eine Idee.

Sandersen erhob sich und prostete dem Mistelzweig zu. Line vermutete, dass er ihn selbst dort aufgehängt hatte. Auf dem Weg zum Kaffeeautomaten sprach er in sein Telefon, hatte das Gespräch aber beendet, als er mit einer Handvoll Pfefferkuchen und einem gefüllten Becher zurückkam. Er setzte sich an seinen Schreibtisch, lehnte sich zurück und blieb eine Weile so sitzen.

Line war klar, dass sie schnell sein musste. Mit drei Sätzen musste sie ihren Reportagevorschlag an den Mann bringen. Sie stand auf, nahm ihre Kaffeetasse mit, wie um das Gespräch ein wenig informeller erscheinen zu lassen, und ging in sein Büro. Sandersen ließ den Blick über den Mistelzweig schweifen, bevor er Line fokussierte.

»Ich möchte über Viggo Hansen schreiben«, sagte sie.

Sandersen begann, seinen überfüllten Schreibtisch aufzuräumen.

»Nie von ihm gehört«, erwiderte er, während er lose Blätter zu Stapeln ordnete. »Was hat er gemacht?«

»Er ist tot.«

»Ermordet?«

Line schüttelte den Kopf.

»Er saß vier Monate tot vor dem Fernseher, bevor ihn jemand gefunden hat.«

»Ziemlich tot also.«

»Ich will darüber schreiben, wie so was geschehen kann«, erklärte Line. »Wie du so einsam und von allen vergessen sein kannst, dass es vier Monate dauert, bevor jemand zufällig herausfindet, dass du tot bist.«

Sandersen öffnete den Mund, um etwas zu sagen, doch Line kam ihm zuvor.

»Ich glaube, das könnte eine tolle Sache werden, wenn das an einem der Weihnachtstage erscheint«, sagte sie und nahm einen Schluck Kaffee. »Wir sind von der UN gerade zu dem Land gekürt worden, in dem es sich am besten lebt. Aber wenn man das Glücksempfinden der Einwohner untersucht, landet Norwegen auf Platz 112. Es gab da irgendein Land im Stillen Ozean, was ganz oben auf der Liste steht. Eine kleine Insel, wo die Menschen Zeit füreinander haben und sich umeinander kümmern.«

Line bemerkte, dass Sandersen die Idee gefiel. Ihr Vorschlag würde gut in die Themenvielfalt passen. Als Gegengewicht zu Festtagslaune, Schlankheitskuren und zum Umtausch von Weihnachtsgeschenken. Trotzdem wirkte ihr Chef ein wenig zurückhaltend.

»Wir müssen ja auch mal über was anderes als das Wetter schreiben«, fügte sie hinzu und deutete mit einem Kopfnicken auf die Titelseite der aktuellen Ausgabe: *Jetzt kommt die sibirische Kälte.*

Nach einer Weile begriff Line, dass Sandersens Sorgenfalten nicht ihrem Vorschlag galten, sondern etwas anderem.

In der Etage über ihnen saßen fünfundzwanzig Leute, die am Wochenendmagazin arbeiteten, genügend Kollegen, um die Beilage zu füllen. Sandersen hingegen hatte nicht genügend Journalisten, um noch eine abgeben zu können. Im Gegenteil, es fehlte ein Kopf für die Nachrichten.

»Ich brauche drei oder vier Tage«, sagte Line, obwohl sie wusste, dass sie wahrscheinlich mehr benötigte. »Seine Beerdigung ist am Dienstag.«

Sandersen nahm einen Kugelschreiber und schob ihn zwischen seine Lippen.

»Was hat er gesehen?«

»Wovon redest du?«

»Welches Fernsehprogramm hat er gesehen, als er gestorben ist?«

»Keine Ahnung«, sagte Line und trank einen Schluck Kaffee. »Aber das kannst du dann in der Zeitung lesen.«

Sandersen nickte.

»Abgemacht«, sagte er und warf einen Blick auf die nach oben führende Treppe. »Ich biete ihnen die Sache an und sage ihnen, dass sie dich drei Tage ausleihen können.«

»Drei Tage«, bestätigte Line, bevor sie sich hinunterbeugte und ihn auf die Stirn küsste.

3

Ein entgegenkommender Schneepflug wirbelte eine weiße Wolke auf, die sich fast vollständig auf die Frontscheibe legte. Wisting verlangsamte das Tempo, bis er die Fahrbahn wieder erkennen konnte.

Ein Streifenwagen und ein Polizist mit Schnee auf dem Mützenschirm standen am Rand des Wegs, der Wisting zu dem Bauernhof führen sollte, von dem der Anruf gekommen war. *Weihnachtsbäume selber schlagen* stand mit großen roten Buchstaben auf einem Schild.

Wisting nickte dem Streifenpolizisten zu und bog in den Seitenweg ein. In einiger Entfernung sah er die Lichter von Fahrzeugen sowie ein paar Menschen, die geschäftig über einen offenen Platz liefen.

Die Leiche war auf einem Feld mit Edeltannen gefunden worden. Die erste am Tatort eingetroffene Polizeistreife hatte durchgegeben, die gefundene Person habe dort offenbar schon lange gelegen. Wisting wusste, was das bedeutete. Wie wenig blieb doch von einem menschlichen Körper übrig, dem Zeit und Natur zugesetzt hatten.

Wisting parkte den Wagen, stieg aus und merkte sogleich, wie dünn er angezogen war.

Zwei uniformierte Polizisten standen am Eingang der Schonung. Ein Schild verriet, dass eine Edeltanne 380 Kronen kostete, wohingegen für einen gewöhnlichen norwegischen Weihnachtsbaum 220 Kronen verlangt wurden.

»Wissen wir schon mehr?«, fragte Wisting.

Der ältere der beiden Streifenbeamten verlagerte das Gewicht von einem Fuß auf den anderen und wieder zurück.

»Nein«, sagte er und bedachte seine Hände mit einem Stoß warmer Atemluft, die sogleich verdampfte. »Mortensen ist da drinnen beschäftigt«, fügte er mit einem Kopfnicken in Richtung Schonung hinzu. »Aber ich glaub nicht, dass es da viel zu holen gibt. Nach Klamotten und Stiefeln zu urteilen, ist es wohl ein Mann, aber ganz sicher kann man da ja nie sein.«

Wisting schaute hinüber zu den schnurgeraden Reihen mit Weihnachtsbäumen. Fünfzig Meter weiter war ein Scheinwerfer aufgebaut; der Kriminaltechniker beugte sich über etwas Undefinierbares.

»Wer hat ihn gefunden?«, fragte Wisting.

»Ein achtjähriger Junge, der hier mit seinem Vater einen Baum schlagen wollte. Die Leiche liegt unterhalb der Zweige, ganz nahe am Stamm, als wäre sie da so dicht wie möglich drangeschoben worden.«

Der zweite Streifenpolizist meldete sich zu Wort:

»Die haben da den Schnee weggetreten, um die Axt anzusetzen. Sie wussten erst gar nicht, was das war.«

Wisting nickte und konnte schon die Schlagzeile vor seinem geistigen Auge sehen: *Junge (8) fand toten Mann unter Weihnachtsbaum.*

»Wo sind die jetzt?«, fragte er. »Der Junge und sein Vater?«

»Wir haben sie nach Hause geschickt.«

Wisting bedankte sich und betrat die Schonung. Unter seinen Schuhsohlen knirschte der Schnee.

Mortensen richtete sich auf und begrüßte ihn mit einem Nicken. Feuchte Schneeflocken hingen in seinem Haar.

Wisting betrachtete die Leiche aus einem Meter Abstand. Er musste in die Hocke gehen, um unter die Fichtenzweige spähen zu können. Ein gekrümmter Rücken mit einem verfärbten und steif gefrorenen Blazer, eine helle Hose und ein Paar braune Lederschuhe mit Schnürsenkeln und flacher

Sohle. Am Hinterkopf saßen noch ein paar Haarreste. Im Nacken gab es Spuren von Vögeln und kleinen Nagern, die sich an der Leiche gütlich getan hatten.

»Was glaubst du?«, fragte Wisting und erhob sich wieder.

Espen Mortensen zuckte mit den Schultern.

»Wir lassen ihn da rausholen und in die Rechtsmedizin bringen. Dann errichten wir ein Zelt, überdachen den Fundort und räumen den Schnee beiseite. Da liegt vielleicht noch mehr.«

»Volles Paket?«, kommentierte Wisting. »Du glaubst nicht, dass es sich um einen natürlichen Tod handeln kann?«

Mortensen schüttelte den Kopf.

»Wenn wir hier weit vom Schuss wären, würde es vielleicht so aussehen, als hätte er sich da hingelegt, um Schutz zu suchen. Aber die Stelle hier liegt fünfzig Meter neben dem Hofweg, und es sind knapp hundert Meter bis zum nächsten Gebäude.«

Wisting ging abermals in die Hocke. Mortensen hatte recht. Und ebenso wenig konnte es sich um einen Unfall gehandelt haben. Selbstmord war eine Möglichkeit. Vielleicht würden sie ja unter den Zweigen neben der Leiche ein Pillengläschen finden. Das würde die Sache vereinfachen, aber irgendetwas sagte ihm, dass es nicht so kommen würde.

»Was glaubst du? Wie lange hat er da gelegen?«

»Seit dem Sommer.«

Wisting war erstaunt und wartete auf eine weiterführende Erklärung.

»Die Klamotten«, sagte Mortensen. »Es sind Sommersachen.«

Wisting erhob sich wieder und trat einen Schritt zurück.

»Wir haben niemanden auf der Liste stehen«, sagte er. »Keinerlei vermisste Personen.«

4

Line dachte an Viggo Hansen. Sie war nur drei Häuser von ihm entfernt aufgewachsen und konnte sich gut an ihn erinnern. Eigentlich hatte ihn immer irgendetwas Seltsames umgeben. Alle Kinder hatten Angst vor ihm gehabt, ohne dass es dafür einen speziellen Grund gab. Nur selten hatten sie ihn tagüber gesehen, aber dafür war er oft in der Nacht unterwegs gewesen. Sie konnte sich noch gut erinnern, dass ihre Mutter, wenn Line manchmal ankündigte, dass es abends später werden würde, sie immer ermahnt hatte, nach Hause zu kommen, bevor Viggo Hansen ausging. Manchmal hatten sie und Thomas am Fenster gestanden und beobachtet, wie er kurz nach Mitternacht auftauchte. Krumm gebeugt und in einen schwarzen Mantel gehüllt, der ihm etwas zu groß gewesen war, hatte er sich stets auf der unbeleuchteten Straßenseite bewegt.

Gerüchte besagten, seine Mutter habe im Irrenhaus gesessen, und sein Vater sei im Gefängnis gewesen, aber Line wusste nicht, ob es nur Gerede war oder ob etwas Wahres dahintersteckte.

Jetzt freute sie sich, mit der Arbeit zu beginnen. Noch bevor sie die Zusage von Sandersen erhielt, hatte sie eine mit Viggo Hansen bezeichnete Datei auf ihrem Computer gespeichert. An einem Feature zu arbeiten, war ein völlig anderer journalistischer Prozess als der, den sie für gewöhnlich durchlief. Dies galt sowohl für die Arbeit mit der Idee an sich als auch für die Recherche und Analyse des Stoffs sowie dessen Weitervermittlung. Es war eine ganz eigene Art und Weise, sich der Wirklichkeit zu nähern.

Bei gewöhnlichem Nachrichtenstoff schrieb sie sehr direkt. Ihre Sprache war dann einfach und funktional. Doch in einer Feature-Reportage war das ganz anders. Line hatte viel mehr Spielraum für Experimente, und wenngleich ihre Worte keine Poesie formten, konnte sie doch dasitzen und stundenlang an einzelnen Sätzen feilen. Und manchmal brauchte sie sehr viel Zeit für die Struktur einer Story. Stets versuchte sie, den Artikel erzählend zu beginnen und den Menschen, über die sie schrieb, Form und Profil zu verleihen. Die Feature-Storys waren eine Textsorte, die es ihr erlaubte, in die Tiefe zu gehen und der Geschichte einen eigenen Stempel aufzudrücken. Gleichzeitig war es faszinierend, wie durch Einzelschicksale, Situationsbeschreibungen und aussagekräftige Details, denen so etwas wie eine eigene Kraft innewohnte, wichtige gesellschaftliche Themen gespiegelt wurden; so konnten größere Geschichten erzählt werden.

Außerdem hatte Line das Gefühl, dass die Arbeiten, die sie für die Redaktion des Magazins ausführte, eher wertgeschätzt wurden – sowohl von den Lesern als auch von Lines Chefs. Manchmal lobten Sandersen oder die Nachrichtenredakteure Line für Beiträge, aber dieses Lob konnte sich nie mit den begeisterten Rückmeldungen der Redakteure des Wochenendmagazins messen. Oft waren diese mit Smileys oder mehreren Ausrufezeichen geschmückt. Und bis jetzt hatte Line auch nur solche Features geschrieben, die mit einer Reihe von Leserbriefen belohnt worden waren. Häufig kamen diese per E-Mail, aber es gab auch handgeschriebene Briefe, mit Briefmarke, an VG adressiert und mit ihrem Namen versehen. Sie hatte alle aufgehoben.

Schon früher hatte Line ein paar Porträt-Interviews verfasst. Es gefiel ihr, und gern versuchte sie, die Ansichten und Haltungen anderer Menschen zu verstehen und zu vermitteln. Bisher hatte es sich dabei zwar immer um Lebende gehandelt, aber im Prinzip war es das Gleiche. Es ging darum, herauszufinden, wer dieser Mensch, dem sie da begegnete, eigentlich war.

Bis jetzt war die Akte Viggo Hansen noch nicht allzu dick. Es gab einen Ausschnitt aus der heimischen Zeitung, die über die Sache berichtet hatte. Doch der tote Mann hatte keine größeren Reaktionen hervorgerufen. Keinerlei Leserkommentar mit Kritik am Gesundheitswesen oder der Versorgung älterer Menschen. Weder Nachrichtenagenturen noch eine der großen Zeitungen hatten die Sache aufgegriffen.

Line kannte den Journalisten, der den kurzen Bericht in der Lokalzeitung geschrieben hatte: Garm Søbakken. Sie hatten einmal zusammengearbeitet, als Line als Vertretung eingesprungen war. Wenn Garm die Einzelheiten der Geschichte gekannt hätte, wäre die Sache wohl von anderen Medien aufgegriffen worden. Doch in der kurzen Notiz stand nur, dass der Mann allein gewohnt und längere Zeit tot in seiner Wohnung gelegen hatte, bevor man ihn fand. Es schien, als sei Garm am meisten daran interessiert gewesen, dass die Polizei keinerlei Verdacht auf eine kriminelle Handlung hegte. Er hatte erläutert, dass routinemäßig Untersuchungen eingeleitet wurden, wenn jemand unverhofft gestorben und die Todesursache nicht geklärt werden konnte.

In derselben Ausgabe hatte Garm außerdem über die schwierige Wohnungssituation für die Studenten in der Stadt berichtet sowie erneut ein Gewaltverbrechen erwähnt, über das er zuvor bereits geschrieben hatte. Mit anderen Worten: Er hatte also offenbar viel zu tun gehabt.

Lines Interesse war zunächst dadurch geweckt worden, dass Viggo Hansen in der Nachbarschaft gelebt hatte. Wenn sie zur Schule gegangen oder auf dem Heimweg gewesen war, hatte sie seinen Namen auf dem Briefkasten gelesen, aus seinem Garten hatte sie Äpfel geklaut und manchmal an seiner Haustür Lose für die Handballmannschaft verkauft, aber nur vage konnte sie sich erinnern, wie er eigentlich ausgesehen hatte. Ein nicht besonders großer Mann mit struppigem Haar und kräftigem Unterkiefer.

Lines Vater hatte ihr bei einem Telefonat nebenbei erzählt, dass Hansen gestorben war. Line hatte dann die Fragen gestellt, für die sich die Kollegen in der Lokalzeitung nicht interessierten, und dadurch Einzelheiten erfahren, die den Todesfall zu einer guten Story machen konnten. Sie wusste zum Beispiel, dass Viggo Hansen seit dem Sommer tot in einem Sessel vor dem Fernseher gesessen hatte. Dass das TV-Gerät noch immer lief, als sich die Polizeistreife Zugang verschafft hatte, war ein Punkt, den sie gut in der Einleitung verwenden konnte.

Von ihrem Vater hatte Line auch erfahren, warum der Todesfall nicht früher entdeckt worden war. Viggo Hansen hatte isoliert gelebt, ohne Familie, Arbeitskollegen oder Freunde. Ein Zeitungsabo gab es nicht, und er bekam so gut wie nie Post. Sein Bankkonto wies regelmäßige Bewegungen auf; die Pension kam herein, und die meisten Rechnungen wurden per Dauerauftrag beglichen. Er war ein Mensch gewesen, der für seine Umgebung nicht existierte. Ein Mensch, der kaum gesehen wurde, obwohl er inmitten der Nachbarschaft lebte.

Line wurde klar, dass sie nicht nur über die äußeren Umstände berichten sollte, über Einsamkeit und ein Leben in Isolation, sondern dass sie eine Geschichte schreiben musste, die erzählte, wer dieser Viggo Hansen eigentlich gewesen war. Zwar hatte ihn niemand gekannt, aber nun würden die Leser nachträglich Bekanntschaft mit ihm schließen können.

Der Beginn einer solchen Geschichte glich dem Blick durch ein Schlüsselloch, dachte sie. Zuerst sah man nur den Teil des Raums, den das Schlüsselloch freigab, doch Line wusste, dass der Raum unendlich viel mehr enthielt.

Während sie an der Sache arbeitete, würde sie wohl am besten zu Hause bei ihrem Vater wohnen. Sie musste ja auch unbedingt noch mehr Informationen aus ihm herauskitzeln. Viggo Hansen war zwar acht Jahre älter als ihr Vater gewesen, aber vielleicht wusste Wisting ja von jemandem, der ihn gekannt hatte. Außerdem würde er mit Sicherheit sagen können, ob es stimmte, dass Hansens Mutter in der Psychiatrie und sein Vater im Gefängnis gewesen waren.

Line öffnete ein neues Dokument und wählte einen vorformatierten Brief mit VG-Logo. Wenn sie etwas erreichen wollte, würde sie auch formelle Informationen von der Polizei benötigen. Als Überschrift wählte sie: *Ersuchen um Einblick in Dokumente aus Strafsache.* Schon früher hatte sie ähnliche Briefe geschrieben und einen der Abteilungsleiter dazu bringen können, sie zu unterschreiben. Sie blickte auf die Textzeile und löschte das Wort Strafsache. Im Vergleich zu ihren üblichen Artikeln war das hier etwas anderes. Hier ging es nicht um Kriminaljournalismus.

Sie erläuterte ihre Idee und führte an, die Zeitung wolle eine Reportage bringen, um den ständig größer werdenden Mangel an Gemeinschaftssinn und Mitmenschlichkeit in der Gesellschaft sichtbar zu machen. Am Ende des Briefs bat sie um die Erlaubnis, das Haus von Viggo Hansen betreten zu dürfen. Aller Wahrscheinlichkeit nach würde die Polizei sie an die Kommune verweisen, die in solchen Fällen für die Verwaltung der Hinterlassenschaft zuständig war, doch sicher war es einfacher, eine Erlaubnis von dort zu bekommen, wenn die Polizei schon ihren Segen gegeben hatte.

Als sie fertig war, lehnte Line sich zurück, verschränkte die Arme hinter dem Kopf und schaute aus dem Fenster. Es schneite stark; nachdem sie in die Redaktion gekommen war, musste mindestens ein halber Meter Schnee gefallen sein. Bestimmt hatte Sandersen schon einen der Nachrichtenredakteure auserkoren, um eine Story über das Schneechaos zu schreiben.

Line beugte sich wieder vor und nahm den Telefonhörer ab. Sie wählte die Nummer ihres Vaters, um ihm mitzuteilen, dass sie ein paar Tage bei ihm wohnen wolle. Niemand antwortete. Sie sah auf die Uhr. Es war Viertel nach neun. Wahrscheinlich war er auf dem Sofa eingeschlafen.

5

Wisting stand am Fenster des Besprechungsraums in der ersten Etage des Polizeipräsidiums und blickte hinunter. Die Laternen warfen blasse Lichtkreise auf die Straßen. In Schnee eingepackt wirkte die Stadt auf einmal viel behaglicher.

Nils Hammer kam als Erster. Ohne etwas zu sagen, setzte er sich an seinen festen Platz an der Ecke des langen Tischs, nahm sich einen Plastikbecher und streckte seine grobe Hand nach der Kaffeekanne aus. Hammer war ein furchtloser Ermittler. Man konnte ihm trauen, er war ehrlich und arbeitsam, stoisch und bescheiden. Manchmal konnte er heftige Diskussionen am Mittagstisch auslösen. Er war definitiv der am wenigsten politisch korrekte Beamte im Präsidium, und Wisting verdächtigte Hammer, ein gewisses Vergnügen daran zu finden, seine Kollegen zu reizen.

Fast gleichzeitig betraten die anderen den Besprechungsraum: Torunn Borg, Christine Thiis und Benjamin Fjeld. Mehr Leute waren es nicht.

Erst vor wenigen Jahren noch konnten ernsthafte Angelegenheiten wie Mord, Raubüberfall, Körperverletzung oder ein Leichenfund problemlos mehr als zehn Ermittler in einem Team zusammenbringen. Heutzutage war es schwierig, auch nur eine Handvoll von ihnen um einen Konferenztisch zu versammeln.

Benjamin Fjeld, der jüngste und am wenigsten erfahrene Kollege, war blond, blauäugig und trug sein Haar kurzgeschnitten. Er besaß noch immer den durchtrainierten Körper eines neu ausgebildeten Polizisten. Schon früher hatte er in der Abteilung hospitiert, war aber inzwischen fest angestellter Ermittler. Fjeld, engagiert und gebildet, bewältigte ein großes Arbeitsvolumen und hatte ein gutes Auge für Details.

Torunn Borg war genauso lange Ermittlerin wie Wisting selbst. Von allen war sie diejenige, die am stärksten methodisch vorging. Außerdem konnte sie logisch und systematisch denken und eine ganze Folge von Fakten präzise im Auge behalten. So erkannte sie Zusammenhänge und Verbindungen, die für den Ausgang eines Falls oft entscheidend waren.

Christine Thiis war Juristin und erst ein gutes Jahr im Präsidium tätig, aber Wisting hatte sie als reflektierten Menschen mit gutem Einschätzungsvermögen kennengelernt. Vielleicht hatte sie sogar mehr Ahnung von Psychologie und Menschenkenntnis als von Ermittlungstaktik, was sie umso mehr zur tüchtigen Polizeijuristin machte.

Wisting setzte sich ans Ende des Tisches und legte einen leeren Notizblock vor sich hin.

»Schön, dass ihr so spät noch kommen konntet«, sagte er. »Noch wissen wir nicht, worum es eigentlich geht, aber nichtsdestotrotz ist es wichtig, mit der Arbeit zu beginnen.«

»Was wissen wir denn überhaupt?«, fragte Hammer und biss in den Rand seines Plastikbechers.

Wisting breitete eine Landkarte aus und beugte sich über den Tisch, um den anderen den Fundort der Leiche zu zeigen. Sein Finger folgte der Linie vom Brunlanesveien hinaus nach Helgeroa. Am Hellevannet fand er die richtige Abzweigung und eine hellgrün schraffierte Gegend. Er zog einen Kugelschreiber hervor und versah den Fundort mit einem Kreuz.

»Von den Schuhen und der Bekleidung her kann man wohl davon ausgehen, dass es sich um einen Mann handelt«, sagte er und setzte sich wieder. »Und dass er da seit dem Sommer gelegen hat.«

»Und es gibt keine Vermisstenmeldungen, auf die diese Parameter zutreffen können?«, wollte Christine Thiis bestätigt haben.

Wisting nickte zustimmend.

»Im Sommer kommen ungefähr vierzigtausend Touristen in diese Gegend«, erinnerte Hammer. »Vielleicht sollten wir die Suche in den Registern etwas ausweiten?!«

»Schon veranlasst«, erwiderte Torunn Borg und zog einen Ausdruck aus dem Papierstapel vor sich. »Sehr viel klüger wird man daraus nicht. Zwei deutsche Touristen sind Mitte Juli bei einer Angeltour in Westnorwegen verschwunden, nur einer von ihnen wurde gefunden, und ein niederländischer Wanderer wird immer noch auf der Hardangervidda vermisst.«

Wisting sah auf die Uhr.

»Mortensen wird vom Fundort bald hierherkommen«, sagte er und notierte ID auf dem Notizblock. Identität. Das war das Wichtigste, um die Arbeit fortsetzen zu können. »Vielleicht erfahren wir ja dann etwas mehr.«

»Wie geht's denn dem Jungen, der ihn gefunden hat?«, wollte Christine Thiis wissen.

»Sein Vater weiß sich wohl zu helfen«, erwiderte Wisting. »Lehrer an irgendeiner Hochschule oder so etwas. Er wollte zumindest keine professionelle Hilfe. Wollen wir mal hoffen, dass es gutgeht.«

»Hat die Presse schon Wind bekommen?«, fragte Hammer.

Christine Thiis nickte. Sie war für die rechtliche Verfolgung von Straftaten verantwortlich, und alle Anfragen der Medien landeten zunächst auf ihrem Tisch.

»Solange wir gar nicht wissen, ob es sich überhaupt um

einen Fall handelt, warten sie erst mal ab«, erläuterte sie. »Einige Details könnten ja auch auf Selbstmord hindeuten.«

Hammer teilte ihre Ansicht.

»Das erleben wir doch nicht zum ersten Mal. Jemand nimmt ein Pillengläschen mit und geht in den Wald.«

Die anderen nickten.

»Außerdem wäre es ein seltsamer Ort, um eine Leiche zu verstecken«, warf Benjamin Fjeld ein und zog die Landkarte zu sich heran. Der Abstand von dem Kreuz, das Wisting eingezeichnet hatte, hinüber zu den den Hofgebäuden betrug kaum mehr als hundert Meter.

»Er war auf keine besondere Weise versteckt und wäre früher oder später sowieso gefunden worden.«

»Wer wohnt denn da auf dem Bauernhof?«, fragte Christine Thiis.

Wisting warf einen Blick auf seine Notizen.

»Per und Supattra Halle.«

»Supattra?«

»Seine Frau kommt aus Thailand. Sie ist diejenige, die sich um die Weihnachtsbäume kümmert.«

Hammer verdrehte die Augen, sagte aber nichts weiter.

»Die Streifenpatrouille hat mit ihnen gesprochen, aber offensichtlich hatten sie nicht viel beizutragen«, erklärte Wisting. »Sie kommen morgen hierher, um eine offizielle Erklärung abzugeben. Aber es gab keine besonderen Ereignisse aus dem letzten Sommer, die sie mit dem Leichenfund in Verbindung bringen konnten.«

»Wie sieht es mit der Obduktion aus?«

»Morgen Vormittag. Wenn wir Glück haben, funktioniert das neue Videosystem, und wir können der Sache von hier aus folgen.«

Hammer streckte sich nach der Kaffeekanne und füllte seinen Becher erneut auf.

»Es ist komisch, dass wir ihn nicht auf der Vermisstenliste haben«, sagte er. »Wenn er da schon seit dem Sommer liegt, müsste ihn doch irgendwer vermissen?«

Wisting nahm sich eine Tasse, ohne Hammers Worte zu kommentieren. Schon früher hatte er ähnliche Geschichten erlebt. Es gab Menschen, die für alle anderen unsichtbar waren. Das Merkwürdige war nur, wenn ihnen dann trotzdem jemand nach dem Leben trachtete.

6

Das Handy lag noch im Büro. Wisting entdeckte einen verpassten Anruf von Line und zwei von Espen Mortensen. Der junge Kriminaltechniker hatte ihm auch eine SMS geschickt und mitgeteilt, dass die Leiche weggebracht worden sei. Und dass er bei dem Verstorbenen etwas gefunden habe. Noch vor zehn würde er ins Präsidium kommen. Bis dahin war es noch eine halbe Stunde.

Wisting reizte es, ihn anzurufen und zu fragen, worum es sich handelte. Vielleicht hatten sie ja ein Pillengläschen gefunden, als der tote Körper aufgehoben worden war, oder womöglich war eine Geldbörse mit Identitätsnachweis aufgetaucht.

Line konnte er auch später noch anrufen. Für gewöhnlich meldete sie sich, wenn in der Zeitungsredaktion nichts los war, und fragte dann, wie es ihm ging und woran er gerade arbeitete. Am liebsten wollte er erst einmal allen Erklärungen aus dem Weg gehen. Der Leichenfund war in den Medien noch nicht erwähnt worden, was ihm nur recht war. Ohnehin konnten sie vorerst keine Antworten geben.

Wisting gähnte. Das Schneetreiben machte ihn offenbar müde. Große, flauschige Flocken fielen draußen herab.

Um zehn vor zehn tauchte Espen Mortensen auf. Die Stunden an der kalten Luft hatten dem Kriminaltechniker eine frische Gesichtsfarbe verliehen, ein paar Schneeflocken waren in seinem Haar geschmolzen. Jetzt stand er mit einer dampfenden Kaffeetasse in der einen, einer kleinen Schachtel in der anderen Hand und einem von der Schulter hängenden Fotoapparat inmitten der Bürolandschaft.

»Wir haben die Leiche wegschaffen lassen«, sagte er und setzte sich. »Sie wird morgen Vormittag obduziert.«

»Was habt ihr gefunden?«, wollte Wisting wissen.

Mortensen legte die Schachtel auf den Tisch.

»Wir haben seine Taschen durchsucht, bevor er abtransportiert wurde.«

»Geldbörse?«, fragte Wisting und sah die Hoffnung aufkeimen, einen Namen auf seinen Notizblock schreiben zu können.

Mortensen schüttelte den Kopf.

»Schlüssel?«, lautete Wistings nächster Versuch. Er wusste, dass Systemschlüssel sie zu einer Adresse führen könnten.

»Nein.«

Der Kriminaltechniker hob den Deckel von der kleinen Pappschachtel, zog eine durchsichtige Plastiktüte heraus und legte sie auf den Tisch. Wisting beugte sich vor. In dem Asservatenbeutel lag eine ähnlich durchsichtige Tüte, die ein zerknittertes glänzendes Papier enthielt. Es war eine Broschüre. Auf der Vorderseite war das Bild eines Schiffs mit großen weißen Segeln erkennbar. *Elida* stand in großen Buchstaben darauf geschrieben. *Sailing for Jesus.*

Wisting hob die Plastiktüte vorsichtig an.

»Was ist das?«, fragte er und drehte sie herum.

»Willkommen im Hafen, um den Gottesdienst zusammen mit Elida zu feiern!«, las er auf der Rückseite. *»Erleben Sie Live-Musik und hören Sie interessante Lebensgeschichten an Bord der Elida.«*

»Das ist der Handzettel einer schwedischen Gemeinde«, erklärte Mortensen. »Darauf beschreiben sie *Elida* als segelnde Kirche, die in der Welt umherreist, um Jesu Worte zu verkünden.«

»Hast du darin herumgeblättert?«, fragte Wisting und wedelte mit der Tüte und der Broschüre herum.

»Internet«, erklärte Mortensen. »Die waren in Woche 32 und 33 auf Sommertournee in Norwegen. Erster Aufenthalt war Stavern. Die lagen hier vom neunten bis zum zehnten August am Kai und sind danach weiter nach Stavanger gefahren.«

Wisting versuchte, seine Gedanken zu ordnen. Er glaubte nicht, dass es sich bei dem Toten um ein Mannschaftsmitglied der segelnden Kirche handelte. Die Vermisstenmeldung eines schwedischen Staatsbürgers wäre vom norwegischen System registriert worden, wenn der Betreffende tatsächlich von einem ausländischen Fahrzeug verschwunden wäre, während dies in einem norwegischen Hafen vor Anker lag.

Wisting legte den Asservatenbeutel zur Seite und blätterte in seinem Tischkalender vier Monate zurück. Vorbei an den Tagen, an denen er vom Dienst suspendiert gewesen war und sich um die Aufklärung einer siebzehn Jahre alten Geschichte bemüht hatte, und zurück zu den Spätsommertagen im August, als er noch mit Suzanne zusammen gewesen war. In dieser Zeit war er mit seiner Arbeit beschäftigt gewesen, hatte aber nicht viele Termine gehabt. Im Notizfeld auf dem Kalenderblatt des 10. August stand *Sommerkonzert.* Er dachte an den warmen Abend, als er und Suzanne bei einem Jazzkonzert in Bøkeskogen waren. Das war jetzt vier Monate her, und im Laufe dieser vier Monate war er wieder Single geworden. Und in ebendieser Zeit hatte der unbekannte Mann unter einer Fichte auf dem Bauernhof Halle gelegen.

Die Broschüre konnte ihnen, was den Zeitrahmen anbetraf, zumindest einen Hinweis geben. Der Mann musste sie demnach irgendwann nach dem 9. August bekommen haben, als das Schiff in den Hafen von Stavern eingefahren war. Es war der erste greifbare Hinweis und bedeutete tatsächlich einen Fortschritt bei den Ermittlungen.

Wisting hob noch einmal die Tüte an und inspizierte den Inhalt genauer. Die im Innern liegende Plastiktüte erinnerte an die Asservatenbeutel, die sie selbst benutzten, war jedoch verblichen und sah aus, als sei sie Wind und Wetter ausgesetzt gewesen.

»Sie lag in der Innentasche seiner Jacke«, erklärte Mortensen.

Wisting wollte sichergehen, dass er alles richtig verstanden hatte. »Die Broschüre von der *Elida* lag in einer Plastiktüte in der Innentasche seiner Jacke?«

Mortensen nickte.

»Frag mich nicht, wieso. Aber das lässt uns die Hoffnung, dass sich irgendwo da drauf Fingerabdrücke befinden.«

Wisting blieb mit der Tüte in der Hand eine Weile sitzen. Die Frage, wieso der Mann die Broschüre so sorgfältig behandelt hatte, kreiste durch sein Gehirn, aber er behielt sie für sich.

»Noch irgendwas anderes?«, fragte er und legte die Tüte beiseite.

Espen Mortensen hatte seinen Fotoapparat neben dem Stuhl auf den Boden gelegt. Jetzt hob er ihn hoch und legte ihn auf seinen Schoß.

»Es ist vielleicht etwas verfrüht, die mögliche Bedeutung einzuschätzen«, sagte er. »Aber ich habe ein paar Bilder.«

Er nahm ein paar Einstellungen vor, umfasste das Objektiv und hielt die Rückseite der Kamera mit dem Display Wisting hin.

Die Leiche war umgedreht worden und lag auf dem Rücken. Gesichtshaut und Gewebe waren weitgehend abgefallen. Dort, wo Mund, Nase und Augen gewesen waren, gähnte ein großes Loch. Teile der linken Wange und des Ohrs, die auf dem Boden gelegen hatten, waren hingegen intakt.

Nicht zu erkennen, dachte Wisting. Aber gleichwohl die unverkennbaren Überreste eines Menschen.

Mortensen ließ weitere Fotos auf dem Display aufleuchten und hielt schließlich bei einer Nahaufnahme der rechten Hand des Toten inne. Sie hatte geschützt unter seiner Brust gelegen und war verhältnismäßig gut erhalten, wenngleich nicht so gut, dass sie einen Abdruck der Fingerspitzen hätten nehmen können. Die lederartigen und eingeschrumpften Hautreste umhüllten bleiche Knochen. Weder Ringe noch Armbanduhr, registrierte Wisting. Die Fingernägel waren verschwunden, und die schwarzen Leichenfinger waren gekrümmt, so als wäre die Hand steif geworden beim Griff um etwas, das sie nicht einmal im Tode loslassen wollte.

Wisting beugte sich weiter vor und spähte auf den kleinen Bildschirm. Irgendetwas ragte unter den gekrümmten Fingern hervor. Er sah Mortensen fragend an und wollte seine Entdeckung bestätigt haben.

»Haare«, sagte der Kriminaltechniker mit einem Nicken.

Auf dem nächsten Bild war es noch deutlicher zu erkennen. Der Tote umklammerte ein paar blonde Haare.

Wisting lehnte sich auf seinem Stuhl zurück und wusste, dass der Kriminaltechniker die Situation genauso deutete wie er selbst. Der tote Mann hatte einen Kampf ausgefochten. Einen Kampf um Leben und Tod. Der Mann auf dem Foto hatte verloren, aber nicht ohne seinem Mörder Widerstand geleistet zu haben.

7

Line wurde langsam wach, blieb aber liegen und lauschte den gedämpften Geräuschen des Verkehrs unten auf der Straße. Schließlich schlug sie die Bettdecke zur Seite und schwang die Beine aus dem Bett. Der Fußboden war kalt. Sie zog ein paar dicke Socken über und tapste schläfrig Richtung Küche.

Ihr winterblasser Körper überzog sich mit Gänsehaut. Line legte den linken Arm über die Brust und trat ans Fenster, um nachzusehen, wie viel Schnee im Laufe der Nacht gefallen war. Ein paar Stunden, nachdem sie sich hingelegt hatte, musste es aufgehört haben, aber insgesamt war wohl ein guter halber Meter Schnee gefallen. Sie konnte gerade noch ihren Wagen unten am Straßenrand erkennen. Die Schneepflüge hatten alles zu einer festen Masse um die Fahrzeuge herumgepackt. Eine der kleineren Maschinen war gerade dabei, den Gehsteig frei zu fegen. Ein Mann mit seinem Hund stakste umständlich zur Seite und ließ den Schneepflug passieren. Lines Atem ließ die Scheibe beschlagen, während sie auf die blinkenden Warnlichter heruntersah, die gelbe Lichtfetzen auf die Hauswände warfen.

Die grauen Wolken hingen tief. Das Thermometer zeigte minus ein Grad. Was bedeutete, dass der Schnee schwer und feucht war. Line schaltete die Kaffeemaschine ein und hoffte darauf, dass einer der Nachbarn, die ihre Wagen vor und hinter ihrem Auto geparkt hatten, zuerst herausfuhr. Bevor sie ihren Wagen freigeschaufelt hätten, war es sinnlos zu duschen. Line zog einen dicken Pullover an. Eigentlich gehörte er Tommy, war aber hier liegen geblieben, nachdem ihr Ex-Freund vor über einem Jahr ausgezogen war. Auch danach hatten sie sich getroffen, und Line hätte ausreichend Gelegenheiten gehabt, ihm den Pullover zurückzugeben. Aber irgendetwas hielt sie zurück. Obwohl es schon Ewigkeiten her war, seit er ihn zuletzt getragen hatte, schien Line Tommys Geruch am Pullover noch immer wahrnehmen zu können. Wenn ihre Sehnsucht allzu groß wurde, zog sie einfach den Pullover an, was besser war, als Tommy anzurufen. Denn das hätte nur intensive Gefühle wachgerufen. Aber Line hatte sich entschieden: Tommy Kvanter war kein Mann, mit dem sie ihr Leben teilen wollte. Sie wünschte sich, eine Familie zu gründen, sie wollte einen Mann haben, dem sie vertrauen konnte, einen, der Verantwortung zeigte und Sicherheit bot. Tommy konnte nichts davon. Er war anziehend, aber leichtfertig, und sie wusste, dass er ihr nicht guttat. Daher behielt sie den vergessenen Pullover eben so lange, bis ein anderer Mensch in ihrem Leben auftauchte. Dann würde sie das Kleidungsstück ein für alle Mal entsorgen.

Die Kaffeemaschine brummte schwach und stieß heißen Dampf aus. Line nahm eine volle Tasse mit zum Küchentisch, setzte sich und hielt die Hände fest um sie geschlossen. In der Wohnung war es kühl.

Sie klappte den Deckel ihres Laptops auf und rief die Titelseite der Online-Ausgabe auf. *Noch mehr Schnee im Anmarsch,* lautete die Hauptschlagzeile. Line hatte keine Lust, die Sache zu verfolgen, und überprüfte stattdessen ihre E-Mails.

Es war eine Antwort auf ihre Anfrage bei der Rechercheabteilung gekommen. Dort hatten sie Informationen aus dem Einwohnermeldeverzeichnis ausgegraben, die bestätigten, was ihr Vater erzählt hatte: Viggo Hansen hatte keine Familie. Im Februar 1950 in Stavern geboren, hatte er seit dem Bau seines Hauses im Jahr 1964 in der Herman Wildenveys gate gewohnt. Sein Vater war im Jahr 1969 verstorben, seine Mutter, als Viggo Hansen vierundzwanzig Jahre alt war. Unter der Adresse waren keine anderen Personen gemeldet. Wo er in den ersten vierzehn Jahren gelebt hatte, war nicht verzeichnet. Line wusste, dass ältere Einträge im Melderegister nicht elektronisch erfasst waren, weshalb sie in den Papierarchiven nachforschen musste, wenn sie an Informationen herankommen wollte, die im Internet nicht auffindbar waren. Da Viggo Hansen jedoch in Stavern geboren worden war, konnte sie wohl davon ausgehen, dass er sein ganzes Leben in der Gegend verbracht hatte.

Aufgrund ihrer nicht unerheblichen Berufserfahrung wusste Line, dass lebende Quellen noch immer die beste Auskunft gaben. Als eine der letzten Dateien am Abend zuvor hatte sie die Antwort auf eine Anfrage beim öffentlich zugänglichen Steuerverzeichnis abgespeichert. Sie hatte nach Personen gesucht, die in Stavern wohnten und das Geburtsjahr mit Viggo Hansen teilten. Es gab sechsundfünfzig Treffer: achtundzwanzig Frauen und achtundzwanzig Männer, von denen einer Viggo Hansen gewesen war. Noch ein paar andere bekannte Namen standen auf der Liste, Menschen, von denen Line wusste, dass sie ihr ganzes Leben in Stavern verbracht hatten, und die ihr etwas über Viggo Hansen erzählen könnten. Unter anderem ein Künstler, mit dem sie im Zusammenhang mit einer Ausstellung ein Interview gemacht hatte. Damals war sie noch bei der Lokalzeitung tätig gewesen. Außerdem gab es einen Rechtsanwalt mit Namen Realfsen sowie eine Frau, die früher als Lehrerin gearbeitet hatte.

Der Künstler hieß Eivind Aske. Sie gab seinen Namen ein und stieß auf seine Homepage. Er war Zeichner, Maler und Grafiker, mit einem eigenem Atelier sowie Galerie und

Druckerei in Stavern. Line erkannte die Zeichnungen, die auf dem Bildschirm erschienen. Es waren überwiegend Kinderporträts, die mit dunklen Farbstiften angefertigt waren und über einen weichen, einfühlsamen Ausdruck verfügten.

Seine Telefonnummer und die E-Mail-Adresse waren unten auf der Homepage verzeichnet. Line wählte die Nummer, und er antwortete fast unmittelbar.

Sie nannte ihren Namen und erklärte, dass sie ihn vor ein paar Jahren interviewt habe, nun aber für VG arbeite. Eivind Aske versicherte, dass er sich an das Interview erinnere, und fragte, womit er ihr helfen könne.

»Ich hatte gehofft, Ihnen ein paar Fragen über Viggo Hansen stellen zu können«, sagte sie.

»Über wen?«

»Viggo Hansen«, wiederholte Line. »Er ist tot, aber Sie beide waren im selben Alter, und da habe ich mich gefragt, ob Sie wohl zusammen zur Schule gegangen sind.«

Es wurde still, während Aske nachdachte. Line überlegte, ob sie sich wohl an alle aus ihrer Klasse erinnern könnte. Sie waren damals etwas über zwanzig Schüler gewesen, die neun Jahre lang zusammen die Grund- und Mittelschule besucht hatten. Falls jemand sie gebeten hätte, eine Namensliste zu verfassen, wären wohl einige von ihnen vergessen worden, doch sicher wäre die Erinnerung an die Menschen zurückgekehrt, wenn sie die Namen wieder gehört hätte. Das galt zumindest für die meisten.

»Viggo Hansen«, sagte der Mann am anderen Ende der Leitung und schien dabei sorgfältig nachzudenken. »Doch, ja, ich kann mich an ihn erinnern. Ein schmächtiger kleiner Junge. Ich glaube, er war viel krank. Zumindest war er oft nicht da. Das ist mehr oder weniger alles, woran ich mich erinnere.«

»Könnte ich trotzdem mal heute Nachmittag bei Ihnen vorbeischauen?«, schlug Line vor.

»Heute Nachmittag und Abend bin ich nicht zu Hause, aber Sie können morgen kommen, irgendwann nach vier.«

»Könnten wir dann vier Uhr ausmachen?«, fragte Line.

»Dann um vier Uhr«, bestätigte Eivind Aske. »Sie waren ja schon mal hier und kennen den Weg.«

Line beendete das Gespräch. Vorläufig reichte ihr die eine Verabredung. Sie würde Eivind Aske lieber nach den Namen von ein paar Menschen fragen, die seiner Meinung nach Viggo Hansen besser gekannt hatten als er, und keine Zeit mit Verabredungen vergeuden, die vielleicht nichts brachten.

Dann nahm sie einen Bogen Papier und zeichnete darauf den Teil der Straße, wo sie gelebt hatte. Der lag unterhalb des alten Wasserbeckens. Am unteren Ende traf die Straße auf den Tyrihansveien, der sich auf der Nordseite parallel erstreckte. Sie hatte nie zuvor darüber nachgedacht, aber die beiden Straßen formten ein längliches Hufeisen. Die Häuser auf beiden Seiten hatten große Naturgrundstücke und grenzten an ein freiliegendes Areal.

Sie zeichnete das Haus ihres Vaters als Herman Wildenveys gate Nummer 7 ein und danach das Haus von Viggo Hansen als Nummer 4, unten in der Kurve auf der anderen Straßenseite.

Dann fügte sie die anderen Häuser hinzu, trug die Namen der Bewohner ein und zeichnete Linien und Pfeile, wo Leute ein- oder ausgezogen waren.

Ich muss innen anfangen, dachte sie. Bei denen, die am dichtesten neben ihm wohnten, und mich dann nach außen vorarbeiten.

Die direkte Nachbarin von Viggo Hansen war Greta Tisler in Nummer 2, eine kinderlose Witwe. Im Haus gegenüber waren Silje und Steinar Brunvall aufgewachsen. Steinar war in dieselbe Klasse wie Line gegangen; Silje war drei Jahre jünger. Die Eltern hießen Tor und Marianne. Line glaubte sich erinnern zu können, dass Steinar das Haus übernommen hatte, und suchte ihn im Telefonbuch. Es stimmte. Er wohnte dort mit einer Frau namens Ida. Seine Eltern waren nicht verzeichnet.

Es würde sicher seltsam sein, Steinar nach all den Jahren wiederzubegegnen. Als Kinder waren sie ein Pärchen gewesen, hauptsächlich deswegen, weil er der einzige gleichaltrige Junge in der Straße war. Und er war der erste gewesen, den sie geküsst, und der erste, der ihre Brüste angefasst hatte. Es geschah unten am Hang nahe der Hauptstraße, bevor sie anfing, einen BH zu tragen. Es gab dort ein Baumhaus, das für zwei viel zu eng war. Sie lagen dicht nebeneinander, und nur zufällig fanden ihre Lippen zueinander. Er legte seine Hand auf ihre Brüste, zunächst außen auf den Pullover, dann wanderte seine Hand darunter und schob den Pullover nach und nach hoch, bis er ihren Busen sehen konnte. Sie war zwölf oder dreizehn und wusste nicht genau, was sonst noch passieren könnte. Dann aber tauchte seine Schwester auf.

Line überlegte, wo Viggo Hansen wohl an jenem Tag gewesen war. Hatte er jemals ein Mädchen oder eine Frau auf diese Weise berührt? Es war schwierig, sich vorzustellen, dass ein Mensch sein Leben verbrachte, ohne es mit irgendwem zu teilen, auf welche Weise auch immer.

Line trank den Rest des Kaffees aus, stand auf und trat mit dem Mobiltelefon in der Hand ans Fenster. Einer der Nachbarn war tatsächlich dabei, das Auto freizuschaufeln, das vor ihrem Wagen stand.

Sie wählte die Nummer ihres Vaters und legte beim Warten die flache Hand auf das kalte Fensterglas.

»Hallo«, meldete er sich. »Ich bin auf dem Weg zu einer Besprechung.«

Line drehte sich um, stützte den Rücken an der Fensterbank ab und warf einen Blick auf ihre Notizen, die über den Küchentisch verstreut lagen.

»Ich rufe nur an, um dir zu sagen, dass ich heute irgendwann vorbeikomme«, erklärte sie. »Ich werde ein paar Tage zu Hause wohnen.«

»Ach?«, erwiderte ihr Vater. »Wieso das?«

»Passt es dir nicht?«

»Aber natürlich passt es mir. Ich hatte nur nicht damit gerechnet, dich schon vor Weihnachten zu sehen.«

»Ich werde über Viggo Hansen schreiben«, sagte sie.

»Für VG? Wieso das denn?«

Line antwortete nicht.

»Kanntest du ihn?«, fragte sie stattdessen.

»Wir haben uns gegrüßt.«

»Ja, aber weißt du mehr über ihn?«

Es wurde still.

»Ich bin auf dem Weg zu einer Besprechung«, wiederholte ihr Vater.

»Ich glaube nicht, dass ihn jemand kannte«, sagte Line. »Deshalb will ich über ihn schreiben. Darüber, wie es möglich ist, sein ganzes Leben lang allein zu bleiben.«

Es war noch immer still, während ihr Vater wohl nachdachte. Es schien, als verstehe er ihren Ansatz.

»Das könnte eine interessante Sache werden«, kommentierte er. »Aber ist das nicht ein bisschen zu nah dran?«

»Wieso?«

»Er war schließlich unser Nachbar. Du warst ja auch eine von denen, die hier gelebt und ihn trotzdem nicht gekannt haben.«

Line ging hinüber zum Küchentisch. Sie hatte auch daran

gedacht; dass sie selbst einer der Gründe für Viggo Hansens Einsamkeit gewesen war. Es würde eine Herausforderung werden, die Story in die richtige Balance zu bringen, doch etwas Verwerfliches sah sie darin nicht. Es war fast so, als arbeitete sie wieder in der Lokalzeitung, wo sie alle oder die meisten, über die sie schrieb, auch tatsächlich kannte.

»Ich habe Christine Thiis um Einblick in den Fall gebeten. Beginnend mit dem Fund der Leiche«, erklärte Line und öffnete die Kopie ihrer E-Mail. »Könntest du mal fragen, ob sie meine Anfrage bekommen hat? Ich kann dir auch eine Kopie schicken.«

»Aber das ist doch keine Strafsache«, wandte ihr Vater ein. Sie konnte hören, dass er beim Sprechen weiterlief.

»Das weiß ich«, sagte sie. »Ich versuche nur herauszufinden, wer er war. Fragst du sie bitte?«

»Werde ich machen, aber jetzt kann ich nicht länger reden. Wir sehen uns heute Abend.«

8

Wisting betrat den Besprechungsraum und legte das Telefon vor sich auf den Tisch. Er hatte Viggo Hansen vergessen. Die Falldokumente lagen in seinem Büro. Es gab ein paar Fotos darin, die er Line am liebsten nicht zeigen wollte, doch er kannte sie und wusste, dass sie nicht eher Ruhe geben würde, bis sie die Akte in die Hände bekäme.

Espen Mortensen war bereits im Besprechunsgraum aktiv und stellte eine Videoverbindung zum Obduktionssaal im Institut für Volksgesundheit in Oslo her. Wisting starrte mit leerem Blick auf das Testbild.

Es gelang ihm nicht, Viggo Hansen aus seinen Gedanken zu vertreiben. Es kam häufig vor, dass er sich mit solch unbedeutenden Zufällen befasste. Die nicht identifizierte Leiche und Viggo Hansen hatten gleich lange tot dagelegen, ohne dass sie von jemandem vermisst worden waren. Es gab zwar keinen direkten Zusammenhang, aber ein Misstrauen, das sich bei ihm in solchen Fällen aufgrund seiner Berufserfahrung automatisch einstellte, führte dazu, dass Wisting den Gedanken nicht völlig verdrängen konnte. Nils Hammer betrat den Raum und setzte sich an seinen festen Platz, gab zum Ausdruck, wie sehr er den Schnee hasste, und schob sich eine Prise Kautabak hinter die Lippen.

Christine Thiis kam als Letzte, um der per Video übertragenen Obduktion beizuwohnen. Sie hatte einen riesigen Papierstapel dabei, den sie vor sich auf den Tisch legte.

»Es ist jetzt raus«, sagte sie und setzte sich. »Ich habe mit der Lokalzeitung gesprochen.«

»Umso besser«, kommentierte Wisting. »Wir brauchen sowieso Hinweise aus der Bevölkerung.«

»Was hast du ihnen erzählt?«, wollte Hammer wissen.

»Nichts Besonderes«, erwiderte Christine Thiis. »Wir wissen ja nicht gerade viel. In der Nähe vom Bauernhof Halle wurde eine Leiche im Wald gefunden. Sie hat dort lange gelegen, und wir können nichts Definitives über Alter oder Geschlecht sagen. Sie denken übrigens wie wir. Dass es sich um irgendeine persönliche Tragödie handelt.«

Wisting nickte. Was er da hörte, bedeutete, dass die Zeitung nicht allzu viel Aufhebens von der Sache machen würde, genauso wie sie sich beim Todesfall Viggo Hansen verhalten hatte.

»Toll, dass wir jetzt mit denen reden können«, kommentierte Hammer und zeigte auf den großen Bildschirm. »In einer Stunde wissen wir wahrscheinlich mehr.«

»Und dann wird sich die Presse wohl gleich danach wieder auf mich stürzen«, sagte Wisting und setzte sich ebenfalls. Auf dem großen Fernsehbildschirm hatte die Übertragung aus dem Obduktionssaal bereits begonnen. Das hell leuchtende Deckenlicht spiegelte sich in den weißen Fliesen an den Wänden und in den sterilen Metalltischen wider.

Es handelte sich um eine Art der Bildschirmübertragung, mit der sich Wisting nicht ganz anfreunden konnte. Er verband Fernsehen mit Unterhaltung, wohingegen es sich hier, während er dasaß und zuschaute, wie die Rechtsmediziner einen menschlichen Körper aufschnitten, um ein eher bizarres Erlebnis drehte. Gleichwohl war es eine zweckdienliche Form der Kommunikation. Früher hatten sie sich mit einem zusammenfassenden Telefongespräch und einem kurzen Bericht begnügen müssen, der per Fax übermittelt wurde. Die Neuerung hingegen erlaubte es, den Pathologen direkt Fragen zu stellen, die sofort beantwortet werden konnten.

In dem Raum, aus dem die TV-Bilder gesendet wurden, befanden sich drei Personen: ein sachkundiger Arzt und ein Assistent in grünem Kittel, mit Mundbinde, Handschuhen und gelber Plastikschürze, sowie ein Kriminaltechniker im üblichen weißen Overall der Kriminalpolizei. Den offiziellen Unterlagen gemäß hieß der Mann von der Kripo Jon Berge. Wisting kannte seinen Namen aus unzähligen Berichten, hatte ihn aber nie persönlich getroffen.

Ein vierter Mann rollte ein in weißes Plastik gewickeltes Bündel herein, das an menschliche Körperformen erinnerte. Man konnte hören, wie seine Schritte widerhallten, als er die Bahre in die Mitte des Raumes schob.

»Sind Sie bereit?«, fragte Jon Berge von der Kripo und blickte in die Kamera.

»Wir sind bereit«, antwortete Wisting.

Der Ton wurde in beide Richtungen übertragen, die Bilder hingegen nur auf einem Weg gesendet.

Der Assistent rollte ein Tischchen mit Instrumenten heran und befestigte Klebezettel auf leeren Reagenzröhrchen. Der Pathologe zog den Reißverschluss des Leichensacks auf und klappte ihn auseinander. Dann zog er ein paar fleckige Laken beiseite und gab die verwitterte Leiche dem grellen Licht der Scheinwerfer preis.

Wisting beobachtete, wie alle im Obduktionssaal auf den Geruch reagierten, den der einst steif gefrorene Körper nach dem langsamen Auftauen nun offenbar ausströmte.

Eine durchsichtige Plastiktüte war über den rechten Arm des Toten gestreift worden, darunter umklammerte seine steife Hand noch immer ein Haarbüschel. An mehreren Stellen hatte Mortensen breites transparentes Klebeband auf der Kleidung befestigt, um so die Spuren eines eventuell in Frage kommenenden Täters zu sichern. Haare, Stofffasern, Haut, Schweiß, Blut und Tränen.

Der Pathologe sprach in ein Mikrofon und dokumentierte Zeit, Ort sowie Namen der Anwesenden.

»Die rechtsmedizinische Abteilung des Instituts für Volksgesundheit untersucht eine nicht identifizierte Leiche, die mit einem braunen Blazer, Hemd, heller Hose und braunen Lederschuhen bekleidet ist«, fuhr er fort. »Weitergehende Detailbeschreibungen der Kleidung sind dem Bericht der Kriminaltechnik zu entnehmen.«

Jon Berge machte eine Fotoaufnahme.

»Der Körper befindet sich in einem weit fortgeschrittenen Prozess der Auflösung, hat jedoch das Endstadium der Verwesung noch nicht erreicht«, erläuterte der Arzt. »Die Reste der Oberhaut sind braunschwarz und weisen zahlreiche stecknadelkopfgroße, kraterförmige Läsionen auf, die wahrscheinlich der Einwirkung von Ameisen und Käfern zuzuschreiben sind. Schäden durch die Einwirkung größerer Tiere sind in Form zentimetergroßer unregelmäßiger Läsionen an den entblößten Weichteilen wie Nacken und Knöcheln erkennbar. Ein Befall mit Fliegenlarven scheint nur begrenzt vorzuliegen.«

Er räusperte sich und fuhr fort: »Der linke Arm ist ausgestreckt und liegt am Körper an. Der rechte Arm ist am Ellbogen abgewinkelt, der Unteram ruht auf der Brustpartie. Die Hand ist geschlossen und scheint etwas zu umfassen.«

Ein paar Kamerablitze warfen weißes Licht auf den Körper, bevor der Pathologe mit der Beschreibung der Äußerlichkeiten fortfuhr. Dann entfernte er den Plastiküberzug von der rechten Hand und bog Daumen und Zeigefinger in eine gerade Position.

»Möglicher Fund von Haarresten in der rechten Hand«, gab er zu Protokoll und wartete auf die fotografische Dokumentation, bevor er auch die restlichen drei Finger gerade bog.

»Die Handfläche ist von einem braunschwarzen Belag überzogen«, fuhr der Pathologe fort. »Möglicherweise eine verfestigte Blutkruste. Insgesamt kleben sechs Haare an der Kruste.«

Mit einer Pinzette entfernte er ein Haar nach dem anderen und legte sie in ein Reagenzglas. Danach nahm er Proben des vermeintlichen Blutes. Dann wurde die Hand abgespült und gewaschen, weitere Schäden waren nicht erkennbar.

»Dann fahren wir fort«, erklärte der Pathologe und bat seinen Assistenten, die Schuhe des Toten zu entfernen.

Der Mann zog sie ab und reichte sie an den Ermittler der Kriminalpolizei weiter.

»Wolverine«, las er laut von der Schuhsohle ab. »Größe 11.5.«

»Keine europäische Größenordnung«, kommentierte Christine Thiis.

Espen Mortensen gab den Markennamen in den Computer ein und startete eine Internetsuche.

»Eine Schuhfabrik mit Hauptsitz in Michigan, USA«, erklärte er. »Wird weltweit vertrieben.«

Auf dem Bildschirm war erkennbar, dass die Leiche von der Jacke befreit worden war. Der Polizeibeamte versuchte, das Etikett am Kragen zu identifizieren.

Mortensen blätterte in seinen Notizen.

»Brioni«, las er vor. »Ich hab's überprüft. Eine italienische Marke.«

Jon Berge nickte bestätigend und legte die Jacke in eine Papiertüte.

Schließlich wurden die Hosenbeine aufgeschnitten und vorsichtig entfernt. Schwarzer Schorf aus Haut und Gewebe löste sich ab. Faserartige Reste der Muskulatur wurden sichtbar.

»Herrenunterwäsche«, kommentierte der Kripobeamte im Obduktionssaal, bevor er die hellen Unterhosen begutachtete. »John Henry Mens Dress Pants.«

Der Bildschirm von Espen Mortensens Computer zeigte diverse Treffer bei verschiedenen Onlineshops.

»Nur ausländische Seiten«, sagte er und schüttelte den Kopf. »Shopko, Find&Save und eBay.«

Wie die Hosenbeine wurde schließlich auch das Hemd aufgeschnitten. Wisting betrachtete die menschlichen Überreste auf dem Metalltisch. Rippenknochen ragten aus dem Brustkasten hervor. Die braunschwarze Haut war rissig und voll von offenen Wunden. Höchstwahrscheinlich handelte es sich um Fäulnisschäden. Die Bekleidung des Toten war intakt gewesen; es gab nichts, was auf Gewalteinwirkung in Form von Stichen oder Schusswunden hindeutete.

Der Ermittler von der Kripo ließ seine Finger über den Hemdkragen gleiten und schien nach einem Etikett zu suchen, das ihnen weitere Hinweise geben könnte.

»Hier gibt es eine Verfärbung«, sagte er. »Dunkler als die anderen Flecken. Ich kann das nicht genau erkennen.« Er blickte in Richtung Kamera. »Könnte sich um Blut handeln.«

Der Pathologe zog eine bewegliche Lampe heran und beugte sich über den Körper.

»Schwer zu sagen«, murmelte er, bevor er wieder das Mikrofon ergriff und hineinsprach. »Mögliche Fraktur der linken Schläfe.« Er zog ein Maßband hervor. »Der Schädelknochen ist in einem Durchmesser von 3,5 Zentimetern freigelegt. Reste von Leichenwachs sind an den Rändern der Wunde erkennbar.«

Jon Berge fotografierte nach Anweisung des Pathologen.

»Könnte von einem stumpfen Gegenstand stammen. Vorläufige Schlussfolgerung.«

Mehr oder weniger aus alter Gewohnheit notierte Wisting, was gesprochen wurde. Noch vor Ende des Tages würde er einen vorläufigen Bericht erhalten, in dem alle Verletzungen beschrieben und kommentiert wären.

Die Arbeit im Obduktionssaal ging weiter. Die Unterhose wurde aufgeschnitten und von der Leiche entfernt. Der Pathologe hob wieder das Mikrofon an den Mund.

»Die äußeren Geschlechtsorgane sind blattartig«, erläuterte er und beschrieb die Hautfalten im Schritt des toten Mannes. »Sehr wahrscheinlich männlich, vertrocknet. Brust und Bauch sind eingesunken, Teile des Skeletts treten deutlich hervor, soweit erkennbar, gibt es keine von außen zugeführten Schäden.«

Christine Thiis war blass geworden und erhob sich vom Tisch.

»Ich gehe in mein Büro«, sagte sie. »Ihr könnt mir ja später eine Zusammenfassung geben.«

Wisting nickte und sah sie zur Tür gehen, bevor er den Blick wieder auf den Bildschirm richtete.

Der Pathologe setzte seine Arbeit routiniert fort, dann wurde der tote Körper mit kaltem Wasser abgespült.

»Offenbar handelt es sich um eine alte Leiche«, sagte er und sah zur Kamera hoch. »Dafür, dass sie draußen lag, ist sie verhältnismäßig gut erhalten, aber es ist unmöglich zu sagen, wann genau der Tod eingetreten ist.«

»Vier Monate?«, schlug Wisting vor.

»Es spricht erst mal nichts gegen diese Hypothese. Die mittlere Temperatur ist seit Ende September niedrig gewesen. Die ersten Nachtfröste traten in Ostnorwegen im Oktober ein. Also ja, er kann da durchaus seit Mitte August gelegen haben. Außerdem war es ein kalter Sommer.«

»Die Leiche hat ja zudem trocken und verhältnismäßig abgedunkelt dagelegen«, warf Wisting ein und erinnerte sich plötzlich, wie er bei den Pfadfindern gelernt hatte, ohne Hilfe von Papier oder flüssigem Feueranzünder im strömenden Regen ein Feuer zu entfachen. Das Geheimnis lag ganz unten am Stamm, unterhalb der Fichtenäste. Dort, wo Regen und Feuchtigkeit niemals vordrangen und es immer ein paar trockene Zweige gab. »Das könnte vielleicht auch erklären, wieso die Leiche in relativ gutem Zustand ist, sogar nach vier Monaten.«

»Sie haben keine Vermissten aus dieser Zeit auf der Liste stehen, habe ich das richtig verstanden?«, warf der Kripo-Ermittler ein.

Wisting schüttelte zustimmend den Kopf, bis ihm einfiel, dass er auf dem Bildschirm nicht zu sehen war.

»Zumindest nicht aus unserer Gegend«, erwiderte er. »Und niemanden aus dem restlichen Land, der dann hier bei uns vielleicht gestrandet ist.«

»Wir werden jetzt röntgen«, erklärte der Pathologe. »Dann wiegen und messen wir, und dann schneiden wir ihn auf. Vielleicht hilft Ihnen das ja weiter. Ich werde den Rechtsodontologen bitten, einen Abdruck der Zähne zu nehmen. Vorläufig kann ich nichts anderes sagen, als dass es sich um einen erwachsenen Mann handelt.«

Wisting bedankte sich. Der Bildschirm wurde schwarz.

9

Christine Thiis' Büro lag am Ende des Ganges. Die Tür stand offen, Wisting trat ein.

»Ich glaube, er ist Ausländer«, sagte er und postierte sich am Fenster. Der Himmel war grau, und es hatte wieder zu schneien begonnen.

Christine Thiis lehnte sich auf ihrem Stuhl zurück und verschränkte die Arme vor der Brust.

»Ist bei der Obduktion noch was Konkretes herausgekommen?«

»Nein. Wir werden im Laufe des Tages mehr erfahren. Vorläufig wissen wir nur, dass es sich um einen erwachsenen Mann handelt, dessen Bekleidung und Schuhe im Ausland gekauft wurden.«

»Und dass er eine große Wunde am Kopf hat.«

Wisting nickte, schob die Hände in die Hosentaschen und legte die Stirn an die kalte Fensterscheibe. In einem Innenhof auf der anderen Straßenseite schoben ein paar Kinder den Schnee zu großen Haufen zusammen, was schwarze Streifen in all der weißen Pracht hinterließ.

»Hast du eine Anfrage von Line bekommen?«, fragte er und drehte sich wieder zu der Polizeijuristin um.

»Nicht von Line«, erwiderte sie und rief eine E-Mail auf. »Aber von einem Chefredakteur.« Sie beugte sich vor, spähte auf den Schirm und las laut vor: »Mit diesem Schreiben bitten wir für unsere Journalistin Line Wisting um Einblick in die Falldokumente, betreffend den Todesfall Viggo Hansen.«

»Ich habe vor ein paar Stunden mit ihr gesprochen«,

sagte Wisting. »Sie ist auf dem Weg nach Hause. Vielleicht bleibt sie sogar über Weihnachten.«

»Das wird bestimmt nett. Feiert ihr zusammen?«

»Davon gehe ich aus. Aber wir haben noch nicht über Weihnachten gesprochen.«

Unten im Innenhof konnte Wisting beobachten, wie die Kinder den oberen Rand des größten Schneeklumpens festklopften, dann den nächsten anhoben und ihn darauflegten.

»Und, hast du schon entschieden?«, fragte er und deutete mit dem Kopf auf den Bildschirm.

Christine Thiis nickte.

»Vorläufig können wir ja nicht viel anderes tun als warten«, sagte sie und warf einen Blick in Richtung Gang und Besprechungszimmer. »Ich habe dem Chefredakteur meine Antwort schon geschickt.«

Wisting schwieg und wartete darauf, dass sie ihm verraten würde, ob sie dem Ersuchen stattgegeben oder es abgelehnt hatte.

»Ich wüsste nicht, was dagegenspricht, wenn die Zeitung Einblick in die Falldokumente erhält«, sagte sie. »Die haben ja dann auch eine redaktionelle Verantwortung für die Publikation privater und persönlicher Details. Aber ich habe sicherheitshalber mit dem Polizeipräsidenten konferiert, und es steht uns frei, ihnen Einblick zu gewähren.«

Wisting sah sie an.

»Hängt das damit zusammen, dass Line gefragt hat?«

Christine Thiis schüttelte den Kopf.

»Eigentlich nicht. Klar, es ist natürlich nicht ohne Bedeutung. Wir wissen schließlich, dass Line diese Aufgabe auf ordentliche Art und Weise bewältigen wird. Aber es geht eigentlich mehr darum, dass ich das für eine wichtige Sache halte.« Sie legte ein paar Papiere zusammen. »Ich habe auch mit dem Nachlassgericht und der kommunalen Rechtsabteilung gesprochen«, fügte sie hinzu. »Sie gewähren ihr Zugang zum Haus.«

»Schön«, kommentierte Wisting mit einem Nicken und ließ den Blick erneut aus dem Fenster wandern. Der Schneemann hatte jetzt auch einen Kopf bekommen, mit Augen, Nase, Mund und einer Mütze.

Espen Mortensen betrat den Raum. Wisting blieb stehen und lehnte sich mit dem Rücken an die Fensterbank.

»Was denkst du?«, wollte Christine Thiis wissen. »Nach der Obduktion?«

Der Kriminaltechniker räusperte sich.

»Ich denke, wir müssen die Möglichkeit in Betracht ziehen, dass es sich um einen Mord handelt«, erwiderte er und ließ sich auf einen Stuhl fallen. »Und dass wir vier Monate hinter der Zeit liegen.«

Wisting hatte bereits eine ähnliche Schlussfolgerung gezogen.

»Ich glaube nicht, dass es hier passiert ist«, sagte er. »Da zwischen den Weihnachtsbäumen.«

Mortensen stimmte zu.

»Er wurde dort hingebracht«, sagte er. »Mittlerweile ist zwar viel Zeit vergangen, aber am Fundort deutet nichts darauf hin, dass der Mord dort begangen wurde.«

»Ihr meint also, dass er irgendwo anders umgebracht und dann dorthin transportiert wurde?«, wollte die Polizeijuristin wissen.

Wisting rieb sich mit der Hand über den Mund und biss gedankenverloren in seine Unterlippe.

»Aber es ist ein seltsamer Ort, um eine Leiche zu verstecken«, sagte er.

Von seinem Standort aus konnte er sehen, dass Christine Thiis mit großen runden Buchstaben Stichwörter notierte.

»Es könnte ja ganz in der Nähe passiert sein?«, schlug sie vor. »Auf irgendeinem der Bauernhöfe da draußen oder so.«

Wisting hatte bereits den gleichen Gedanken gehabt.

»Torunn und Benjamin sind schon mit der Umgegend beschäftigt«, erklärte er. »Die Gebäude dort liegen weit verstreut. Kleine Bauernhöfe und ein paar Einfamilienhäuser. Wir planen, alle zu befragen, die da draußen wohnen. Es wäre wirklich einfacher, wenn wir wüssten, wer er war.«

Christine Thiis kaute auf ihrem Kugelschreiber herum.

»Was haben wir sonst noch?«

»Sechs einzelne Haare, Bekleidung und Schuhe, die im Ausland produziert wurden, und die Reklamebroschüre für eine segelnde Kirche«, fasste Mortensen knapp zusammen. »Letzteres ist eigentlich unser wertvollster Hinweis. Es bedeutet nämlich, dass der Mord mit größter Wahrscheinlichkeit irgendwann, nachdem die *Elida* hier am 9. und 10. August am Kai gelegen hat, begangen wurde.«

Nicht viel, um einen Fall zu verfolgen, dachte Wisting und sah abermals zu den Kindern im Schnee hinunter. Und dennoch ein Anfang, und aus Erfahrung wusste er, dass sie bald mehr Informationen bekämen. Der Fall würde wachsen, Schicht um Schicht. Ungefähr wie ein Schneeball, der herumgerollt und immer größer wird.

10

Line brauchte nur eine Viertelstunde, um ihren Wagen freizuschaufeln, duschte, packte ihre Tasche und bereitete sich auf die Reise vor. In der Zwischenzeit hatte es wieder zu schneien angefangen. Der Schnee legte sich als dünne Schicht über den Wagen.

Line warf ihre Tasche auf den Rücksitz, fegte die Frontscheibe frei, setzte sich hinter das Lenkrad und drehte den Zündschlüssel um. Der Anlasser leierte und leierte, aber der Wagen sprang nicht an. Line drehte den Schlüssel zurück und versuchte es erneut. Mehrere Kontrolllampen leuchteten am Armaturenbrett auf. Sie trat ein paar Mal aufs Gaspedal, und schließlich erwachte der Wagen zu neuem Leben. Line lobte den Motor und lenkte den Wagen auf die Fahrbahn. Die Reifen drehten kurz durch, bevor sie schließlich Halt im Schnee fanden.

Die auf die Frontscheibe heruntersegelnden Schneeflocken schmolzen sofort. Die Scheibenwischer bewegten sich quietschend und klappernd hin und her, und die Belüftungsanlage ließ die Scheibe langsam wieder klar werden.

Die Fahrt nach Hause dauerte für gewöhnlich eineinhalb Stunden. Als sie die halbe Strecke zurückgelegt hatte, hielt sie an einer Tankstelle und ließ sich die Wischblätter austauschen. Bevor sie weiterfuhr, klappte sie ihren Laptop auf und checkte die E-Mails. Unter den eingetroffenen Nachrichten gab es eine Antwort von der Polizeijuristin Christine Thiis.

Ablehnung, dachte sie und öffnete die E-Mail mit einem

Doppelklick. Die Antwort war viel zu schnell gekommen, als dass sie positiv hätte ausfallen können.

Line bereitete sich schon auf eine Enttäuschung vor, wurde aber überrascht. Sie las:

Eine Kopie der Falldokumente kann zur kurzfristigen Ausleihe im Polizeipräsidium Larvik abgeholt werden. Der Nachlass des Verstorbenen untersteht kommunaler Aufsicht. Der Nachlassverwalter hat nichts dagegen, dass Verdens Gang *Zugang zum Haus des Verstorbenen gewährt wird. Die Schlüssel sind bei ihm hinterlegt.*

Zum Abschluss wünschte die Polizeijuristin viel Glück mit dem Zeitungsartikel.

Line grinste zufrieden in sich hinein. Das Projekt war besser gestartet, als sie erwartet hatte.

Auf der Autobahn schob sich ein orangenes Räumfahrzeug auf scheppernden Ketten vorwärts. Dahinter folgte eine lange Autoschlange, die nicht vorbeikam.

Line entschied sich vor dem Weiterfahren, die Onlineausgaben der Zeitungen zu studieren.

Ihre eigene brachte auf der Titelseite gleich vier verschiedene Artikel über das Wetter. Sie hatte keine Lust, auch nur einen davon zu lesen. Die Lokalzeitung in Larvik schrieb ebenfalls über das Wetter. Etwas weiter unten auf der Seite stieß Line auf einen Artikel, der sie neugierig machte. *Unbekannte Person tot aufgefunden,* lautete die schlichte Überschrift.

Sie klickte auf den Link und begann zu lesen.

Am Freitagnachmittag wurde beim Bauernhof Halle eine unbekannte Person tot aufgefunden, stand dort geschrieben. Der kurze Artikel enthielt nur wenig mehr Informationen. Die Leiche schien dort lange gelegen zu haben und war zwecks Obduktion und Identifizierung zum Institut für Volksgesundheit gebracht worden.

Der Artikel gab nicht mehr als die Überschrift her. Eine Person war tot aufgefunden worden. Line klappte den Laptop zu und legte ihn in ihre Tasche.

Als sie den Wagen wieder in Bewegung setzte, quietschte es irgendwo unter der Motorhaube. Sie übertönte das Geräusch, indem sie das Radio einschaltete, suchte nach einem Sender, der keine Weihnachtsmusik spielte, und fuhr zurück auf die Autobahn.

Es dauerte nicht lange, bis sie die Autoschlange hinter dem Räumfahrzeug eingeholt hatte. Eine langweilige Stunde später tauchte auf der rechten Seite das graue Farrisvann auf, und Line nahm die Ausfahrt nach Larvik. Noch war der See nicht mit Eis bedeckt, und der Wind ließ die Oberfläche unruhig aufkräuseln.

Die Straße in die Stadt hinein war nicht so gut geräumt. Der Schneematsch gluckste unter den Reifen und klatschte gegen die Radkästen.

Sie fand einen freien Parkplatz vor dem Polizeipräsidium. Vor dem Eingang des Gebäudes gab es Schneeverwehungen. Line stapfte über den Vorplatz und betrat das rote Backsteingebäude.

Der junge uniformierte Polizist hinter dem Empfangstresen sah von ein paar Papieren auf und nickte ihr zu. Line hatte ihn noch nie zuvor gesehen und stellte sich vor.

»Ich möchte zu Christine Thiis«, erklärte sie.

»Sind Sie verabredet?«

»Ja, aber wir haben keine Uhrzeit ausgemacht. Ich will nur ein paar Dokumente abholen.«

Der Polizeibeamte studierte eine Weile eine Telefonliste, fand schließlich eine interne Nummer und tippte sie in den vor ihm stehenden Apparat ein.

»Wache hier«, sagte er. »Sie haben Besuch.«

Der Teilnehmer am anderen Ende fragte etwas.

»Eine Journalistin von VG«, erwiderte der Polizist.

Er hörte, was sein Gespächspartner sagte, und streckte dann die Hand nach einem Umschlag und einem Formular aus, die hinter ihm auf einer Bank lagen.

»Ja, die liegen hier«, sprach er ins Telefon, beendete das Gespräch und reichte Line den Umschlag.

»Christine Thiis ist beschäftigt«, sagte er. »Aber sie hat das hier für Sie zurückgelassen.«

Line nahm den Umschlag entgegen. Ihr Name stand darauf.

»Und dann unterschreiben Sie bitte hier«, fuhr der Beamte fort und schob ihr einen Papierbogen zu.

Es handelte sich um ein Standardformular zur Ausleihe von Falldokumenten, auf dem sie bestätigen musste, die Dokumente nicht zu kopieren, sie keinem Unbefugten zugänglich zu machen und sie ausschließlich zu dem vereinbarten Zweck zu benutzen.

Line griff nach einem bereitliegenden Kugelschreiber und trug ihren Namen in einem Feld ganz unten auf dem Bogen ein.

Während sie dem uniformierten Polizeibeamten das Formular zurückgab, überlegte sie, nach ihrem Vater zu fragen und Bescheid zu geben, dass sie angekommen war. Vielleicht könnten sie ja in seinem Büro einen Kaffee trinken oder so etwas. Doch dann verwarf sie den Gedanken wieder. Es war ihr wichtiger, mit der Arbeit zu beginnen.

Der Umschlag war dünner, als sie vermutet hatte, was ihr auf dem Weg zum Auto klarwurde. Sie erspürte mit ihren Fingern, dass er noch etwas anderes als nur Papiere enthielt. Hausschlüssel, dachte sie und lächelte zufrieden.

Ein Windstoß fegte etwas Schnee auf die Sitze, als Line die Autotür öffnete. Sie setzte sich hinein, schob den Schlüssel ins Zündschloss, drehte ihn um und drückte ein paar Mal aufs Gaspedal. Der Motor gab ein paar klickende Geräusche von sich und sprang an.

Auf der Fahrt von Oslo hatte Line sich vorgestellt, wie sie sich im ehemaligen Arbeitszimmer ihrer Mutter oben im ersten Stock einrichten könnte. Es war ein angenehmer Raum mit einem großen Schreibtisch, einem bequemen Bürostuhl und einer breiten Korktafel an der Wand.

Im Schnee vor dem Haus konnte sie die eingesunkenen Reifenspuren vom Auto ihres Vaters erkennen. Vor der Einfahrt hatte ein Räumfahrzeug den Niederschlag wieder zu einem kompakten Haufen aufgeschichtet. Er war zu groß, und Line wollte kein Risiko eingehen. Stattdessen hielt sie den Wagen am Straßenrand an und ließ den Motor im Leerlauf weitertuckern, während sie bis zur Eingangstreppe vorstapfte. Sie griff nach einer Schneeschaufel und befreite den Eingangsbereich vom Schnee, trat zurück in die Einfahrt und begann, eine Öffnung in die Schneewehe zu graben. Schweiß trat ihr in den Nacken. Sie richtete sich auf und stützte sich auf der Schaufel ab, um eine Pause einzulegen.

Das Haus von Viggo Hansen lag schräg gegenüber auf der anderen Straßenseite, ungefähr fünfzig Meter entfernt. Die dunklen Fenster waren teilweise von den gespreizten Ästen der alten gekrümmten Apfelbäume im Garten verborgen.

Line biss sich in die Unterlippe. Ein plötzlicher Windstoß ließ sie frösteln. Der Schnee auf ihrem Haar schmolz und lief ihr in die Stirn. Sie strich sich mit der Hand übers Gesicht und schaufelte weiter. Nach zwanzig Minuten konnte sie sich wieder hinter das Lenkrad setzen und den Wagen vor das Haus fahren.

Auf der Treppe klopfte sie den Schnee von den Füßen, schloss die Tür auf und ging dann gleich in die Küche. Die

Kaffeemaschine hatte sie ihrem Vater letztes Jahr zu Weihnachten geschenkt. Auch Tee ließ sich mit ihr zubereiten. Line bereitete sich eine Tasse und trug dann das Gepäck in ihr altes Zimmer im ersten Stock hinauf. Mit der Teetasse und mit dem Umschlag mit den Falldokumenten in Händen betrat sie schließlich das Arbeitszimmer ihrer Mutter.

Eine Wand war von einem Bücherregal bedeckt, das vom Boden bis zur Decke reichte. Belletristik, Biografien, Geschichtsbücher, weitere Sachbücher, Zeitschriften und Aktenordner in einem herrlichen Durcheinander. In der Ecke gleich neben der Tür standen ein tiefer Sessel, ein kleiner Tisch und eine Leselampe. In der Mitte des Zimmers thronte der Schreibtisch ihrer Mutter, mit Schubladen auf beiden Seiten. Er war so plaziert, dass man mit dem Rücken zur Tür saß und auf die Straße vor dem Haus hinausschauen konnte.

Line stellte die Tasse ab, trat ans Fenster und zog die Gardinen zur Seite. Das graue Schneelicht fiel ins Zimmer, und sie spürte die kalte Luft durch den Fensterschlitz eindringen.

Über der Tür von Viggo Hansens Haus leuchtete eine einzelne Lampe. Das braun gebeizte Holzhaus war etwas kleiner als ihr Elternhaus und verfügte über ein flaches Dach und eine dichte Hecke, die das Grundstück umzäunte. Die Tür war hellbraun, mit einer kleinen Raute aus gelbem geriffelten Glas. Schnee lag auf den Treppenstufen, und vom Dach hingen Eiszapfen herunter.

Line wog den Umschlag einen Moment lang in der Hand, bevor sie ihn zum Schreibtisch trug, sich hinsetzte und die Lampe einschaltete. Sie warf ein warmes Licht auf die Tischplatte und beließ den Rest des Zimmers im Halbdunkel.

Line öffnete den Umschlag mit dem Fingernagel und zog

die Papiere heraus. Der Stapel lag in einer grünen Dokumentenmappe und wurde von einem Gummiband zusammengehalten.

In dem Umschlag lag außerdem ein Schlüsselbund. Line ließ ihn auf den Schreibtisch gleiten. Neben einem Plastikanhänger, der für einen Schlüsseldienst warb, war ein glänzender Hausschlüssel an einem Ring befestigt. Die Polizei hatte das alte Schloss anscheinend aufgebohrt und dann ein neues eingesetzt, nachdem sie sich Zugang zum Haus verschafft hatte. Line nahm den Schlüssel, legte ihn auf ihre Handfläche und umschloss ihn mit den Fingern. Dann legte sie ihn wieder beiseite, griff nach der Dokumentenmappe und entfernte das Gummiband vom Papierstapel.

11

Das Geräusch einer Schneefräse drang in den Konferenzraum des Polizeipräsidiums. Das gleichmäßige Motorengeräusch wurde jedes Mal schwächer, wenn der Fahrer hinter einer Schneewehe oder einer Hausecke verschwand.

Die Stimmung am Tisch war still und gedämpft. Wisting ließ den Blick über seine Kollegen gleiten. Im Laufe des Tages hatten sie erkennen müssen, dass sie einen Mordfall klären mussten und sich in der denkbar ungünstigsten Ausgangssituation befanden: Sie wussten nicht, wer der Tote war. Wisting ahnte schon, dass keiner der Ermittler etwas zu berichten hatte, das sie in dieser Sache weiterbrachte.

Der Einzige, der vielleicht etwas Neues beitragen könnte, war noch nicht eingetroffen. Espen Mortensen hatte während des Tages den direkten Kontakt zu den Rechtsmedizinern aufrechterhalten und nach und nach die Einzelheiten in Erfahrung gebracht. Wisting hatte einen vorläufigen Obduktionsbericht erhalten. Die Leiche wies eine Körpergröße von ungefähr 180 bis 185 Zentimeter auf und wog 26 Kilo. Zu Lebzeiten musste das Gewicht wohl das Dreifache betragen haben. Der Verstorbene war hellhäutig und musste zum Zeitpunkt des Todes zwischen fünfzig und sechzig Jahre alt gewesen sein. Seine Haarfarbe war mit Dunkelblond angegeben. Die Todesursache stand in Zusammenhang mit der Verletzung am Kopf.

Die Bekleidung der Leiche war genau beschrieben worden. Torunn Borg hatte im Laufe des Tages Markennamen und Verkaufsstellen überprüft, ohne dass deutlich geworden war, wo der Mann herkam.

Espen Mortensen tauchte mit einem Papierstapel in den Händen in der Türöffnung auf. Sein Mobiltelefon klingelte. Er blieb stehen, nahm den Anruf entgegen und hörte zu. Sein Blick streifte umher, bis er sich mit Wisting traf. Dann starrte er vor sich hin, hatte aber gleichzeitig etwas Fernabgewandtes an sich, so als sei er in höchstem Maß darauf konzentriert, was sein Gesprächspartner sagte. Plötzlich drehte er sich um und lief mit schnellen Schritten zurück in sein Büro.

»Line ist heute hier gewesen«, sagte Christine Thiis, die offenbar die Wartezeit überbrücken wollte, bis Mortensen zurückkommen würde und sie anfangen könnten. Sie saß neben Wisting und hatte einen Schreibblock vor sich auf dem Tisch liegen. Der war genauso leer wie Wistings eigener.

»Hast du mit ihr gesprochen?«, fragte Wisting leicht überrascht, weil er bis jetzt nichts von seiner Tochter gehört hatte.

»Nein«, erwiderte Christine Thiis. »Aber ich habe ihr unten am Empfang die Dokumente zur Abholung hinterlegt.«

Wisting nickte und sah auf die Uhr. Es war fünf nach vier, und er beschloss, mit der Besprechung zu beginnen. In diesem Stadium der Ermittlung war es oft so, dass sie einander erzählten, wie wenig sie eigentlich wussten, um die Arbeit auf diese Weise voranzutreiben. Es gab keinen vorgefertigten Plan, der ihnen verraten konnte, wie sie den Fall lösen sollten. Alle Vorschläge, Ideen und Gedanken mussten auf den Tisch, danach würden sie alles sortieren und aussieben.

Wisting leitete die Konferenz ein, indem er noch einmal die bereits erledigten Punkte zusammenfasste. Danach gab er die Diskussion frei, so dass alle am Tisch berichten konnten, was sie bis jetzt zusammengetragen hatten.

»Benjamin«, sagte Wisting und blätterte in seinen Unterlagen. »Du hast mit Per und Supattra Halle gesprochen?«

Der junge Ermittler nickte und zog das Protokoll der Vernehmung des Paars hervor, das auf dem Bauernhof wohnte, in dessen Nähe der Tote gefunden worden war.

»Ich glaube, wir können sie außer Acht lassen«, fasste er zusammen. »Die arbeiten im Sommer mit Erdbeeren zum Selbstpflücken. Die Saison geht von Mitte Juni bis Ende Juli. Am 6. August sind sie nach Thailand geflogen und erst am 1. Oktober zurückgekommen.«

Wisting notierte.

»Die *Elida* war hier am 9. und 10. August«, sagte er und zog dieselbe Schlussfolgerung wie schon Benjamin Fjeld zuvor. Die in Plastik eingewickelte Broschüre in der Innentasche des Toten deutete darauf hin, dass der Mord aller Wahrscheinlichkeit nach geschehen war, nachdem Per und Supattra Halle ins Ausland gereist waren. »Hat sich jemand um den Hof gekümmert, während die beiden verreist sind?«

»Ja, die haben da so eine Art Aufpasser von einem der anderen Höfe. Er kommt morgen früh hier vorbei.«

»Wie heißt er?«

»Jonathan Wang«, sagte der junge Ermittler und fügte die Antwort hinzu, auf die Wisting schon gewartet hatte. »Ich habe die Register überprüft. Kein Eintrag. Er ist nicht vorbestraft.«

Wisting notierte den Namen und sah, dass Christine Thiis dasselbe tat. Vorläufig handelte es sich nur um einen Namen, aber immerhin hatte sich der Mann zum vermutlichen Zeitpunkt des Mordes allein in der Nähe des Fundorts aufgehalten. Damit konnten sie vielleicht weiterarbeiten.

Wisting fuhr fort.

»Die Befragungen in der Gegend?« Er sah zu Torunn Borg.

»Wir haben mit den meisten auf den umliegenden Höfen gesprochen. Es gibt niemanden, der irgendwie auffällig war, aber wir haben viele Informationen bekommen, die wir noch prüfen müssen. Unter anderem sollen auf einigen Höfen ein paar Wanderarbeiter aufgetaucht sein, die angeboten haben, Messer und Werkzeuge zu günstigen Preisen zu schleifen.«

»Stimmt«, warf Nils Hammer ein. »Es gab letzten Sommer in diesem Zusammenhang ein paar Anzeigen wegen Betrugs. Die sind in einem in Schweden registrierten Wagen herumgefahren.«

»Haben wir da was Konkretes?«, fragte Christine Thiis.

»Nein, aber das Kennzeichen ist bei einer der Anzeigen angegeben worden«, erläuterte Torunn Borg.

»Sonst noch etwas?«, wollte Wisting wissen.

»Die Leute können sich nicht an besonders viel erinnern. Einem ist ein fremder Mann mit einem Fotoapparat aufgefallen, andere entsinnen sich, dass gegen Ende des Sommers ein Lieferwagen auf ihrem Hof auftauchte. Ein Deutscher hat nach dem Weg nach Mølen gefragt, und ein gehörloser Pole hat an den Haustüren Bilder verkauft. Unter anderem.«

Wisting streckte die Hand nach der Kaffeetasse aus. Alltägliche Banalitäten wie die eben beschriebenen saßen irgendwo in der Erinnerung der Leute fest und mussten nun ans Tageslicht gebracht werden. Sehr wahrscheinlich handelte es sich um Informationen, die außer viel zusätzlicher Arbeit nichts brachten, aber die Erfahrung hatte gezeigt, dass sich manchmal zwischen all den zusammengetragenen Erinnerungen ein Detail befand, das entscheidend sein konnte. Was jetzt unwichtig erschien, konnte in einem Tag oder in einer Woche überaus bedeutsam sein. Oder auch erst in einem Jahr.

»Du kümmerst dich da drum?«, fragte Wisting und nippte an seinem Kaffee.

Torunn Borg nickte.

»Solange wir nichts Interessanteres haben.«

Espen Mortensen tauchte plötzlich wieder in der Tür auf. Die Papiere, die er beim letzten Mal bei sich hatte, musste er offenbar in seinem Büro gelassen haben. Jetzt hielt er einen Bogen in jeder Hand und blickte von einem zum anderen. Dann hielt er sie beide ein Stückchen von sich weg, wie zwei Teile eines Puzzlespiels, die nicht zusammenpassten. Wisting begriff sofort, dass er Informationen bekommen haben musste, die ihre Ermittlungen auf dramatische Weise verändern würden.

»Was hast du?«, wollte Hammer wissen.

»Wir haben einen passenden Fingerabdruck«, erwiderte Mortensen und kam ein paar Schritte in den Raum hinein.

»Fingerabdruck?«, fragte Wisting und hatte wieder die eingeschrumpften Finger vor Augen.

»Auf der Broschüre in der Innentasche«, erklärte Mortensen. »Die in Plastik eingewickelt war.«

»Wer ist es?«, fragte Hammer. »Wessen Abdrücke haben sie gefunden?«

Mortensen blickte auf einen der Papierbögen.

»Robert Godwin«, entgegnete er.

»Wer ist Robert Godwin?«

Mortensen legte das Blatt, das er in der rechten Hand hielt, auf den Tisch.

Wisting beugte sich vor und spürte, dass irgendwo hinter seiner Schläfe ein Nerv zuckte, als er die Überschrift las: *Wanted by the* FBI.

12

Line hatte weniger als eine Stunde gebraucht, um die Dokumente durchzulesen. Der Fall war chronologisch geordnet. Zunächst gab es den Bericht der ersten Polizeistreife, die gerufen worden und in das Haus eingedrungen war. Danach folgte ein Formular, auf dem der herbeigerufene Arzt den Todesfall protokolliert hatte. Dann gab es die schriftlich festgehaltene Vernehmung des Mannes von der Elektrizitätsgesellschaft, der Viggo Hansen gefunden hatte. Des Weiteren folgten eine Kopie der Korrespondenz mit dem Hausarzt sowie der Berichte eines Ermittlers, der mit dem Briefträger und den nächsten Nachbarn gesprochen hatte. Ein Dokument mit der Überschrift *Bericht über Durchsuchung und Beschlagnahme* listete alle Dinge auf, die die Polizei aus dem Haus mitgenommen hatte, um sie einer weiteren Untersuchung zu unterziehen. Zu guter Letzt konnte Line noch den Bericht des Kriminaltechnikers lesen, der das Haus inspiziert hatte. Dieser lag zusammen mit einer Fotomappe, die eine Planzeichnung enthielt, auf der die Position der Leiche sowie die Raumverteilung in dem kleinen Haus eingezeichnet waren: zwei Schlafzimmer, Wohnzimmer, Küche, Bad, zwei Kammern, ein Windfang und eine Treppe, die in den Keller führte.

Die Kopien der Bilder waren schwarzweiß. Viggo Hansens Anblick auf einigen der Bilder war gleichwohl morbide und unangenehm. Er erinnerte an eine mumifizierte Leiche, wie sie Line schon auf Bildern aus Ägypten gesehen hatte. Der Körper schien total dehydriert und war völlig eingetrocknet. Die Haut war verschrumpelt, sah hart und trocken aus und spannte sich fest über die Knochen. Viggo Hansen saß in einem Sessel, wie eine grauschwarze Puppe. Das Ganze war von einer unangenehmen, fast unwirklichen Stimmung geprägt, so als sei er auch im Tod ein Fremder gewesen.

Vor dem Sessel mit der Leiche stand ein Tisch, und davor wiederum ein eingeschaltetes Fernsehgerät. Line erkannte das Logo von Discovery Channel.

Auf einem der Fotos war eine Programmzeitschrift zu sehen, die aufgeschlagen auf dem Tisch lag und das Sendeprogramm für den 11. August zeigte. Neben einem der Programme war ein Häkchen eingezeichnet: *Archive des* FBI. Sogar in diesem tragischen Moment konnte sich Line ein Lächeln nicht verkneifen. Der Abteilungsleiter bei VG würde also zu lesen bekommen, was Viggo Hansen angesehen hatte, als er starb.

Keines der Falldokumente erzählte etwas über die Person Viggo Hansen oder darüber, wer er eigentlich gewesen war. Die Beschreibungen hatten eingesetzt, nachdem sein Leben geendet hatte. Am interessantesten war der Bericht des Kriminaltechnikers Espen Mortensen. Dieser beschrieb nicht nur die Leiche, sondern auch das Haus auf eine nüchterne und objektive Weise. Die Haustür und die Verandatür auf der Rückseite waren abgesperrt, die Fenster geschlossen gewesen, und es gab keine Anzeichen eines Einbruchs. Das Haus war aufgeräumt, nichts deutete darauf hin, dass es einen Kampf gegeben oder Viggo Hansen von irgendwem Besuch bekommen hatte.

Der aufgeschlagenen Programmzeitschrift zufolge war – so der Kriminaltechniker – der Tod irgendwann am Abend des 11. August eingetreten.

Der Obduktionsbericht stützte diese Vermutung:

Nichts an der Beschaffenheit der Leiche widerspricht der Annahme, dass der Tod zu einem späteren Zeitpunkt als dem 11. August eingetreten ist, las Line. Der Pathologe erläuterte, dass die niedrige Luftfeuchtigkeit in der Wohnung des Verstorbenen Ursache für den relativ gut erhaltenen Körper gewesen sei. Die trockene Luft habe die Körperflüssigkeiten zum Verdunsten gebracht, die Leiche sei eingetrocknet, anstatt zu verwesen.

Unter den Dokumenten befanden sich auch die Ergebnisse verschiedener Untersuchungen und Analysen. Die Sprache war bürokratisch, aber Line verstand, dass es sich um eine DNA-Analyse handelte. Es gab keine Familienanghörigen, mit denen die Proben abgeglichen werden konnten, doch das DNA-Profil Viggo Hansens war mit der DNA verglichen worden, die man auf seiner Zahnbürste sowie auf einem Kamm in einer Hosentasche gefunden hatte. So war die Identität des Toten bestätigt worden.

Das Gespräch, das die Polizei mit Steinar Brunvall im Nachbarhaus geführt hatte, gab Antworten auf ein paar Fragen, die sich Line hinsichtlich ihrer Jugendliebe bereits gestellt hatte. In dem Bericht wurde erläutert, dass er als einer der nächsten Nachbarn Viggo Hansens in dem Haus nebenan aufgewachsen war und es übernommen hatte, nachdem seine Eltern vor drei Jahren nach Spanien gezogen waren. Er arbeitete als Lehrer und wohnte mit einer Frau namens Ida zusammen. Sie hatten zwei kleine gemeinsame Kinder.

Steinar hatte nur wenig über Viggo Hansen berichten können. Er konnte sich nicht erinnern, wann genau er seinen Nachbarn zuletzt gesehen hatte, glaubte aber, es müsse irgendwann im Sommer gewesen sein. Die wenigen Male, die er ihn getroffen hatte, sei Hansen stets mit einer Einkaufstüte in jeder Hand auf dem Heimweg gewesen. Nur ein einziges Mal habe er ihm zugenickt, soweit er sich erinnern konnte. Niemals jedoch hätten sie ein Wort gewechselt.

Die Vernehmung von Greta Tisler aus dem anderen

Nachbarhaus war ebenfalls nicht sehr hilfreich. Es schien, als hätte sie sich am meisten über den verwahrlosten Garten hinter dem Haus von Viggo Hansen geärgert. Seit den frühen siebziger Jahren habe sie nebenan mit ihrem Mann gelebt. Sie seien eine halbe Generation älter als Viggo Hansen, und Frau Tisler glaubte, dass sie aus diesem Grund keinen Umgang gepflegt hätten. Ihr verstorbener Mann habe Mitte der neunziger Jahre im Zusammenhang mit dem Bau eines Gartenhauses ein wenig Kontakt mit Hansen gehabt, da sie ein paar Unterschriften von ihm benötigten. Sie beschrieb Viggo Hansen als einen seltsamen Mann, der meist für sich allein geblieben sei. Line ahnte, dass Greta Tisler noch weit mehr erzählt hatte – Dinge, die nicht in einen Polizeibericht gehörten –, und schrieb ihren Namen auf die Liste mit Personen, die sie gern sprechen wollte.

Bei ähnlichen Akten, die Line früher schon gesehen hatte und in denen es um die Identifizierung eines Menschen ging, hatten die Ermittler häufig ein Passfoto des Verstorbenen hinzugefügt. Von Viggo Hansen gab es kein entsprechendes Porträtfoto. Sehr wahrscheinlich hatte überhaupt kein Passfoto von ihm existiert. Vermutlich war er nie ins Ausland gereist.

Line hatte selbst nur noch eine vage Ahnung davon, wie er ausgesehen hatte. Gern hätte sie ein Gesicht mit dem Fall verbunden, über den sie schreiben wollte, aber sie würde es auch ohne schaffen. Eines der Fotos, auf denen Viggo Hansen mit dem Rücken zum Fotografen saß, könnte sicherlich abgedruckt werden, sofern die Polizei ihr das Original überlassen würde. Ein kleiner Teil des Kopfs war oberhalb der Rückenlehne des Sessels erkennbar. Er war leicht nach links geneigt, und wenn man es nicht besser wusste, hätte es so wirken können wie das Bild eines Mannes, der vor dem Fernseher saß und schlief. Sogar das leere Glas auf dem

Tisch vor ihm war zu sehen. Die Zimmerwände waren grau und nackt, ohne irgendwelche Familienfotos. Ein Motiv, das einen einsamen Menschen und ein einsames Leben bestens illustrieren konnte.

Line sammelte alle Unterlagen ein und legte sie zurück in die grüne Dokumentenmappe. Dann stand sie auf und trat ans Fenster. Der Schnee hatte sich draußen auf die Fensterbank gelegt. Ein Mann in einer dicken Daunenjacke, mit Mütze und einem Schal vor dem Gesicht, kam die Straße heraufgelaufen. Ein Vogel erschrak und flog von einem der Bäume in Viggo Hansens Garten auf.

Über Hansens Leben zu schreiben, könnte vielleicht schwieriger sein, als sie es sich vorgestellt hatte. Zum jetzigen Zeitpunkt war nicht erkennbar, ob Viggo Hansen irgendwo in der Welt da draußen Spuren hinterlassen hatte. Sein Leben schien völlig leer, so leer, dass es problematisch werden könnte, es in die zwölftausend Zeichen umzuformen, die Line benötigte, um sechs Seiten zu füllen. Irgendetwas jedoch musste sie finden, sie musste jemanden aufspüren, der ihn gekannt und bei dem er einen bleibenden Eindruck hinterlassen hatte, auch wenn das schon viele Jahre zurücklag. Außerdem musste sie versuchen, sich ein Bild davon zu machen, wer er gewesen war. Das Haus, in dem er lange Jahre gelebt hatte, würde ihr sicher etwas erzählen können. Vielleicht gab es ja ein paar Bücher im Regal oder ein paar Fotografien, die versteckt in einer Schublade lagen? Wie hatte er sich gekleidet? Gab es irgendwo Filme oder alte Briefe? Was war das Erste, das er morgens nach dem Wachwerden erblickt hatte? Solche Dinge würden ihr etwas erzählen können. Denn auch Viggo Hansen hatte über eine innere Welt verfügt, auch wenn diese anderen verschlossen geblieben war. Line musste einen Weg finden, um in diese Welt zu gelangen.

13

Im Laufe weniger Minuten war die Ermittlung auf ein völlig anderes Niveau gehoben worden. Wisting saß hinter seinem Schreibtisch. Vor sich hatte er den Papierbogen mit dem FBI-Logo liegen. Robert Godwin war die Nummer vier auf der Liste der meistgesuchten Personen in den USA. Er war auch unter dem Namen The Interstate Strangler bekannt. Unter seinem Namen stand auch der Anlass für die Fahndung nach ihm: *First degree murder (six counts).* Sechs Fälle von vorsätzlichem Mord. Sechs Frauen. Dazu kamen ebenso viele Fälle von Vergewaltigung und Entführung. Das FBI hatte dem- oder denjenigen, die über Hinweise verfügten, welche zu Godwins Ergreifung führen könnten, eine Belohnung von bis zu einer Million Dollar versprochen.

In der Mitte des Bogens war ein Bild des Gesuchten abgedruckt. Es war schwarzweiß und von schlechter Qualität. Es zeigte einen jungen Mann mit schmalem Gesicht und dünnen Haaren. Er war glattrasiert und hatte ausgeprägte Geheimratsecken. Nichts an seinem Äußeren konnte Auskunft darüber geben, was für ein Mensch er eigentlich war. Eher im Gegenteil.

Das Bild musste schon einige Jahrzehnte alt sein. Aus dem Text ging hervor, dass Robert Godwin bereits seit 1989 gesucht wurde.

Nils Hammer hockte auf der Kante seines Stuhls Wisting gegenüber. Neben ihm saß Espen Mortensen mit einem Stapel von Papieren auf dem Schoß, die er Wisting reichte, sobald er sie gelesen hatte. Wisting las sie durch und gab sie dann an Nils Hammer weiter.

Es handelte sich um einen Bericht des FBI, in dem der Hintergrund für die Fahndung erläutert wurde. Robert Godwin war 1950 gleich hinter der Stadtgrenze von Minneapolis geboren worden. Wisting sah die Landkarte vor seinem geistigen Auge und ordnete die Stadt an der Grenze zu Kanada ein. Godwin war auf einer Farm groß geworden, auf der seine Familie Äpfel anbaute, hatte dann allerdings eine Ausbildung als Hochschullehrer für Sprachwissenschaften und Kunstgeschichte absolviert und an der University of Minnesota unterrichtet. Er war unverheiratet und lebte allein.

Der erste Mord war bereits 1983 begangen worden. Das Mordopfer hieß Lynn Adams und war eine achtzehn Jahre alte Studentin an der Universität, wo Godwin unterrichtete. Sie wollte an einem Freitagnachmittag per Anhalter nach Hause zu ihrem Freund fahren, kam jedoch niemals dort an. Erst ein halbes Jahr später wurde sie in einem Bewässerungsschacht außerhalb der Stadt gefunden. Ein für die Instandhaltung zuständiger Arbeiter hatte den Schachtdeckel geöffnet, um die darunter befindlichen Rohre zu inspizieren, und fand sie eingepackt in einen Leinensack. Der Mord war bei der örtlichen Polizei als ungelöster Fall zu den Akten gelegt worden, bis das FBI sechs Jahre später Robert Godwin auf die Spur kam.

Auch alle anderen fünf Opfer waren junge Frauen. In vier der Fälle handelte es sich um Anhalterinnen, die irgendwo auf einer der nach North Dakota, Iowa oder Wisconsin führenden Autobahnen aufgelesen worden waren. Das fünfte Opfer war eine Frau, die eine Autopanne erlebt hatte. Die Ermittlungen begannen, nachdem ihr Wagen an einer Bushaltestelle außerhalb von Billings gefunden worden war.

Aus dem Bericht ging hervor, dass das FBI vermutete,

der Mörder habe seine Opfer mit Chloroform betäubt, das aus dem chemischen Institut der Universität entwendet worden war.

Wisting blickte von den Unterlagen auf. Chloroform. Wie in einem amerikanischen Film, dachte er, behielt den Gedanken jedoch für sich.

Lange Jahre waren die Fälle separat als einzelne Mordfälle untersucht worden. Erst die Versuche mit DNA-Material hatten die FBI-Agenten auf die richtige Spur gebracht. Die Technologie war damals noch neu, und die Forscher bekamen biologisches Material in die Hand, das im Rahmen verschiedener ungelöster Fälle gesammelt worden war. Schnell fanden sie in fünf ungelösten Mordfällen, die alle in den nördlichen Bundesstaaten der USA begangen wurden, die DNA ein und derselben Person. Darüber hinaus ähnelten die Fälle einander, weil alle Frauen irgendwo an einer Autobahn mitgenommen, dann vergewaltigt, erwürgt und in einen Straßengraben geworfen worden waren.

Dass die Polizei es plötzlich mit einem Serienmörder zu tun hatte, wurde von der Presse entsprechend ausgeschlachtet. Die Zeitungen tauften ihn The Interstate Strangler – der Interstate-Würger, gemäß den Straßen, an denen er seine Opfer gefunden hatte. Das Presseecho hatte wohl dazu geführt, dass der Mörder sich in der darauffolgenden Zeit ruhig verhielt. Es gab keine weiteren Leichenfunde.

Ein Jahr später war es für die Polizei zum großen Durchbruch gekommen. The Interstate-Strangler hatte erneut zugeschlagen, jedoch sein Opfer lebend entkommen lassen. In der Hitze des Kampfgefechts hatte die Frau ihn gebissen und war dann geflüchtet. Sie erwies sich als eine Studentin an Godwins Universität und konnte seinen Namen nennen. Sein Blut stimmte mit dem DNA-Profil des Interstate-Würgers überein.

Noch bevor die Polizei Robert Godwin festnehmen konnte, war er verschwunden. Am 24. August wurde er auf die *Most-Wanted*-Liste des FBI gesetzt. Gleichzeitig begannen die Ermittler, sich andere ungelöste Fälle anzusehen, bei denen keine DNA-Spuren nachweisbar waren. Es zeigte sich, dass der Leinensack, in den das erste Opfer gestopft worden war, demselben Typ entsprach, der im Zusammenhang mit der Apfelproduktion von Godwins Familie verwendet wurde. Der Mord an Lynn Adams wurde demnach zum siebten Anklagepunkt. Zu diesem Zeitpunkt allerdings war Robert Godwin bereits wie vom Erdboden verschluckt.

Wisting ließ sich in seinem Sessel zurücksinken und blickte zum Fenster hinaus. Die Dämmerung hatte schon eingesetzt. Im gelben Licht der Straßenlaternen sanken große Schneeflocken herab. Wistings Hals war trocken. Er räusperte sich, um etwas zu sagen, verharrte jedoch und lauschte in die gedämpfte Stille.

»Es gibt noch mehr«, sagte Mortensen und reichte ihm das letzte Blatt. Dabei handelte es sich um eine vergleichende Fallanalyse. Neben den sechs Morden, für die Robert Godwin offiziell verantwortlich gemacht wurde, arbeitete das FBI mit einer Liste, auf der siebzehn weitere mögliche Opfer standen.

Wisting warf Mortensen einen kurzen Blick zu, bevor er weiterlas. Es war die Rede von siebzehn Vorkommnissen, die als Vermisstenfälle eingestuft waren. Es handelte sich um junge Frauen, die jene Straßen benutzt hatten, wo Godwin sein Unwesen trieb. Alle waren in dem Zeitraum als vermisst gemeldet worden, der genau zwischen den Zeitungsmeldungen über das DNA-Profil, durch das die Polizei auf die Spur des Interstate-Stranglers gekommen war, und dem Beginn der Fahndung nach Robert Godwin lag.

Die Ermittler hatten keine offizielle Verlautbarung abgegeben, aber es war offensichtlich, dass der Insterstate-Strangler nicht zu morden aufgehört hatte, als die Zeitungen über ihn berichteten, sondern nur dafür gesorgt hatte, dass seine Opfer nicht gefunden wurden.

Wisting gab den letzten Papierbogen an Hammer weiter und blieb schweigend sitzen, bis dieser zu Ende gelesen hatte. Er konnte sehen, wie der Inhalt des Berichts einen Muskel in der Wange des erfahrenen Ermittlers zum Zucken brachte. Dann richtete er den Blick wieder auf Mortensen.

»Glaubst du, das ist der, den wir da gefunden haben?«, fragte er.

»Die Beschreibung stimmt mit dem vorläufigen Obduktionsbericht überein«, erwiderte der Kriminaltechniker und zog den Bogen mit Robert Godwins Foto zu sich heran. »Normaler Körperbau, dunkelblondes Haar, sechzig Jahre, 184 Zentimeter groß, ungefähr 80 Kilo«, las er vor.

Nils Hammer legte den letzten Bogen des Berichts beiseite und schüttelte den Kopf.

»Ein amerikanischer Serienmörder, der unter einem norwegischen Weihnachtsbaum endet?«, fasste er zusammen.

»Er wurde seit über zwanzig Jahren gesucht«, erinnerte ihn Mortensen. »Es wäre nicht das erste Mal, dass sich Menschen auf der Flucht in Norwegen verstecken. Hier wohnen sogar Leute, die Völkermord und andere Kriegsverbrechen begangen haben.«

Wisting rieb sich über die Stirn.

»Wie eindeutig ist denn die Fingerabdruckanalyse?«, fragte er.

»Kristallklar. Der Abdruck von Robert Godwins rechtem Daumen wurde auf der Vorderseite der Broschüre gefunden und die seines rechten Zeige- und Mittelfingers auf der Rückseite.«

»Aber das bedeutet nicht, dass die Fingerabdrücke von dem Mann stammen müssen, den wir gefunden haben«, wandte Hammer ein. »Diese Broschüre könnte im Prinzip von überall hergekommen sein. Es ist durchaus möglich, dass sich Robert Godwin an Bord dieses Jesus-Schiffes befindet.«

»Sind die Amerikaner darüber informiert worden, dass wir bei Godwin einen Treffer gelandet haben?«

Espen Mortensen nickte.

»Die Kripo kümmert sich um die internationalen Kontakte.«

»Haben wir DNA-Material von der Leiche?«, wollte Wisting wissen.

»Das sollte im Laufe des morgigen Tages zugänglich sein.«

»Und wann können wir das mit Proben aus den USA abgleichen?«

»Da gibt's bestimmt 'ne Menge Formalitäten«, sagte Mortensen. »Aber prinzipiell könnte das schon morgen passieren.«

Wisting stand auf und trat ans Fenster. Ein Mann auf einem Traktor befreite den Parkplatz im Hof vom Schnee. Der Schneepflug schabte über den Asphalt und ließ ein paar Funken aufstieben.

»Am schlimmsten wäre es wohl, wenn es nicht Robert Godwin ist, den wir da gefunden haben«, kommentierte Hammer.

»Wieso?«

»Wir haben seine Fingerabdrücke gefunden«, stellte Hammer lakonisch fest. »Wenn er nicht der Tote ist, läuft er irgendwo da draußen noch rum.«

14

Line stand am Fenster und fragte sich, ob sie hinunter zur Kurve laufen und sich Zugang zu Viggo Hansens Haus verschaffen sollte. Da es draußen inzwischen dunkel geworden war, konnte sie nicht viel mehr als die Konturen des Hauses erkennen. Abgesehen von der Außenlampe an der Eingangstür leuchtete irgendwo im Innern des Hauses, anscheinend in der Küche, ein weiteres Licht.

Ein Wagen kam die Straße entlanggefahren. Vom Scheinwerferlicht erhellt, warfen die gekrümmten Bäume im Garten lange Schatten in den Schnee. Das Haus wirkte nicht nur leer, sondern völlig verlassen, was Line die Lust nahm, dort allein hinzugehen, zumindest solange es dunkel war. Ungemütlich war gar nicht das richtige Wort. Es lag eher etwas Unglückliches über dem Haus, und das auf eine Weise, die es furchteinflößend machte.

Sie entschied sich, die Untersuchung des Hauses auf den nächsten Tag zu verschieben, und ging stattdessen in die Küche, um nach etwas Essbarem zu suchen.

Im Kühlschrank lagen zwei Fertiggerichte sowie ein paar Grillwürstchen. Im Schrank fand sie ein paar Konservendosen, die nicht besonders vielversprechend aussahen. Sie überlegte, zum Einkaufen loszufahren, doch der Schnee, der den Wagen mittlerweile wieder eingepackt hatte, ließ sie den Gedanken verwerfen. Außerdem war es nicht sicher, ob das Auto überhaupt ansprang.

In Ermangelung anderer Vorräte briet sie zwei Eier, legte sie auf trockene Brotscheiben und trug sie ins Wohnzimmer. Sie aß, während sie durch die Fernsehkanäle zappte und schließlich bei CNN landete. Das Winterwetter bestimmte auch dort den Inhalt der Nachrichten. Ein Reporter stand vor einem eingeschneiten Straßenschild, das die Autofahrer in Minnesota willkommen hieß. Die Schneeflocken fegten beinahe waagerecht durch den Hintergrund. Die Untertitel am Rande des Bildschirms verrieten, dass er sich in Fargo, gleich hinter der Grenze zu North Dakota aufhielt. Der Schnee setzte sich auf seiner Kleidung fest, und die Flocken stieben ihm in die Augen, während er redete. Im Laufe der vergangenen vierundzwanzig Stunden sei ein Meter Schnee gefallen, erläuterte er, und es werde noch mehr erwartet. Die Räummannschaften hätten große Probleme, die Straßen frei zu halten.

Der Bericht wurde von einer Wettervorhersage im Studio abgelöst. Line wechselte zu einem Kanal, der Dokumentationen zeigte. Auf dem Fernsehbildschirm hatte sich Staub angesammelt, wie sie feststellte. Sie stand auf, nahm den leeren Teller mit in die Küche und holte ein Staubtuch und eine Sprayflasche aus der Putzkammer.

Nicht nur der Fernsehapparat war eingestaubt. In einer dünnen Schicht lag der Staub auf der Anrichte, auf Bilderrahmen und auf allem anderen, was es im Zimmer gab.

Line ging zurück in die Putzkammer, füllte einen Eimer mit Wasser und begann, die Gegenstände feucht abzuwischen. Als das erledigt war, holte sie den Staubsauger und saugte die Böden ab, bevor sie alles feucht wischte. Fast zwei Stunden brauchte sie für die Reinigung.

Dann ging sie auf den Dachboden und holte den Karton mit der Weihnachtsdekoration. Sie stellte einen Adventsleuchter auf die Fensterbank in der Küche und schmückte das Wohnzimmerfenster mit einem Weihnachtsstern.

Es war ihr recht, dass ihr Vater nicht kam, während sie mit dem Putzen und Schmücken des Hauses beschäftigt war, doch mittlerweile war es fast acht, und Line überlegte, ihn anzurufen. Dann aber hörte sie eine Autotür vor dem Haus zuschlagen, und gleich darauf kam ihr Vater herein.

Sie ging ihm entgegen, und er begrüßte sie mit einem Lächeln.

»Du kommst spät«, sagte sie.

»Ja«, erwiderte er bloß, ohne zu erwähnen, was ihn aufgehalten hatte. »Hast du schon gegessen?«, fragte er stattdessen.

»Ich hab mir zwei Eier genommen«, sagte Line. »Ich könnte morgen einkaufen gehen.«

»Ich mach mir auch was Einfaches«, sagte Wisting und ging mit seiner Tochter in die Küche.

Line setzte sich an den Tisch, während ihr Vater drei Grillwürstchen in die Pfanne warf, die sie für die Eier benutzt hatte.

»Hast du schon angefangen?«, wollte er wissen. »Ich habe gehört, dass du dir die Unterlagen abgeholt hast.«

»Ja, ich hab sie durchgelesen«, sagte Line mit einem Nicken. »Es gibt nicht viel, das mir verraten könnte, wer Viggo Hansen eigentlich war. Ich habe mir überlegt, dass ich mit ein paar seiner alten Schulkameraden sprechen könnte. Ich habe schon eine Verabredung mit Eivind Aske.«

»Dem Künstler?«

»Ja, ich fahre morgen zu ihm.«

Wisting drehte die Würstchen um und schaltete die Dunstabzugshaube über dem Herd ein.

»Bist du im Haus gewesen?«

»Noch nicht«, erwiderte Line, »aber morgen.«

Sie blieb am Tisch sitzen, während ihr Vater etwas Kartoffelsalat aus dem Kühlschrank nahm.

»Was weißt du über ihn?«, fragte sie.

Er zuckte mit den Schultern.

»Ich kannte ihn nicht.«

»Was ist mit seiner Familie?«, fuhr Line fort. »Ich erinnere mich noch, es gab Gerüchte, seine Mutter liege in einem psychiatrischen Krankenhaus, und der Vater sei im Gefängnis gewesen.«

Wisting hielt inne und dachte nach.

»Ja, jetzt da du es erwähnst«, erwiderte er und schob die Bratpfanne zur Seite. »Als wir hier eingezogen sind, waren seine Eltern schon tot. Aber es wurde viel darüber geredet, dass es kein Wunder sei, wie Viggo wurde, was er war. Ich kann mich nicht genau erinnern, aber ich glaube, seine Mutter hatte einen Nervenzusammenbruch gehabt oder so was.«

Er legte die Würste auf einen Teller und setzte sich zu Line an den Küchentisch.

»Was ist mit dem Vater?«, fragte Line. »Warum hat er gesessen?«

»Weiß nicht«, gab Wisting zurück und fing an zu essen.

»Was glaubst du, mit wem sollte ich sprechen?«

»Wenn er wegen irgendwas verurteilt wurde, kannst du bestimmt an eine Kopie des Urteils kommen. Aber dann musst du wohl mit dem Reichsarchiv Kontakt aufnehmen. Das Ganze liegt ja mehr als vierzig Jahre zurück.«

»Ich dachte an irgendwen, der mir ein bisschen über ihn erzählen könnte. Jemand, der ihn kannte. Fällt dir da jemand ein?«

»Das wäre dann wohl Greta. Sie wohnt ja direkt nebenan. Sie wohnte da schon, als wir hier hergezogen sind.«

»Der Polizei hat sie nicht viel erzählt.«

»Kann ja gut sein, dass sie sich besser daran erinnern kann, was vor vierzig Jahren passiert ist, als an die Zeit, in der Viggo Hansen gestorben ist«, schlug ihr Vater vor. Er stopfte sich einen Bissen Wurst in den Mund, hörte aber plötzlich auf zu kauen. »Hast du dekoriert?«, fragte er und zeigte auf den Kerzenleuchter auf der Fensterbank.

»Es ist ja bald Weihnachen«, erinnerte Line ihn.

Er nickte.

»Was wünschst du dir?«

Das wusste sie nicht und konnte die Frage nicht beantworten.

»Im Internet stand etwas über einen Leichenfund beim Bauernhof Halle«, sagte sie stattdessen.

Wisting nickte und brauchte etwas Zeit zum Kauen.

»Bist du deshalb so spät gekommen?«, fragte Line.

»Wir versuchen herauszufinden, wer er ist«, erwiderte ihr Vater. »Niemand auf der Vermisstenliste passt zu dem Fund.«

»Und was glaubt ihr, um wen es sich handelt?«

»Vermutlich ist er Ausländer.«

»Ein Tourist, der im Sommer hier war?«

»Vieles ist möglich.«

Line bemerkte, dass sie wieder die professionelle Rolle einnahm und ihre Fragen als Journalistin stellte.

»Habt ihr schon die Todesursache feststellen können?«

Ihr Vater stand auf, trat ans Abwaschbecken und spülte den Teller ab, bevor er ihn in die Spülmaschine stellte.

Line sah ihn an und verstand plötzlich, worum es ging.

»Verdächtiger Todesfall?«, fragte sie und benutzte dabei den Ausdruck, den Ermittler verwenden, wenn sie nicht wissen, was für einen Fall sie eigentlich vor sich haben.

»Line«, sagte ihr Vater und schluckte. »Ich kann darüber nicht sprechen.«

»Wovon redest du?«

Er antwortete nicht.

»Ich bin zwar an das Wochenendmagazin ausgeliehen«,

fuhr Line fort, »aber gibt es da vielleicht etwas, auf das ich die anderen aufmerksam machen sollte?«

Wisting stützte sich mit dem Rücken an der Arbeitsplatte ab und ließ die Hände auf der Fläche ruhen.

»So wie es momentan aussieht, wäre es mir lieber, wenn du es nicht tätest«, sagte er. »Und mir keine weiteren Fragen stellst.«

15

Nach dem Schnee kam die Kälte. Im Laufe der Nacht war alles zugefroren. Lautlos bewegte sich Wisting durchs Haus, um Line nicht zu wecken, die immer noch oben im Zimmer lag und schlief. Das Thermometer vor dem Küchenfenster zeigte vierzehn Grad minus. Die Temperatur war um mehr als zehn Grad gefallen.

Er blieb mit dem Morgenkaffee vor dem Fenster stehen und registrierte, wie steif sein Körper war. Vor dem Einschlafen hatte er lange im Dunkeln wach gelegen. Der darauffolgende Schlaf war so unruhig gewesen wie schon lange nicht mehr. Der Fall, den er jetzt vor sich hatte, war ziemlich verzwickt, und was da in den Unterlagen über Godwin geschrieben stand, erschreckte ihn. Im Laufe der Jahre hatte er in seinem Job schon viel gesehen, war jedoch nie mit einem systematisch vorgehenden Serienmörder konfrontiert gewesen, der derartig viele Menschen auf dem Gewissen hatte. Solch eine Form von Niedertracht war ihm völlig fremd. Er hatte das Gefühl, dass sein Team vorläufig nur die äußeren Konturen des Falls erahnte.

Wisting trank seinen Kaffee aus, stellte die Tasse in die Spülmaschine, ging ins Bad und spritzte sich Wasser ins Gesicht. Dann zog er einen dicken Pullover, robuste Stiefel, eine gefütterte Jacke sowie Handschuhe und Mütze über.

Draußen auf der Treppe griff er nach der Schneeschaufel, die an der Tür stand, und stieß Löcher in die Eiskruste, die sich als hartgefrorene Schicht über dem Schnee gebildet hatte. Er schaufelte sich einen Weg zum Wagen frei und fegte die obere Schneeschicht herunter, bevor er die Tür öffnete und sich hineinsetzte. Der Motor stotterte. Wisting drehte die Heizung und die Belüftung bis zum Anschlag auf und ließ das Auto im Leerlauf vor sich hin brummen, während er die Einfahrt vom übrigen Schnee befreite. Als er fertig war, hatte sich die Wärme im Wagen ausgebreitet, und die Scheiben waren eisfrei.

Es war Sonntagmorgen. Der dritte Advent, dachte Wisting, als er die Tür zum Polizeipräsidium aufschloss. Er musste unbedingt bald mit Line über Heiligabend reden.

Die Ermittlungsabteilung lag still und verwaist da. Die Leuchtstoffröhren an der Decke summten, als er den Schalter betätigte. Dann flackerte es einen Augenblick lang in den Röhren, bevor der ganze Raum in weißes Licht getaucht wurde.

Nachdem der Computer hochgefahren war, erschien eine Meldung auf dem Bildschirm: Eine Else Britt Gusland hatte um 02.16 Uhr die Einsatzzentrale angerufen. Einer der Telefonisten hatte ihren Namen und ihre Telefonnummer notiert und ließ nun ausrichten, dass sie um einen Rückruf von Wisting bat. *Betrifft den Toten aus Halle*, hatte der Beamte hinzugefügt. *Sie glaubt, es könne sich um ihren amerikanischen Mieter handeln, der im August verschwand.*

Wisting las sich die Nachricht zwei Mal durch und sah auf die Uhr. Es war gerade mal zehn nach acht. Die Frau, die angerufen hatte, schlief jetzt wahrscheinlich. Trotzdem nahm er den Hörer in die Hand und wählte die Nummer.

Es dauerte eine Weile, bevor jemand abnahm. Die Stimme am anderen Ende der Leitung klang schlaftrunken.

»Else Britt Gusland?«

Die Frau bejahte, dann stellte Wisting sich vor.

»Sie haben wegen eines amerikanischen Mieters angerufen, der verschwunden ist?«

Sie räusperte sich.

»Ja, ich weiß zwar nicht, ob das was mit dem Mann zu tun hat, über den im Internet berichtet wurde, aber wir haben hier gestern Abend gesessen und uns darüber unterhalten, und meine Schwägerin hat vermutet, es könnte sich vielleicht um Bob handeln. Es war eigentlich als Scherz gemeint, aber immerhin stand da ja, dass er lange da draußen gelegen hat. Da haben wir uns entschieden anzurufen.«

»Erzählen Sie mir von Bob«, bat Wisting.

»Da gibt's nicht so viel zu erzählen. Er hat kein großes Aufhebens um sich gemacht. Hat eigentlich auch nie was über sich selbst erzählt.«

»Aber er hat bei Ihnen gewohnt?«

»Ja, also das heißt, wir wohnen im Eikelundveien, aber mein Mann hat eine Wohnung im Zentrum von Stavern, über dem Pub. Wir vermieten sie während des Semesters an Studenten und im Sommer an Touristen.«

»Wann hat Bob da gewohnt?«

»Von Mitte Juli bis zu seinem Verschwinden.«

»Wann ist er denn verschwunden?«

»Das lässt sich nicht so leicht sagen. Laut Vereinbarung sollte er dort vier Wochen wohnen, bis zum 14. August, einem Sonntag. Am Montag sollten nämlich die Studenten zurückkommen. Aber dann ist er plötzlich einfach verschwunden.«

»Und wie?«

»Ich war an diesem Wochenende zwei Mal dort, um mit ihm zu besprechen, wie wir es mit den Schlüsseln und so machen, aber er war nicht da. Zumindest hat er nicht die Tür geöffnet. Dann bin ich am Sonntag um halb zwölf noch mal hingefahren. Er sollte nämlich bis zwölf Uhr ausgezogen sein. Aber da hat auch niemand aufgemacht, und so hab ich meinen Schlüssel genommen und bin dann reingegangen.«

»Und?«

»Sie war leer. Also ich meine, seine Sachen waren noch da, und da hab ich versucht, ihn anzurufen. Es war so eine lange ausländische Nummer, aber niemand ging dran. Ziemlich hoffnungslos, das Ganze. Ich hab dann abgeschlossen, bin gegangen und hab bis zum nächsten Tag gewartet. Und da ich dann immer noch nichts von ihm gehört hatte, musste ich ja seine Sachen wegräumen, das Schloss austauschen und die Wohnung putzen, so dass sie wieder für die Studenten bereitstand.«

Wisting lehnte sich zurück und fuhr sich mit der freien Hand durchs Haar.

»Und seitdem haben Sie nichts mehr von ihm gehört?«

»Nein. Ich hab ihm eine E-Mail geschickt und geschrieben, dass ich noch seine Sachen hätte und dass er sie zurückbekommen könnte, wenn er für das neue Schloss bezahlt.«

»Wie hieß Bob denn weiter?«

»Bob Crabb. Ich habe hier seine Telefonnummer und E-Mail-Adresse. So ist er auch an die Wohnung gekommen. Er hatte mir Ende Mai aus den USA eine E-Mail geschickt.«

Wisting notierte alles und zog den Steckbrief des FBI hervor, auf dem das Gesicht Robert Godwins abgebildet war.

»Wie sah er aus?«, fragte er.

»Er trug Bart und Brille. Dunkles Haar.«

»Wie alt war er?«

»Er war in meinem Alter, schätze ich. Um die sechzig.«

Wisting legte den Steckbrief mit dem alten Bild wieder beiseite. Das Alter stimmte, aber angesichts von Bart und Brille würde es Else Britt Gusland wohl schwerfallen zu sagen, ob es sich bei ihrem Mieter um den von Wistings Team gesuchten Serienmörder handelte.

»Wo sind seine Sachen denn jetzt?«

»Ich habe sie immer noch hier. Sie können gern vorbeikommen und sie abholen.«

»Ja, gern«, erwiderte Wisting. »Wir benötigen ohnehin noch eine formelle Zeugenaussage von Ihnen. Passt es Ihnen in einer Stunde?«

Die Frau zögerte.

»Wie spät ist es denn jetzt?«

»Halb neun.«

Sie seufzte.

»Könnten wir uns auf elf einigen?«

Es wäre nicht in Ordnung gewesen, ihre Bitte abzulehnen. Wisting kam mit ihr überein, beendete das Gespräch und seufzte. Eigentlich wollte er nicht abwarten. Er verspürte eine undefinierbare Rastlosigkeit, wie ein schwaches Flüstern in der Brust, eine Art Vorahnung, die ihn wissen ließ, dass sie keine Zeit zu vergeuden hatten.

16

Line fröstelte, als sie in der Küche stand. Sie schaltete die Kaffeemaschine ein und schaute zum Fenster hinaus. Dort lag eine Landschaft in Weiß. Alles da draußen war reifüberzogen. Nebel lag wie ein Schleier über dem Fjord.

Gleichwohl hatte all das Weiße eine dämpfende und beruhigende Wirkung auf Line. Zum ersten Mal seit langem fühlte sie sich entspannt. Sie musste sich nicht mit kurzfristigen Deadlines auseinandersetzen und brauchte sich zur Abwechslung einmal keine Gedanken über die Zeichenzahl zu machen, die für die kommende Ausgabe der Zeitung erforderlich wäre. Über diesen und die folgenden Tage würde sie völlig frei verfügen können und mit einer Reportage beginnen, die sie selbst vorgeschlagen hatte. Niemand würde sich einmischen und ihr sagen, was wichtig sei, was unbedingt in den Text hineinsollte oder was gestrichen werden müsste.

Line hatte schon einen Plan für den Tag geschmiedet. Zuerst wollte sie hinüber zu Viggo Hansens Haus gehen, und um vier hatte sie eine Verabredung mit Eivind Aske, dem Kunstmaler, der mit Viggo Hansen zur Schule gegangen war.

Ein schwarzer Vogel erhob sich von einem frostweißen Ast und flog hinüber zu einem anderen Baum. Dort ließ er sich in der Krone nieder und bekam unversehens Gesellschaft von einem anderen Artgenossen.

Line war wach geworden, als ihr Vater die Tür hinter sich zugezogen hatte. Danach war sie eine Weile im Bett liegen geblieben und hatte gehört, wie er die Treppe freigeschaufelt und dann den Wagen im Leerlauf stehengelassen hatte, bevor er zur Arbeit gefahren war. Es war Sonntagmorgen, kurz nach acht. Bei dem Mann, der vor zwei Tagen nahe des Bauernhofs Halle tot aufgefunden worden war, musste es sich um einen besonderen Fall handeln. Line hatte den großen Unwillen ihres Vaters bemerkt, etwas über seine Arbeit zu verraten.

Sie überlegte, ob sie ein paar Kollegen in der Redaktion anrufen und ihnen einen Tipp geben sollte, damit sie Nachforschungen anstellen konnten, ließ es aber bleiben. Sie flüchtete sich in den Gedanken, dass sie sich dann nur in anderer Leute Angelegenheiten einmischen würde, und außerdem gehörte sie ja ohnehin gerade nicht der Nachrichtenredaktion an.

Sie schmierte sich ein Butterbrot und suchte im Kühlschrank nach Milch oder Saft. Nichts davon war zu finden, so dass sie ihrem Tagesplan einen Einkaufsbesuch an der Tankstelle hinzufügte. Sie blieb vor der Arbeitsplatte stehen, verzehrte ihr einfaches Frühstück und spülte es mit Kaffee hinunter. Dann ging sie ins Bad, duschte sich rasch, zog sich an und ging hinaus.

In der kalten Luft wurde ihr Atem weiß, und ihre Stiefel knirschten im festen Schnee. Sie warf einen Blick zu dem leeren Haus hinüber. Es lag etwa fünf Meter von der Straße entfernt zwischen alten, wild verzweigten Bäumen inmitten des Schnees, der bis in die letzten Ritzen der Hausverkleidung vorgedrungen war. Verblichene Gardinen hingen traurig hinter dunklen Scheiben. Line hoffte, dass irgendwer die Heizung im Innern eingeschaltet gelassen hatte.

Einer der schwarzen Vögel, die sie aus dem Küchenfenster beobachtet hatte, kam herbeigeflogen und setzte sich auf die Gartenpforte. Eine Krähe. Als Line näher trat, erhob sich das Tier und kreiste wie ein Aasgeier über dem Haus.

Sie warf sich ihre Handtasche über die Schulter und stapfte durch den hohen Schneewall am Straßenrand. In der Tasche hatte sie alle Falldokumente sowie Notizblock und Fotoapparat.

Eine überfrorene Fußspur zeichnete sich vor Line im Schnee ab. Irgendjemand musste vor kurzem hier gewesen sein, noch vor dem letzten Schneefall. Die Spur führte zur Haustür und erleichterte es Line, sich durch den Schnee vorzukämpfen. Vielleicht war jemand von der Polizei oder der Kommunalverwaltung hier gewesen.

Wie sie im Polizeibericht gelesen hatte, war die Haustür mit einem Doppelschloss versehen. Zwei Schlösser direkt übereinander. Die Polizei hatte beide aufgebohrt, als sie ins Haus vorgedrungen war, doch nur eines von ihnen ersetzt.

Gerade als Line den Schlüssel aus der Tasche nehmen wollte, sah sie es. Die Tür war aufgebrochen. Irgendwer hatte ein Brecheisen oder etwas Ähnliches benutzt und zwischen Tür und Rahmen gezwängt. Die alte Holztür war um das Schloss herum zersplittert, und der Riegel war zurückgeschoben.

Line betrachtete die Spuren, denen sie gefolgt war, und war unsicher, ob sie hineingehen oder besser draußen bleiben sollte. Doch dann erwachte die Journalistin in ihr. Falls dort drinnen ein Einbrecher herumgewütet hatte und auf der Suche nach Wertsachen gewesen war, wollte sie Fotos davon haben.

Sie zog die Tür auf, trat ein und schloss sie hinter sich. Die Luft im Haus war trocken und abgestanden. Ein schaler Geruch, wie er bei älteren Menschen häufiger vorkam, schlug ihr entgegen. Eine nach links führende Tür war geschlossen. Auf der rechten Seite lag das Badezimmer.

Der Schnee hatte sich von ihren Stiefelsohlen gelöst und weiße Spuren auf dem Fußboden im Flur hinterlassen.

Sie würde wohl zugeben müssen, dass sie hineingegangen war, wenn sie die Polizei verständigte und den Einbruch meldete.

Ein Stückchen weiter vorn war der Eingang zum Wohnzimmer. Der Fernsehapparat stand so, wie sie es auf den Fotos der Polizei gesehen hatte. Ebenso verhielt es sich mit Wohnzimmertisch und Wandbereich. Die Schranktüren waren geschlossen, die Schubladen ebenfalls. Es sah nicht so aus, als sei etwas bewegt worden, abgesehen vom Sessel, der etwas vom Tisch zurückgeschoben stand. Von Viggo Hansen war allein ein dunkler Fleck übrig geblieben. Er überzog die Sitzfläche des Sessels, in dem er gesessen hatte, und setzte sich bis auf den Fußboden fort, wo er sich in Form eines Vogels mit großen Flügeln ausgebreitet hatte.

Line zog sich zurück und ging wieder hinaus. Was sie gesehen hatte, eignete sich als Ansatz, den sie in ihrer Reportage verwenden könnte. Viggo Hansen hatte zu Lebzeiten anscheinend niemals Besuch bekommen. Jetzt, nachdem er gestorben war, waren sogar ungebetene Gäste gekommen. Sie spürte, dass diese einfache Tatsache ihr Herz berührte, und wusste, dass es vielen ihrer Leser ähnlich ergehen würde.

Sie stieg die Vortreppe hinunter, zog den Fotoapparat aus der Tasche und machte ein Foto vom aufgebrochenen Türschloss. Dann rief sie ihren Vater an. Sie konnte an seiner Stimme hören, dass er mit etwas beschäftigt war, aber dennoch ruhig mit ihr sprach, damit sie nicht glauben sollte, sie störe ihn.

»Es hat einen Einbruch im Haus von Viggo Hansen gegeben«, sagte sie. »Die Tür ist aufgebrochen.«

»Einbruch?«

»Ja, ich bin rübergegangen, um nachzusehen, wie es da drinnen aussieht. Ich hab's entdeckt, als ich gerade aufschließen wollte.«

»Liegt das schon lange zurück?«

»Ich weiß nicht. Draußen gibt es ein paar Fußspuren, die wieder zugeschneit sind.«

»Jetzt ist da aber niemand im Haus?«

Line war dieser Gedanke nicht einmal ansatzweise gekommen.

»Okay«, sagte ihr Vater. »Ich werde eine Streife hinschicken, die sollen sich das ansehen. Warte bitte draußen.«

Nachdem sie das Gespräch beendet hatte, tauschte Line Telefon gegen Fotoapparat, trat auf die Straße und schoss noch ein Bild. Sie überprüfte das Ergebnis auf dem Display auf der Rückseite. Der blendend weiße Schnee hatte dazu geführt, dass Teile des Motivs unterbelichtet waren. Sie veränderte die Einstellung, machte eine weitere Aufnahme, auf der die Details besser zu erkennen waren, und nickte zufrieden. Das Bild strahlte Kälte und Einsamkeit aus und würde sich in gedruckter Form hervorragend machen.

Line blickte sich nach den schwarzen Vögeln um, die sie zuvor gesehen hatte. Falls einer von ihnen in dem Baum vor dem Haus gesessen hätte, wäre das ein schönes Detail gewesen. Dann nahm sie plötzlich eine Bewegung hinter Greta Tislers Küchenfenster wahr. Irgendjemand hatte dort gestanden, hinausgestarrt und dann die Vorhänge zugezogen.

Line lächelte. Sie mochte neugierige Nachbarn.

17

Wisting rief unten auf der Wache an und informierte die Beamten über die Geschehnisse. Nicht zum ersten Mal erlebten sie, dass jemand in ein Haus einbrach, in dem kurz zuvor jemand gestorben war. Leere Häuser, bei denen sich die Erben noch nicht über das weitere Verfahren geeinigt hatten, waren attraktive Einbruchsobjekte. Für Frechheit gab es keine Grenzen. Vor einigen Jahren hatten sie sogar mit ein paar Fällen zu tun gehabt, bei denen Kriminelle die Todesanzeigen gelesen hatten und während der Beerdigung bei den Angehörigen eingebrochen waren.

Inzwischen waren auch die anderen Ermittler eingetroffen: Nils Hammer, Torunn Borg, Benjamin Fjeld und Espen Mortensen.

Irgendjemand hatte einen Adventsleuchter in den Konferenzraum gestellt. Die Anwesenden verteilten sich um den Tisch, und Torunn Borg zündete drei der kleinen Kerzen an. Wisting spürte sogleich den beruhigenden Effekt der winzigen Flammen. Ein Teil der Anspannung in seinem Innern ließ nach, und er wartete, bis Torunn das Streichholz ausgeblasen hatte, bevor er mit der Besprechung begann.

»Wir haben einen interessanten Hinweis bekommen«, sagte er und zog seine Notizen über den amerikanischen Wohnungsmieter hervor. »Ein Amerikaner hat von Mitte Juli bis zu seinem Verschwinden vier Wochen später eine Wohnung im Zentrum von Stavern gemietet«, sagte Wisting und erläuterte die wenigen Details, die er während des Gesprächs mit Else Britt Gusland erfahren hatte.

»Sein Name war Bob Crabb«, schloss er und reichte Torunn Borg einen Papierbogen mit dem Namen darauf. »Kannst du bitte den Namen durch alle Register laufen lassen?«

»Haben wir noch mehr als nur den Namen?«

»Eine amerikanische Telefonnummer und eine E-Mail-Adresse«, sagte er und deutete auf das Papier, das er ihr gegeben hatte. »Er soll um die sechzig sein.«

»Bob ist die Kurzform für Robert«, sagte Hammer. »Das könnte er gewesen sein. Robert Godwin. Der sich jetzt Bob Crabb nennt.«

»Ich bin um elf mit der Frau verabredet«, sagte Wisting. »Vielleicht erfahren wir ja dann noch mehr.« Er drehte sich zu Nils Hammer. »Ich möchte, dass du mitkommst.«

Hammer nickte.

»Wie sieht es denn aus mit dem FBI und dem Vergleich der DNA-Proben?«

Mortensen schüttelte ein wenig entmutigt den Kopf.

»Das läuft über die internationale Sektion bei der Kripo, und das heißt Bürokratie«, erklärte er. »Die Amerikaner wollen Godwins Profil nicht herschicken, sondern lieber selbst den Vergleich vornehmen. Sobald das Profil unseres Kandidaten vorliegt, schicken wir es also rüber. Ich schätze, dann bekommen wir die Antwort im Laufe des Tages.«

Wisting blätterte in seinen Unterlagen und wollte fortfahren. Benjamin Fjeld ergriff das Wort.

»Was für Sachen hatte er an?«, fragte er.

»Wer?«

»Dieser Crabb, der im Sommer in Stavern wohnte. Kann sich die Vermieterin daran erinnern, welche Klamotten er getragen hat?«

»Danach habe ich sie nicht gefragt«, musste Wisting einräumen.

»Hat er ein Auto gehabt?«

»Das klären wir alles, wenn wir mit ihr sprechen«, sagte Wisting. »Aber zunächst möchte ich wissen, was wir sonst noch haben. Torunn?«

»Ich habe mit Stefan Johnsson gesprochen«, erklärte Torunn Borg.

»Wer ist das?«

»Er ist der Kapitän der *Elida* und bestätigt, dass sie zwischen dem 9. und 10. August in Stavern vor Anker lag. Sie hätten an beiden Tagen Broschüren verteilt, um die Leute zu den Abendgottesdiensten auf dem Kai einzuladen. Alles in allem, denkt er, hat es sich um zweihundert bis zweihundertfünfzig Broschüren gehandelt. Niemand von der Mannschaft wird vermisst, und er kann sich für die betreffenden Tage an keine besonderen Vorkommnisse erinnern.«

Wisting schrieb alles auf.

»Was ist denn mit diesem Mann, der auf den Bauernhof aufgepasst hat, während Per und Supattra Halle in Thailand waren?«, fragte er. »Haben wir mit dem schon gesprochen.«

Benjamin Fjeld hielt seinen Kugelschreiber in die Höhe, um deutlich zu machen, dass er sich um den Mann gekümmert hatte.

»Jonathan Wang. Er kommt um elf.«

»Vernehmt ihn im Videoraum«, bat Wisting. »Er muss auf dem Hof gewesen sein, als die Leiche dort hingelegt wurde. Jedes kleine Detail könnte interessant sein, und ich will nicht, dass uns irgendwas verlorengeht.«

Wisting war mit seinen Arbeitsnotizen zu Ende gekommen und führte die Kaffeetasse zum Mund, merkte aber, dass sie leer war.

»Was ist mit elektronischen Spuren?«, fragte er und stellte die Tasse wieder weg. »Können wir irgendwie den Telefonverkehr in dem entsprechenden Gebiet überprüfen?«

Das war Nils Hammers Gebiet. Der Ermittler schüttelte den Kopf.

»Wir müssen wohl ohne die üblichen Mittel auskommen. Die Telefondaten werden nach drei Monaten gelöscht. Videoaufnahmen und Maut-Registrierungen noch früher.«

Wisting füllte seine Tasse aus der Kanne auf dem Tisch. Er führte sie zum Mund und trank gedankenverloren. Es gab immer irgendeine Verbindung zwischen Opfer und Täter. Die Bewegungen des Opfers im Vorfeld des Mordes nachzuzeichnen, führte in der Regel zu Spuren, die helfen konnten, den Kurs einer Ermittlung abzustecken. Doch mit jeder vergehenden Stunde verminderten sich die Chancen. Weil die Menschen schnell vergaßen, konnten wichtige Zeugenbeobachtungen verlorengehen. Doch nicht nur das. Auch elektronisch aufgezeichnete Spuren verschwanden, weil sie einfach gelöscht wurden.

Eine Weile blieben die Ermittler am Tisch sitzen und diskutierten den Fall. Versuchten, ihn von verschiedenen Seiten zu beleuchten und Zusammenhänge und Verbindungen aufzuspüren. Verschiedene Ideen und Mutmaßungen wurden geäußert, Theorien entworfen. Da sie derzeit noch so wenig wussten, blieb ihnen nichts anderes übrig, als eine Hypothese zu konstruieren, die sie im weiteren Vorgehen austesten konnten, um auf diese Weise Schwung in den Fall zu bringen.

Nach einer halben Stunde beendete Wisting die Besprechung. Dieser Fall hatte eigentlich zwei Hauptaspekte, dachte er und stand auf. Natürlich ging es darum, den Täter zu finden. Aber dieses Mal war es ein ebenso großes Mysterium, wer das Opfer eigentlich war.

18

Das Räumfahrzeug hatte einen großen Schneehaufen vor der Einfahrt der Frau hinterlassen, die vor einem halben Jahr ihre Wohnung an den Amerikaner vermietet hatte. Wisting ließ Hammer erst aussteigen und fuhr dann den Wagen so dicht wie möglich an den Schneewall heran.

Die Frau wohnte in einem großen alten Haus. Vom Vordach über dem Eingangsbereich hingen Eiszapfen herab.

Sie hörten das schwache Geräusch einer Türklingel und warteten. Wisting rieb die Hände aneinander und hauchte seinen warmen Atem darauf. Er wollte schon ein weiteres Mal klingeln, doch dann öffnete Else Britt Gusland die Tür. Offenbar war der Vorabend für sie erst spät zu Ende gegangen. Ihre Augen waren rot unterlaufen und wirkten glasig.

Gleich hinter der Tür stand ein dunkelblauer Koffer. Der Gepäckzettel war immer noch am Griff befestigt und trug die Aufschrift OSL, Flughafen Oslo. Ankunftsdatum war der 14. Juli.

»Da ist er«, sagte sie. »Wissen Sie inzwischen, was mit ihm passiert ist?«

»Wir wissen ja noch nicht einmal, ob er der Tote ist«, erwiderte Wisting. Er hockte sich hin und öffnete das Kofferschloss. Offenbar waren die Sachen in aller Eile hineingestopft worden.

»Haben Sie den Koffer gepackt?«

»Ja, ich habe alles zusammengesucht, was in der Wohnung herumlag.«

»Das ist also alles?«

Sie nickte.

Wisting schob einen Pullover beseite und zog einen dicken grauen Umschlag aus dem Koffer.

»Was ist das?«, fragte er.

»Ich hab nicht reingesehen.«

Wisting öffnete den Umschlag und sah hinein. Was er dort sah, ließ ihn erschaudern. Es war eine Mischung aus alten Zeitungsausschnitten und Ausdrucken aus dem Internet. Er fischte einen der vergilbten Zeitungsartikel heraus. Der trug die Überschrift *Remains of Lynn Adams found in drain.*

Wisting hielt Hammer den Artikel hin, aber so, dass die Frau ihn nicht sehen konnte. Die beiden Ermittler blickten sich kurz an.

Der Artikel war am 3. September 1983 in der *Minneapolis Star Tribune* abgedruckt worden und beschrieb, wie ein Wartungsarbeiter die Überreste der achtzehnjährigen Studentin Lynn Adams gefunden hatte, die ein halbes Jahr zuvor verschwunden war. Der Artikel war mit einem Foto vom Fundort versehen, auf dem mehrere Ermittler im Anzug erkennbar waren, die kreisförmig um einen geöffneten Schachtdeckel herumstanden.

Wisting legte den Artikel zurück und warf einen kurzen Blick auf ein paar der anderen. Bei allen handelte es sich um ähnliche Zeitungsmeldungen.

Er legte den Umschlag wieder in den Koffer und griff nach einer Kulturtasche. Sie enthielt eine Zahnbürste und Rasierzeug. Falls es erforderlich sein würde, könnten sie hier Material für ein DNA-Profil finden.

»Kam er mit einem Wagen?«, fragte Hammer.

»Ja, ein kleiner grauer.«

»Leihwagen?«

Else Britt Gusland zuckte mit den Schultern.

Wisting wollte gerade den Koffer schließen, um ihn mit ins Präsidium zu nehmen und den Inhalt dort genauer zu untersuchen, als sein Blick auf eine kleine Taschenkamera fiel. Er zog sie aus dem Koffer und suchte nach dem Einschaltknopf.

»Er hatte auch noch eine größere Kamera«, informierte Else Britt Gusland. »Und einen Laptop.«

»Die sind aber nicht hier?«

»Nein, er hatte sie immer in einer Umhängetasche.«

»Was ist mit einem Handy?«

»Das hatte er auch. Ich habe mehrmals versucht, ihn anzurufen.«

Wisting legte die Kamera zurück. Anscheinend war die Batterie leer.

»Wie hat er Kontakt zu Ihnen aufgenommen?«

»Er schickte mir Ende Mai eine E-Mail und schrieb, er hätte die Anzeige im Internet gesehen. Er fragte, ob er die Wohnung mieten könnte, und bot mir einen Vorschuss an.«

»Und das tat er auch?«

»Das Geld wurde aus den USA überwiesen, bevor er hier ankam.«

»Wie viel?«

»Im Sommer nehmen wir fünftausend pro Woche. Wegen des Dollarkurses und ein paar Gebühren, die ich ihm erlassen habe, hat er sie schließlich etwas billiger bekommen.«

»Wann haben Sie ihn zuletzt gesehen?«

»Das war an dem Mittwoch der letzten Woche, in der er hier gewohnt hat. Wie waren auf dem Mittwochsmarkt und gingen danach in die Skipperstua, um dort etwas zu essen. Und da saß er.«

»Haben Sie mit ihm gesprochen?«

»Nur ein paar Höflichkeiten ausgetauscht. Ich hatte das Gefühl, dass er nicht mit uns reden wollte. Irgendwie erschien er mir abweisend.«

»War er allein?«

»Ja, aber ich hatte den Eindruck, dass er auf jemanden wartete. Er saß da und und beobachtete die vorbeilaufenden Leute, so als würde er jemanden beschatten.«

Hammer schaltete sich ein.

»Können Sie sich erinnern, was er anhatte, als Sie ihn zum letzten Mal sahen?«

Else Britt dachte einen Moment lang nach.

»Einen Blazer, glaube ich«, sagte sie zögernd.

»Sie haben nicht zufällig Fotos gemacht?«

»Nein, wir nicht. Aber da gab es bestimmt viele, die fotografiert haben. Die Straßen waren ja voller Sommertouristen.«

Wisting hob den Koffer an und trat auf die Tür zu.

»Ich dachte erst, dass er womöglich den Einbruch begangen hätte, aber das muss ja dann jemand anderer gewesen sein, wenn er der Tote ist«, ließ sich Else Britt Gusland vernehmen.

»Einbruch?«

»Ja, in der Wohnung. Das war am Wochenende danach. Die Studenten waren nach Hause gefahren. Ich dachte, er sei gekommen, um seine Sachen zu holen, und hätte dann die Tür aufgebrochen, als er sah, dass ich das Schloss ausgetauscht hatte.«

»Haben Sie das bei der Polizei gemeldet?«

»Ja, aber das wurde nie aufgeklärt. Eineinhalb Monate später bekam ich einen Brief, in dem stand, dass die Untersuchungen eingestellt worden seien.«

Wisting nickte wie zu einer alten Geschichte, die er schon viele Male gehört hatte.

»Dann herzlichen Dank für die Hilfe«, sagte er und öffnete die Tür mit der freien Hand.

Draußen auf der Treppe blies ihm kalter Wind ins Gesicht. Er umklammerte den Koffergriff. Die Kälte drang in seine Hände, trotzdem blieb er stehen. Er schloss die Augen und nahm einen tiefen Atemzug von der eiskalten Luft. Dann war er bereit.

19

Line machte eine ganze Reihe Fotos, während sie darauf wartete, dass die Polizei auftauchte. Die dunklen Außenwände des leeren Hauses zeichneten sich vor dem Schnee deutlich ab. Auf dem Bildausschnitt sah es aus, als sei das Haus auf dem Boden festgefroren, öde, verlassen und von Kälte durchdrungen. Die schwarzen Vögel waren nicht zu sehen, aber die verzweigten Äste der Apfelbäume erzeugten eine unheimliche Stimmung.

Line hatte immer schon gern fotografiert und ihre erste Kamera bekommen, als sie zehn war. Als ihr Vater gemerkt hatte, dass sie wirklich an Fotografie interessiert war, hatte er ihr zum dreizehnten Geburtstag eine teure Kamera geschenkt und sie zu einem Fotokurs angemeldet. In dem Kurs hatte sie nicht nur gelernt, wie eine Kamera funktioniert, sondern der Fotokurs hatte auch ihre Kreativität geweckt und sie in die Lage versetzt, gute Bilder zu komponieren. Später hatte sie dann für ihr Konfirmationsgeld eine Kamera gekauft, die noch moderner und anspruchsvoller war.

Die Kenntnisse über Fotografie hatten sich als nützlich für ihre Karriere als Journalistin erwiesen. Die Zeitung hatte zwar eigene Fotografen, doch Line schoss gern selbst Bilder für die Artikel, an denen sie arbeitete. Die Fotos waren ein Teil der Geschichten, die sie vermittelte, und diese bekamen dann umso mehr ihren eigenen Stempel aufgedrückt, wenn Line sie selbst illustrieren konnte.

Fotografieren war ein bisschen wie Radfahren, dachte sie oft. Die Technik an sich saß ihr immer in den Fingern. Aber gleichwohl hatte sie nicht das Gefühl, besonders gut hinterherzukommen. Die Nachbehandlung der digitalen Bilder war immer wichtiger geworden. Lange Zeit hatte sie vorgehabt, Photoshop zu lernen, aber das war ein sehr anspruchsvolles Programm, und Line hatte gar nicht die Zeit, um sich damit zu beschäftigen. Im nächsten Urlaub, so dachte sie immer wieder, *dann* werde ich es lernen.

Nach einer halben Stunde spürte sie, wie die Kälte vom Boden in ihre Schuhsohlen drang. Sie hatte die Blicke Greta Tislers vom Küchenfenster im Nachbarhaus gespürt, und entschied sich, zu ihr hinüberzugehen. Line hatte sie als gemütliche Frau in Erinnerung. Freundlich und rund. Immer bereit, etwas zu geben, wenn die Kinder in der Vorweihnachtszeit in ihren Verkleidungen auftauchten oder an die Tür klopften, um Lose zu verkaufen.

Die alte Dame lächelte noch immer so breit, wie Line es aus der Kinderzeit in Erinnerung hatte, und führte sie in die Küche. Die Wärme im Raum ließ Lines Wangen schnell aufleuchten.

Während sie Tassen und Untertassen auf den Tisch stellte, versicherte Greta Tisler, wie schön es sei, Line wiederzusehen, und erklärte, dass sie alles las, was Line in der Zeitung schrieb.

»Bei Viggo Hansen ist eingebrochen worden«, sagte Line und setzte sich.

Greta Tisler hielt eine Schale Kekse in der Hand. Ihr Gesichtsausdruck veränderte sich.

»Einbruch?«, sagte sie. Ihr Blick wanderte zum Fenster und zum Haus auf der anderen Seite der Hecke.

»Die Polizei ist schon hierher unterwegs«, erklärte Line. »Es kann noch nicht lange her sein. Im Schnee sind Fußspuren, die bis zur Tür führen.«

Greta Tisler setzte sich.

»Ich schreibe für die Zeitung eine Reportage über Viggo

Hansen«, fuhr Line fort und erzählte, wie sie an die Schlüssel zu seinem Haus gekommen war.

»Schreibst du in VG über ihn?«, fragte Greta Tisler. »Wozu das denn?«

»Es soll um mehr gehen als nur ihn allein«, erklärte Line. »Er ist mehr ein Beispiel für die negative gesellschaftliche Entwicklung. Eine Entwicklung hin auf eine kältere Gesellschaft, in der die Menschen keine Zeit mehr füreinander haben.«

Noch im selben Moment, in dem sie ihre Worte aussprach, wurde Line klar, dass sie als Anklage gegen die ältere Dame verstanden werden könnten.

»So wollte er eben leben«, sagte Greta Tisler schnell. »Es war gar keine Belastung für ihn. Er wollte für sich allein sein. Manche Menschen sind so. Ich lebe selbst allein, und das ist völlig in Ordnung.«

Line nickte und entschied sich, das Thema zu wechseln.

»Wann haben Sie ihn zuletzt gesehen?«, fragte sie stattdessen und nahm einen Keks.

»Er war ja nie draußen«, entgegnete Greta Tisler. »Er hätte sich ja eigentlich besser um sein Haus und seinen Garten kümmern müssen, aber wir haben ihn immer nur abends draußen gesehen.«

»Wie lange kann das her sein? Dass Sie ihn zuletzt gesehen haben?«

»Ach, das ist lange her. 1993 haben wir ein Gartenhaus gebaut und brauchten für die Baugenehmigung die Unterschriften aller Nachbarn. Da ist Trygve zu ihm rübergegangen, aber sie haben nur kurz auf der Treppe gestanden.«

Die alte Dame nahm einen Schluck aus ihrer Kaffeetasse.

»Früher ist er gar nicht so gewesen, weißt du«, sagte sie. »Er war immer schon merkwürdig, aber nie derart menschenscheu.«

Line griff ebenfalls nach ihrer Kaffeetasse, hielt sie aber in der Hand fest.

»Früher? Was heißt das?«

»Trygve hat das auch gesagt«, fuhr Greta Tisler fort, ohne die Frage zu beantworten. »Als er mit ihm über das Gartenhaus gesprochen hat. Er meinte, Viggo sei irgendwie gar nicht er selbst gewesen. Danach hat er sich dann noch mehr vor allen und allem versteckt.«

»Was ist denn passiert?«, fragte Line. »Weswegen ist er so geworden?«

Greta Tislers Lippen strafften sich, als wäre sie kurz davor, etwas zu sagen, was sie eigentlich nicht sagen sollte.

»Es ist ja nur, weil Astrid mir das erzählt hat. Und das war viele Jahre später.«

Die alte Dame hielt ihre Tasse mit beiden Händen umfasst und führte sie zum Mund. Mit leiser Stimme sprach sie weiter.

»Astrid war Arzthelferin bei Doktor Gravdahl. Sie ist jetzt schon pensioniert, und sie hat es mir erst erzählt, nachdem sie dort aufgehört hatte zu arbeiten.«

»Was denn?«

»Gravdahl war sein Arzt«, sagte sie und deutete mit dem Kopf in Richtung Küchenfenster. »Er hat Hansen damals einweisen lassen.«

»War er psychisch krank?«

Greta Tisler nickte über ihre Tasse hinweg und nahm einen Schluck Kaffee.

»Was fehlte ihm denn?«, wollte Line wissen.

»Das weiß ich nun wirklich nicht«, erwiderte Greta. »Ist wohl einfach übergeschnappt.«

Line blieb nachdenklich sitzen und überlegte, wie eine psychische Erkrankung die Grundlage ihres Artikels verändern würde. Sein einsames Leben auszubreiten, war eine

Sache. Ganz anders war es jedoch, eine ernsthafte Krankengeschichte an die Öffentlichkeit zu bringen.

»Könnten andere irgendwas darüber wissen«, fragte sie, formulierte die Frage aber um, bevor Greta Tisler antworten konnte. »Kennen Sie irgendjemanden, der ihn kannte? Jemanden, der ihn mal besucht hat?«

»Nicht nachdem er sich so verändert hatte.«

»Und wer käme da vorher in Frage?«

»Er hatte manchmal einen gleichaltrigen Kumpel zu Besuch, aber der kam dann immer seltener und seltener.«

»Kannten Sie seine Eltern?«

»Nein. Seine Mutter wohnte da allein mit Viggo, als wir hier 1972 eingezogen sind. Aber sie ist nur ein paar Jahre danach gestorben.«

»War seine Mutter nicht auch krank?«

»Ja, die Ärmste. Solche Krankheiten sind ja erblich bedingt. Und es wurde wohl auch nicht besser, nachdem ihr Mann das gemacht hat.«

Line hob die Augenbrauen und ließ auf diese Weise durchblicken, dass sie nicht wusste, was Viggo Hansens Vater getan hatte.

»Er hat sich das Leben genommen. Zumindest wurde das gesagt. Aber das war, bevor wir hierherkamen. Mehr weiß ich auch nicht.«

»Er war wohl auch im Gefängnis, wie ich gehört habe.«

Greta Tisler nickte. Ihr Blick wurde fern, als suchte sie nach alten Erinnerungen.

»Wissen Sie irgendwas darüber?«, fragte Line.

»Das ist nicht hier passiert«, erwiderte sie und schüttelte den Kopf. »Er hat damals in Westnorwegen gearbeitet.«

Die Aufmerksamkeit der alten Dame richtete sich wieder auf das Küchenfenster. Draußen vor dem Nachbarhaus war ein Streifenwagen vorgefahren. Line stand auf, blieb aber stehen. Sie überlegte, ob es wohl noch mehr gab, das sie aus Greta Tisler herausholen könnte. Irgendetwas war vor ungefähr zwanzig Jahren passiert, etwas, das Viggo Hansen verändert und ihn in die Psychiatrie gebracht hatte.

Dann schüttelte sie den Kopf, bedankte sich und trat in die Kälte.

20

Der Koffer lag mitten auf der Metallbank in dem Raum, der für kriminaltechnische Untersuchungen benutzt wurde.

Espen Mortensen verzeichnete alle Gegenstände, die er nach und nach aus dem Koffer nahm. Ein Kleidungsstück nach dem anderen wurde in Papiertüten gelegt. Auf dem Grund des Koffers lag ein Fernglas, ansonsten enthielt der Koffer nicht mehr, als was Wisting schon beim Abholen entdeckt hatte.

Auf der Bank zurück blieben die beiden interessantesten Objekte. Der Fotoapparat und der Umschlag mit den Zeitungsausschnitten.

»Was fehlt hier?«, fragte Wisting. »Abgesehen von Computer, Mobiltelefon und einer größeren Kamera?«

»Reisedokumente?«, schlug Hammer vor. »Pass und Tickets. Irgendwas, auf dem sein Name steht.«

Mortensen leerte den Inhalt des Umschlags auf die Bank und verteilte ihn über die Metallfläche. Mehrere Zeitungsausschnitte hatten kleine Löcher in den Ecken, als wären sie mit Heftzwecken an einer Wand befestigt gewesen.

Einer der Ausschnitte war auf den 24. September 1989 datiert und zeigte das Gesicht von Robert Godwin. Es war ein Schwarzweißbild, auf dem er einen dichten Bart und ein weißes Hemd trug, das bis zum Hals zugeknöpft war. Wisting beugte sich hinunter und blickte dem gesuchten Massenmörder direkt in die Augen.

»Robert Godwin wird in den USA schon seit über zwanzig Jahren gesucht«, kommentierte Hammer. »Warum sollte er ausgerechnet jetzt hier auftauchen?«

»Er kann schon die ganze Zeit hier gewesen sein«, sagte Wisting und breitete die Hände aus. »Das hier sind nicht seine Sachen. Die sehen eher danach aus, als gehörten sie jemandem, der ihm auf der Spur war.«

Torunn Borg kam mit ein paar Papieren in der Hand herein.

»Er ist als vermisst gemeldet«, sagte sie und hielt einen Ausdruck mit dem Foto eines älteren Mannes hoch. Er hatte einen Bart und trug ein feingliedriges Brillengestell. Sein Gesichtsausdruck wirkte gutmütig, doch in den Tiefen seiner grauen Augen verbarg sich ein gewisser Ernst.

»Bob Crabb«, fuhr Torunn Borg fort. »Ein siebenundsechzig Jahre alter Rentner aus Minneapolis.«

»Er steht nicht auf unseren Listen«, sagte Wisting und blickte sich nach der Mappe um, in der eine Übersicht aller vermissten Personen lag.

»In unseren Systemen ist das als Anfrage verzeichnet. Das Minneapolis Police Department schickte am 3. September über Interpol eine Meldung an die norwegische Polizei. Ein Freund und Nachbar hat sich bei denen gemeldet, als Crabb nach einer Norwegen-Reise nicht nach Hause zurückkam. Das war eine Standard-Anfrage, sie suchten nach Informationen.«

Torunn Borg zog einen weiteren Bogen hervor.

»Er kam am 14. Juli mit Flug FI 318 über Reykjavík in Gardermoen an. Hatte ein Rückflugticket für den 14. August, das aber am selben Tag storniert wurde.«

»Storniert?«

»Die Fluggesellschaft weiß nicht, wie das passiert ist, geht aber davon aus, dass die Stornierung über Telefon oder Internet erfolgte.«

»Was wollte er in Norwegen?«

»Laut Aussage des Nachbarn wollte er versuchen, ein

paar norwegische Verwandte zu finden. In den USA waren keine lebenden Familienmitglieder mehr übrig. Seine Vorfahren sind Ende des 19. Jahrhunderts von Toten in die USA ausgewandert. Die Meldung wurde zwecks weiterer Nachforschung an die Polizei in Gjøvik geschickt.«

»Gjøvik? Wir wissen doch, dass er schon im Mai vereinbart hatte, die Wohnung in Stavern zu mieten.«

»Er wollte aber nach Toten«, erwiderte Torunn und zuckte mit den Schultern.

»In Gjøvik fanden sie heraus, dass er einen Wagen bei Avis gemietet hatte. Das heißt, diese Information kam eigentlich von der amerikanischen Polizei. Aus einem Kontoauszug seiner Kreditkartengesellschaft geht hervor, dass er am Tag seiner Ankunft in Gardermoen einen Leihwagen ausgehändigt bekam. Einer der Ermittler in Gjøvik rief dann später bei der amerikanischen Polizei an und bestätigte, dass es sich um einen grauen Audi A 3 gehandelt habe. Der Wagen wurde am selben Tag zurückgegeben, an dem der Rückflug storniert wurde.«

Wistings Kopf war voller Fragen.

»Konnten die bei Avis noch irgendwas sagen?«, war das Erste, was ihm entfuhr.

Torunn Borg schüttelte den Kopf.

»Nicht mehr, als was die da im Computer stehen haben.«

»Was ist mit den Kontoauszügen? Steht da sonst noch was?«

»Es gibt eine größere Bargeldauszahlung in norwegischen Kronen, an einem Bankautomaten am Flughafen. Sonst keine Bewegungen.«

»Und das ist der Stand der Dinge?«

»Ja. Die Polizei in den USA hat sich nicht wieder gemeldet. Sie sind wohl davon ausgegangen, dass er seine Reise verlängert hat, ohne seinem Nachbarn in Minneapolis Bescheid zu geben.«

»Vielleicht hat er ja einen Cousin in Gjøvik getroffen?«, schlug Hammer vor.

Wisting war nicht in der Stimmung für Scherze.

»Er ist nie in Gjøvik gewesen«, brummte er. »Er war hier bei uns, bis ihn jemand umgebracht und seine Leiche unter einer Fichte versteckt hat.«

»Wenn dem so ist, dann muss der Mörder den Rückflug storniert haben«, folgerte Mortensen. »Man braucht bloß die Buchungsnummer und den Nachnamen. Die hat er vielleicht in den Papieren gefunden, die in unserem Koffer fehlen. Die Schlüssel für den Leihwagen braucht man nur irgendwo in einen Kasten zu werfen.«

»Es gibt noch etwas Interessantes«, sagte Torunn Borg und schaute auf den Bogen mit den Personenangaben des vermissten Rentners. »Bob Crabb war früher Professor an der Universität von Minnesota. Da hat auch Robert Godwin gearbeitet.«

Wisting verschränkte die Arme und blickte auf den Stapel mit den Zeitungsausschnitten vor ihm. Einer davon versprach eine Belohnung von bis zu einer Million Dollar für den- oder diejenigen, die mit Informationen zur Festnahme des gesuchten Mörders beitragen könnten.

»Bob Crabb war ihm auf der Spur«, sagte er. »Und endete als weiteres Opfer.«

Der folgende Gedanke rief ein unheimliches, eiskaltes Gefühl in ihm hervor. Irgendwo da draußen lief ein Serienmörder frei herum.

21

Wisting streckte die Hand nach Torunn Borgs Unterlagen über den vermissten Mann aus.

»Professor Bob Crabb«, las er laut vor.

Plötzlich kam ihm ein Gedanke. Die Broschüre der segelnden Kirche war eines der Beweisstücke, die der tote Mann auf seiner Jagd nach dem Massenmörder gefunden hatte. Robert Godwin musste einer von denen gewesen sein, die das Heftchen in die Hand gedrückt bekommen hatten, als die *Elida* im Hafen lag, um das Wort Jesu zu verkünden. Vielleicht hatte er es dann einfach weggeworfen. Und Bob Crabb musste es aufgehoben und in eine Plastiktüte gelegt haben, um die Fingerabdrücke zu bewahren.

»Kümmer dich bitte darum«, bat er Torunn und gab ihr die Papiere zurück. »Die Polizei in Minneapolis muss erfahren, dass wir ihn vermutlich gefunden haben. Die Rechtsmediziner brauchen irgendwas, um ihn identifizieren zu können. Eine Aufnahme der Zähne oder so etwas.«

Torunn Borg nickte und war schon auf dem Weg nach draußen. Es war unnötig, dass er ihr sagte, was sie tun sollte.

»Und dann müssen wir alles wissen, was die über seine Verbindung zu Robert Godwin rausgekriegt haben«, fuhr Wisting fort. »Warum hat er sich so engagiert? Waren sie enge Kollegen an der Universität? Kannte er eines von den Opfern? Und wie hat er herausgefunden, dass Robert Godwin sich ausgerechnet nach Norwegen abgesetzt hatte?«

Wisting atmete heftig durch die Nase aus. Er spürte seinen Pulsschlag im Hals und merkte, dass ihm warm wurde.

»Robert Godwin wurde seit zwanzig Jahren gesucht«,

sagte er und blickte seinen Kollegen nacheinander in die Augen. »Die Spuren haben Bob Crabb hierhergeführt. Hierher zu uns. Während er nach ihm suchte, hat er fast vier Wochen hier gewohnt. Wahrscheinlich hat Robert Godwin hier schon viel länger gelebt. Er könnte sogar jahrelang hier irgendwo gewohnt haben, ohne dass es jemand wusste. Er kann sich mitten unter uns bewegt haben, verdammt.«

»Was machen wir jetzt?«, fragte Hammer.

Wisting rieb sich mit der Hand über den Mund. Er hatte keine Antwort.

»Du meinst also, dass er sich hier irgendwo niedergelassen hat, nachdem er aus den USA verschwand?«, fasste Mortensen zusammen. »Dass er einen neuen Namen angenommen und ein neues Leben begonnen hat?«

Wisting erwiderte nichts, trat aber wieder zu dem Metalltisch, auf dem die Zeitungsausschnitte lagen.

»Gibt's hier wirklich keine einzige Notiz?«, sagte er und schob die Papiere umher. Von den vergilbten Zeitungsseiten lächelten ihn die Gesichter der jungen Mädchen an, die irgendwann in den achtziger Jahren verschwunden waren. »Hätte er nicht wenigstens eine Adresse aufschreiben können? Irgendwas, das uns auf die Spur bringen könnte.«

»Die Wohnungsvermieterin hat doch erzählt, dass er eine Umhängetasche mit einem Laptop bei sich hatte«, erinnerte Hammer.

Wisting betrachtete einen Zeitungsausschnitt, der von der zweiundzwanzigjährigen Marie Gesto berichtete, die 1988 verschwunden war, als sie per Anhalter nach Duluth fahren wollte. Er legte ihn wieder weg und nahm einen anderen Ausschnitt mit dem Bild von Isabelle Pierce aus Milwaukee in die Hand. An keiner Stelle war der Text unterstrichen, und auch am Rand war nichts notiert. Bob Crabb musste seine Arbeitsnotizen auf dem Computer gespeichert haben, oder auf einem Notizblock, den der Mörder dann vernichtet hatte.

»Wir sollten direkten Kontakt zum FBI aufnehmen«, sagte Wisting. »Die müssen Bob Crabbs Wohnung da drüben durchsuchen. Er muss da irgendwas hinterlassen haben, das uns verraten kann, wieso er nach Norwegen gereist ist. Diese Geschichte mit der Verwandtschaft in Toten ist doch nur vorgeschoben. Eine Deckgeschichte, um davon abzulenken, was er eigentlich vorhatte.«

Hammer stellte sich neben Wisting und griff nach einem Ausschnitt mit dem Bild einer Frau, die langes blondes Haar trug: *Police search for Angella Olsson. Last seen on friday.*

»Wo sollen wir zuerst nach ihm suchen?«, fragte er. »Vielleicht hat er sein Äußeres völlig verändert, oder er ist verheiratet und hat Kinder. Vielleicht sogar Enkel. Das ist doch …«

»Was stand da? Wann wurde Robert Godwin geboren?«, unterbrach Wisting.

»1950 …«

Wisting begann, im Raum umherzugehen.

»Ich will Listen«, sagte er und zeigte auf Nils Hammer. »Listen über alle Männer, die zwischen 1947 und 1953 geboren wurden, mit Verzeichnis aller bekannten Adressen. Dann können wir diejenigen aussortieren, die hier nach 1989 eingewandert oder in den Bezirk gezogen sind. Das ist immerhin ein Anfang.«

»Das müssen doch Tausende sein.«

»Hat jemand vielleicht einen besseren Vorschlag?«

Niemand meldete sich. Schließlich trat Espen Mortensen an den Untersuchungstisch und hob den Fotoapparat auf.

»Wollen wir uns die Bilder ansehen?«, fragte er.

22

Alle standen dichtgedrängt hinter Mortensens Bürostuhl. Der Kriminaltechniker klappte einen Deckel an der Kamera auf und fischte einen kleinen Speicherstick heraus. Dann schob er ihn in ein Lesegerät, und der Computer importierte den Inhalt.

Es gab acht Bilder, die als kleine Icons auf dem Bildschirm auftauchten. Anscheinend waren sie im Laufe des Sommers aufgenommen worden. Es war viel Grün zu sehen. Grünes Gras und grüne Bäume.

Mortensen klickte das erste Bild an, so dass es den Bildschirm ausfüllte. Es sah aus, als wäre es mitten in einem Wald gemacht worden. Zehn oder zwölf schlanke Birkenstämme streckten sich in den blauen Himmel.

»Was ist das denn da?«, fragte Torunn Borg. Sie zeigte auf etwas weiter hinten zwischen den Bäumen. Ein braunes Gebäude.

»Eine Blockhütte oder so?«, schlug Wisting vor. »Lasst uns mal das nächste ansehen.«

Das Foto war an derselben Stelle, aber aus leicht verändertem Winkel geschossen worden. Vorne am Rand schien ein überwucherter Steinhaufen zu liegen. Der Fokus lag auf den Baumstämmen in der Mitte, und es war nicht leicht zu erkennen, was sich weiter im Hintergrund befand.

Auf dem nächsten Bild war das Motiv schärfer. Sie konnten einen Bauernhof mit mehreren Gebäuden erkennen. Eine graue Scheune und ein weißes Wohnhaus.

»Wo ist denn das?«, fragte Hammer. »Das muss doch irgendwo hier in der Nähe sein.«

Mortensen schüttelte den Kopf. Nicht weil er anderer Meinung war, sondern weil er den Ort auf dem Bild ebenfalls nicht erkannte.

Das vierte Bild war an einem völlig anderen Ort aufgenommen worden. Ein Ort, an dem unmöglich jemand wohnen konnte. In der Bildmitte war ein altes Wohnhaus mit schrägem Dach erkennbar. Der Lack war stellenweise von den Holzwänden abgeplatzt, der Vorbau stand schief, und mehrere Fenster waren zerbrochen. Auf dem Hofplatz lehnte ein rostiger Pflug an einem Brunnen. Etwas entfernt lagen die Überreste einer verbrannten Scheune. Teile der Rückwand standen noch und offenbarten schwarz gewordene, verkohlte Bretterreste. Um die Scheune standen zwei zusammengesunkene Schuppen und faulten vor sich hin.

»Da könnte er sich vielleicht aufgehalten haben«, sagte Wisting. »Wir müssen rausfinden, wo das ist und wer da ursprünglich gewohnt hat.«

»Wer könnte so was wissen?«

»Da muss es doch irgendwen im Distrikt geben. Vielleicht einen Heimatforscher oder so. Wie heißt noch mal der, der manchmal in der Zeitung schreibt? Thorvik? Bjørn Thorvik. Mit dem müssen wir uns unterhalten.«

Die nächsten beiden Fotos waren an derselben Stelle aufgenommen worden. Allerdings gab es keine Landmarken oder irgendetwas anderes, das Hinweise auf den Standort der verfallenen Gebäude geben konnte.

Die beiden letzten Bilder waren irgendwo draußen auf einer freien Fläche gemacht worden. Keine Gebäude, nur ein Waldrand und ein Wirtschaftsweg, der zwischen den Bäumen hervorkam.

»Ist das alles?«, fragte Wisting.

»Das ist alles«, bestätigte Mortensen. »Ich schau mal nach, wann die gemacht wurden.«

Er klickte auf eine der Bilddateien und rief die Informationen im Hintergrund auf.

»Das hier wurde am 7. August aufgenommen, aber die Zeitangabe kann nicht stimmen. Es wurde um 05.40 in der Nacht geschossen. Die Uhr in der Kamera muss falsch eingestellt gewesen sein.«

»Amerikanische Zeit«, warf Hammer ein. »Er hat die Einstellungen in der Kamera nicht verändert, als er nach Norwegen kam. Ich glaube, wir liegen sieben Stunden vor denen da drüben.«

»Dann muss das hier irgendwann um die Mittagszeit sein«, erwiderte Mortensen nickend und untersuchte die anderen Bilddateien. Alle Aufnahmen waren am selben Tag gemacht worden, in einem Zeitrahmen von knapp zwei Stunden.

»Hier hockt ihr also?«

Benjamin Fjeld stand im Türrahmen.

»Ich bin jetzt fertig mit Jonathan Wang«, sagte er und wedelte mit einer DVD, auf der die Videoaufnahme gespeichert war.

»Ist er gegangen?«, fragte Wisting.

»Er ist jedenfalls auf dem Weg hinaus. Wieso?«

»Bitte ihn, noch einen Moment zu warten«, sagte Wisting. »Ich möchte gern, dass er sich etwas ansieht.«

Benjamin Fjeld verschwand wieder. Wisting bat Mortensen, einen Ausdruck von dem Bild des verfallenen Bauernhofs zu machen.

»Er arbeitet doch als Aushilfe«, erklärte Wisting. »Sicher kennt er sich in der Gegend gut aus. Vielleicht weiß er ja, wo das Bild aufgenommen wurde.«

Wisting ließ sich den Ausdruck geben und lief hinunter zum Empfangsbereich, wo Jonathan Wang auf einem Sofa saß und wartete. Er war älter, als Wisting ihn sich vorgestellt hatte, bestimmt über sechzig, wirkte aber recht agil, als er sich von dem Sofa erhob. Er trug Arbeitskleidung, einen fleckigen Overall und ein rotkariertes Hemd. Die linke Seite seines Gesichts war von einer tiefen Narbe verunstaltet.

»Wollten Sie noch etwas?«, fragte er.

»Ich habe hier ein Foto, das Sie sich bitte mal anschauen«, erwiderte Wisting und reichte ihm den Ausdruck. Er konnte den Blick nicht von der Narbe des Mannes abwenden.

»Wissen Sie vielleicht, wo das ist?«

»Nein«, antwortete der Mann, schüttelte gleichzeitig den Kopf und biss sich in die Unterlippe. »Bestimmt kein Ort, wo ich schon mal gewesen bin. Ist ja ziemlich verfallen.«

Irgendetwas an seiner Erwiderung oder seiner Art zu antworten ließ Wisting bereuen, dass er ihm das Bild gezeigt hatte. Die Aussprache des Mannes war etwas ungewöhnlich. Er hatte einen fast unmerklichen Akzent.

»Wieso?«, fragte er und gab Wisting den Ausdruck zurück.

Wisting schüttelte den Kopf.

»Nein, ich dachte nur, Sie wüssten vielleicht, wo das ist. Sie arbeiten doch auf verschiedenen Bauernhöfen.«

»Tut mir leid«, sagte der Mann. »Kann ich jetzt gehen?«

»Ja, sicher, und vielen Dank.«

Wisting ging zurück in sein Büro und zog das Fahndungsbild von Robert Godwin hervor. Eigentlich sah er ziemlich durchschnittlich aus, ohne irgendwelche auffälligen Gesichtszüge. Auf einem Personenbeschreibungsbogen hätte Wisting wohl, was Kinn, Mund, Nase und Ohren anbetraf, *normal* angekreuzt. Die Stirn war etwas hoch, was aber anscheinend an den Geheimratsecken lag. Eigentlich sah er skandinavisch aus.

Wisting rief Benjamin Fjeld an und bat ihn zu kommen.

Das Bild von Godwin war zwar über zwanzig Jahre alt, aber es gab rein gar nichts, was dabei an Jonathan Wang erinnerte. Allerdings sah er auch nichts, was eindeutig belegen konnte, dass der Aushilfsbauer und der gesuchte Mörder *nicht* ein und dieselbe Person waren. Es musste an den Haaren und der entstellenden Narbe liegen.

Benjamin Fjeld kam herein und setzte sich.

»Was hat Wang gesagt?«, fragte Wisting.

»Ich bin gerade dabei, alles aufzuschreiben«, erwiderte der junge Ermittler. »Er bestätigt die Aussage von Per und Supattra Halle über ihren Thailand-Aufenthalt. Und er sagt, dass er niemanden gesehen hat, der seiner Meinung nach etwas mit dem Mord zu tun haben kann. Jedenfalls nicht, soweit er sich erinnern kann.«

»Er ist kein Norweger?«

»Nein, er ist eigentlich Österreicher und kam 1994 hierher. Davor hat er einige Jahre auf einem Hof in Dänemark gearbeitet. Als er nach Norwegen kam, hat er auf einem der großen Höfe in Nalum angeheuert. Und vor zehn Jahren hat er sich einen eigenen kleinen Hof zugelegt.«

»Ist er verheiratet?«

»Nein.«

»Woher stammt die Narbe in seinem Gesicht?«

»Danach habe ich nicht gefragt.«

Wisting schob das Foto von Robert Godwin zu Fjeld hinüber und verdeckte die halbe Stirn und das Haar des gesuchten Mörders mit der Hand.

»Stell dir vor, er trägt eine Perücke«, sagte Wisting. »Ähnelt er ihm?«

Benjamin Fjeld beugte sich vor. Er betrachtete das Bild, schüttelte aber dann den Kopf.

»Eigentlich nicht«, erwiderte er. »Meinst du das?«

»Nein«, gab Wisting zurück und zog das Bild wieder zu sich heran. »Das lag nur an seiner Aussprache. Er musste aus einem anderen Land kommen.«

»Soll ich das weiterverfolgen?«

Wisting überlegte kurz und bejahte.

»Tu das«, bat er. »Finde heraus, wieso er sein Heimatland verlassen hat.«

23

Die Polizeistreife brauchte eine knappe halbe Stunde, um den Einbruch bei Viggo Hansen zu untersuchen. Line hatte mit den Beamten gesprochen und verfolgte dann alles vom Fenster des Arbeitszimmers im ersten Stock aus. Einer von ihnen hatte Fotos vom Eingangsbereich gemacht und ein paar Flächen mit Fingerabdruckpulver überpinselt, aber es sah nicht so aus, als hätten sie etwas gefunden. Der andere Polizist hatte mit einem Schreibblock danebengestanden. Line hatte ein Foto von den beiden mit dem Teleobjektiv geschossen.

Als sie mit ihren Untersuchungen draußen fertig waren, hatten sie das Hausinnere betreten und waren eine Viertelstunde darin geblieben. Dann hatten sie im Wagen gesessen und gewartet, bis ein Handwerker kam und den zerstörten Türrahmen mit einem Stahlbeschlag verstärkte, so dass man die Tür wieder verschließen konnte.

Line blieb am Fenster stehen und sah die beiden Fahrzeuge auf der schneebedeckten Straße verschwinden. Dann nahm sie den Schlüssel und ihre Tasche und ging zurück zu Viggo Hansens Haus.

Die Tür war von dem Fingerabdruckpulver völlig eingestaubt. Line zog ihre Handschuhe aus, zückte die Kamera und machte ein weiteres Bild. Das schwarze Pulver, das überall auf die Flächen gepinselt worden war, erzeugte einen dramatischen Effekt.

Der Schlüssel ließ sich leicht herumdrehen. Line zog ihn wieder aus dem Schloss, schob die Tür auf und ging hinein.

Jetzt merkte sie plötzlich, dass es kalt war im Haus. Ungefähr fünfzehn Grad, dachte sie und behielt ihre Jacke an. Die Kälte dämpfte die abgestandene Luft etwas ab, und schnell gewöhnte sich Line an den süßlichen Geruch, den die Wände immer noch ausströmten.

Sie stellte ihre Tasche auf einem Schemel im Flur ab und entschied sich für eine erste schnelle Besichtigung aller Zimmer, bevor sie das Haus eingehender untersuchen würde. Hinter der Tür zur Linken lag ein Schlafzimmer. Tapeten mit Blumenmustern, Flickenteppiche auf dem Boden, ein breites Bett und zwei schmale Nachttische mit identischen Leselampen. An einer der Wände hing ein altes Hochzeitsfoto.

Seine Eltern, dachte Line und trat näher heran. Glas und Rahmen waren mit Staub überzogen, das Bild selbst war im Laufe der Jahre ganz matt geworden. Die Braut stand hingewendet zu ihrem Bräutigam und trug ein farbenfrohes Trachtenkleid ohne Schleier. In ihren Händen hielt sie ein riesiges Blumenbukett. Der Mann trug einen grauen Anzug.

Line sah keine Ähnlichkeit zwischen den beiden und dem Viggo Hansen, an den sie sich erinnerte. Der Mann war groß und kräftig. Seine Gesicht war rund, mit einer flachen Nase und einem spitzen Kinn. Sein Alter war schwer einzuschätzen, aber er musste auf der Aufnahme wohl um die fünfundzwanzig gewesen sein. Die Braut war dünn und hatte einen zarten Knochenbau, der sie mädchenhaft erscheinen ließ, mit kleinen Händen, schmalen Gelenken und Brüsten, die unter dem Kleid kaum zu erahnen waren. Ihr Gesicht war gleichwohl rund, mit einem breiten Mund, einer kleinen Nase und hohen Wangenknochen.

Vielleicht gibt es ja hier irgendwo ein Fotoalbum, dachte Line und schloss beim Hinausgehen die Schlafzimmertür hinter sich. Sie brauchte ein paar Fotos aus der Zeit, als Viggo Hansen noch eine Familie um sich gehabt hatte.

Das Badezimmer auf der anderen Seite des Flurs musste gereinigt werden. An den Wänden war Schimmel. Neben einem gelbfleckigen Porzellanwaschbecken hing ein steifes Handtuch. Der Spiegel war von blinden Flecken übersät. Ein Trockengestell mit dünnen Stäben hing an einer Art Flaschenzug von der Decke über die Badewanne herunter. Line zog an der Schnur. Es knirschte, und das Stativ geriet in eine gefährliche Schieflage.

Die Küche war nur mit dem Allernotwendigsten ausgestattet: Schrank, Arbeitsplatte, Herd, Kühlschrank und ein Abflussbecken aus Emaille. Das Linoleum auf dem Fußboden war an den Verbindungsnähten zerfasert. Der Rand der Arbeitsplatte war beschädigt, so dass die Spanplatte unter der Plastikschicht zu sehen war. Auf dem grauen Respatex-Tisch am Fenster stand eine leere Kaffeetasse, und auf der Fensterbank lag eine tote Fliege.

Line öffnete den Kühlschrank, bereute es aber sofort. Ein übler Gestank schlug ihr entgegen. Sie wich zurück, hielt den Atem an und stieß die Tür wieder zu. Gerade noch konnte sie sehen, dass sich im Innern ein paar Lebensmittel mit einem grünen Pelzbelag sowie ein Milchkarton befanden. Das würde vielleicht ein gutes Bild ergeben, mit der Milch, deren Haltbarkeitsdatum schon längst überschritten war.

Line ging durch das Wohnzimmer und betrat einen kleinen Gang. Eine der Türen darin stand offen. Dies musste das Zimmer sein, das Viggo Hansen benutzt hatte. Das Bett war an die Wand geschoben. Die Bettdecke lag unordentlich da. Neben einer Leselampe und einem Wecker lag eine Brille auf dem Nachttisch. Die Zeiger des Weckers standen still und zeigten zwanzig vor sechs.

An der einen Wand hing ein gerahmtes Bild, eine Bleistiftzeichnung eines Jungen mit Angel, Südwester und viel zu großen Gummistiefeln. *Fischerjunge* las Line in der unteren rechten Ecke, und den Namen Eivind Aske. Das war der Künstler, mit dem sie in ein paar Stunden verabredet war. Vor fünfzig Jahren waren er und Viggo Hansen in dieselbe Klasse gegangen. Als Line ihn angerufen hatte, konnte er sich kaum an Viggo Hansen erinnern, doch der hatte ein signiertes Bild des Künstlers an der Wand seines Schlafzimmers hängen.

Vor dem Fenster stand ein Schreibtisch, und an der anderen Wand hing eine gestickte Naturansicht, mit weißen Bergen und einem Hirsch, der nahe eines Sees äste. Ansonsten standen im Zimmer noch eine Kommode und ein brauner Lehnstuhl mit abgewetzten Armlehnen.

Line öffnete die Nachttischschublade. Darinnen lagen ein Paket Papiertaschentücher, eine Schachtel Halspastillen, ein Kugelschreiber und ein altes Taschenbuch. *Eight Black Horses.*

Line öffnete es an einer zufälligen Stelle. Die Seiten waren steif und trocken. Der Text war auf Englisch. Line war überrascht.

Es gab noch zwei weitere Türen. Eine führte in den Keller. Ein eiskalter Lufthauch blies Line ins Gesicht, als sie die Tür öffnete. Die graue Backsteintreppe endete im Dunkeln. Sie fand einen Schalter. Eine einsame Glühbirne warf Licht in den Raum unten.

Lines Schritte hallten von den Treppenwänden wider. Die Decke war niedrig, und sie musste sich klein machen, um nicht mit dem Kopf an die Rohrleitungen zu stoßen, die unterhalb der Deckenverkleidung verliefen.

Am Fuße der Treppe war ein großer, offener Raum mit einer Waschmaschine und einem an der Wand befestigten

Abflussbecken. Inmitten des Raums stand ein Holzstuhl, über dessen Lehne ein zusammengewickeltes Seil hing. Ein grobes Tau mit dicken braunen Fasern. Line hob das Ende an und fuhr mit dem Daumen über den ausgefransten Tampen, dann legte sie das Tauende zurück.

In der Ecke stand ein Warmwasserspeicher. Daneben befanden sich ein Regal mit verschiedenen Kästen darin sowie eine angelehnte Tür, die in eine Kammer führte. In der Kammer gab es weitere Regale mit leeren Marmeladengläsern, Kisten voll alter Wochenmagazine, alte Farbeimer und verschiedenes Werkzeug. In der Ecke stand ein Paar Skier mit Stöcken.

Line verließ die Kammer und warf einen Blick in die Kästen im Regal neben der Kammertür. Sie enthielten ungefähr das Gleiche. Eine altes Service, Kerzenständer, alte, gut verpackte Gardinen, und ausrangierte Schuhe. Aus einem der Schuhe lugte der Kopf eines Teddybären. Line hob einen der Kästen herunter, um ihn eingehender zu untersuchen. Darinnen lagen alte Babysachen in einem Karton, ein Paar winzige Schuhe und etwas Spielzeug.

Aus Viggo Hansens Kindertagen, dachte Line und stellte den Kasten zurück. Plötzlich entdeckte sie, dass da etwas hinter dem Regal und all den Kästen war. Sie verdeckten eine Tür. Es gab noch eine weitere Kammer.

Sie nahm alle Kästen aus dem Regal und stellte sie hinter sich auf den Fußboden. Dann schob sie das Regal beiseite. Die Tür dahinter sah genauso aus wie die andere Kammertür. Eine einfache Brettertür, die allerdings mit einem Hängeschloss versehen war. Line inspizierte das Schloss. Es war alt und grün angelaufen und schien lange nicht mehr benutzt worden zu sein. Es reizte Line, einen Schraubenzieher zu suchen, um das Schloss damit aufzubrechen, doch sie entschied sich abzuwarten. Stattdessen lief sie wieder nach oben, um den letzten Raum zu untersuchen.

Die Tür zu dem letzten Zimmer war geschlossen. Sie trat ein und bemerkte, dass die Heizung abgestellt war. Die Fensterscheiben glänzten vor lauter Eiskristallen.

Der winzige Raum sah aus, als hätte Viggo Hansen dort alles hineingestopft, was nirgendwo sonst Platz gefunden hatte. Auf dem Fußboden stand ein Weihnachtsmann, Teile einer Girlande hingen über den Rand eines geöffneten Kartons. In einem Regal an der Wand lagen alte Zeitschriften, Gebrauchsanweisungen und Broschüren. Es gab Bücher, ein altes Radio, ein paar Dekorationsgegenstände und einen Stapel Kleider. Auf dem obersten Regalbrett standen die Köpfe zweier Schaufensterpuppen mit Perücken. Die eine hatte glattes Haar, die andere Locken, die denen der Mutter auf dem Hochzeitsbild ähnelten. Line streckte die Hände nach einem der Köpfe aus und holte ihn herunter. Aufmerksam betrachtete sie den Plastikkopf von allen Seiten, bevor sie ihn schließlich zurückstellte.

Sie verließ das Zimmer, schloss die Tür hinter sich, betrat das Wohnzimmer und betrachtete eine Weile die beiden Sessel vor dem Wohnzimmertisch. Auf dem einen, wo man Viggo Hansen gefunden hatte, war ein dunkler Fleck. Hier hatte er gesessen, Abend für Abend, dachte Line. Mit einem leeren Sessel neben sich. Es hatte niemanden gegeben, der ihn fragte, was er von diesem oder jenem Nachrichtenbeitrag hielt, oder mit dem er über irgendeine Fernsehsendung sprechen konnte. Line nahm die Kamera und machte ein Foto von den beiden leeren Sesseln.

Auf der anderen Seite des Zimmers stand ein Esstisch an der Wand. Einer der Stühle war etwas hervorgezogen, und ein paar Spielkarten lagen zu einer Patience angeordnet auf dem Tisch. Die Karten waren abgegriffen. Die meisten lagen mit dem Bild nach oben. Es war eine einfache kleine Harfe. Line hatte auf ihrem ersten Computer oft stundenlang ebensolche Patiencen gelegt.

Sie fotografierte die Karten, die bestimmt Tausende Male ausgelegt worden waren. Ein Kartenspiel für eine Person.

Das Regalsystem an der Wand hatte vier Unterschränke. Line öffnete eine der Türen und musste lächeln, als sie ein in Leder gebundenes Fotoalbum entdeckte. Ganz vorn waren ein paar verblasste Bilder des Paares eingeklebt, das sie auf dem Hochzeitsbild im Schlafzimmer gesehen hatte. Sie schienen von einer Urlaubsreise zu stammen. Dann tauchte Viggo Hansen – Line nahm zumindest an, dass er es war – auf dem Schoß seines Vaters auf. Es gab Bilder von einem Weihnachtsabend und einer Geburtstagsfeier. Line zählte sieben Erwachsene, die um einen Tisch herumsaßen. Ein Bild zeigte einen kleinen Jungen mit Schulranzen, es war auf den 23. August 1957 datiert. Die letzten zehn Albumseiten waren leer. Neben das letzte Bild hatte jemand *Sommer 1962* geschrieben. Viggo Hansen saß auf einem Steg und ließ die Beine über den Rand baumeln.

Line blätterte zurück und studierte die Bilder noch einmal. Ein paar davon könnte sie wohl verwenden, aber sie brauchte auch neuere. Plötzlich fiel ihr auf, dass niemand lächelte. Alle wirkten furchtbar ernst. Freude war hier nicht zu finden, dachte Line und schloss das dicke Album. Sogar auf dem Bild, das Viggo Hansen vor einem Kuchen mit fünf kleinen Kerzen zeigte, war sein Mund zusammengekniffen, und seine Augen waren düster.

In dem Schrank lag außerdem eine Mappe mit Papieren: Versicherungspolicen, Quittungen, Steuererklärungen und Kontoauszüge. Aus dem Steuerbescheid ging hervor, dass Viggo Hansen erwerbsunfähig war und über ein steuerpflichtiges Einkommen von knapp über 200 000 Kronen verfügt hatte. Line war überrascht, dass er ein Vermögen von fast 3 Millionen hatte, von denen 2,5 Millionen auf der Bank lagen.

Unter den Papieren fand sie auch die Einladung zu einem Klassentreffen anlässlich des vierzigjährigen Jubiläums zum Schulabschluss 1964 an der Schule in Stavern. Der an den Rändern vergilbte Bogen verriet, dass das Fest am Samstag, dem 15. Mai 2004, stattfinden sollte. Anstatt sich Namen und Telefonnummer des Festkomiteeleiters aufzuschreiben, machte Line eine Aufnahme von der Einladung.

Eine der Quittungen zog Lines Aufmerksamkeit auf sich. Sie war von dem Schlüsseldienst, der am Montag, dem 1. August, zwei Schlösser an der Außentür angebracht hatte. Line fotografierte auch die Rechnung, aus der hervorging, dass der Monteur R. Nicolaysen hieß. Er war vielleicht der Letzte gewesen, der vor Viggo Hansens Tod mit ihm gesprochen hatte.

Der Unterschrank nebenan war leer, die beiden anderen enthielten Gläser und Porzellan.

Line legte das Album und die Papiere zurück, stand auf und trat abermals zu den beiden leeren Sesseln hin. Auf dem Tisch zwischen den Sesseln und dem Fernsehtischchen lag die Programmzeitschrift, genauso wie es auf den Polizeifotos abgebildet war.

Line blätterte darin. Seine Fernsehgewohnheiten waren leicht erkennbar. Er hatte die Sendezeiten verschiedener Reality-Serien, Naturprogramme und Dokumentarsendungen mit einem Kreis markiert. Unter anderem gehörte auch diese Sendung über das FBI dazu, die er mit einem Häkchen versehen hatte.

Line nahm wieder die Kamera zur Hand und schoss ein Foto von der Programmübersicht. Das Motiv hatte etwas Subtiles an sich. Es illustrierte, wie Viggo Hansen allein zu

Hause gesessen und doch gleichzeitig an dem Leben teilgenommen hatte, das sich draußen abspielte.

Nachdem Line eine Weile lang Schränke und Schubladen inspiziert hatte, stieß sie in der Kommode im Schlafzimmer auf etwas Interessantes. Ein Schuhkarton mit Weihnachtskarten.

Sie setzte sich in den Sessel und besah sich die Karten. Ingesamt waren es zwanzig, die jedoch von nur zwei Absendern stammten. Die eine Hälfte der Karten war mit großen, eckigen Buchstaben beschrieben worden und trug die Unterschrift Frank, während der andere Absender eine eher zierliche Handschrift hatte und Irene hieß.

Die älteste Karte schien im Jahr 1975 abgestempelt worden zu sein, dem Jahr, nachdem seine Mutter gestorben war.

Lieber Viggo. Ich weiß, dass die bevorstehende Zeit ziemlich hart werden kann. Das erste Fest allein und ohne Eltern kann schwierig und schmerzhaft sein. Trotzdem hoffe ich, dass du ein schönes Weihnachtsfest hast, und ich wünsche dir alles Gute für das neue Jahr. Dein Freund Frank.

Die Motive auf den Weihnachtskarten veränderten sich mit der jeweils vorherrschenden Mode. Die älteste war aus Glanzpapier und zeigte zwei kauzige Wichtelmännchen, die an der Glocke zum Vorratshaus läuteten, während die Bauersfrau mit Grütze herbeieilte. Auf der neuesten Karte hielt ein dicker Weihnachtsmann eine Cola-Flasche in der Hand. Sie war mit *Weihnachten 1988* datiert und übermittelte nicht mehr als Weihnachtsgrüße und die besten Wünsche zum neuen Jahr. Unten rechts in der Ecke stand Frank. *Dein Freund* fehlte.

Als die Freundschaft mit Frank offenbar dem Ende zugegangen war, hatte Irene übernommen. Sie hatte im Zeitraum von 1990 bis 1995 Weihnachtskarten geschickt. Auf der ersten schrieb sie, dass sie sich gefreut habe, ihn kennenzulernen, und hoffe, sie könnten sich im neuen Jahr einmal wiedersehen.

Es hatte also eine Frau in seinem Leben gegeben, dachte Line und betrachtete die weiteren fünf Karten. Auf der letzten hatte Irene mit den Worten *Wir sehen uns im Sommer* geschlossen.

Line inspizierte die Poststempel. Auf den Karten, die von Frank gekommen waren, war es unmöglich zu erkennen, wo sich der Absender befand, abgesehen von einer, die anscheinend aus Langesund geschickt worden war. Die Stempel zweier Karten von Irene verrieten, dass sie sie in Horten in den Kasten geworfen hatte. Line notierte sich die Namen der beiden Menschen, die einmal zu Viggo Hansens Leben gehört hatten. Immerhin hatten sie ihm so viel bedeutet, dass er ihre Karten aufbewahrt hatte, aber ganz offensichtlich hatte er nichts unternommen, um die Freundschaften zu pflegen. Es war viele Jahre her, seit sie Kontakt zueinander gehabt hatten, aber dennoch wollte Line versuchen, diese Stimmen hörbar zu machen.

24

Wisting schloss die Bürotür hinter sich und setzte sich an seinen Schreibtisch. Er musste die zahlreichen verschiedenen Aufgaben in ein System bringen. Er hatte Torunn Borg die Verantwortung für den Kontakt mit den USA übertragen. Ebenso sollte sie die Daten vom Einwohnermeldeamt sammeln und versuchen, sie so zu systematisieren, dass sie die möglichen Namen finden konnten, hinter denen Robert Godwin sich verborgen haben konnte. Das ließ sich nur auf diese Weise machen, und es war überhaupt nicht sicher, dass sie Ergebnisse bekommen würden.

Benjamin Fjeld hatte die Aufgabe bekommen, Heimatvereine und Personen aufzusuchen, die vielleicht die Orte identifizieren konnten, an denen Bob Crabb gewesen war und Fotos gemacht hatte.

Wisting loggte sich ins Datensystem ein und rief die Anzeige über den Einbruch in der Wohnung auf, die Bob Crabb in Stavern gemietet hatte. Die Anzeige war am Sonntag, dem 21. August, aufgenommen, aber sechs Wochen später aufgrund mangelnder Informationen über den Täter zu den Akten gelegt worden.

Es gab zwei Dokumente zu diesem Fall. Ein Formular, das die Beamten vor Ort ausgefüllt hatten, und einen Ordner mit Bildern vom Tatort.

Die Anzeige enthielt Informationen über Zeit und Ort und beschrieb die Vorgehensweise während des Einbruchs. In der Rubrik für gesicherte Spuren stand *Keine.* Dasselbe war in das Feld für die gestohlenen Gegenstände eingetragen worden.

Die Bilder zeigten, was auch in dem Bericht beschrieben wurde. Dass jemand eine Brechstange oder Ähnliches zwischen Türrahmen und Türblatt gezwängt hatte, so dass ein Spalt entstanden war, der es erlaubte, die Tür trotz des hervorstehenden Riegels aufzudrücken. Die älteste und einfachste Methode, eine verschlossene Tür zu öffnen.

Wisting wechselte wieder zu dem Bericht und las. Daraus ging hervor, dass zwei Studenten in der Wohnung wohnten und fünf Tage zuvor eingezogen waren. Leicht verkäufliche Dinge wie eine PlayStation, einen Laptop und ein paar Flaschen Alkohol waren nicht angerührt worden. Die Vermieterin meinte, dass vielleicht ein ehemaliger Mieter namens Bob Crabb in die Wohnung eingedrungen sein konnte. Er hatte die Wohnung vier Wochen lang als Ferienunterkunft benutzt, war aber nicht zur verabredeten Zeit ausgezogen, so dass die Vermieterin seine Sachen ausgeräumt hatte.

Wisting schloss die Datei auf dem Bildschirm, stand auf und trat ans Fenster. Auf vielen der Hausdächer stieg Rauch aus dem Kamin. Eine dünne Schicht Nebel lag über dem Fjord.

Auf den weißen Schnee hinauszustarren, übte eine Art hypnotischen Effekt aus, der Wisting seiner Konzentration beraubte. Er konnte sich überhaupt nicht vorstellen, wann der Durchbruch in diesem Fall erfolgen würde. Doch bei allen Fällen, an denen er bisher gearbeitet hatte, war der Glaube an den Erfolg stets größer gewesen als die Angst vor dem Versagen. Dasselbe fühlte er jetzt auch.

Es klopfte an der Tür. Torunn Borg kam herein, ohne eine Reaktion abzuwarten.

»Das FBI kommt hierher«, sagte sie.

»Nach Norwegen?«

Sie nickte.

»Drei Special Agents sind schon auf dem Weg. Zwei aus dem Hauptbüro in Washington und einer aus dem Lokalbüro in Minneapolis. Sie kommen morgen früh in Gardermoen an und möchten uns um zwölf Uhr treffen.«

Wisting atmete langsam aus. Wenn bekannt würde, dass Sonderermittler des FBI im Land waren, um einen gesuchten Serienmörder zu fassen, wäre es mit der Ruhe vorbei.

»Leif Malm von der Nachrichtenabteilung bei der Kripo und ein Polizeiinspektor von der Internationalen Abteilung für Fahndungszusammenarbeit kommen mit denen zusammen hierher.«

Wisting setzte sich.

»Leif Malm«, wiederholte er und dachte an einen früheren Fall, bei dem sie zusammengearbeitet hatten. »Ich dachte, er gehört zum Polizeidistrikt Oslo.«

»Jetzt arbeitet er jedenfalls bei der Kripo.«

»Was ist mit Bob Crabbs Wohnung in Minneapolis? Arbeiten die da dran?«

Torunn Borg setzte sich und blätterte durch ihre Unterlagen.

»Ich hatte Kontakt mit einem Detective Inspector Bruce Jensen vom 3. Revier. Bei denen ist es jetzt halb neun Uhr morgens. Die machen das im Laufe des Tages.«

»Jensen?«

»Bestimmt ein Amerikaner norwegischer Herkunft. Ich habe selbst Verwandtschaft da drüben, am Lake Superior.«

»Hast du Kontakt mit ihnen?«

»Nein, wir haben denselben Ururgroßvater oder so was.«

Espen Mortensen kam herein. Er hatte ein paar Papiere in den Händen, und seine Körpersprache verriet, dass er etwas Wichtiges zu berichten hatte.

»Spuck's schon aus«, sagte Wisting.

Mortensen zog einen Stuhl hervor und setzte sich.

»Wir suchen nach einer Frau«, sagte er.

Wisting und Torunn Borg blickten sich an.

»Die Haare in der Hand der Leiche stammen von einer Frau.«

25

Line setzte sich hinters Lenkrad und startete den Wagen. Sie lobte erneut den Motor und ließ ihn vor sich hin brummen, stieg wieder aus und kratzte mit langgestreckten Bewegungen das Eis von der Frontscheibe. Als ihre Finger kalt wurden, fiel ihr ein, dass sie ihre Handschuhe im Flur bei Viggo Hansen vergessen hatte. Aber die mussten vorerst warten. Line war ohnehin schon spät dran, um zu ihrer Verabredung mit Eivind Aske zu gelangen.

Sie fuhr in östliche Richtung über die Hauptstraße in Richtung Helgeroa, durch eine nackte, völlig farblose Winterlandschaft aus geschwungenen weißen Feldern und schneebedeckten Bäumen, die in einen blassen Himmel ragten.

Eivind Aske wohnte auf einem alten Kleinbauernhof am Hummerbakken. Die Scheune war zu einer Galerie mit Atelier umgebaut worden. Am Straßenrand ragte ein auf Pfählen angebrachtes Schild mit seinem Namen aus dem Schnee. Darunter hing an Ketten ein kleineres Schild, das im Wind hin- und herschaukelte. Es informierte die Besucher darüber, dass geschlossen war.

Line bog von der Hauptstraße ab und fuhr auf einen weitläufigen Hofplatz. Die Fenster im Haupthaus waren dunkel, doch im Arbeitszimmer in der Scheune gab es Licht.

Der Kunstmaler erschien in der Tür und winkte Line zu sich herüber. Line griff nach ihrer Tasche und ging zu ihm. Auf der Hauptstraße schoss der Bus nach Nevlunghavn dröhnend vorbei und verschwand in einer Wolke aus Schnee.

»Schön, dass Sie Zeit für mich haben«, sagte Line und klopfte sich an der Treppe den Schnee von den Füßen.

Drinnen war es mollig warm. An den Wänden hingen feine Bleistiftzeichnungen von Menschen und Tieren. In der Mitte des Raums stand ein schräg gestelltes Zeichenbrett mit der Skizze eines Jungen, der ein Paar Skier auf der Schulter hatte. Auf dem Arbeitstisch lagen verschiedene Bleistifte, Kohlestifte, Kreide und andere Gerätschaften.

Eivind Aske und Line gingen hinüber zu einer Sofaecke in der hintersten Ecke des großen Raums. Der Maler hatte den Zeitungsartikel ausgeschnitten, den Line während ihrer Tätigkeit bei der Lokalzeitung über ihn geschrieben hatte. Zusammen mit Berichten über Ausstellungen und anderen Arrangements, an denen er teilgenommen hatte, hing der Ausschnitt in einem Rahmen über dem Sofa an der Wand. Line beugte sich vor und las ein paar Zeilen des alten Textes. Teile des Interviews waren wie ein Dialog mit Fragen und Antworten aufgeschrieben worden.

– Haben Sie immer schon gern gezeichnet?

– Immer. Schon bevor ich zur Schule ging, aber erst als Erwachsener habe ich begriffen, dass ich etwas daraus machen sollte. Ich bin ins Ausland gefahren und habe visuelle Kommunikation und grafische Techniken studiert. Nach fünf Jahren bin ich zurückgekommen, habe ein altes Bauernhaus gekauft und meinen Künstlertraum realisiert.

Aus den persönlichen Angaben ging hervor, dass er 1950 geboren wurde, unverheiratet war und über fünfzig Einzelausstellungen in Norwegen, Dänemark, Schweden und Frankreich bestritten hatte. Seine Werke waren von Kunstvereinen, Kommunalverwaltungen und Unternehmen wie Statoil oder Telenor eingekauft worden.

»Viggo Hansen, tja«, sagte Eivind Aske und setzte sich.

»Das ist viele Jahre her. Ich hatte den Knaben schon völlig vergessen, aber nachdem Sie angerufen hatten, habe ich ein bisschen nachgedacht.«

Line nahm Platz.

»Ich habe ein altes Klassenfoto gefunden«, fuhr Aske fort und zog ein Schwarzweißbild aus einem grauen Umschlag.

»Das ist die siebte Klasse«, sagte er. »1964.«

Er schob das Gruppenfoto hinüber zu Line. Die Schüler standen aufgestellt in vier Reihen. Jungen und Mädchen in selbstgestrickten Pullovern und Jacken. Die meisten Mädchen trugen lange Röcke. Die Jungen hatten kurze Haare. Am unteren Rand standen die Namen der Schüler.

»Wir waren achtundzwanzig Kinder in der Klasse. Viggo Hansen steht ganz links in der zweiten Reihe.«

Er legte seinen Zeigefinger unter das Gesicht eines kleinen, zarten Jungen mit dünnen Armen und Beinen und einem Gesichtsausdruck, der nichts über seine Stimmung verriet.

»Das da bin ich«, erklärte Eivind Aske. Er stand in der ersten Reihe und hatte ein breites Lächeln im Gesicht.

Line schaute von dem Bild auf und sah den Mann vor sich an. Er hatte sich in den vergangenen Jahren sehr verändert, und sie hatte Probleme, seine Gesichtszüge wiederzuerkennen, vielleicht mit Ausnahme des breiten Lächelns.

»Darf ich das ausleihen?«, fragte Line. Sie könnte das Foto einscannen und für den Artikel verwenden.

»Bitte sehr.«

Line betrachtete die anderen Gesichter auf dem Foto und ließ den Blick auf einem erwachsenen Mann in Anzug und Krawatte ruhen. Nummer eins in der letzten Reihe. *Arne Lorentzen,* las sie.

»War das Ihr Lehrer?«

»Lorentzen, ja«, erwiderte Eivind Aske und erhob sich. »Er ist inzwischen tot.«

Er ging hinüber zu einer kleinen Arbeitsplatte und brachte eine Kaffeekanne und zwei Tassen mit zurück.

»Kaffee?«

Line nahm dankend an.

»Viggo Hansen hatte eines Ihrer Bilder zu Hause an der Wand hängen«, sagte sie, während der Maler einschenkte.

Ein kleiner Ruck fuhr durch Eivind Aske. Der Kaffeestrahl verfehlte die Tasse und traf auf den Tisch. Als hätte ihn diese Information völlig unerwartet getroffen.

»Tut mir leid«, sagte er, setzte die Kanne ab und ging los, um etwas zum Abtrocknen zu holen.

»Fischerjunge«, erklärte Line.

Aske fuhr mit einem Lappen über den Tisch.

»Das ist ein altes Bild«, sagte er. »Davon wurden dreihundert Stück gedruckt.«

»Was denken Sie darüber?«, fragte Line. »Also ich meine, dass er eines Ihrer Bilder hatte.«

Eivind Aske antwortete mit einem Schulterzucken.

»Viele haben das bei sich zu Hause.«

»Glauben Sie nicht, dass er ein wenig stolz war, weil er Sie kannte? Dass er mit einem anerkannten Künstler zusammen die Schulbank gedrückt hatte?«

»Sie müssten eigentlich mit Odd Werner Ellefsen reden«, sagte der Maler und brachte das Gespräch in andere Bahnen. »Die hingen manchmal zusammen.«

»Ist der auch auf dem Klassenfoto?«

»Sie stehen nebeneinander.«

Der Junge neben Viggo Hansen hatte einen etwas gröberen Körperbau, seine Gesichtszüge waren markanter, und ein vorsichtiges Lächeln umspielte seine Lippen.

»Ich glaube, sie waren Nachbarn. Sie wohnten da ganz in der Nähe vom Larviksveien, neben der Erbsenfabrik.«

Line verstand nicht ganz, was er meinte.

»Wo heute der Meny-Supermarkt liegt«, erklärte Eivind Aske. »Ich wohnte am anderen Ende der Stadt und hatte außer in der Schule keinen Kontakt mit ihnen. Aber ich glaube, beide hatten keine einfache Kindheit. Vielleicht haben sie deswegen zueinandergefunden.«

»Wohnt Odd Werner Ellefsen noch immer in Stavern?«

»Nein, ich glaube, er lebt in Larvik.«

Line griff nach ihrer Kaffeetasse.

»Hatten Sie später mal irgendwelche Klassentreffen oder so was?«

Eivind Aske schüttelte den Kopf.

»Zumindest keins, bei denen ich war. Vor ein paar Jahren kam mal eine Einladung, aber da war ich im Ausland.«

Line zog ihren Notizblock hervor.

»Können Sie sich an irgendwelche Episoden aus der Schulzeit erinnern, an denen Viggo beteiligt war?«

Eivind Aske schüttelte wieder den Kopf.

»Nein, er war ziemlich anonym. So war er sein ganzes Leben. Einer, der anderen nicht in die Quere kommen wollte. Er hat auch nie viel gesagt und immer nur knapp geantwortet, wenn der Lehrer ihn etwas gefragt hat. Und ich kann mich nicht erinnern, dass er je etwas über sich erzählt hat. Irgendwie hatte er so eine Art geheimes Leben.«

»Und worin bestanden diese Geheimnisse?«

Der ältere Mann lächelte angesichts der Widersprüchlichkeit ihrer Frage.

»Tja, wenn ich das wüsste«, erwiderte er.

Line erwiderte sein Lächeln.

»Kannten Sie seine Familie?«

Er schüttelte den Kopf.

»Es gab Gerüchte, die besagten, sein Vater hätte im Gefängnis gesessen«, sagte Line versuchsweise, um die Erinnerung des Künstlers aufzufrischen.

»Daran kann ich mich nicht erinnern. Wenn da was Wahres dran gewesen wäre, hätten wir Kinder bestimmt darüber gesprochen.«

»Gab es einen Frank in Ihrer Klasse?«, fragte Line und dachte an die Weihnachtskarten.

»Frank? Nein.«

»Wissen Sie von jemandem, der Frank hieß? Jemand, mit dem Viggo Hansen vielleicht Kontakt hatte?«

»Nein, im Augenblick fällt mir überhaupt keiner ein, der Frank heißt.«

»Und Irene?«

»Nein, auch nicht.«

Nach einer halben Stunde stand Line auf. Es war ihr nicht gelungen, noch weitere Erinnerungen aus ihm herauszukitzeln, Alltagsgeschichten aus der Schulzeit oder irgendwelche besonderen Vorkommnisse, aber mehr war bei ihm einfach nicht zu holen. Ganz umsonst war der Besuch allerdings nicht gewesen. Line hatte ein Klassenfoto bekommen, und auf ihrem Block stand ein neuer Name. Odd Werner Ellefsen.

Im Laufe des Gesprächs war draußen eine blauschwarze Winterdunkelheit herabgesunken. Der Schnee unter Lines Schuhen knirschte, als sie zurück zum Wagen lief. Sie zog die Jacke enger um den Hals. Es war noch kälter geworden.

26

Die Ermittler waren im Konferenzraum versammelt. Auch Christine Thiis war gekommen, um an der Besprechung über die Ereignisse des Tages teilzunehmen.

Sie begannen mit dem letzten Punkt: Wisting bat Espen Mortensen, die bei der rechtsmedizinischen Untersuchung gewonnenen Erkenntnisse näher zu erläutern.

Der Kriminaltechniker schaltete den Projektor ein und fasste zusammen: »Die Haare in seiner Hand stammen von einer Frau.«

Auf der Leinwand tauchten die Bilder der zusammengeballten Faust des Toten auf. Das erste war am Fundort bei den Weihnachtsbäumen auf dem Bauernhof Halle gemacht worden. Ein paar blonde Haare ragten aus der Hand hervor. Das nächste Bild war während der Obduktion entstanden. Die Hand war geöffnet, und es war klar erkennbar, dass die Haare an dem getrockneten Blut festklebten.

»Das ist das Blut des Opfers«, erklärte Mortensen. »Aber die Haare stammen von einer Frau.«

Alle warteten gespannt auf seine weiteren Ausführungen. Mortensen nahm den Bericht der Rechtsmedizin zur Hand.

»Die Haare enthalten nicht genügend Material zur Erstellung eines DNA-Profils, aber es wurde mitochondriale DNA gefunden. Die Geschlechtsmarker zeigen, dass sie von einer Frau stammt.«

»Könnten die Proben irgendwie verunreinigt sein?«, fragte Hammer. »Eine Übertragung von einer der Labormitarbeiterinnen?«

»Jedes einzelne Haar wurde getestet«, erläuterte Mortensen. »Alle zeigten dasselbe Ergebnis.«

»Und wie erklärst du dir das?«

»Wie ich es sehe, gibt es nur eine Erklärung«, erwiderte der Kriminaltechniker und reichte Wisting den Bericht. »Das ist eine eindeutige Situationsspur. Das Opfer hat mit einer Frau gekämpft.«

»Und die Frau hat gewonnen«, fasste Hammer nüchtern zusammen.

Wisting blickte argwöhnisch auf den Bericht. Der enthielt so viele Fachausdrücke und Abkürzungen, dass es ihm schwerfiel, sich zu orientieren.

»Sagt uns die Analyse noch mehr?«, fragte er.

»Die Frau ist europäischer Herkunft.«

»Na, da haben wir ja was«, kommentierte Hammer. »Bloß dreihundertfünfzig Millionen Verdächtige.«

»Wissen wir inzwischen mehr darüber, wer der Mann ist?«, fragte Christine Thiis.

»Bis jetzt hatten wir gute Gründe anzunehmen, dass er ein vermisster Amerikaner namens Bob Crabb ist«, sagte Wisting und berichtete über die bis dahin gewonnenen Erkenntnisse. »Jetzt bin ich mir nicht mehr so sicher.«

»Könnte es vielleicht so sein«, setzte die Polizeijuristin an, »dass die menschlichen Überreste von Robert Godwin stammen und die Haare von einem Opfer, das ihm entkommen konnte? Der Kampf endet damit, dass sie ihn tötet, und anstatt die Sache der Polizei zu melden, versteckt sie die Leiche.«

Christine Thiis hatte in Worte gefasst, was sich auch in Wistings Kopf als Theorie abzuzeichnen begann.

»Wann werden wir genau erfahren, ob die menschlichen Überreste von dem gesuchten Mörder stammen?«, wollte Benjamin Fjeld wissen.

»Hoffentlich morgen, wenn das FBI eintrifft«, erwiderte Mortensen. »Der Abgleich der DNA-Profile wird drüben vorgenommen.«

Wisting saß schweigend da. Es war verwirrend. Er bekam es nicht zu fassen. Es fehlten einfach zu viele Informationen, als dass sie sich auf eine bestimmte Theorie im Hinblick auf die tatsächlichen Ereignisse stützen konnten.

In der restlichen Zeit der Besprechung wurden noch einmal alle erfolgten Arbeitsschritte zusammengefasst, aber es gab nichts, was sie irgendwie weiterführte. Als sie fertig waren, hatte draußen die Dunkelheit eingesetzt. Wisting ließ den Blick über die Gesichter der Kollegen gleiten. Im Augenblick konnte er nichts anderes tun, als sie nach Hause zu schicken, so dass sie sich ausgeruht und klar im Kopf den kommenden Ereignissen stellen könnten.

27

Line legte die Pizzaschachtel auf den übervollen Schreibtisch im ersten Stock, klappte den Deckel auf und bediente sich. Während sie aß, zog sie den Speicherstick aus der Kamera, steckte ihn in ihren Laptop und übertrug die Bilder in den mit *Viggo Hansen* überschriebenen Dateiordner.

Sie aß weiter, während sie die Aufnahmen durchsah und diejenigen löschte, für die sie keine Verwendung hatte.

Eivind Aske hatte sich überreden lassen, auf einem der Fotos abgebildet zu werden. Line erinnerte sich, wie schwierig es damals gewesen war, als sie ihn interviewt hatte. Er hatte gewollt, dass seine Bilder und nicht er als Person im Mittelpunkt standen. Er hielt sich gut für sein Alter und hatte sich in den vergangenen acht Jahren kaum verändert. Sogar die Frisur war noch dieselbe. Sein dunkles Haar war wellig und wirkte jetzt dichter als auf dem alten Klassenfoto. Es sah fast so aus, als trüge er ein Toupet. Es war ein bisschen seltsam, dass er sich so sehr dagegen sträubte, fotografiert zu werden. Eigentlich wirkte er recht eitel. Seine Gesichtshaut war gebräunt und saß so stramm auf den Wangenknochen, dass es aussah, als hätte er eine Schönheitsoperation durchführen lassen.

Eines der Dinge, die Line von zu Hause mitgebracht hatte, war ein einfacher, aber sehr effektiver Farbdrucker, den sie immer dann benutzte, wenn sie auf längeren Reisen war. Sie schloss ihn an den Computer an und wählte ein paar Bilder für den Druck aus. Sobald der Drucker ein Bild ausspuckte, hängte Line es an die breite Korktafel, die ihre

Mutter immer für Kinderzeichnungen, Einladungen und andere Papiere mit Terminangaben oder Fristen verwendet hatte.

Jetzt benutzte Line die Tafel, um eine Chronologie über Viggo Hansens Leben anzufertigen. Ganz links hatte sie sein Geburtsjahr auf einen gelben Post-it-Zettel geschrieben. Sie hatte die Bilder abfotografiert, die sie in dem Album bei ihm zu Hause gefunden hatte, und befestigte sie zusammen mit dem von Eivind Aske ausgeliehenen Klassenfoto in chronologischer Reihenfolge.

Sie notierte, wann die kleine Familie in die Herman Wildenveys gate gezogen war, sowie das Todesjahr seines Vaters – 1969 – und das der Mutter fünf Jahre später. In jenem Jahr hatte er auch die erste Weihnachtskarte von Frank bekommen. 1988 kam die letzte. In dem darauffolgenden Jahr musste irgendetwas geschehen sein, was Frank veranlasst hatte, keine Karten mehr zu schicken.

Line nahm einen neuen Post-it-Zettel und notierte die Jahreszahl 1989 zusammen mit einem Fragezeichen.

Dann zog sie ein neues Pizzastück aus der Schachtel, blieb vor der Tafel stehen und aß weiter. Das vorliegende Material zu strukturieren, gab ihr das Gefühl, die Aufgabe lösen zu können. Alphabetisch geordnet, die Jahreszahlen in der richtigen Reihenfolge. Papiere in Ordnern. Fakten und Dokumente. Ungefähr so, wie ein Ermittler vorgehen würde, stellte sie sich vor.

Schließlich setzte sie sich an den Schreibtisch. Offenbar war ein Junge namens Odd Werner Ellefsen derjenige gewesen, der während seiner Schulzeit am meisten Kontakt zu Viggo Hansen gehabt hatte. Es gab einen Odd Werner Ellefsen auf der Liste, die Line sich über alle Steuerpflichtigen besorgt hatte, die im selben Jahr wie Viggo Hansen geboren waren, aber sie fand weder seine Adresse noch seine

Telefonnummer. Er stand nicht im Telefonbuch, und die Suche im Internet ergab auch keine Treffer.

Line schickte eine E-Mail an einen der Mitarbeiter in der Rechercheabteilung der Zeitung und bat ihn, Informationen vom Einwohnermeldeamt einzuholen.

Dann öffnete sie ihr Word-Programm und wollte anfangen zu schreiben. In ihrem Kopf hatte sie eine klare Vorstellung gehabt, scherte sich jetzt aber nicht mehr darum. Viel lieber wollte sie die Gedanken und Gefühle in Worte fassen, die sie im Laufe des Tages verspürt hatte. Die Worte waren nur schwer zu finden, und auch der Satzbau ging nicht leicht von der Hand, doch schließlich gelang es ihr, ein paar Abschnitte über ein stilles Leben und einen Menschen niederzuschreiben, der keine Spuren hinterlassen hatte. Einer, der von allen vergessen worden war.

Nach einer halben Stunde hörte sie, wie unten die Haustür geöffnet wurde, und vernahm die vertrauten Geräusche ihres Vaters, der seine Schlüssel in die Schale im Flur legte und seine Jacke aufhängte.

»Hallo?«, rief er von unten.

Line antwortete, klappte die Pizzaschachtel zu und nahm die Reste mit nach unten.

»Ich hab Pizza mitgebracht«, sagte er und legte eine Schachtel auf den Küchentisch.

»Ich auch«, erwiderte Line mit einem Lachen und legte ihre Schachtel neben seine.

Ihr Vater nahm sich eine Flasche Bier aus dem Kühlschrank, hielt die Tür auf und fragte, ob Line auch eine wolle.

Sie schüttelte den Kopf und setzte sich an den Tisch.

»Langen Tag gehabt?«, fragte sie.

Wisting nickte nur kurz, öffnete die Flasche und nahm einen Schluck.

»Ich habe die Meldung über den Einbruch bei Viggo Hansen gelesen«, sagte er und nahm sich ein Pizzastück. »Anscheinend ist wohl nichts gestohlen worden?«

»Nein, ich war später drinnen«, erklärte Line. »Es sah eigentlich nicht so aus, als wäre überhaupt irgendwas angerührt worden, aber es gab da wohl auch keine Wertsachen oder andere interessante Dinge.«

»Und was hast du heute sonst noch getrieben?«, fragte ihr Vater mit vollem Mund.

Line berichtete von ihrer Unterhaltung mit Greta Tisler und von dem Besuch bei Eivind Aske.

»Und was ist mit euch?«, fragte sie. »Habt ihr was Neues über den Toten herausgefunden?«

Ihr Vater kaute zu Ende.

»Eigentlich nicht«, erwiderte er und wechselte das Thema. »Ich habe Viggo Hansens Vater im Strafregister überprüft.«

Mit einem Pizzastück zeigte er auf den grauen Umschlag, den er auf die Arbeitsplatte gelegt hatte.

»Es stimmt. Er hat gesessen.«

»Und weshalb?«

Lines Vater schob das Essen beiseite und entfernte die Krümel von seinen Fingern, bevor er den Umschlag öffnete.

»Hier ist die Rede von schwerem Diebstahl«, sagte er und zog einen Bogen heraus. »Das hier ist ein Auszug aus dem Strafregister«, fügte er hinzu und reichte Line das Papier.

Nur ein paar Zeilen standen oben auf der Seite.

»Er wurde am 9. September 1960 vom Amtsgericht Bergen wegen Vergehen gegen Paragraph 258 Strafgesetzbuch zu drei Jahren und zehn Monaten Gefängnis verurteilt.«

»Da war Viggo Hansen zehn Jahre alt«, rechnete Line aus. In Gedanken fügte sie die Gefängniszeit in die Chronologie an der Wand im Arbeitszimmer ein. »Er saß im Gefängnis, bis sein Sohn vierzehn wurde.«

»Das ist eine harte Strafe«, kommentierte Lines Vater und stellte die Pizzareste in den Kühlschrank.

»Was kann er denn gestohlen haben?«

»Um das herauszufinden, brauchst du eine Abschrift des Urteils. Das hier ist nur ein Registerauszug, der verrät, dass es ein Verfahren gegeben hat.«

»Wie könnte ich da herankommen?«

»Das Original müsste sich im Staatsarchiv in Bergen befinden.«

Die Kälte ließ das Terrassenholz draußen laut knacken. Line lehnte sich auf ihrem Stuhl zurück und spürte, wie all die unbeantworteten Fragen in ihrem Kopf herumzuspuken begannen und ihr sicher den Schlaf rauben würden.

28

Die Uhr zeigte 06.45. Die Temperatur war auf minus siebzehn Grad gefallen. Durch die Dunkelheit konnte Wisting die Konturen der unbeweglichen Bäume draußen vor dem Fenster erahnen. Es war windstill.

Er hatte sich einen Rollkragenpullover übergestreift, den Line ihm vor ein paar Jahren zu Weihnachten geschenkt hatte, fragte sich aber, ob er sich vielleicht etwas formeller kleiden sollte. Er stellte sich vor, dass die Ermittler vom FBI in Anzug und Krawatte auftreten würden.

Wisting aß ein Stück kalte Pizza zum Frühstück und spülte es mit Kaffee hinunter. Dann ging er ins Bad und betrachtete sein eigenes Spiegelbild, während er sich die Zähne putzte. Ein breites Gesicht und graue Strähnen im Haar. Die geschwollenen Augen starrten ihn an. Die scharfen Linien um den Mund und die Falten an der Nasenwurzel waren ausgeprägter als je zuvor. Kurz kam ihm der Gedanke, dass er langsam alt wurde, doch dann wandte er den Blick ab.

Er behielt den Pullover an, setzte sich eine Mütze auf und zog Handschuhe und eine gefütterte Jacke an, die er im Hinausgehen zuknöpfte. Der Wagen sprang problemlos an, aber Wisting brauchte Zeit, um die Frontscheibe frei zu kratzen. Die Kälte drang in seine Wangen und ließ die Nase fast zu Eis gefrieren.

Als er sich ins Auto setzte, beschlugen die Innenseiten der Scheiben. Er fuhr rückwärts aus der Einfahrt, warf einen Blick auf Viggo Hansens Haus und fuhr stadteinwärts zum Polizeipräsidium.

Zum ersten Mal konnte er seine Überlegungen im Zusammenhang mit einer aktuellen Ermittlung nicht mit seiner Tochter teilen. Zwar hatte er sich immer an Schweigepflicht und Datenschutz gehalten, doch das hatte ihn nicht daran gehindert, manchmal mit Line über aktuelle Problemstellungen zu reden. Doch der Fall, an dem er nun arbeitete, hatte eine so große Bedeutung gewonnen, dass er von Line nicht verlangen konnte, es für sich zu behalten, wenn er ihr davon erzählte. Sollte sich der gesuchte Serienmörder noch immer irgendwo in Norwegen aufhalten, würde ein Durchsickern der Informationen an die Presse die Jagd nach ihm völlig zunichtemachen. Zweifellos würden eine Menge Hinweise eingehen, und es gab eine hohe Wahrscheinlichkeit, dass ihn jemand erkannte und die Polizei auf die richtige Spur brachte. Andererseits könnte es ihn aber auch veranlassen, seine Flucht irgendwo anders hin fortzusetzen, so dass er ihnen womöglich zwischen den Fingern hindurchschlüpfen würde. Und falls er tatsächlich seit über zwanzig Jahren hier unbemerkt und in Frieden lebte, war das ein Risiko, das sie nicht eingehen konnten.

Um Viertel vor acht hängte er seine Jacke an den Haken hinter der Tür und legte Mütze und Handschuhe auf das oberste Regalbrett hinter seinem Schreibtischstuhl.

Im Laufe der Nacht war nichts Neues passiert. Keine neuen Berichte oder Informationen. Wisting nutze den Vormittag zur Vorbereitung. Das FBI stand im Ruf, die lokalen Polizeibehörden in den USA zu »überrollen«, so wie es auch von der Kripo in Norwegen behauptet wurde. Obwohl es ihr Fall war und sie die Initiative zu diesem Treffen ergriffen hatten, wollte Wisting sich die Leitung der Ermittlung nicht aus der Hand nehmen lassen.

Noch einmal las er sich alle Informationen durch, die sie von den Amerikanern über Robert Godwin erhalten hatten. Das war keine schlechte Idee. Zwar fand er nicht viel, was sie nicht bereits wussten, doch dafür schnappte er ein paar Ausdrücke der amerikanischen Terminologie auf.

Schließlich bereitete er sich auf das eigentliche Treffen vor. Er verfasste eine chronologisch aufgebaute Liste, anhand derer er jeden Entwicklungsschritt des Falles erläutern sowie die weitere Vorgehensweise vorschlagen würde.

Auch für ihn selbst war diese Vorbereitung nützlich. Denn dadurch verschaffte er sich einen ganzheitlichen Überblick und bekam eine Bestandsaufnahme darüber, was sie an Fakten hatten und was in dem Fall noch fehlte.

Noch immer verwirrten ihn die Haare: Frauenhaare. Auch wenn er es nicht einordnen konnte, war es nun also so, dass sie nach einer Frau suchten.

Wisting ließ sich stets davon überraschen und beeindrucken, was selbst aus geringsten Funden an einem Tatort geschlossen werden konnte. In den polizeilichen Ermittlungen waren die technischen Beweise immer wichtiger geworden und hatten große Bedeutung für den Ausgang eines Falles. Gleichwohl waren die Spuren nur eine Sache. Genauso wichtig war es, diese auch richtig zu deuten, um sich so ein Bild über die tatsächlichen Ereignisse verschaffen zu können.

In allen Todesfällen, in denen er bisher ermittelt hatte, war es nur ein einziges Mal vorgekommen, dass sie es mit einer Mörderin zu tun hatten. Auch in der Kriminalgeschichte gab es nur wenige, und in der Regel handelte es sich bei den Fällen um eine Verzweiflungstat. Er war nicht davon überzeugt, dass sie nach solch einer Frau suchten, fand aber auch keine andere logische Erklärung dafür, warum das Mordopfer sechs Frauenhaare in der geschlossenen Hand gehalten hatte.

Wisting systematisierte alle Informationen, über die sie

bis jetzt verfügten. Das Ergebnis war eine chronologische Abfolge von Ereignissen, die im Jahr 1983 begann, als Robert Godwin sein erstes Opfer getötet hatte, und sich bis zu dem Leichenfund vor drei Tagen erstreckte. Zwischen diesen beiden Punkten vermerkte Wisting alle bekannten Bewegungen. Der Zeitabstand zwischen den einzelnen Punkten war groß. Die vorliegenden Informationen waren unvollständig und wirkten eher wie fragmentierte Teile eines Handlungsverlaufs.

Ein dreimaliges leises Klopfen an die Bürotür ließ Wisting von seinen Papieren aufsehen. Christine Thiis blickte herein.

»Das FBI«, sagte sie. »Sie sind jetzt da.«

Als Wisting aufstand, blieb auf der Rückenlehne seines Stuhls ein feuchter Schweißfleck zurück.

29

Graues Morgenlicht erhellte das Schlafzimmer. Line blieb im Bett liegen und betrachtete das Tapetenmuster. Kurz vor dem Einschlafen am Abend zuvor war ihr eine Idee gekommen. Sie war zu müde gewesen, um aufzustehen und sie zu notieren, und hatte sie stattdessen mit in den Schlaf genommen, in der Hoffnung, dass sie am nächsten Morgen noch da sein würde. Sie schloss die Augen und versuchte, die Idee aus den Tiefen des Bewusstseins hervorzulocken. Schließlich fiel es ihr ein. Das Ganze hatte damit angefangen, dass sie sich überlegt hatte, was sie zu Viggo Hansens Begräbnis anziehen sollte und wer wohl alles in die Kirche kommen würde. Dann war ihr der Gedanke gekommen, dass sie Blumen kaufen müsste. Vielleicht sollte sie auch die Initiative übernehmen und von den Nachbarn Geld für ein Trauerbukett einsammeln? Und diese Ideen hatten sie schließlich an den Pastor denken lassen. Der würde eine Trauerrede halten, und das Letzte, woran sie vor dem Einschlafen gedacht hatte, war, dass sie mit ihm sprechen sollte.

Eine Stunde später saß sie im Pfarrbüro. Jarle Lunden hatte sie sowohl getauft als auch konformiert, und er hatte auch den Trauergottesdienst anlässlich der Beerdigung ihrer Mutter gehalten. Inzwischen war er ein grauhaariger Mann mit schwer herunterhängenden Augenlidern, hatte aber noch immer dasselbe sanfte Lächeln.

Er fragte, wie es ihr gehe und was der Vater mache, und bekam zur Antwort, dass sie beide allein lebten.

»Ich lese deinen Namen ständig in der Zeitung«, sagte er. »Es ist interessant, deinen Werdegang zu verfolgen.«

Line lächelte. Lunden lehnte sich auf seinem Stuhl zurück.

»Wenn man so lange an einem Ort arbeitet«, fuhr er fort, »ist es wirklich interessant zu sehen, wohin sich das Leben eines Menschen, den man getroffen hat, weiterentwickelt. Ich habe Säuglinge getauft, aus denen bekannte Politiker, Schauspieler und berühmte Künstler wurden, aber auch Kinder, die Drogenabhängige, Bankräuber und Mörder geworden sind. Ich habe Mädchen konfirmiert, die sich zu einigen der weltweit besten Handballspielerinnen entwickelt haben, Jungen, die bekannte Schriftsteller wurden, aber ich habe auch ein Paar getraut, bei dem der Hass dann später so groß wurde, dass einer den anderen getötet hat.«

Line reizte es, ihn zu fragen, wovon diese Lebensläufe bestimmt wurden. Ob es der Zufall war oder das Schicksal, oder Gottes Wille. Doch sie ließ es sein. Stattdessen erzählte sie von der Reportage, an der sie arbeitete, und wie sie nun versuchte, sich ein Bild von Viggo Hansens Leben zu machen.

»Ich habe ihn nur ein einziges Mal getroffen«, erklärte der Pastor.

»Wann war das?«

Jarle Lunden änderte seine Sitzposition. Der Stuhl unter ihm knirschte leicht.

»Das ist zweiundvierzig Jahre her. Als sein Vater starb. Ich hätte es mittlerweile wohl vergessen, wenn es nicht meine erste Beerdigung gewesen wäre. Seither sind es mehr als tausend geworden, und nun ist Viggo Hansen also einer der Allerletzten. Ab Neujahr gehe ich nämlich in Rente.«

Abermals nahm er eine andere Sitzposition ein.

»Es war eine schwierige Aufgabe für einen jungen und frisch ausgebildeten Pastor. Glücklicherweise waren bei der Trauerfeier nur die engsten Angehörigen zugegen.«

Line zog ihren Notizblock hervor und blätterte zu einer leeren Seite um.

»Was war denn so schwierig?«

»Ach, es ist immer schwierig mit Menschen, die sich das Leben genommen haben, und damals musste ich mich zum ersten Mal um Angehörige kümmern.«

»Hat Viggo Hansens Vater sich das Leben genommen?«

Jarle Lunden nickte.

»Ich wurde gerufen, nachdem sie ihn abgeschnitten hatten. Viggo Hansen war damals ein junger Mann, achtzehn oder neunzehn Jahre alt. Er saß völlig regungslos am Küchentisch, und ich weiß nicht, ob er mitbekam, was ich zu ihm sagte. Seine Mutter lief ununterbrochen hin und her und redete die ganze Zeit.«

»Hat er sich erhängt?«

»Im Keller«, bestätigte der Pastor mit einem Nicken.

Line sah den kalten Keller vor sich. Die Decke war niedrig gewesen. Sie hatte sich ducken müssen, um sich nicht den Kopf an den Balken zu stoßen. Sie verstand nicht ganz, wie es jemand geschafft haben sollte, sich dort aufzuhängen.

»Warum hat er es getan?«

»Ich weiß nicht. Er hat keinen Abschiedsbrief hinterlassen. Aber ich erinnere mich, dass die Mutter ihren Sohn verantwortlich machte. Es ist deine Schuld, sagte sie. Mehrmals.«

»Was hat sie damit gemeint?«, fragte Line.

»Ich weiß nicht, ob da irgendwas dran war«, erwiderte der Pastor. »Sie hat so viel gesagt und war völlig außer sich. Und in solchen Situationen ist es ja nur natürlich, dass wir einen Sündenbock suchen. Aber der eigene Sohn …, ich weiß noch, dass ich es schrecklich fand, eine Mutter so etwas sagen zu hören.«

»Hat die Polizei den Todesfall untersucht?«

»Die Polizei war da, als ich kam. Sie hatten ihn auch abgeschnitten. Wie sie den Fall aber dann behandelt haben, weiß ich nicht.«

Line notierte, dass sie ihren Vater bitten müsste, den alten Fall im Archiv herauszusuchen.

»Glauben Sie, dass morgen jemand zur Beerdigung kommt?«

Jarle Lunden schüttelte den Kopf.

»Er hatte keine Familie, keine Arbeitskollegen und keine Freunde. Vielleicht kommt ja einer der Nachbarn oder jemand, der ihn aus der Schulzeit kannte.« Der Pastor beugte sich über den Tisch. »Ich muss gestehen, dass mich seine Einsamkeit bewegt. Es schmerzt mich, daran zu denken, dass er vier Monate tot dagelegen hat, bevor ihn jemand fand.« Er legte die Hände auf den Schreibtisch und faltete sie. »Das ist vermutlich wohl die größte Einsamkeit«, sagte er. »Dass man nicht einmal mehr in den Gedanken der anderen vorkommt.«

Line schrieb seine Bemerkung auf. Vielleicht ein passendes Zitat für ihre Reportage.

»Was werden Sie in Ihrer Trauerrede sagen?«, fragte sie.

Lunden lehnte sich wieder zurück.

»Ich dachte mir, die Worte eines chinesischen Dichters als Ausgangspunkt zu nehmen«, erwiderte er und zog einen Papierbogen mit Notizen zu sich heran. »Dass man nicht vergeblich gelebt hat, wenn man die Vögel im Frühjahr, die Grashüpfer im Sommer, die Insekten im Herbst oder das Geräusch des fallenden Schnees im Winter gehört hat.«

Line legte den Kopf schräg und blickte aus dem Fenster. Nebel lag über der Stadt.

»Das ist schön«, sagte sie. »Darf ich das verwenden?«

»Natürlich. Du kannst morgen nach dem Begräbnis die

ganze Rede bekommen. Vielleicht findest du ja noch mehr. In den Worten Gottes steht viel Tröstendes über das Leben in Einsamkeit. Jesu eigene Worte sind wohl die stärksten.«

Er hielt seine Arbeitsnotizen vor sich und las vor:

»›Mein Gott, mein Gott‹, rief Jesus. ›Warum hast du mich verlassen?‹« Er legte den Bogen wieder weg. »Das verrät uns, dass Jesus wusste, wie es sich anfühlt, einsam und verlassen zu sein.«

Aus Höflichkeit schrieb Line alles mit. Sie glaubte nicht, dass sie die Bibel erwähnen würde. Schließlich bedankte sie sich für das Gespräch und stand auf.

»Ach, übrigens«, sagte Jarle Lunden, als er sich erhob, um Line zur Tür zu begleiten. »Am Freitag rief hier eine Frau an und fragte, wann die Beerdigung ist.«

»Eine Frau?«

»Ja, ich habe selbst nicht mit ihr gesprochen. Die Sekretärin im Gemeinderat hat das Gespräch angenommen, aber sie kam dann zu mir. Wohl in erster Linie, um mir zu berichten, dass zumindest ein Mensch in die Kirche käme.«

»Wissen Sie, wie die Anruferin heißt?«

»Nein, das habe ich auch gefragt. Ich würde natürlich gern mit jemandem sprechen, der Viggo Hansen kannte, um ein paar Informationen für meine Rede zu bekommen. Aber der Name wurde nicht notiert.«

»Wer könnte es wohl gewesen sein?«

Der Pastor zuckte mit den Schultern und hielt Line die Tür auf.

»Darauf bekommen wir vielleicht morgen eine Antwort.«

30

Auf dem Tisch im Konferenzraum waren ein Teller mit belegten Brötchen, ein paar Flaschen Mineralwasser, eine Kanne mit Kaffee sowie Tassen bereitgestellt. Das musste wohl Christine Thiis veranlasst haben. Wisting nahm ein Brötchen mit Roastbeef vom Teller und arrangierte die anderen neu, damit es nicht auffiel, dass sich schon jemand bedient hatte.

Er aß und ging dabei noch einmal schnell die vorbereiteten Notizen durch. Unterstrich die wichtigsten Punkte und versah einzelne Stichwörter mit einem Kreis, damit er sich leichter orientieren könnte.

Seiner eigenen Mannschaft waren die Plätze auf der einen Seite des Tisches zugewiesen. Neben ihm selbst und Christine Thiis nahmen Espen Mortensen, Nils Hammer und Torunn Borg an der Besprechung teil. Mortensen sollte die technischen Funde erläutern und das entsprechende Bildmaterial auf die Leinwand bringen. Nils Hammer und Torunn Borg waren in erster Linie anwesend, damit beide Teams gleich stark auftreten konnten.

Wisting erhob sich von seinem Platz am Ende des Tisches, als die Gäste eintraten. Christine Thiis trat auf sie zu, ging einen Schritt zur Seite und führte sie herein. Alle nannten ihre Namen und begrüßten sich per Handschlag.

Einer der FBI-Agenten war eine Frau. Sie hieß Maggie Griffin und war um die vierzig. Sie trug ein formelles schwarzes Kostüm, hatte kurzgeschnittenes schwarzes Haar und einen festen Händedruck. Der eine ihrer Kollegen war ungefähr zehn Jahre älter und hieß Donald Baker, ein Mann mit tiefen ernsten Falten um den Mund. Der andere war ein paar Jahre jünger und hieß John Bantam. Er war schlank und muskulös, hatte kurzes schwarzes Haar und stellte sich als Analytiker vor.

»Schön, dich wiederzusehen«, sagte Leif Malm und stellte Wisting die zweite Frau in der Gruppe vor. »Das ist Polizeiinspektorin Anne Finstad von der Internationalen Abteilung für Fahndungszusammenarbeit.«

Als Einzige trug sie Uniform. Sie hing locker von ihren Schultern herab. Ihr Gesicht war schmal und blass.

Wisting ergriff das Wort und sprach Englisch. Er bat alle, Platz zu nehmen, bedankte sich für ihr Kommen und forderte sie auf, sich zu bedienen.

Die FBI-Agenten brachten eine Art von Autorität mit in den Raum, an die Wisting nicht gewöhnt war. Er räusperte sich, wartete aber ab, bis die Tassen verteilt und die Kanne einmal herumgegangen war.

»Vor drei Tagen wurde in einem Waldgebiet ungefähr zehn Kilometer außerhalb des Stadtzentrums die Leiche eines nicht identifizierten Mannes gefunden«, begann er und nickte Mortensen zu.

Auf der Leinwand erschien das Foto des toten Mannes, der unter einer Fichte beim Bauernhof Halle lag.

»Die Rechtsmediziner gehen davon aus, dass er dort ungefähr vier Monate gelegen hat«, fuhr Wisting fort.

Die FBI-Sonderermittler nickten und verfolgten die gezeigten Bilder aufmerksam. Zwar kannten sie den Fall bereits aufgrund des Briefing-Materials, doch die Bilder waren neu für sie.

Wisting berichtete über die Verletzungen am Schädel, Größe und Gewicht des Toten und die Etiketten an seiner Kleidung.

»In der Innentasche seiner Jacke lag eine versiegelte Plastiktüte«, fuhr Wisting fort und wartete, bis Mortensen das richtige Bild fand. »Diese enthielt eine Broschüre, die am 9. und 10. August in Stavern verteilt wurde. Auf dieser Broschüre fanden wir die Fingerabdrücke von Robert Godwin.«

Wisting schwieg einen Moment lang und gab den FBI-Agenten die Gelegenheit, etwas zu sagen. Der Älteste räusperte sich.

»Well, it ain't his body«, sagte er und öffnete mit einer ruhigen Handbewegung seine Dokumentenmappe.

»Wir haben sein DNA-Profil mit Referenzproben von der Leiche abgeglichen«, fuhr er fort und zog ein Dokument hervor. »Keine Übereinstimmung.«

Wisting nahm die Unterlagen entgegen und ärgerte sich ein wenig darüber, dass die Amerikaner die Untersuchungsergebnisse ihrer Delegation nicht vorausgeschickt hatten.

»Das hatten wir auch nicht erwartet«, kommentierte er knapp und erteilte Torunn Borg das Wort.

»Bei der Leiche handelt es sich nach aller Wahrscheinlichkeit um einen siebenundsechzig Jahre alten Rentner aus Minneapolis«, sagte sie und erläuterte den Hintergrund ihres Verdachts. Espen Mortensen unterstützte sie, indem er Fotos der Zeitungsausschnitte von dem Godwin-Fall zeigte, die in Bob Crabbs Koffer gelegen hatten.

»Wir haben Kontakt zu einem Ermittler des 3. Polizeidistrikts in Minneapolis aufgenommen und darum ersucht, zu Crabbs Wohnung zu fahren und sie zu durchsuchen«, schloss Torunn Borg.

Donald Baker wechselte einen Blick mit dem jungen Mann, der vom FBI-Regionalbüro in Minneapolis kam.

»Die sind da vor drei Stunden reingegangen«, erklärte er. »Anscheinend stand die Wohnung lange Zeit leer. Unsere Leute untersuchen jetzt alle Dokumente und anderes

Material. Wir hoffen auch, DNA-Material zu finden, damit wir eine endgültige Identifizierung vornehmen können.«

»Das Interessante ist, dass Robert Godwin und Bob Crabb an derselben Universität unterrichtet haben«, erklärte Torunn Borg. »Wir möchten so viel wie möglich darüber wissen, welche konkrete Verbindung zwischen den beiden bestand.«

»Unsere Leute arbeiten daran«, versicherte Donald Baker. »Ausgehend von den ersten Rückmeldungen, die wir bekommen haben, scheint sich Bob Crabb sehr für Robert Godwin interessiert zu haben.« Der FBI-Agent deutete mit dem Kopf auf die Leinwand. »Er hat ein Arbeitszimmer, in dem ähnliche Zeitungsausschnitte gefunden wurden.«

Wisting schenkte sich Kaffee nach.

»Wir können es also als wahrscheinlich ansehen, dass Bob Crabb infolge seiner Untersuchungen Anhaltspunkte dafür fand, dass Robert Godwin nach Norwegen geflohen ist und sich hier aufhält«, fasste er zusammen. »Und dann ist er selbst hierhergekommen und hat versucht, ihn zu finden.«

»Einiges deutet darauf hin, dass ihm das auch gelungen ist«, warf Polizeiinspektorin Anne Finstad ein. »Dass er ihn gefunden hat, und dass Bob Crabb dann von Robert Godwin getötet wurde.«

»Das ist wohl die wahrscheinlich beste Theorie«, sagte Wisting und nickte. »Aber wir haben ein paar technische Funde, die dagegensprechen.«

Espen Mortensen ließ die Aufnahme der Haare in der Hand des toten Mannes auf der Leinwand erscheinen.

»Das sind die Haare einer Frau«, sagte Wisting und sah, wie sich Anne Finstads Mund zusammenzog, während er über die rechtsmedizinischen Untersuchungen sprach.

»Sind das absolut schlüssige Untersuchungsergebnisse?«, wollte die FBI-Agentin wissen.

»Sie scheinen unbezweifelbar«, erwiderte Mortensen. »Es wurde eine mitochondriale DNA-Analyse vorgenommen. Die Geschlechtsmarker verweisen ganz deutlich auf einen weiblichen Ursprung. Aber wir haben bereits eine erneute Analyse der Proben veranlasst.«

Leif Malm hatte bisher nichts gesagt. Jetzt richtete er sich auf seinem Stuhl auf.

»Okay«, sagte er. »Was habt ihr noch?«

Wisting ließ die eher traditionell durchgeführte Ermittlungsarbeit Revue passieren und erklärte, dass mögliche elektronische Spuren nicht mehr verfolgbar seien, da die Leiche erst nach so langer Zeit gefunden wurde.

Während Wisting sprach, machte sich Donald Baker Notizen. Dann legte er seinen Kugelschreiber beiseite.

»Dann können wir also mit Sicherheit feststellen«, sagte er, »dass Robert Godwin hier gewesen ist und das anscheinend auch schon seit einiger Zeit. Was haben Sie unternommen, um ihn zu finden?«

»Diese Informationen sind erst ein paar Stunden alt«, erwiderte Wisting und spürte, dass er eine Verteidigungsposition einnahm. »Bis zu diesem Treffen bestand die theoretische Möglichkeit, dass es sich bei dem Toten um Robert Godwin handelte.« Er räusperte sich und fuhr fort: »Wir sind allerdings bereits dabei, Listen vom Einwohnermeldeamt einzuholen, um überprüfen zu können, welche Männer in der aktuellen Altersgruppe hier im Bezirk wohnen.«

»Glauben Sie, dass er sich als Einwanderer hat registrieren lassen?«, fragte Anne Finstad mit einem schwachen Lächeln. »Ist es nicht viel wahrscheinlicher, dass er sich hier illegal aufhält?«

»Zumindest ist das Arbeit, die getan werden muss«, erwiderte Wisting, wohl wissend, dass sich mehr als fünfundzwanzigtausend Menschen im Land aufhielten, die in keinen Registern verzeichnet waren und sich unterhalb des Radarschirms bewegten.

»Unsere größten Hoffnungen beruhen darauf, dass die Polizei in Minneapolis das findet, was Bob Crabb auf die Spur gebracht hat und ihn zu einer Reise hierher veranlasste«, fügte er hinzu.

»Die Auszüge vom Einwohnermeldeamt sind eine gute Idee«, warf Donald Baker ein. »Rein theoretisch ist es ja möglich, dass er da registriert ist, gleichwohl wird es wohl nicht einfach sein, ihn zu finden.«

»Was meinen Sie damit?«

»Sie sind wohl gezwungen, die Liste Mann für Mann durchzugehen, aber ich glaube durchaus, dass er da irgendwo gefunden werden kann.«

Der erfahrene FBI-Ermittler beugte sich ein wenig vor.

»Ich habe schon früher an diesem Fall gearbeitet«, sagte er. »Wie es jetzt aussieht, haben wir guten Grund zu vermuten, dass Robert Godwin ein *Caveman* geworden ist.«

»Ein Höhlenmensch?«, wiederholte Nils Hammer. »Was soll das heißen? Dass er sich in einer Höhle oder irgendwo sonst versteckt hält?«

»Wir nennen das so«, erklärte Donald Baker. »Menschen auf der Flucht, die irgendwann schließlich ein Leben in einer Art Hohlraum führen. Sie übernehmen die Identität und das anonyme Dasein eines anderen Menschen, der von niemandem vermisst wird. In gewisser Weise füllen sie bloß einen Leerraum aus und leben genauso isoliert und einsam weiter wie der Mensch, dessen Platz sie eingenommen haben.«

»Und was passiert dann mit dem anderen Menschen?«, fragte Torunn Borg. »Demjenigen, den sie ersetzen?«

Donald Baker zuckte mit den Schultern, aber alle kannten die Antwort.

Wisting lehnte sich zurück. Ein Höhlenmensch, dachte er. Einer, der in das Leben eines anderen Menschen hineinkriecht. Danach suchten sie also. Ein Dämon, der sich im Leben eines anderen Menschen eingenistet hatte.

31

Die Wanduhr im Wohnzimmer schlug zwölf Mal. Eine Mischung aus schlechtem Gewissen und Eigennutz hatte Line veranlasst, ihren Großvater zu besuchen. Ihre Großmutter war gestorben, als Line vier war, und seitdem lebte der Großvater allein. Vor elf Jahren war er nach einer langen Tätigkeit als Arzt am städtischen Krankenhaus in Pension gegangen. Er engagierte sich ehrenamtlich in verschiedenen Gruppen und Vereinen, doch Line wusste, dass er viel allein war und dass auch ihr Vater es nur selten schaffte, ihn zu besuchen.

Sie schnitt eine Plunderteigrolle auf, die sie unterwegs gekauft hatte, legte die Stücke auf einen Teller und trug ihn ins Wohnzimmer.

Der Großvater saß vor dem Fernseher. Ein ausländischer Sender brachte eine Dokumentation über die Gefängnisinsel Alcatraz. Er beugte sich vor, nahm die Fernbedienung und stellte den Ton leiser. Der große Sessel, in dem er saß, war ganz abgewetzt. Das Kissen in seinem Rücken war platt gedrückt, und der Verloursbezug war an den Armlehnen kaum noch zu sehen. Irgendetwas an diesem abgewetzten Sessel ließ Line innehalten. Sie hatte das Gefühl, als öffnete sich irgendwo ein Ort in ihrem Innern. Der seltsame Eindruck war nur für eine Zehntelsekunde da und verschwand dann wieder. Es war so, als wäre ihr etwas Wichtiges eingefallen, das sie unbedingt erzählen musste, es jedoch wieder entschwunden war, bevor sie es aussprechen konnte.

Sie setzte sich in den anderen Sessel und versuchte, darauf

zu kommen, was es gewesen war. Die Schultern ihres Großvaters waren etwas eingesunken. Eigentlich hätte sie ihn gern gefragt, ob er sich einsam fühlte, brachte die Frage aber nicht zustande. Vielleicht hatte sie Angst vor seiner Antwort und vor dem, was die Antwort ihr in der Folge abverlangen könnte.

»Es ist kalt«, sagte sie stattdessen.

Der Großvater beugte sich über die Fensterbank und spähte auf die elektronische Wetterstation, die Line ihm irgendwann zu Weihnachten geschenkt hatte.

»16,3 minus«, bestätigte er. »Gestern Nacht waren es 18,7. Gut, dass man nicht vor die Tür muss.«

Line lächelte und nahm sich ein Stück von der Plunderteigrolle.

»Wie geht's denn eigentlich deinem Bruder?«, wollte der Großvater wissen.

»Ich glaube, er arbeitet viel«, erwiderte Line. »Es ist schon eine Weile her, dass ich mit ihm gesprochen habe.«

In der Kindheit waren sie und Thomas nicht nur Geschwister gewesen, sondern Freunde, die Geheimnisse teilten und einander beschützten. Noch immer spürte sie eine starke Verbindung zu ihm, doch beide hatten verschiedene Richtungen eingeschlagen und nach und nach den Kontakt zueinander verloren, nachdem sie begonnen hatten, ihr eigenes Leben zu führen.

Line und ihr Großvater unterhielten sich über dies und das. Schließlich erzählte sie ihm von Viggo Hansen und dem Artikel, an dem sie arbeitete.

»Kanntest du ihn?«, fragte sie. »Seine Eltern hießen Solveig und Gustav. Bevor sie in die Herman Wildenveys gate zogen, wohnten sie gleich neben der Erbsenfabrik.«

»Die Erbsenfabrik«, erwiderte der Großvater lächelnd. »Da hatte ich nach dem Krieg einen Ferienjob. Sonny

Konserven. Es waren übrigens nicht nur Erbsen. Die haben da alle möglichen Früchte, Fleisch, Fisch und Gemüse in Dosen verpackt. Davor gab es dort eine Autofabrik. Die haben Lastwagen hergestellt, die batteriebetrieben waren, wusstest du das?«

Line schüttelte den Kopf und wollte das Gespräch zurück auf Viggo Hansen bringen.

»Weißt du, wer sie waren?«, wiederholte sie. »Solveig und Gustav Hansen.«

Der Großvater schüttelte den Kopf.

»Nein, ich bin doch auf der anderen Seite der Stadt aufgewachsen, in Fjerdingen«, erklärte er. »Aber wenn die neben der Erbsenfabrik gewohnt haben, dann müssen sie Mieter von Carlsen gewesen sein. Die hatten ihre Wohnung im ersten Stock vermietet. Das war das Haus neben dem, wo Herman Wildenvey wohnte. Schräg gegenüber von Jonas Lies Haus, wo früher die Enkel von Colin Archer lebten.«

Er zog einen Bogen Papier hervor und zeichnete die nach Stavern hineinführende Straße auf.

»Vor der Erbsenfabrik gab es unten an der Hauptstraße einen großen Garten mit Apfelbäumen«, erinnerte er sich und zeichnete weiter. »An der Ecke hier wohnte der Lotse, und hinter ihm die Familie Rakke. Auf der anderen Straßenseite wohnten Nyhus, und neben denen hatte Doktor Welgaard seine Praxis.«

Line betrachtete die Zeichnung.

»Ja, genau«, fasste der Großvater zusammen. »Wenn die an der Erbsenfabrik wohnten, dann müssen sie Carlsens Wohnung im ersten Stock gemietet haben.«

»Wohnen Carlsens da immer noch?«, wollte Line wissen.

»Nein, die Alten sind natürlich schon tot. Ich glaube, sie hatten nur eine Tochter. Sie war in meinem Alter. Soweit ich weiß, hat sie geheiratet und ist nach Moss gezogen.«

»Leben da noch andere, die sich vielleicht an diese Zeit erinnern könnten?«

»Das müsste dann Annie Nyhus sein«, entgegnete der Großvater und zeichnete ein Kreuz über das entsprechende Haus, schräg gegenüber dem, wo Familie Hansen einst gemietet hatte. »Sie wurde während des Krieges geboren und wohnt seitdem dort.«

Eine Weile unterhielten sie sich weiter, bis die Wanduhr eins schlug. Line stand auf. Der Gedanke, der ihr entfleucht war, hatte sie die ganze letzte Stunde beschäftigt. Als der Großvater sich von seinem abgewetzten Sessel erhob, um sie zur Tür zu bringen, spürte sie, dass das Gefühl eine Richtung einschlug. Nicht so, als hätte sie plötzlich begriffen, was es war, sondern eher wie eine wachsende Unruhe im Körper. Eine vage Ahnung, die besagte, dass irgendetwas am Tod von Viggo Hansen nicht stimmte.

Plötzlich hatte sie es eilig. Sie lief zum Wagen, versuchte, ihn zu starten, und öffnete gleichzeitig ihren Laptop. Sie schaltete die Heizung ein, klickte auf den Viggo-Hansen-Ordner und weiter auf die Datei, wo sie die Fotos gespeichert hatte. Dann rief sie die Aufnahme auf, die sie von den beiden Sesseln vor dem Fernseher geschossen hatte. Plötzlich war es ihr klar. Der linke Sessel war fleckig und wies Spuren des toten Körpers auf, aber es war der Sessel zur Rechten, der abgenutzt war. Das verschmutzte Rückenkissen war platt gedrückt, und vorne, dort, wo für gewöhnlich die Beine über den Rand des Sitzes scheuerten, war der Stoff fast völlig abgewetzt. Viggo Hansens fester Platz vor dem Fernseher war also der rechte Sessel gewesen. Und trotzdem war seine Leiche in dem anderen Sessel gefunden worden.

32

Die dünne Eisschicht auf der Frontscheibe schmolz langsam. Line wandte den Blick vom Bildschirm ab, schaute hinaus und schaltete die Belüftung auf eine niedrigere Stufe.

Nachdem sie als Kriminaljournalistin angefangen hatte, war es ihr zur Gewohnheit geworden, so zu denken; dass hinter sauberen glatten Oberflächen etwas Kriminelles verborgen sein könnte. Es musste nicht unbedingt etwas bedeuten, dass Viggo Hansen nicht in seinem gewohnten Sessel gesessen hatte. Vielleicht hatte er selbst bemerkt, dass der Sessel abgenutzt war, und hatte dann die Möbel einfach umgestellt. Doch es konnte auch heißen, dass ihn jemand in den Sessel gesetzt hatte, damit es so aussah, als sei er still vor dem Fernseher eingeschlafen. Der Gedanke ließ sie einfach nicht los. Sie musste noch einmal zu Hansens Haus fahren. Beim letzten Mal hatte sie ihre Aufmerksamkeit auf ganz andere Dinge gerichtet. Geschichten aus seinem Leben, kleine Hinweise, die ihr verraten könnten, wer er war. Jetzt hatte sich ein winziger Zweifel in ihr eingenistet. Hatte sein Tod womöglich keine natürliche Ursache?

Während Line noch immer mit dem Laptop auf dem Schoß im Wagen saß, bekam sie eine E-Mail von der Zeitung. Ein Mitarbeiter aus der Rechercheabteilung hatte den alten Klassenkameraden von Viggo Hansen gefunden. Odd Werner Ellefsen wohnte in der Bugges gate in Torstrand, dem alten Arbeiterviertel von Larvik. Laut Auskunft des Einwohnermeldeamts lebte er seit seinem Wegzug im Jahr 1972 dort allein.

Line beschloss, zunächst Annie Nyhus einen Besuch

abzustatten, die immer noch dort wohnte, wo Viggo Hansen aufgewachsen war. Danach könnte sie in die Stadt fahren und versuchen, Odd Werner Ellefsen aufzusuchen. Im Anschluss daran könnte sie ein wenig einkaufen und den Kühlschrank auffüllen, bevor sie ein weiteres Mal zu Viggo Hansens Haus gehen würde.

Eigentlich sollte sie irgendwann ein schönes Abendessen bereiten und auch den Großvater einladen, dachte sie und setzte den Wagen in Bewegung. Ein vorweihnachtliches Abendessen. Der Großvater liebte geräucherte und gepökelte Hammelrippchen, doch zu Heiligabend aßen sie immer einen Braten. Wenn sie später einkaufen ging, könnte sie die Rippchen bis zum nächsten Tag einweichen und dann servieren.

Sie hielt auf dem offenen, mit Kies bedeckten Platz an, wo einst, wie der Großvater erzählt hatte, ein großer Apfelgarten vor der Erbsenfabrik gewesen war. Line erinnerte sich, dass am selben Ort auch einmal eine Esso-Tankstelle gestanden hatte. Die war abgerissen worden, und in den letzten Jahren hatte der Platz brachgelegen.

Das Haus, in dem Viggo Hansen in den Fünfzigern und Anfang der sechziger Jahre mit seinen Eltern gewohnt haben sollte, war umgebaut und modernisiert worden. Es lag dicht an der Straße, hatte jedoch einen großen Garten nach hinten hinaus.

Line nahm die Skizze ihres Großvaters, überquerte die Straße und stieß auf einen Torpfosten mit einem Briefkasten, an dem ein Schild mit dem Namen Nyhus befestigt war.

Das Haus lag abseits der Straße und stand inmitten von Laubbäumen, die ihre Äste ausstreckten. Der Schnee rieselte herunter, als sich zwei Krähen von den Baumkronen erhoben.

Ein schmaler Pfad war zur Tür hin freigeschaufelt. Irgendwer hatte Tannenreisig auf den Stufen der Außentreppe ausgelegt, und auf dem obersten Absatz stand ein Topf mit einer immergrünen Pflanze, die mit einer roten Schleife geschmückt war.

Line klingelte und musste nicht lange warten, bis eine kleine, ältere Frau öffnete und sie über den Rand ihrer Brille hinweg ansah. Ihr graues Haar war straff nach hinten gekämmt, und sie trug eine Schürze.

»Kommen Sie rein«, sagte sie, bevor Line sich vorstellen konnte. »Da draußen frieren Sie doch bloß.«

Line klopfte den Schnee von den Schuhen und schlüpfte schnell hinein, damit die Alte die Tür hinter ihr schließen konnte.

»Sind Sie Annie Nyhus?«, fragte Line.

»Ja, das bin ich«, erwiderte die Frau mit einem Nicken. »Und wer sind Sie, bitte?«

Line stellte sich vor und erklärte, weswegen sie gekommen war.

»Ich hab seine Todesanzeige in der Zeitung gesehen«, sagte Annie Nyhus und führte Line in die Küche. Es roch nach Weihnachtsgebäck. Auf der Arbeitsplatte standen vier hübsch verzierte Turmkuchen.

»Aber ich wusste gar nicht, dass er überhaupt noch lebte«, fuhr sie fort. »Und schon gar nicht, dass er hier in der Stadt wohnte. Ich weiß gar nicht, wann ich ihn zuletzt gesehen habe.«

»Eigentlich interessiert es mich mehr, ob Sie sich noch an die Zeit erinnern, als er mit seiner Familie da auf der anderen Straßenseite wohnte«, sagte Line und setzte sich.

»Die Turmkuchen sind für die Weihnachtslotterie vom Frauenverein«, erklärte Annie Nyhus, ohne auf Lines Äußerung einzugehen. »Aber ich habe hier noch ein paar Ringe.«

Sie stellte einen Teller vor Line, auf dem ein paar mit Zuckerglasur überzogene Turmkuchenringe lagen. Dann nahm sie den Gesprächsfaden wieder auf.

»Tja, Viggo Hansen«, sagte sie und holte zwei Tassen hervor. »Die wohnten im ersten Stock bei Carlsen. Meistens waren da nur er und seine Mutter, Solveig. Sein Vater ist in ganz Norwegen herumgereist und hat Kraftwerke gebaut. Gustav hieß er wohl. Ich glaube, er war oft in Westnorwegen.«

Sie griff nach einem Lappen und wischte ein paar imaginäre Krümel vom Tisch. Dann nahm sie die Kaffeekanne und goss ein, ohne Line zu fragen, ob sie Kaffee wollte.

»Ich glaube, die sind hier weggezogen, als er so dreizehn oder vierzehn war, in ein Haus oben in der Herman Wildenveys gate. Ich weiß gar nicht, wie die sich das plötzlich leisten konnten.« Annie Nyhus beugte sich über den Tisch und senkte die Stimme. »Gustav hat doch gesessen, wissen Sie. Wir haben ihn nur selten gesehen. Er arbeitete im Kraftwerksbau, da dachten wir natürlich, er wäre beruflich unterwegs. Aber Erna hat es dann erzählt. Sie war mit einem Polizisten verheiratet, William Sverdrup.«

»Was hatte er denn getan?«, fragte Line.

»Ein Raub oder so was, drüben in Westnorwegen. Er wurde gefasst, aber ob das Geld wiederauftauchte, ist natürlich eine andere Frage.«

Line stellte noch weitere Fragen über das Verbrechen, das zu Gustav Hansens Gefängnisaufenthalt geführt hatte, aber Annie Nyhus hatte nichts mehr zu berichten.

»Es wurde behauptet, dass Viggo Hansens Mutter aufgrund psychischer Probleme im Krankenhaus war«, fuhr Line fort und sah ein winziges Aufleuchten im Blick der alten Dame ihr gegenüber.

»Davon weiß ich nichts«, erwiderte sie, beinahe beleidigt.

»Aber das würde mich nicht wundern. Sie wirkte nicht ganz in Ordnung.«

»Inwiefern?«

»Tja, Gott, was soll ich sagen? Sie hatte ja keinen Umgang mit den anderen Frauen in der Straße. Hielt sich immer ganz zurück. Die Gardinen waren da drüben immer zugezogen. Wer weiß, was da drinnen vor sich ging.«

»Hatten Sie Kontakt mit Viggo?«

»Er war ja zehn Jahre jünger als ich. Ich kann mich nur erinnern, dass er ein ruhiger Junge war.«

»Gab's hier vielleicht andere, die Kontakt mit ihm hatten?«, wollte Line wissen. »Vielleicht ein paar gleichaltrige Jungen?«

Annie Nyhus griff nach einem Turmkuchenring, tauchte ihn in den Kaffee und saugte daran, während sie nachdachte.

»Das muss dann wohl Frank gewesen sein«, sagte sie schließlich. »Und vielleicht Deutschen-Ole.«

Frank musste der Absender der Weihnachtskarten sein, die sie bei Viggo Hansen gefunden hatte, dachte Line.

»Wer ist Frank?«, fragte sie.

»Frank Iversen. Der Sohn des Lotsen. Er war ungefähr ein Jahr älter, glaube ich. Aber die hingen ständig zusammen. Vielleicht, weil sie zusammen in der Krabbenfabrik gearbeitet haben.«

»Sie meinen die Erbsenfabrik?«

»Nein, nein. Ich meine Reimes Krabbenfabrik. Die Reimes wohnten vier Häuser weiter. Und die Krabbenfabrik lag im Garten hinter dem Haus. Ich hab da sogar selbst mal Krabben gepult.«

»Wissen Sie etwas über eine Irene, die Viggo vielleicht gekannt hat?«, fragte Line und dachte an die anderen Weihnachtskarten.

Annie Nyhus tunkte wieder die Kuchenstange ein, konnte aber nicht weiterhelfen.

»Können Sie mir sagen, wo Frank jetzt wohnt?«, fuhr Line fort.

»Iver Iversen bekam eine Stellung als Lotsenvorsteher in Langesund, also ist die ganze Familie Anfang der sechziger Jahre dort hingezogen. Kurz danach hörte ich, dass seine Frau gestorben sei. Aber seitdem weiß ich nichts.«

Die Außentür öffnete sich, dann waren Schritte im Flur zu hören.

»Das muss wohl Greger sein«, sagte Annie. »Ich hab ihm ein Stück Kuchen versprochen, wenn er mich besuchen kommt. Er hilft mir immer beim Schneeschaufeln und solchen Sachen.«

Sie stand auf und nahm einen gleichaltrigen Mann mit dichtem, gelocktem Haar und großen Händen herzlich in Empfang.

»Hast du Besuch?«, fragte er lächelnd.

»Das ist die kleine Wisting«, erklärte Annie. »Die Enkelin von Roald Wisting aus dem Krankenhaus.«

Angesichts der Worte, mit denen sie vorgestellt wurde, musste Line lächeln. Ihr Großvater war aufgrund seiner früheren Tätigkeit als Arzt anscheinend nicht ganz unbekannt.

Der große Mann reichte Line eine kalte Hand und stellte sich als Greger Eriksen vor.

»Sie schreiben für die Zeitung«, sagte er und setzte sich.

Annie Nyhus stellte eine Tasse Kaffee vor ihn hin und schob den Kuchenteller näher heran.

»Sie schreibt über Viggo Hansen«, erklärte sie. »Er wohnte ja in den Fünfzigern und Anfang der sechziger Jahre im Haus von Carlsen.«

Greger Eriksen ließ es sich schmecken.

»In der Zeitung stand ja schon was über ihn«, sagte er. »Da stand zwar kein Name, aber er muss es ja gewesen sein. Es hat vier Monate gedauert, bevor sie ihn fanden.«

Line erzählte von ihrem Projekt. Greger Eriksen blickte zu Annie Nyhus.

»Nein, einsam zu sein, ist nicht so einfach«, sagte er. »Man muss jemanden finden, mit dem man das Leben teilt.«

»Wir sprachen gerade über den Sohn des Lotsen«, sagte Annie. »Er und Viggo Hansen hingen öfter zusammen. Die haben doch beide in der Krabbenfabrik gearbeitet.«

»Sie haben eben noch einen Namen erwähnt«, sagte Line. »Deutschen-Ole?«

»Tja, so haben sie ihn genannt, der Ärmste. Den Namen ist er nie wieder losgeworden.«

»Wer ist denn das?«

»Der Junge von Pia Linge. Er war ein paar Jahre älter als die anderen, war aber manchmal mit den jüngeren Jungen zusammen. Pia wohnte im Anbau, hinter dem Haus von Reimes. Sie hat auch in der Krabbenfabrik gearbeitet.«

»Und Ole auch?«

»Nein, er hat auf der Müllkippe in Bukta gearbeitet. Was aus ihm geworden ist, weiß ich nicht.«

»Wohnt er noch in Stavern?«

»Das kann ich wirklich nicht sagen. Es ist lange her, seit ich ihn gesehen habe. Er war meist für sich allein«, erwiderte Annie Nyhus und drehte sich zu Greger Eriksen. »Hast du ihn mal gesehen?«

Der große Mann schüttelte den Kopf.

»Ole und Pia hatten es nicht so leicht«, fuhr Annie fort. »Ole war doch ein Deutschenkind, wissen Sie. Pia ist während des Krieges mit den Deutschen rumgezogen, bis zur Befreiung, und im Januar danach hat sie Ole bekommen.«

»Das waren wohl überwiegend Gerüchte«, sagte Greger

Eriksen mit einem Räuspern und trank einen Schluck Kaffee. »Niemand weiß, wer sein Vater eigentlich war.«

»Aber sie war bei den Deutschen draußen in Rakke.«

»Na, sie hat sich wohl auf beiden Seiten bewegt«, sagte Eriksen. »Es hieß, dass sie auch für die Widerstandsbewegung gearbeitet hat und die Deutschen infiltrieren wollte.«

»Trotzdem musste sie den Rest ihres Lebens mit dieser Scham leben«, hielt Annie Nyhus fest. »Obwohl das ja nicht mehr so lange dauerte. Sie war noch nicht mal fünfzig, als sie starb.«

Das Gespräch drehte sich weiter um Weihnachtsplätzchen und kleine Vögel, die Kälte und das Wetter. Nach einer halben Stunde stand Line auf und bedankte sich.

Bevor sie den Wagen erreichte, warf sie einen Blick auf die Fenster im ersten Stock des sogenannten Carlsen-Hauses, wo die Gardinen stets zugezogen gewesen waren. Sie befand sich auf dem richtigen Weg, das spürte sie. Hinein in die Schatten und die Dunkelheit, in der Viggo Hansen gelebt hatte.

33

Der feste Schnee machte die Straßen glatt, der Verkehr floss zäh. Line wollte unbedingt schnell weiterkommen und rief die Auskunft an, während der Verkehr sich langsam vorwärtsschlängelte. Die Frau am Telefon brauchte eine Weile, fand aber schließlich einen Ole Linge im Brunlanesvei 550.

Line ließ sich die Nummer per SMS zuschicken und wurde dann verbunden. Es klingelte lange. Sie wollte gerade wieder auflegen, als sich eine tiefe Männerstimme meldete.

»Ist dort Ole Linge?«, fragte sie.

»Wer ist denn da?«, fragte der Mann, ohne auf die Frage einzugehen.

Line erklärte, wer sie war.

»Ich rufe wegen Viggo Hansen an«, sagte sie. »Sie wissen doch, dass er tot ist?«

»Ich hab die Anzeige gesehen.«

»Ich schreibe für VG einen Artikel über ihn und suche nach Menschen, die ihn kannten und die mir vielleicht etwas über ihn erzählen können.«

Am anderen Ende der Leitung blieb es still, und Line dachte schon, die Verbindung sei unterbrochen.

»Über sein Leben?«, fragte der Mann, bei dem es sich offenbar um Ole Linge handelte.

»Eigentlich darüber, wie es ist, einsam zu sein«, erwiderte sie. »Darüber, durch das Leben zu gehen, ohne es mit jemandem zu teilen. Und in diesem Zusammenhang würde ich gern mit Menschen reden, die ihn kannten.«

»Aha«, sagte der Mann am Telefon.

»Gehen Sie morgen zu der Beerdigung?«

»Ich geh nicht so viel raus.«

»Passt es Ihnen, wenn ich morgen Nachmittag mal bei Ihnen vorbeikomme?«

»Wozu?«

»Um mit Ihnen über Viggo Hansen zu sprechen. Ich versuche herauszufinden, wie er war.«

Abermals herrschte längere Stille. Ein ungeduldiger Autofahrer scherte aus und überholte zwei Fahrzeuge, bevor er sich schließlich wieder in die Schlange hineindrängte.

»Wann denn?«, wollte Ole Linge wissen.

»Um drei?«, schlug Line vor.

Er wiederholte die Uhrzeit, als wolle er sich vergewissern, dass sie mit keinem anderen Termin zusammenfiel.

»Doch, ja, das passt«, sagte er dann.

Sie beendeten das Gespräch. Line hatte den Verdacht, dass der Mann, mit dem sie gerade gesprochen hatte, ein ebenso einsames Leben führte, wie Viggo Hansen es verbracht hatte.

In der Storgate kam der Verkehr völlig zum Erliegen, da alle auf einen Traktor warten mussten, der die mächtigen Schneehaufen beiseite räumte.

Wie ein Amphitheater breitete sich links neben Line die Stadt aus. Sie blickte hinüber zum Polizeipräsidium und konnte die oberen Stockwerke ausmachen, wo ihr Vater sein Büro hatte. Plötzlich musste sie an das zerfaserte Seil denken, das zusammengerollt im Keller von Viggo Hansen lag. Sie mochte sich kaum vorstellen, dass es dasselbe war, mit dem sich sein Vater 1969 erhängt hatte.

Line kramte ihr Handy hervor und rief ihren Vater an. Es könnte ja sein, dass irgendwo im Archiv des Präsidiums ein Bericht über den Fall aufbewahrt wurde. Es klingelte, ohne dass jemand abnahm.

Kurz hinter der Eisenbahnunterführung bog Line nach rechts in die Bugges gate ab, fuhr an der alten Mineralwasserfabrik vorbei und dann fast bis ans Ende, wo die Wohnstraße an einem eingezäunten Industriegelände aufhörte.

Sie konnte die Hausnummer nicht entdecken, rechnete aber anhand der Numerierung der Nachbarhäuser aus, wo sich das gesuchte Haus vermutlich befand.

Es war ein kleines quadratisches Haus, kleiner als die anderen in der Straße, und war von einem hohen Lattenzaun umgeben, dessen Bretter so dicht nebeneinanderstanden, dass fast jegliche Sicht auf den Besitz verhindert wurde.

Line parkte den Wagen und stieg aus. Die trockene Luft brachte einen Duft des Meeres mit sich. Beim Einatmen kitzelte die Kälte in Lines Nase.

Der Briefkasten war ebenfalls nicht beschriftet, weder mit Namen noch mit Hausnummer, aber das Haus war offenbar bewohnt. Der Bereich vor der Garage war von Schnee geräumt, und es gab einen schmalen freien Pfad, der zur Haustür führte.

Line trat näher und klopfte an. Ein älterer Mann öffnete, blieb in der Tür stehen und sah sie an. Seine Haut war fahl und bleich, als bewegte er sich nur selten an frischer Luft. Ein gräulicher Bart verdeckte den Hemdkragen. Sein Haar war zerzaust und sah aus, als hätte er es selbst geschnitten.

»Sind Sie Odd Werner Ellefsen?«, fragte Line.

Der Alte nickte.

»Wir haben einen gemeinsamen Bekannten«, fuhr Line fort. »Viggo Hansen war mein Nachbar.«

Anscheinend verstand er überhaupt nicht, wovon sie redete. Line legte sich ihre Umhängetasche über die andere Schulter.

»In Stavern sind Sie in dieselbe Schulklasse gegangen«, erklärte sie. »Morgen ist seine Beerdigung.«

Die Augen des Mannes leuchteten einen winzigen Augenblick auf. Er nickte vorsichtig.

»Ich wollte wissen, ob ich vielleicht mit Ihnen reden kann«, sagte Line.

»Worüber?«

»Über Viggo. Könnte ich eventuell reinkommen?«

Um zu verdeutlichen, dass es draußen zu kalt für eine Fortsetzung der Unterhaltung war, verschränkte sie die Arme vor der Brust.

Ellefsen warf einen kurzen Blick in den Flur hinter sich, als ob er prüfen wolle, ob das Haus aufgeräumt und vorzeigbar war. Dann nickte er ihr kurz zu und bedeutete ihr einzutreten.

Er ging voraus und führte sie in die Küche, wo alles seinen festen Platz zu haben schien. Sauber und aufgeräumt, mit einer kleinen Weihnachtsdekoration auf dem Tisch.

Sie setzten sich einander schräg gegenüber. Der ältere Mann war schweigsam und bot Line nichts an.

Line erzählte von ihrer Arbeit bei VG und erläuterte, dass der geplante Artikel sie zu ihm geführt habe.

»Sie kannten ihn doch«, fügte sie hinzu.

»Kannte ihn nicht«, sagte der Mann.

»Aber sind Sie nicht zusammen zur Schule gegangen?«

»Lange her«, erwiderte er knapp und starrte auf die Tischplatte.

»Wann haben Sie ihn zuletzt gesehen?«, wollte Line wissen.

Odd Werner Ellefsen zuckte mit den Schultern.

»Kann ich mich nicht erinnern.« Seine Stimme war schwach und drang kaum zu Line vor.

»Haben Sie noch Kontakt mit anderen aus dieser Zeit?«, fragte Line. »Frank Iversen oder Ole Linge?«

Er schüttelte den Kopf.

»Wann sind Sie aus Stavern weggezogen?«

»Lange her.«

Der Mann vor Line strahlte etwas Einfältiges aus. Die Art, wie er sich ausdrückte, ließ sie zweifeln, ob er überhaupt verstanden hatte, worüber sie sprach.

Sie zog ihre Kamera hervor und zeigte ihm das alte Klassenfoto.

»Das sind Sie«, sagte sie und zeigte auf den kleinen Jungen, der neben Viggo Hansen stand.

Odd Werner Ellefsen beugte sich vor, schaute auf den kleinen Bildschirm und nickte.

»Ja, ich«, sagte er und lehnte sich wieder zurück.

»Wissen Sie noch, wann das Foto gemacht wurde?«, fragte sie in der Hoffnung, dass seine Erinnerung einsetzte.

Der Mann schüttelte abermals den Kopf.

Line stellte noch ein paar Fragen, die Ellefsen aber weiterhin nur einsilbig beantwortete. Nichts von dem, was er sagte, konnte ihr helfen, sich ein besseres Bild von Viggo Hansen zu machen.

Ohne sich sonderlich viel aufgeschrieben zu haben, klappte sie ihren Notizblock wieder zu. Sie glaubte aber, ein kleines bisschen zu verstehen, wieso die beiden Jungen in der Kindheit zusammen gewesen waren. Beide waren schüchtern und zurückhaltend. Vielleicht waren sie damals auch gar keine Freunde gewesen, sondern nur als solche betrachtet worden, weil sie beide außerhalb der Gesellschaft gestanden hatten.

34

Gegen Ende der Beprechung war die formelle Distanz zwischen den lokalen Ermittlern und den Agenten vom FBI überwunden. Das Gespräch floss, und es war viel einfacher, die passenden englischen Wörter zu finden.

»Eines verstehe ich nicht«, sagte Nils Hammer. »Wieso kam er ausgerechnet hierher nach Norwegen? Es gibt doch ’ne Menge andere Länder, die viel weniger durchreguliert sind und wo besseres Wetter herrscht.«

»Ich vermute, dass er sich hier wohl fühlt«, sagte John Bantam. Er schaute aus dem Fenster auf die gefrorene Landschaft. »Das erinnert an das Wetter, das wir zu Hause in Minneapolis haben. Kalte Winter mit viel Schnee, und die Sommer können angenehm und warm sein. Ich glaube auch, dass die Menschen hier denen in Minnesota ziemlich ähnlich sind. Sie ziehen die Vorhänge vors Fenster und halten die Türen geschlossen. Verbergen ihre Gefühle und hüten ihre Geheimnisse.«

Bevor Wisting die Besprechung beendete, kamen sie überein, sich zwecks Informationsaustausch in drei Stunden wieder zusammenzusetzen.

Torunn Borg hatte Büroräume für die FBI-Leute organisiert und zeigte ihnen, wo sie sitzen und arbeiten konnten. Wisting ging zurück in sein eigenes Büro, überprüfte das Mobiltelefon und sah, dass Line angerufen hatte.

Er rief sie gleich zurück.

»Sitzt du im Auto?«, fragte er.

»Ich war in Torstrand und habe mit jemandem gesprochen, der mit Viggo Hansen zur Schule ging«, erklärte sie.

»Und bist du schon irgendwie weitergekommen?«, wollte er wissen.

»Ein bisschen, aber ich weiß noch nicht, wie viel ich davon verwenden kann«, erwiderte sie. »Wusstest du, dass Viggo Hansens Vater sich zu Hause im Keller erhängt hat?«

Wisting war überrascht und musste eingestehen, dass er davon noch nie gehört hatte.

»Jarle Lunden hat es mir erzählt.«

»Der Pastor? Hast du mit ihm gesprochen?«

»Ja, er war damals bei ihnen, nachdem es passiert war. Die Polizei war auch da. Glaubst du, dass es da vielleicht noch eine Akte gibt?«

»Wann war das?«

»1969.«

»Ich weiß nicht. Alle Akten, die nicht aufbewahrt werden mussten und älter als fünfundzwanzig Jahre waren, wurden makuliert, als wir 1995 in das neue Präsidium gezogen sind. Aber ich überprüfe das mal. Einige Sachen sind nämlich noch da. Alte Wachprotokolle zum Beispiel.«

»Gut. Wann kommst du heute Abend nach Hause?«

»Das weiß ich noch nicht, aber es wird wohl spät. Was hast du jetzt vor?«

»Ich will noch mal in das Haus von Viggo Hansen. Da gibt's ein paar Kleinigkeiten, die ich mir näher ansehen muss.«

»Was denn?«, fragte er.

»Ich habe da nur etwas übersehen. Hab nicht dran gedacht, als ich gestern da war«, erwiderte sie und ging nicht weiter auf seine Frage ein.

»Da gibt's übrigens einen Raum im Keller, wo ihr nicht drin wart, als er tot aufgefunden wurde«, fuhr Line fort. »Ein Verschlag, der hinter einem Regal verborgen ist.«

»Was war da drin?«

»Ich weiß nicht. Er ist verschlossen.«

Wisting grinste in sich hinein.

»Und das hat dich davon abgehalten reinzugehen?«

»Vorläufig ja.«

»Lass es mich wissen, falls die Polizei irgendwas übersehen hat«, bat er.

»Ich war übrigens gestern auch bei Opa«, fügte Line hinzu. »Ich soll dich grüßen.«

»Wie geht's ihm denn?«

»Gut. Er hat mir dabei geholfen, jemanden ausfindig zu machen, der Viggo Hansen kannte, bevor die Familie in die Herman Wildenveys gate gezogen ist. Ich hab dann mit einer alten Dame gesprochen, die mir erzählte, dass Viggos Vater wegen Raub verurteilt wurde.«

»Raub? Im Strafregisterauszug stand schwerer Diebstahl.«

»Das sind vielleicht nur Gerüchte. Ich hab eine E-Mail ans Staatsarchiv in Bergen geschickt, aber die haben mir noch nicht geantwortet.«

Nachdem sie das Gespräch beendet hatten, ging Wisting hinüber zu Bjørg Karin vom Strafregisterbüro. Sie war nicht nur für die Registrierung und Archivierung zuständig, sondern wusste auch immer ganz genau, wo sich alle Unterlagen befanden, egal ob es sich dabei um Falldokumente in aktuellen Ermittlungen handelte oder um Gesetzeswerke, Gebührenordnungen oder Bußgeldbescheide. Er hatte einen Papierbogen mitgenommen, auf dem das Datum stand, an dem Gustav Hansen als verstorben gemeldet worden war, kam aber nicht dazu, sein Anliegen vorzubringen, bevor er ein Stück Kuchen probiert und eine halbe Tasse Kaffee getrunken hatte.

Falls sich im Kellerarchiv irgendwelche Unterlagen über den Selbstmord befanden, würde es einfach sein, diese anhand des Datums zu finden.

Als er zurück in sein Büro kam, sah er, dass Torunn Borg eine E-Mail mit den Listen vom Einwohnermeldeamt an ihn weitergeleitet hatte. In der Kommune gab es 2127 Männer, die den Suchkriterien entsprachen. Robert Godwin war einundsechzig Jahre alt, gleichwohl hatten sie die Suche auf plus / minus drei Jahre ausgeweitet. Falls sich Robert Godwin unter falschem Namen im Distrikt aufhielt, konnte es gut sein, dass er als jemand auftrat, der eigentlich zwei oder drei Jahre jünger oder älter war.

Sie müssten unbedingt mehr Leute zusammentrommeln, dachte Wisting. Sogar mit den zehn Kollegen, die jetzt an dieser Aufgabe saßen, würde es mehrere Wochen dauern, bevor sie jeden einzelnen Namen auf der Liste überprüft und herausgefunden hätten, ob der Betreffende auch der war, für den er sich ausgab.

Er öffnete die angehängte Excel-Datei. Die Namen ließen sich alphabetisch sowie nach Alter und Wohnort ordnen. Es gab sogar eine separate Spalte mit allen Personen, die als Einwanderer registriert oder in das Land gekommen waren, nachdem Robert Godwin aus den USA geflohen war. Diese Liste umfasste nur hundertdreiundzwanzig Namen. Damit mussten sie beginnen, aber auch das würde eine arbeitsintensive Aufgabe sein.

35

Um fünf Uhr kamen alle wieder im Besprechungsraum zusammen. Special Agent Donald Baker bat ums Wort.

»Wir haben die Untersuchungen in der Wohnung von Bob Crabb abgeschlossen«, sagte er mit tiefer Stimme, »und haben mit Leuten geredet, die ihn kannten und wussten, womit er sich beschäftigt hat.«

Bevor er weitersprach, blickte der FBI-Sonderermittler auf seine Papiere.

»Wir haben keine direkte Verbindung zwischen ihm und Robert Godwin gefunden. Beide unterrichteten in den achtziger Jahren an der Universität, aber an verschiedenen Fakultäten. Professor Crabb hat allerdings Vorlesungen gehalten, in denen Lynn Adams saß.«

»Das erste Opfer«, warf Torunn Borg ein.

Donald Baker nickte.

»Sie ist 1983 verschwunden«, sagte er. »Nach sechs Monaten wurde sie in einem Bewässerungsschacht gefunden. Erst sechs Jahre später, als Godwin schon gesucht wurde, konnten wir ihn mit dem Mord in Verbindung bringen. Die Überreste von ihr lagen in einem Leinensack der Sorte, die auf der Apfelfarm seiner Familie verwendet wurde.«

»Der Mord beunruhigte Professor Crabb«, fuhr John Bantam fort. »1989 wurde eine weitere Studentin Crabbs überfallen, konnte jedoch entkommen. Sie sagte aus, Robert Godwin sei der Täter gewesen, und die DNA-Proben identifizierten ihn dann als den Interstate Strangler.«

»Das soll dann Professor Crabb ziemlich aufgeregt haben«, übernahm Donald Baker. »Robert Godwin wurde gesucht, war aber spurlos verschwunden. Eine Million Dollar wurden als Belohnung für jeden ausgesetzt, der über Informationen verfügte, die zu seiner Ergreifung führen würden. Und da begann Bob Crabb mit seinen eigenen Nachforschungen.«

Er nickte seiner Kollegin zu, die daraufhin fortfuhr.

»Seinen Nachbarn erzählte Professor Crabb, dass er in Norwegen nach Angehörigen seiner Familie suchen wolle«, erklärte sie. »Wahrscheinlich war das eine erfundene Geschichte. Gegenüber seinen Kollegen an der Universität äußerte er, dass Robert Godwin vielleicht nach Skandinavien geflohen war. Godwin war nämlich sehr interessiert an seinen norwegischen Vorfahren, er hatte die Sprache studiert und war Leiter eines Programms für nordische Studien.«

»Augenblick mal«, warf Wisting ein. »Sie sagen also, dass Godwin norwegische Vorfahren hat, hier auf dem Land?«

»Zwanzig Prozent der weißen Bevölkerung in Minnesota sind norwegischer Abstammung«, erklärte John Bantam. »Mein Ururgroßvater stammte aus Kristiansand.«

»Sie sagen, er hat die Sprache studiert«, sagte Nils Hammer. »Heißt das, dass er Norwegisch spricht?«

Maggie Griffin und Donald Baker blickten sich kurz an. Beiden schien es peinlich zu sein, dass diese Informationen erst jetzt, nachdem Robert Godwin schon seit zwanzig Jahren gesucht wurde, herauskamen.

»Er hat einen PhD in skandinavischen Sprachen«, erwiderte Baker.

»Einen Doktorgrad?«

Donald Baker nickte.

»Wo kommen Godwins Vorfahren denn her?«, wollte Wisting wissen.

Maggie Griffin blätterte in ihren Unterlagen, zog einen Ausdruck hervor und schob ihn zu Wisting hinüber.

»Das ist sein Ururgroßvater«, erklärte sie.

Wisting las. Fabrikarbeiter Niels Gustavsen aus Brunlanæs Bergs Sogn war am 26. April 1889 mit dem Dampfschiff *Norge* nach New York gefahren.

»Die Bilder«, sagte Wisting auf Norwegisch und sah zu seinen Kollegen. »Diese alten Bauernhöfe, die Bob Crabb fotografiert hat. Das könnte ein Ort ein, wo Godwins Vorfahren herkamen. Vielleicht ist das der Weg, um ihn zu finden.«

Die drei Amerikaner blickten ihn fragend an. Wisting erzählte von den Aufnahmen, die sie auf Crabbs Kamera gefunden hatten.

Espen Mortensen startete den Projektor und warf die Bilder auf die Leinwand. Alte, dem Verfall preisgegebene Gebäude.

Die FBI-Agenten blickten einander an.

»Gehen Sie noch mal zurück«, bat Donald Baker und lockerte seine Krawatte. Sein Adamsapfel bewegte sich hinter dem Hemdkragen.

Espen Mortensen erfüllte seine Bitte. Die Aufnahme der verkohlten Scheune füllte die Leinwand. Unkraut und Buschwerk drangen zwischen den Überresten hervor.

Donald Baker strich über sein Kinn, sah seine beiden Kollegen an und atmete hörbar aus. Es war klar, dass sie etwas auf dem Foto sahen, das den anderen entging.

»Wo ist das?«, fragte er. Seine tiefe Stimme war leiser geworden.

»Das wissen wir nicht«, erwiderte Wisting. »Momentan denke ich, es könnte vielleicht der Ort sein, wo Godwins Vorfahren lebten. Wir wollen es verschiedenen Heimatforschern zeigen, um herauszufinden, wo das ist.«

Donald Baker befeuchtete seine Lippen mit der Zunge.

»Da gibt es etwas, worüber wir noch nicht gesprochen haben«, sagte er.

Wisting nickte. Der Sonderermittler blickte noch einmal auf die Leinwand und sah dann Wisting an.

»Wir werden eine Liste über vermisste Mädchen brauchen.«

36

Es war dunkel geworden, als Line erneut die Tür zu Viggo Hansens Haus aufschloss. Sie fühlte sich unwohl und schaltete im Weitergehen nach und nach alle Lampen ein. An der Wohnzimmertür blieb sie stehen und lauschte. Alles war ruhig, stellte sie fest und ging hinüber zu der Stelle vor dem Fernseher, wo Viggo Hansen tot aufgefunden worden war.

Sie blickte von einem Sessel zum anderen und wieder zurück.

Der linke Sessel hatte diese dunklen, von der Leiche hinterlassenen Feuchtigkeitsflecken, war ansonsten aber überhaupt nicht abgenutzt. Der rechte Sessel hingegen wies deutliche Abnutzungsspuren an den Sitzkissen und Armlehnen auf, und ein Zierkissen lag flach gedrückt an der Rückenlehne. Das war der Sessel, den er immer benutzt hatte.

Auch der Fußboden erzählte eine Geschichte. Zwischen dem viel benutzten Sessel und dem Tisch lagen Brotkrümel und andere kleine Essensreste, und zwischen der Küchentür und dem Sessel gab es einen Streifen im Teppichboden, der dunkler war. Eine Mischung aus Abnutzung und Verschmutzung, hervorgerufen durch all die Momente, in denen Viggo Hansen aufgestanden und in die Küche und wieder zurückgelaufen war.

Line folgte der eingetretenen Spur und blieb mitten in der Küche stehen. Forschend sah sie sich in dem kleinen Raum um. Abgesehen von den Tassen auf dem Tisch war alles sauber und aufgeräumt. Sie wollte sich gerade umdrehen und wieder zurück ins Wohnzimmer gehen, als ein kleines Detail sie veranlasste innezuhalten. Die Kaffeemaschine stand auf der Arbeitsplatte neben dem Kühlschrank. Der Wasserbehälter war halbvoll.

Line trat näher heran und öffnete den Deckel des Filterhalters. Unten im Filter lag trockenes Kaffeepulver.

Die Maschine hatte bereitgestanden, dachte sie. Genauso hatte es ihre Mutter immer gemacht, wenn sie Gäste erwartete. Sie hatte immer den Behälter mit Wasser gefüllt und Kaffee in den Filter gegeben, so dass man nur auf den Knopf drücken musste, wenn die Gäste kamen.

Line trat einen Schritt zurück.

Hatte er Besuch erwartet? Und wenn ja, von wem? Und wieso hatte er einen Schlüsseldienst kommen und zwei neue Schlösser an der Außentür anbringen lassen? Hatte er sich vor ungebetenen Besuchern gefürchtet?

Line hatte die Falldokumente von der Polizei in der Schultertasche. Sie setzte sich an den Küchentisch, suchte den Obduktionsbericht heraus und legte ihn vor sich hin.

Nichts deutete darauf hin, dass Viggo Hansen umgebracht worden war. Aber es gab auch nichts, was das Gegenteil bewies. Die Schlussfolgerung war klar und deutlich. Die Todesursache konnte nicht festgestellt werden, weil die Leiche schon zu sehr eingeschrumpft war.

Line wollte ihren Vater anrufen, besann sich aber anders. Offenbar ging die Phantasie nur ein wenig mit ihr durch. Der Sessel und die vorbereitete Kaffeemaschine bewiesen gar nichts.

Sie ging zurück ins Wohnzimmer und starrte auf ihr Spiegelbild in der dunklen Fensterscheibe. Dann drehte sie sich um und begann, das Zimmer genauso zu untersuchen, wie sie es mit der Küche getan hatte. Nichts weckte ihr Interesse. Sie hatte alles schon einmal gesehen. Und doch blieb sie mit dem Gefühl zurück, dass es etwas gab, was sie übersehen hatte.

Das Gefühl veranlasste sie, noch einmal durch das ganze Haus zu gehen und Zimmer für Zimmer zu untersuchen. Schließlich blieb sie oben an der Kellertreppe stehen. Der kalte Luftzug aus der Dunkelheit strich um ihre Knöchel. Es reizte sie ganz und gar nicht hinunterzugehen, aber sie wollte unbedingt wissen, was sich hinter der verschlossenen Tür verbarg.

Plötzlich fiel ihr ein, dass sie im Flur einen Schlüsselschrank gesehen hatte. Vielleicht hing der Schlüssel zu dem Kellerraum ja da.

Sie lief zurück in den Eingangsbereich und öffnete die Tür des kleinen Schränkchens an der Wand.

Es war leer. Vier leere Haken.

Sie schloss das Schränkchen wieder und lief in den Keller hinunter. In dem unverschlossenen Verschlag hatte sie eine Werkzeugkiste gesehen. Das Vorhängeschloss müsste sich doch mit einem Hammerschlag öffnen lassen.

Es gab keinen Hammer, aber Line kramte in der Kiste herum und fand schließlich einen Schraubenschlüssel, der wohl denselben Zweck erfüllen würde. Auch wenn sie vielleicht den passenden Schlüssel fände, wäre es nicht sicher, dass sie das Schloss damit öffnen könnte. Es war grün angelaufen und rostig, und war anscheinend lange nicht geöffnet worden.

Plötzlich kam ihr ein Gedanke.

Wo waren eigentlich Viggo Hansens andere Schlüssel? Seine Hausschlüssel. Die Schlüssel für die beiden Schlösser in der Außentür. Die Polizei hatte sie aufgebohrt, bevor sie ins Haus gekommen waren. Danach hatten sie ein neues Schloss eingesetzt, aber von den beiden anderen Schlüsseln hatte Line weder gehört noch gelesen.

Sie legte den Schraubenschlüssel weg, stieg wieder hinauf in die Küche und setzte sich an den Tisch, auf dem die

Polizeidokumente immer noch lagen. So wie sie es verstand, war darin hauptsächlich von Gegenständen die Rede, die für die Identifizierung des Toten verwendet worden waren, unter anderem eine Zahnbürste und ein Kamm, die man für die DNA-Analyse ins Labor geschickt hatte.

Line blätterte durch die Unterlagen und zog abermals den Bericht der Rechtsmedizin hervor. Gleich unter einem der ersten Punkte war beschrieben, welche Kleidung er getragen hatte. Jeans, T-Shirt, Unterhose und Socken. Vom linken Arm des Toten hatte man eine Armbanduhr abgenommen, und in der rechten Hosentasche hatten drei Kronen gelegen. Keine Schlüssel.

Zu Hause legte Line ihre Schlüssel immer in eine Schublade der Kommode im Flur. Sie stand auf und ging in den Flur. Sie hatte schon einmal die Schubladen der Kommode dort durchsucht und erinnerte sich, dass eine davon eine typische Kramschublade war. Sie zog sie ein Stück heraus und suchte zwischen Kugelschreibern, Quittungen, Gebrauchsanweisungen und anderem Kleinzeug, aber Schlüssel lagen nicht darin.

Dann inspizierte sie die Sachen, die an der Garderobe hingen, fand aber auch hier nichts in den Jackentaschen.

Dann fiel ihr ein, dass sie im Schlafzimmer eine Hose gesehen hatte, die über einem Stuhlrücken hing. Sie ging hinein, untersuchte die Taschen, aber auch die waren leer. Sie durchsuchte Küchenschubladen, Kleidung in Schrank und Wäschekorb sowie alle möglichen Stellen, ohne einen einzigen Schlüssel zu finden. Zum Schluss ergab sich daraus nur eine Erklärung. Jemand hatte die Schlüssel aus dem Haus mitgenommen. Entweder die Polizei, die es im Bericht einfach nicht erwähnt hatte, oder irgendjemand anderer, der die Tür hinter sich abgeschlossen und den toten Viggo Hansen im Sessel vor dem Fernseher zurückgelassen hatte.

37

Im Besprechungsraum war es völlig still geworden. Donald Bakers Worte hingen noch immer beunruhigend in der Luft und hatten eine Spannung erzeugt, die niemand als Erster zu durchbrechen wagte.

Wisting spürte, dass sein Gesicht kalt wurde. Der Fall nahm allmählich ungeahnte Ausmaße an. Wisting verstand nicht, wieso ihm der Gedanke nicht schon früher gekommen war. Wenn sich der aus den USA geflohene Serienmörder seit über zwanzig Jahren in Norwegen aufhielt, war es überhaupt nicht auszuschließen, dass er hier weitere Verbrechen begangen hatte.

Der Gedanke ließ seine Hände feucht werden, und winzige Schweißperlen traten auf seine Stirn. Ihm wollte keine Frau einfallen, die in ihrem Bezirk vermisst wurde, doch vor zwei Jahren hatte es einen Vermisstenfall in Porsgrunn gegeben, der zwar viel mediale Aufmerksamkeit auf sich gezogen hatte, aber nicht gelöst worden war. Einen ähnlichen Fall hatte es in Kristiansand gegeben, wo eine junge Frau zuletzt gesehen worden war, als sie nahe dem Tierpark am Straßenrand gestanden und versucht hatte, per Anhalter zu fahren. Dann gab es da noch den Diana-Fall in Drammen und mindestens zwei Vermisstenfälle in Oslo. Allein durch die Erinnerung an die Nachrichten im Fernsehen waren ihm fünf junge Frauen eingefallen.

Er räusperte sich und wandte sich an den FBI-Agenten im dunklen Anzug.

»Was ist da auf den Bildern?«, fragte er. »Was haben wir übersehen?«

»Den Brunnen«, erwiderte Donald Baker.

Wisting blickte wieder auf die Leinwand. In der Bildmitte war ein rundes Gebilde aus Steinen erkennbar.

»Mehrere von Robert Godwins Opfern wurden auf solch verlassenen Bauernhöfen gefunden«, erklärte der FBI-Agent. »Auf dem Grund ausgetrockneter Brunnen, die nicht mehr benutzt werden.«

Wisting griff nach dem Stapel mit den Kopien der amerikanischen Falldokumente.

»Hier steht, dass die Frauen im Straßengraben gefunden wurden«, sagte er. »Dass er Anhalterinnen an den Hauptstraßen aufgelesen und sie dann später in den Graben geworfen hat.«

»Das sind frühere Fälle«, erklärte Baker. »Die uns auf die DNA-Spur gebracht haben. Später wurde er dann klüger und versteckte seine Opfer. Wir haben siebzehn Todesfälle von Frauen, die in Brunnen und ähnlichen Verstecken gefunden wurden. Eine von ihnen wurde nach ein paar Tagen gefunden. Unsere Techniker fanden DNA-Material von Godwin bei ihr, aber die anderen sechzehn konnten wir bisher nicht mit ihm in Verbindung bringen. Sie gelten aber als seine möglichen Opfer.«

»Lass mich noch mal die beiden anderen Orte sehen«, bat Wisting und blickte auf die Leinwand.

Espen Mortensen klickte sich durch die Bilder und ließ schließlich das Foto auf der Leinwand erscheinen, auf dem keine Gebäude zu sehen waren, sondern nur ein Feld und ein Wirtschaftsweg zwischen den Bäumen.

»Da!«, rief Nils Hammer und zeigte auf ein rundes Betonelement, das am Rande des Felds knapp aus dem Gras hervorlugte. »Das ist der Schacht zu einer Bewässerungsanlage oder so etwas.«

Der dritte Ort, den Bob Crabb fotografiert hatte, war

ebenfalls ein aufgegebener Kleinbauernhof. Ein weißgestrichenes Wohnhaus und eine graue Scheune zwischen schlanken Birkenstämmen. Links neben der Scheune war ein altmodischer, pyramidenförmiger Brunnendeckel zu sehen.

»Bob Crabb muss die Brunnen in der Umgegend aufgezeichnet haben«, sagte Mortensen.

»Wie finden wir heraus, wo diese Orte sind?«, wollte Wisting wissen.

»Benjamin kümmert sich darum«, erklärte Torunn Borg. »Er hat den ganzen Tag mit ortskundigen Leuten gesprochen, aber ich glaube nicht, dass dabei etwas herausgekommen ist.«

Leif Malm von der Kripo hatte sich bisher noch gar nicht geäußert.

»Ich kann bis zum Abend eine Liste mit allen vermissten Frauen zusammenstellen«, sagte er. »Die Frage ist, wo wir da die Grenzen setzen, was Alter und Gebiet betrifft.«

»Bei uns war er in fünf Bundesstaaten aktiv«, erklärte John Bantam. »Ein Gebiet im Umkreis von mehr als dreitausend Kilometern.«

»Alles südlich von Trondheim«, folgerte Wisting.

Christine Thiis räusperte sich.

»Von wie vielen reden wir hier?«, fragte sie.

Der Leiter der Osloer Sonderermittlungseinheit blickte in die Dunkelheit draußen vor dem Fenster.

»Über einen Zeitraum von zwanzig Jahren«, sagte er nachdenklich, »ungefähr fünfhundert Vermisste in ganz Norwegen. Die meisten in Ostnorwegen, und überwiegend sind es Männer. Ich schätze, da bleiben circa hundert Frauen übrig, die verschwunden sind.«

»Hundert?«

»Das kann man natürlich begrenzen. Ein paar sind wahrscheinlich draußen auf dem Meer ertrunken oder bei einer Wanderung in den Bergen verunglückt. Dann gibt es die psychisch Kranken, die irgendwo ausgebüxt sind, und einige haben Abschiedsbriefe hinterlassen. Bleiben schätzungsweise fünfzig, die spurlos verschwunden sind.«

Donald Baker streckte den Rücken durch.

»Folgen Sie den Hauptstraßen«, sagte er. »Robert Godwin fand seine Opfer an den Interstate Highways. Sie müssen nach jungen Frauen suchen, die irgendwo an den Fernstraßen oder in der Nähe verschwunden sind.«

Er drehte sich zur Leinwand hin.

»Sobald Sie wissen, wo diese Orte sind, werden Sie auch Leichen finden.«

38

Nach dem ersten Schlag war das Vorhängeschloss immer noch unversehrt. Line hob den schweren Schraubenschlüssel und schlug abermals zu. Das Schloss sprang auf und blieb schaukelnd am Bügel hängen.

Line nahm es ab und öffnete die Tür. Das Kellerlicht fiel auf den grauen Steinboden, und sie konnte ein paar Kartons entdecken.

Line tastete nach einem Lichtschalter an der Innenwand. Eine einsame Glühbirne an der Decke leuchtete auf. Der Lichtschein war schwach und drang kaum bis in die Ecken vor.

Der Raum war fast leer. Neben drei Pappkartons stand ein alter Pappkoffer mit Metallbeschlägen auf dem Boden, und an ein paar Haken an der Wand hingen verschiedene Kleidungsstücke. Alles war von einer dünnen Staubschicht bedeckt.

Line schob den ersten Pappkarton näher ins Licht und öffnete ihn. Er enthielt Ringordner, die mit dem Namen Gustav Hansen versehen waren. Sie zog einen davon heraus und blätterte in den Papieren. Es waren verschiedene Briefe und Dokumente von der Kommunalen Kraftwerksgesellschaft Bergenshalvøen, alle aus den fünfziger Jahren. Ein anderer Ordner trug die Aufschrift Bergdals-Wasserlauf und enthielt verschiedene technische Angaben und Arbeitsskizzen.

Die Unterlagen seines Vaters, dachte Line und zog eine mit Bindfaden zusammengehaltene Mappe heraus, die auf dem Grund des Kartons lag. Darin befanden sich alte Zeitungsausschnitte. Der erste stammte aus *Bergens Tiden-*

de und war auf den 27. Juni 1960 datiert. *Tresorsprengung in Bergener Postamt,* lautete die Überschrift.

Line nahm den staubtrockenen Papierschnipsel und las:

Gegen drei Uhr früh wurde ein Geldtresor im Bergener Hauptpostamt in der Småstrandsgate aufgesprengt. Bewohner in der Nachbarschaft wurden durch die Explosion geweckt, und ein Taxifahrer sah aus geringer Entfernung einen Mann, der in Richtung Rådstuplass verschwand. Der Tresorsprenger hatte sich Zugang zu den Räumen verschafft, indem er mit einer Leiter an der Hauswand hochgeklettert und im ersten Stock ein Fenster eingeschlagen hatte. Vermutlich wurde ein größerer Geldbetrag gestohlen. Die nervösen Postangestellten erwarten mit Spannung die Beendigung der kriminaltechnischen Untersuchungen, um das Ausmaß des Schadens berechnen zu können.

Der nächste Zeitungsausschnitt war zwei Tage jünger:

Tresorknacker erbeutete 175 000 Kronen, stand da über vier Spalten.

Der Mann, der in der Nacht zu Montag den Tresor des Hauptpostamtes in der Småstrandsgate aufgesprengt hatte, schlug zu einem Zeitpunkt zu, als der Tresor gut gefüllt war, erklärte Postdirektor Kåre Palmer Holm gegenüber Bergens Tidende. Die Rekordbeute beträgt 175 000 Kronen.

Am nächsten Tag konnte die Zeitung berichten, dass der Tresorknacker gefasst worden war.

Die Polizei hat einen Mann aus Ostnorwegen verhaftet, der verdächtigt wird, in der Nacht zu Montag die Tresorsprengung im Hauptpostamt durchgeführt zu haben. Dabei wurden 175 000 Kronen erbeutet. Der Mann wurde auf einer Arbeitsplattform im Masfjord festgenommen, wo er am Ausbau des Matre-Wasserlaufs gearbeitet hat.

175 000 Kronen, dachte Line. Wie viel wäre das wohl nach heutigem Geldwert? Rund 2 Millionen?

Es gab weitere Zeitungsausschnitte.

Tresorknacker schweigt gegenüber der Polizei, lautete die nächste Schlagzeile. Der Artikel berichtete, dass der Verdächtige abstreite, mit der Sache zu tun zu haben, und sich nicht mehrmals dazu vernehmen lassen wolle.

In einem weiteren Artikel führte Polizeiinspektor Brinchmann die Beweise an, die gegen den Ostnorweger vorlägen. Reste der Pulvermasse aus der Feuerschutzisolierung des Tresors seien auf seiner Kleidung gefunden worden, außerdem könne er mit einem Diebstahl von Dynamit in unmittelbarer Nähe seines Arbeitsplatzes in Verbindung gebracht werden. Zeugen hätten zudem berichtet, dass er in der betreffenden Nacht mit einem Arbeitsfahrzeug unterwegs gewesen sei.

Geld spurlos verschwunden, titelte die Zeitung am Tag vor dem Prozessbeginn in Bergen.

Der letzte Ausschnitt bezog sich auf den Prozess, an dessen Ende Gustav Hansen zu drei Jahren und zehn Monaten Gefängnis verurteilt wurde:

Das einstimmige Urteil des Gerichts beruht auf der Überzeugung, dass der Angeklagte den Tresor im Bergener Hauptpostamt zweifellos gesprengt hat. Erschwerend kommt die Höhe der erbeuteten Geldsumme hinzu, sowie die Tatsache, dass der Angeklagte keinerlei Bereitschaft zur Aufklärung über den Verbleib des gestohlenen Betrags gezeigt hat.

Line legte die Ausschnitte in die Mappe zurück, schloss sie und band den Faden wieder rundherum.

Familiengeheimnisse, dachte sie. Diese Geschichte musste für alle ziemlich schwer erträglich gewesen sein. Der Tag, an dem sein Vater verhaftet wurde, muss für Viggo Hansen ein Schicksalstag gewesen sein. Niemals wieder hatte es so sein können wie zuvor.

Line legte alles zurück und untersuchte die beiden anderen Kartons. Hemden, Krawatten, zwei Anzughosen, eine Jacke und polierte Schuhe in dem einen und Arbeitszeug im anderen.

Der Koffer hatte metallene Verstärkungen an den Ecken, zwei Schlösser und einen Griff aus Leder. Line betätigte die Schnappverschlüsse und öffnete ihn. Er war zur Hälfte gefüllt mit alten eingerahmten Bildern, ein paar Schallplatten, einigen Büchern, einem dicken braunen Umschlag und einem Stapel vergilbter Briefe, die mit einem ausgefransten Bindfaden umwickelt waren.

Obenauf lag ein gefalteter Papierbogen. Line öffnete ihn. Es war die Sterbeurkunde von Gustav Hansen, geboren am 19. Oktober 1928. In das Feld für den Todeszeitpunkt war 24. Mai 1969 gegen fünf Uhr eingetragen. Die Todesursache lautete Selbstmord durch Erhängen.

Line ließ die Hand mit der vergilbten Urkunde im Schoß ruhen und blickte sich in dem Kellerraum um. Hier drinnen waren die Überreste von Gustav Hansen, dachte sie. Sie nahmen nicht viel Platz ein, waren aber hier untergebracht, hinter einer verschlossenen Tür. Sogar ein Regal war vor die Tür gestellt worden, so als befände sich hier etwas, woran die Hinterbliebenen nicht erinnert werden wollten.

Line legte die Sterbeurkunde neben sich auf den Fußboden und inspizierte den restlichen Kofferinhalt.

Es gab einige alte Fotografien. Auf einer davon saß eine Familie auf einem Sofa, auf einem anderen waren vier Männer und zwei Frauen abgebildet, alle mit ernsten und düsteren Mienen. Der Kleidung nach zu urteilen, schienen die Bilder um das Jahr 1900 aufgenommen worden zu sein.

Line drehte die Bilder um, doch auf der Rückseite standen weder Namen noch Jahreszahlen.

Auf den Plattenhüllen hatte Gustav Hansen seinen Namen in die untere rechte Ecke geschrieben. Es waren

Aufnahmen von Künstlern wie Bill Haley And His Comets, Pat Boone, Nat King Cole und Elvis Presley. Musiker, die ihre große Zeit in den Fünfzigern gehabt hatten, als Viggo Hansens Vater noch jung gewesen war, und die heute manchmal noch im Radio gespielt wurden.

Line nahm eines der Bücher in die Hand. *Eulen nach Athen* von Herman Wildenvey, erschienen im Jahr 1953. Auf dem Vorsatzblatt stand eine Widmung: *Für Gustav Hansen, am 19. Oktober 1953. Viel Glück! Herman Wildenvey.* Ein Geburtstagsgeschenk.

Es gab verschiedene Gedichtsammlungen von André Bjerke, Gunnar Reiss-Andersen und Tarjei Vesaas. Line stapelte sie auf den Boden neben dem Koffer und zog die Briefe hervor.

Ohne den Bindfaden zu entfernen, verstand Line, dass es Briefe waren, die Gustav Hansen seiner Frau aus dem Kreisgefängnis in Bergen geschickt hatte. Sie hatte keine Lust, sie zu lesen, und legte sie beiseite.

Der braune Umschlag enthielt alte gedruckte Briefe und Dokumente in gotischer Schrift. Eine verblichene Postkarte zeigte ein Dampfschiff im Hafen. DS *»Norge«* stand mit großen weißen Buchstaben auf der Vorderseite. Die Karte war vom 16. April 1889 und an Anna Sofie Nielsen, Manvik, Brunlanæs, adressiert. Die zierliche Handschrift war schwer zu entziffern, doch Line las *Liebe Mutter*, und dass es schwierig sei, endgültig Abschied zu nehmen, und dass der nächste Halt Amerika sei. Die Karte war mit *Dein Hans* unterschrieben.

Dann folgten einige Briefe, in denen der Emigrant von fruchtbaren Äckern, guter Ernte, elektrisch beleuchteten Straßen und Probefahrten in prächtigen Automobilen berichtete. Hans Gustav Nielsen hatte sich im Mittleren Westen niedergelassen, eine Frau kennengelernt, die aus

Westnorwegen stammte, geheiratet und Kinder mit ihr bekommen.

Unter den Papieren befand sich auch eine Ahnentafel, die deutlich machte, dass Hans Gustav Nielsen der Bruder von Viggo Hansens Urgroßvater war. Ein ganzer Familienzweig lag hier in dem alten Koffer.

Line blieb im schwachen Lichtschein mit der Ahnentafel in der Hand sitzen. Plötzlich ahnte sie eine Möglichkeit. Irgendwo könnte Viggo Hansen Familie haben.

39

Als Wisting in sein Büro zurückkam, lag eine durchsichtige Plastikmappe mit alten Polizeidokumenten auf seinem Schreibtisch. Auf einen gelben Post-it-Zettel hatte Bjørg Karin geschrieben, sie hoffe, dies seien die Unterlagen, die Line benötige.

Wisting zog die Papiere aus der Mappe. Der erste Bogen war ein mit Schreibmaschine geschriebenes Wachprotokoll. Am 24. Mai 1969 um 07.48 Uhr hatte sich die Erste-Hilfe-Station gemeldet und die Polizei in die Herman Wildenveys gate 4 gerufen, wo Solveig Hansen ihren Ehemann erhängt im Keller gefunden hatte. Die eingetroffene Streifenpatrouille hatte durchgegeben, dass der herbeigerufene Doktor Gravdahl den Tod des einundvierzig Jahre alten Gustav Hansen festgestellt habe. Die Erste-Hilfe-Station hatte ihre Angaben später korrigiert und angeführt, dass der neunzehnjährige Sohn, Viggo Hansen, seinen Vater tot im Keller gefunden habe. *Bericht von Polizeiwachtmeister Thorsen.*

Der Bericht lag bei einer Kopie des Totenscheins und war eine knappe drei viertel Seite lang. Gustav Hansen hatte sich in einem Kellerverschlag erhängt. Das Seil war an einem freiliegenden Abflussrohr befestigt worden. Die Deckenhöhe war gering, so dass der Selbstmord ausgeführt worden war, indem der Verstorbene auf den Knien lag und sich dann vornübergebeugt hatte. Der starke Wille zur Ausführung der Tat wurde von der Aussage der Ehefrau bestätigt, die berichtete, dass ihr Mann schwer depressiv gewesen sei, als er nach langjähriger Beschäftigung im Kraftwerksbau in Westnorwegen plötzlich arbeitslos geworden sei.

Es gab keine Fotos. Vor vierzig Jahren war das in solchen Fällen nichts Ungewöhnliches.

Wisting schob die Unterlagen zusammen und legte sie wieder auf den Schreibtisch, damit er nicht vergaß, sie mit nach Hause zu nehmen.

Im Kellerarchiv befanden sich wohl noch viele Zeugnisse schlimmer Tragödien und Schicksalsschläge in Form weitaus kürzerer Berichte als in diesem Fall von Gustav Hansen.

Wisting saß eine Weile da und hing seinen Gedanken nach.

»Natürlich«, murmelte er schließlich in sich hinein.

Er erweckte den Computer zum Leben und öffnete den Dateiordner, in dem Espen Mortensen die Fotos von Bob Crabbs Memory-Stick abgespeichert hatte. Nach einer Weile fand er das Gesuchte, öffnete es mit einem Doppelklick und betrachtete das Foto des Brunnens auf dem Hofplatz vor dem verfallenen Wohnhaus, das jetzt den ganzen Bildschirm ausfüllte. Nachdem er jetzt wusste, was sich möglicherweise in dem Brunnen verbarg, wurde sein Blick zuerst darauf gelenkt, doch das Interessante waren die Überreste der abgebrannten Scheune im Hintergrund. Es musste sich um einen heftigen Brand gehandelt haben, bei dem auch Polizei und Feuerwehr gerufen worden waren. Irgendwo im Kellerarchiv befand sich womöglich ein Bericht, der Umfang, Folgeschäden und mögliche Ursache des Feuers erläuterte.

Es gab nicht viele Brände dieser Größenordnung im Bezirk, vielleicht einen oder zwei pro Jahr.

Wisting betrachtete das Foto erneut. Wahrscheinlich war der Bauernhof lange vor dem Brand aufgegeben worden, die Vegetation hatte das Areal für sich zurückgewonnen. Das Ganze musste vor mindestens zehn Jahren passiert sein.

Wisting rief das Programm auf, mit dem registrierte Strafsachen auf bestimmte Muster hin untersucht werden konnten. Es eignete sich nicht nur für das schnelle Auffinden bestimmter Dokumente im Datensystem, sondern ebenso für die Erstellung von Statistiken und Analysen. Wollte man beispielsweise wissen, wie viele Autodiebstähle es im vergangenen Jahr im Polizeidistrikt gegeben hatte, so musste man in den Suchfeldern nur die Art des Verbrechens und den Zeitraum eingeben. Das Ergebnis ließ sich dann weiter so aufschlüsseln, dass man bestimmen konnte, in welchem Stadtteil oder in welcher Straße die meisten Diebstähle vorkamen oder an welchen Wochentagen oder zu welcher Tageszeit. Auf diese Weise wurde die Teilmenge der Informationen zu einem Werkzeug, das die Polizei für die Durchführung zielgerichteter Einsätze verwenden konnte.

Wisting hatte das Programm nicht allzu oft verwendet und war nicht ganz an die Funktionsweise gewöhnt. Um überhaupt irgendwo anzufangen, gab er 1989 – in diesem Jahr war Robert Godwin aus den USA geflohen – als Beginn des in Frage kommenden Zeitraums ein und weitete diesen bis 2005 aus. Das Problem war, dass Brände auf verschiedene Weise in die Statistiken einflossen, abhängig von Brandursache und Schadensumfang. Manche Brandfälle wurden sogar ähnlich wie bestimmte Todesfälle im Rahmen einer eigenen Ermittlung untersucht, um überprüfen zu können, ob es sich dabei um einen kriminellen Akt handelte.

Wistings Suchanfrage führte zunächst dazu, dass der Computer sich aufhängte, und als er schließlich ein Ergebnis ausspuckte, gab es 1132 Treffer. Alle möglichen Fälle waren darunter, von brennenden Müllcontainern und Autos bis zu Bränden in Einfamilienhäusern und Schulen.

Er lehnte sich zurück und entschied sich für einen anderen Ansatz. Bis zu seiner Pensionierung war Finn Haber Kriminaltechniker und Brandermittler der Polizei in Stavern gewesen. Wisting hatte seine Telefonnummer noch immer gespeichert. Er zog sein Handy heraus und wählte.

Habers Stimme klang ruhig und ausgeglichen, so, wie sie immer gewesen war, auch wenn Wisting ihn mitten in der Nacht aus dem Bett geklingelt und zum Tatort irgendeines schrecklichen Verbrechens gerufen hatte.

»Ich brauche deine Hilfe«, sagte Wisting, nachdem sie ein paar Worte gewechselt hatten, »aber ich kann dir den Zusammenhang nicht genau erklären.«

»Und wie kann ich helfen?«

»Ich sitze hier mit einem Foto, das irgendwann im Sommer entstanden ist«, setzte Wisting an. »Wir versuchen herauszufinden, wo es aufgenommen wurde.«

»Habt ihr denjenigen gefragt, der es gemacht hat?«

»Er ist tot.«

Einen kurzen Moment blieb es still.

»Wieso glaubst du, dass ich was dazu beitragen könnte?«, fuhr Haber fort.

»Das Bild wurde auf einem verlassenen Bauernhof gemacht«, erklärte Wisting. »Die Scheune dort ist abgebrannt. Ich dachte, dass das vielleicht ein Tatort sein könnte, wo du einmal gewesen bist.«

»Ich muss mir das Foto ansehen«, sagte Haber. »Oder ist das Ganze so geheim, dass das nicht geht?«

»Ich kann's dir über Handy zusenden«, schlug Wisting vor.

»Tu das«, erwiderte Haber und legte auf, ohne noch etwas hinzuzufügen.

Wisting machte es so einfach wie möglich. Er hielt das Handy auf den Computerbildschirm gerichtet und fotografierte das Bild. Das Ergebnis war erstaunlich gut. Falls Haber wusste, wo der Ort war, würde er ihn leicht wiedererkennen können.

Wisting fummelte eine Weile an seinem Mobiltelefon herum, bevor es ihm gelang, das Bild als Anhang einer Textnachricht zu verschicken. Zehn Sekunden später rief Haber zurück.

»Hagatun«, sagte er. »Wurde in den Siebzigern aufgegeben und steht seitdem leer. Das Feuer war im August 2000. Wahrscheinlich Kinder, die mit Streichhölzern gespielt haben. Der Strom war ja nicht angeschlossen, und andere Ursachen für einen Brand gab es offensichtlich nicht.«

Wisting nickte. Jetzt erinnerte er sich auch. Zwei Jungen von einem der Nachbarhöfe waren vernommen worden, hatten aber abgestritten, etwas mit dem Brand zu tun zu haben.

»Schräg gegenüber der Einfahrt zur alten Tanum-Schule führt ein überwucherter Weg zu dem alten Hof«, fuhr Haber fort. »Jetzt nach dem Neuschnee ist es wohl nicht so einfach, dort hinzukommen.«

Wisting zog eine Landkarte aus der Schreibtischschublade und faltete sie auseinander. Darauf war der Bauernhof mit zwei großen und drei kleineren Gebäuden verzeichnet. Der Ort war gänzlich von Wald umgeben.

»Viel Glück, egal wozu auch«, beendete Haber das Gespräch. »Und schöne Weihnachten.«

»Danke, das wünsche ich dir auch«, erwiderte Wisting. »Und danke für deine Hilfe.«

Er legte auf, während Benjamin Fjeld das Büro betrat. Nils Hammer folgte ihm.

»Ich glaube, ich habe einen der Orte gefunden«, sagte Fjeld und legte das Foto des verlassenen Bauernhofs vor Wisting auf den Schreibtisch.

Wisting blickte darauf und sah dann zum Bildschirm, auf dem dasselbe Motiv erkennbar war.

»Hagatun«, sagte er.

Der junge Ermittler öffnete staunend den Mund, brachte aber kein Wort heraus. Hammer verzog die Lippen zu einem breiten Grinsen.

»Ich hab's vor zwei Minuten erfahren«, erklärte Wisting und berichtete von dem Gespräch mit dem alten Brandermittler.

»Was soll ich jetzt machen?«, fragte Fjeld. »Bei den Heimatvereinen weiterbohren?«

Wisting überlegte. Die in den Bilddateien digital gespeicherten Informationen verrieten, dass alle Fotos innerhalb eines Zeitrahmens von weniger als zwei Stunden an ein und demselben Tag gemacht worden waren. Der Bauernhof, den sie gerade identifiziert hatten, war mit dem Auto nicht zu erreichen. Was bedeutete, dass sich der Fotograf wahrscheinlich nicht sehr weit in der Gegend bewegt hatte und dass die anderen fotografierten Orte in der Nähe liegen mussten.

»Konzentrier dich auf die Höfe in dieser Gegend«, sagte Wisting und zeichnete einen großen Kreis um den Hagatun-Hof auf der Karte.

Der junge Ermittler nickte, um klarzumachen, dass er Wistings Gedankengang gefolgt war. Dann drehte er sich um und verschwand aus der Tür.

»Er hätte ein bisschen Lob verdient«, sagte Hammer und setzte sich.

Wisting ließ ein knappes Nicken erkennen. Er war nicht sehr geschickt darin, seinen Kollegen eine positive Rückmeldung zu geben, wenn sie einen guten Job gemacht hatten. Als Ermittlungsleiter war es gleichwohl seine Aufgabe, Engagement und Interesse der anderen aufrechtzuerhalten.

Hammer fischte seine Kautabakdose aus der Tasche. Wisting lehnte sich zurück.

»Kannst du die Verantwortung hierfür übernehmen?«, fragte er.

»Wovon redest du?«

Wisting wartete, bis Hammer sich den Priem unter die Oberlippe geschoben hatte.

»Ich möchte, dass du dir einen Plan ausdenkst, wie wir zu diesem Bauernhof kommen und den Brunnen leeren können«, sagte er. »Ohne dass jemand merkt, dass da eine Polizeiaktion im Gange ist.«

40

Es war fast halb acht, als Line schließlich wieder aufstand und die Beine durchstreckte. Sie schoss ein paar Fotos von den Dingen in dem abgeschlossenen Raum und legte alle Gegenstände wieder so in den Koffer zurück, wie sie dagelegen hatten. Dann machte sie ein paar Nahaufnahmen der Namen auf der Ahnentafel, schloss die Tür hinter sich und hängte das Schloss zurück an den Riegel.

Draußen war es windig geworden. Ein eisiger, kalter Wind, der ins Gesicht schnitt. Mit kleinen, aber schnellen Schritten lief Line die Straße hinauf.

Bevor sie nach Hause gefahren war, hatte sie eingekauft und die Sachen im Wagen liegen gelassen. Nun trug sie alles in die Küche.

Ihr Vater war noch nicht da. Sie räumte die Lebensmittel ein, bereitete sich eine Tasse Kaffee und ging hinauf ins Arbeitszimmer im ersten Stock.

Der Tag hatte viel gebracht, dachte sie, während sie ihren Laptop auf den Schreibtisch stellte. Sie wusste noch nicht genau, wie sie alle Informationen verwenden würde, war aber ihrem Ziel, sich ein Bild von Viggo Hansen und seinem Leben zu machen, ein Stückchen näher gekommen. Ein Leben im Schatten der Fehltritte, die seine Eltern begangen hatten.

Sie nahm ein leeres Blatt, schrieb seinen Namen in die Mitte und zeichnete einen Kreis darum. Dann schrieb sie alle Namen der Menschen auf, die sich auf irgendeine Art in seinem Umkreis bewegt hatten. Die Namen der Eltern trug sie dicht neben dem inneren Kreis ein und versah sie mit einem Kreuz, um deutlich zu machen, dass sie tot waren. Danach schrieb sie die Namen von Freunden und Bekannten auf. Kunstmaler Eivind Aske und Odd Werner Ellefsen aus der Schule, Frank Iversen aus der Krabbenfabrik, Deutschen-Ole, und Irene mit einem Fragezeichen dahinter. Die Namen der Nachbarn fasste sie zu einer eigenen Gruppe zusammen, und schließlich führte sie alle Personen auf, die im Zusammenhang mit Viggo Hansen irgendeine öffentliche Aufgabe erfüllt hatten. Mit dem Pastor hatte sie bereits gesprochen, musste aber auch Kontakt zu dem Arzt aufnehmen, der Viggo Hansen für erwerbsunfähig erklärt hatte. Vielleicht würde sie ja auch jemanden aus der Zeit ausfindig machen können, als er in der Psychiatrie gewesen war. Sie müsste mit einem Sachbearbeiter vom Sozialamt reden, der vielleicht noch irgendwelche Unterlagen hatte.

Line nahm sich ihre Aufzeichnungen über die Unterhaltung mit Annie Nyhus vor. Frank Iversen war mit seinen Eltern nach Langesund gezogen, als der Vater in den sechziger Jahren eine Anstellung als Lotsenvorstand bekam.

In Langesund gab es keinen Frank Iversen, zumindest war er nicht in der öffentlich zugänglichen Steuerliste oder in anderen Registern aufgeführt, zu denen Line Zugang hatte. Sie schickte ihre Informationen an die Rechercheabteilung der Zeitung, damit sie dort versuchen konnten, ihn irgendwo anders im Land aufzuspüren.

Jetzt musste sie langsam auch ernsthaft mit dem Schreiben der Reportage beginnen oder zumindest das Material gliedern.

Statt wie gewöhnlich ein Konzept zu verfassen, druckte Line alle vorhandenen Fotos aus. Sie hängte sie an die Korktafel an der Wand, damit sie die Reihenfolge jederzeit abändern und so gestalten konnte, dass die Lebensgeschichte Viggo Hansens bestmöglich dargestellt wurde.

Sie befestigte die Fotos des dunklen, düsteren Hauses, der aufgebrochenen Tür, der Programmzeitschrift auf dem Wohnzimmertisch, die Tatortfotos, auf denen sein Kopf im Sessel vor dem Fernseher erkennbar war, die Weihnachtskarten, die Familienfotos, die Aufnahmen des Vorhängeschlosses im Keller, des Totenscheins seines Vaters sowie der Zeitungsausschnitte von der Tresorsprengung 1960 an der Tafel.

Ungefähr so, wie ein Regisseur ein Storyboard anlegt, dachte Line und fügte das alte Klassenfoto in den vorderen Teil der Reihe ein.

Schließlich hatte sie noch zwei Bilder übrig, die sie nicht genau einzuordnen wusste. Die Aufnahme der beiden leeren Sessel vor dem Wohnzimmertisch und das Foto der Kaffeemaschine, die in der Küche bereitstand. Line hielt die Bilder in der Hand und erinnerte sich an ihren Gedanken, dass vielleicht jemand bei Viggo Hansen gewesen war und ihn umgebracht hatte. Jetzt allerdings, da sie alles ein wenig aus der Distanz betrachten konnte, erschien ihr diese Möglichkeit immer unwahrscheinlicher. Er hatte niemals Besuch empfangen, und wer um alles in der Welt hätte ihm nach dem Leben trachten sollen?

Sie hörte eine Autotür zuknallen und kurz danach die Schritte ihres Vaters unten im Flur. Line legte die beiden Ausdrucke weg und ging nach unten, um ihn zu begrüßen.

Sie sah sofort, dass ihn etwas belastete. Mehr als gewöhnlich. Er hatte dunkle Ringe unter den Augen und sah blass aus. Seine Gesichtshaut hatte kleine Falten und Runzeln, die ihr vorher nie aufgefallen waren. Wie auf einem alten Ölgemälde.

»Ich habe die Unterlagen über den Selbstmord gefunden«, sagte ihr Vater, bevor sie etwas äußern konnte. »Es stimmt«, fügte er hinzu und reichte ihr ein paar Dokumente in einer durchsichtigen Plastikhülle. »Er hat sich im Keller erhängt.«

Line nahm die Unterlagen entgegen und war erstaunt, dass ihr Vater daran gedacht hatte.

»Danke«, sagte sie, entschied sich aber, die Papiere erst später durchzusehen. »Hast du Hunger?«, fragte sie stattdessen.

Er lächelte und nickte und folgte ihr in die Küche. Line nahm die Bratpfanne, gab etwas Öl hinein und ließ sie heiß werden, während sie aus dem Gefrierschrank ein Fertiggericht herauszog, das aus kleingeschnittenen Kartoffeln, Speck, Zwiebeln und Wurst bestand.

»Das war alles, was ich finden konnte«, warnte sie ihren Vater und zeigte ihm die Verpackung.

»Ich könnte jetzt alles essen«, erwiderte er lächelnd.

Sie gab den Inhalt in die Pfanne und ließ ihn brutzeln.

»Gehst du morgen zur Beerdigung?«, fragte sie und schob Gemüsewürfel und Wurststücke in der Pfanne umher.

Sie konnte ihrem Vater ansehen, dass seine Gedanken woanders waren und er nicht verstand, wovon sie redete.

»Morgen ist die Beerdigung von Viggo Hansen«, sagte sie, um ihm auf die Sprünge zu helfen. »Ich wollte hingehen.«

»Schön«, sagte ihr Vater. »Hast du Blumen besorgt?«

»Ich habe im Blumenladen angerufen und einen Kranz bestellt«, erwiderte sie. »Auf der Schleife steht *Ein letzter Gruß von den Nachbarn in der Herman Wildenveys gate.*«

»Hast du mit den anderen Nachbarn gesprochen?«

Line schüttelte den Kopf.

»Ich hab's einfach gemacht. Ein paar werden doch morgen sicher kommen und sehen es dann.«

»Was bin ich dir schuldig?« Er zog seine Geldbörse aus der Hosentasche. »Für das Essen und die Blumen?«

»Vergiss es«, erwiderte sie lächelnd und rührte abermals in der Pfanne. »Hast du mit Thomas gesprochen? Kommt er über Weihnachten nach Hause?«

Ihr Vater trat an den Küchenschrank und nahm zwei Teller heraus.

»Ich kann ihn morgen anrufen«, sagte er und deckte den Tisch.

Sie aßen schweigend. Line hatte eigentlich Lust, ihm zu erzählen, wie die Geschichte über Viggo Hansen langsam Gestalt annahm, ließ es aber bleiben. Ihr Vater war mit völlig anderen Dingen beschäftigt. Der Fall, an dem er arbeitete, schien auf eine Art an ihm zu zehren, die Line noch nie erlebt hatte. Es beunruhigte sie sehr. Viel mehr, als dass sie sich darüber ärgerte, überhaupt nicht zu wissen, was eigentlich vor sich ging.

41

Die Nachricht, dass einer der Orte identifiziert war, an denen Robert Godwin möglicherweise norwegische Opfer verborgen haben könnte, hatte sich schon vor der Morgenbesprechung im Präsidium verbreitet.

»Benjamin Fjeld hat einen der Kleinbauernhöfe auf den Fotos ausmachen können«, begann Wisting und ließ dem jungen Ermittler alle Ehren zukommen. »Die große Herausforderung besteht jetzt darin herauszufinden, was der Brunnen enthält, ohne dass das zu den Breaking News auf allen Nachrichtenkanälen wird.«

Er nickte Nils Hammer zu, der aufstand und hinüber zur Leinwand ging, auf die Mortensen eine Luftaufnahme des verlassenen Bauernhofs projiziert hatte. Der Wald hatte das Territorium zurückerobert, und es war gar nicht leicht, die Gebäude vom dichten Laubwerk zu unterscheiden.

»Der Hof liegt ungefähr dreihundert Meter abseits der Hauptstraße«, erläuterte Hammer. »Ich habe einen alten Freund von mir gebeten, mit seinem Traktor so weit wie möglich hineinzufahren. Nach circa zweihundert Metern ist der Weg durch einen Erdrutsch blockiert, was bedeutet, dass wir die restliche Strecke zu Fuß zurücklegen müssen.«

Wisting warf einen Blick aus dem Fenster. Es mussten um die siebzig Zentimeter Schnee gefallen sein, bevor das Wetter umgeschlagen und es kälter geworden war.

»Um so wenig Aufmerksamkeit wie möglich zu erregen, packen wir so viel Leute und Ausstattung in einen Wagen, wie es eben nur geht«, fuhr Hammer fort. »Ich habe einen unauffälligen Lieferwagen mit Allradantrieb organisiert. Der steht jetzt in der Tiefgarage.«

»Hast du mit dem ehemaligen Besitzer gesprochen?«, wollte Christine Thiis wissen.

Hammer schüttelte den Kopf.

»Der Grundbesitz wurde irgendwann in den achtziger Jahren von Bertram Nalum erworben. Er interessierte sich anscheinend für den Wald und die dazugehörigen Anbauflächen, und er konnte im Jahr 2000 eine Versicherungssumme einstreichen, nachdem die Scheune abgebrannt war.«

Benjamin Fjeld meldete sich zu Wort.

»Es gibt hier eine Verbindung«, sagte er. »Als ich Jonathan Wang über den Bauernhof Halle befragt habe, erzählte er, er hätte auf dem Hof von Bertram Nalum gearbeitet, bevor er sich dann einen eigenen Hof angeschafft hat.«

»Stammte der nicht ursprünglich aus Österreich?«, wollte Wisting bestätigt haben.

Der junge Ermittler nickte.

»Wann ist er nach Norwegen gekommen?«

»Anfang der neunziger Jahre.«

Wisting nickte und notierte den Namen des Mannes mit der großen Narbe, bevor er Hammer ein Zeichen gab fortzufahren.

»Ich habe vier Leute von der Einsatztruppe ausgesucht«, fuhr Hammer fort. »Die sind geübt im Abseilen und können bis auf den Grund des Brunnens hinunterkommen. Wir treffen uns hier um zehn Uhr. Wir wissen ja nicht, wie die Verhältnisse dort sind oder über wie viel Arbeit wir hier reden, aber wenn Wasser im Brunnen ist, dann dürfte das ja gefroren sein.«

»Und was tun wir dann da vor Ort?«, fragte Torunn Borg.

»Dann müssen die Kriminaltechniker übernehmen und da runterklettern.«

Espen Mortensen griff nach seiner Kaffeetasse.

»Wenn wir das finden, was wir befürchten, dann kommt da 'ne Menge Arbeit auf uns zu«, sagte er.

»Wir könnten euch ja mit einem Team unterstützen«, warf Leif Malm von der Kripo ein. »Falls da Bedarf besteht, könnte das in zwei Stunden hier sein.«

Wisting nickte.

»Konntest du irgendeine Namensliste zusammenstellen?«, fragte er.

Leif Malm räusperte sich.

»Ja«, erwiderte er und zog ein paar zusammengetackerte Blätter aus seiner Aktentasche. »Die ist allerdings kürzer, als ich gestern angedeutet habe. Also: Wenn wir die Suche auf Frauen zwischen achtzehn und fünfundzwanzig Jahren begrenzen, was dem Alter der Godwin-Opfer in den USA entspricht, dann bleiben vierzehn Namen übrig. Wenn wir dagegen davon ausgehen, dass er älter geworden ist und sich dementsprechend auch ältere Opfer ausgesucht hat, dann ist die Liste fast drei Mal so lang.«

»Wie viele?«

»Sechsundvierzig eindeutige Vermisstenfälle. Die vermutlichen Selbstmordopfer sowie die Frauen, die wahrscheinlich auf einer Wanderung im Wald oder Gebirge verunglückt sind, habe ich schon abgezogen. Und ebenso die Fälle, bei denen Frauen verschwunden sind und dann Anklage gegen den Ehemann erhoben wurde.«

Donald Baker vom FBI hatte bis jetzt schweigend zugehört.

»Wie sieht es aus mit den Hauptstraßen? Konnten Sie darüber etwas herausfinden?«

Leif Malm nickte.

»Zwölf der vierzehn Frauen stammen aus größeren Städten, die an das europäische Straßenverkehrsnetz angeschlossen sind.«

»Und kann man da noch mehr aus den Listen herauslesen?«, wollte Wisting wissen.

»Es gibt etwas, das auf eine bestimmte Regelmäßigkeit hindeutet«, erwiderte Malm. »Der erste Fall auf der Liste ist aus dem Jahr 1991, danach erschien ungefähr jedes zweite Jahr ein neuer Name, aber es gibt ein paar Lücken, weswegen sich das Ganze nicht als wiederkehrendes Muster bezeichnen lässt.«

»Wann war der letzte Fall?«, fragte Christine Thiis.

»Vor zweieinhalb Jahren.«

»Was ist mit den anderen Listen?«, fragte Wisting. »Die mit den Männern in der passenden Altersgruppe, die hier im Bezirk leben?«

»Ich bin mit der Bearbeitung noch nicht fertig«, erklärte Torunn Borg.

»Was soll das heißen?«

»Ich versuche, anhand von Umzügen, familiären Verhältnissen und anderen Bezügen die in Frage kommenden Kandidaten auszusieben, so dass nur eine kurze Liste übrig bleibt, mit der wir arbeiten können. Es ist ja nicht sehr wahrscheinlich, dass wir beispielsweise nach Personen des öffentlichen Lebens oder Führungsfiguren aus der Wirtschaft suchen.«

Donald Baker stimmte ihr zu.

»Derjenige, den wir suchen, lebt sehr wahrscheinlich sehr isoliert«, sagte er.

»Sobald wir eine begrenzte Auswahl haben, können wir das alte Fahndungsfoto mit Passfotos oder Bildern aus anderen Registern vergleichen.«

»Haben wir Zugang zu den Passfotos?«

Die Frage war durchaus berechtigt. Vor einem halben Jahr war eine neue Vorschrift erlassen worden, die der Polizei die Möglichkeit nahm, das Passregister in Verbindung mit der Ermittlung von Strafsachen zu verwenden.

»Die Bilder sind vorhanden«, sagte Torunn Borg, unterließ aber zu kommentieren, inwieweit sie das Gesetz vielleicht beugen könnte. »Die Frage lautet wohl eher, was wir dabei an Treffern finden. Das Alter kann auf sein Aussehen eingewirkt haben, und möglicherweise hat er es selbst irgendwie verändert.«

»Wie sieht es mit einer Phantomzeichnung aus?«, fragte Espen Mortensen. »Ein digital bearbeitetes Foto, das zeigt, wie Robert Godwin heute aussieht.«

»Wir haben schon ein paar Leute darauf angesetzt«, sagte Donald Baker und nickte. »So eine computergestützte Simulation der altersbedingten Veränderung ist zwar nicht viel mehr als ein avanciertes Ratespiel, aber in diesem Fall könnte es ganz nützlich sein.«

Benjamin Fjeld hob abermals die Hand. Wisting erteilte ihm mit einem Nicken das Wort.

»Hat er nicht Chloroform bei seinen Opfern verwendet?«, fragte er.

»Stimmt«, erwiderte Donald Baker. »Damals wurde am chemischen Institut der Universität ein verhältnismäßig großer Verlust registriert.«

»Wenn er dieselbe Methode hier anwendet, muss er ja irgendwie an das Chloroform herankommen. Ich glaube, der Verkauf ist stark reguliert.«

»Wozu braucht man Chloroform eigentlich?«, fragte Hammer. »Abgesehen davon, Leute im Film damit zu betäuben.«

»Man verwendet es in der chemischen Industrie«, erwiderte Mortensen. »Es ist ein Lösungsmittel.«

Torunn Borg nickte und notierte den Punkt als Parameter für den Abgleich mit der Namensliste.

»Was tun wir, wenn die Presse fragt, woran wir arbeiten?«, wollte Christine Thiis wissen.

»Gute Frage«, gab Leif Malm zurück. »Wenn das hier herauskommt, wird es in den Medien eine Explosion geben, wie wir sie nie zuvor erlebt haben. Dann wird CNN unten vor der Tür stehen und eine Live-Übertragung bringen.«

Wisting reichte die Frage an Nils Hammer weiter. Er hatte Erfahrung als Drogenfahnder und wusste, wie man ungewöhnliche Fahndungsmethoden und Maßnahmen am besten einsetzte.

»Wir sagen so wenig wie möglich«, schlug Hammer vor. »Wenn sie zu nahe kommen, lassen wir sie glauben, dass es um eine Drogengeschichte geht und wir nach einem Depot suchen. In der Regel halten die Journalisten dann den Ball flach. Niemand möchte eine laufende Drogenermittlung platzenlassen.«

»Und wie machen wir das dann?«

»Am einfachsten wäre es, die Drogenabteilung einzuweihen und sie offiziell verlautbaren zu lassen, dass wir eine laufende Ermittlung nicht kommentieren möchten.«

Wisting nickte.

»Ein guter Plan«, sagte er und leitete dazu über, weitere Arbeitsaufgaben zu verteilen und praktische Fragen zu erörtern.

Donald Baker blieb im Besprechungsraum zurück, als die anderen in ihre Büros zurückkehrten. Er stand auf und trat ans Fenster. Draußen glitzerte das Morgenlicht im grobkörnigen Schnee.

»Ich hoffe, dass alle verstehen, wie wichtig es ist, diese Operation geheim zu halten«, sagte er. »Robert Godwin ist hier irgendwo, wir müssen ihn nur einkreisen. Wenn aber herauskommt, dass wir auf seiner Spur sind, dann wird er uns wieder entkommen.«

Der FBI-Agent drehte sich zu Wisting.

»Er ist jetzt einundsechzig Jahre alt, aber wahrscheinlich immer noch wie ein Raubtier«, fuhr er fort. »Ab und zu muss er mal an die Oberfläche kommen, um Luft zu holen. Alle zwei Jahre braucht er ein neues Opfer. Vielleicht hat er noch fünfzehn oder zwanzig Jahre zu leben. Wenn wir ihn nicht finden, bedeutet das acht bis zehn weitere Opfer.«

42

Während Line vor der Kirche parkte, klingelte ihr Handy. Die Nummer war unter *Knut A. Sandersen, Nachrichtenchef* im Telefonverzeichnis abgespeichert.

Line meldete sich mit ihrem vollen Namen.

»Ich bin auf dem Weg zu einer Trauerfeier in der Kirche«, fügte sie hinzu, um anzudeuten, dass ihr Chef sich kurzfassen möge.

»Wer ist denn tot?«

»Viggo Hansen, der Mann im Fernsehsessel. Erinnerst du dich?«

»Ja, wie läuft's denn eigentlich mit der Geschichte.«

»Gut«, erwiderte Line. »Ich weiß, was er sich angesehen hat, als er starb.«

Sie hörte das Geräusch des Kaffeeautomaten im Hintergrund und sah vor ihrem geistigen Auge, wie der Nachrichtenchef das Telefon zwischen Kinn und Schulter eingeklemmt hatte.

»Hoffentlich war's die Skavlan-Show oder so was«, sagte er. »Vielleicht wirst du ja ins Studio eingeladen.«

»Er hat sich Discovery Channel angesehen.«

»Aha, er saß also allein zu Haus und betrachtete die Welt von dort aus. Schöner Ansatz, um einen einsamen Menschen zu porträtieren.«

»Er hat eine Sendung über berühmte FBI-Fälle verfolgt«, fuhr Line fort.

»Woher weißt du, dass es genau das Programm war, was er sich angeschaut hat?«

»Er hatte seinen Fernsehabend genau geplant und in der

Programmzeitschrift markiert. Auf dem Wohnzimmertisch lag das Tagesprogramm von Donnerstag, dem 11. August. In der Zeitschrift hat er dann noch eine Sendung über Elche in Alaska angestrichen, die später gesendet wurde. Aber als sie ihn gefunden haben, war immer noch Discovery Channel eingeschaltet.«

»Und was für Bilder hast du?«

»Ich habe Bilder aus dem leeren Haus«, erklärte Line. »Aber es gibt auch ein paar Polizeifotos, die sich für den Druck eignen würden.«

»Hast du ein Porträtfoto?«

»Das aktuellste Bild von Viggo Hansen ist ein Klassenfoto aus dem Jahr 1964.«

»Das reicht nicht.«

»Ich glaube, das könnte passen«, wandte Line ein. »Das sagt doch etwas darüber, wie wenig die Menschen sich um ihn gekümmert haben. Dass niemand in den letzten siebenundvierzig Jahren seines Lebens ein Foto von ihm gemacht hat.«

Der Nachrichtenchef pflichtete ihr bei.

»Musst du noch viel machen, bevor du fertig wirst?«, wollte er wissen. »Ich brauche dich möglicherweise für eine andere Sache.«

Line beugte sich über das Lenkrad nach vorn und betrachtete die Flaggen, die auf beiden Seiten des Kirchhofs auf halbmast gesetzt waren.

»Um was geht's denn?«, fragte sie.

»Am letzten Freitag wurde da unten in der Gegend noch eine Leiche gefunden, auf einem Feld voller Weihnachtsbäume, außerhalb der Stadt.«

»Ich hab eine kurze Notiz darüber gesehen«, erwiderte Line.

»Es sieht so aus, als könnte das was Interessantes sein.

Ich habe Morten P und Harald Skoglund auf die Geschichte angesetzt, aber ich könnte auch dich brauchen. Du kennst dich doch in der Gegend gut aus.«

»Und wieso glaubst du, dass das eine größere Sache ist?«

»Wir haben einen Tipp bekommen. Da wurden DNA-Proben an Interpol geschickt.«

Line wurde neugierig.

»Falls sie glauben, dass es sich um einen Ausländer handelt, wäre das ja ziemlich normal«, erwiderte sie.

»Ich glaube, da steckt mehr dahinter«, sagte Sandersen. »Die haben extra einen Pathologen einbestellt und die Leiche schon am Samstag obduziert. Normalerweise lassen sie sie übers Wochenende liegen. Außerdem waren auch zusätzliche Labortechniker dabei. Unser Kontaktmann meinte, die hätten Bescheid bekommen, alles andere liegenzulassen.«

»Und was sagt die Polizei?«

»Noch haben wir sie nicht gefragt, wir wollen erst noch ein bisschen abwarten. Aber angeblich steht bei der Kripo ein Team auf Abruf, fertig zur Abreise nach Larvik.«

»Woher weißt du das?«

»Polizeiquellen.«

Line grinste in sich hinein. Polizeiquellen hieß wahrscheinlich nichts anderes, als dass einer der Leute von der Spurensicherung zu Hause erzählt hatte, er müsse ein paar Tage verreisen, und seine Frau es einer Freundin erzählt hatte, die es wiederum gleich weitergetratscht hatte. Ungeachtet dessen war es aber eine interessante Information, und Line verstand nur zu gut, weshalb Sandersen die Geschichte verfolgte.

Am anderen Ende der Leitung war es für einen Augenblick still. Dann hörte Line, wie der Nachrichtenchef offenbar einen Schluck Kaffee nahm und herunterschluckte.

»Hast du irgendwas gehört?«, fragte er, als sie nichts mehr sagte.

Line wich der Frage aus.

»Ich bin hier mit meinem eigenen Fall beschäftigt«, erklärte sie.

»Aber gibt es Hinweise darauf, dass da irgendwas im Gange ist?«, wollte der Nachrichtenchef wissen.

»Wäre es nicht am besten, wenn Morten P direkt Kontakt mit der Polizei aufnimmt?«, schlug Line vor. »Wenn die dann keine Fragen beantworten, ist das ja auch eine Antwort.«

»Ja, sicher, wir gehen den üblichen Weg. Ich wollte nur wissen, ob du irgendwas gehört hast.«

»Verstehe.«

»Streck mal deine Fühler aus, ja? Und ruf mich an, wenn irgendwas ist. Bevor wir in Druck gehen, muss ich wissen, wer der Tote ist. Das könnte bestimmt ein paar fette Schlagzeilen geben.«

43

Schneebeladene Äste hingen von beiden Seiten schwer über den schmalen Weg herab. Wisting konzentrierte sich aufs Lenken, während der zivile Dienstwagen vorwärtsschlingerte. Auf der letzten Steigung drehten die Reifen kurz durch, bevor sich der Weg abflachte und zu der Stelle führte, wo nun der Lieferwagen mit Mannschaft und Ausrüstung vor einer durch einen Erdrutsch hervorgerufenen Barriere zum Stehen kam.

»Weiter kommen wir nicht«, verkündete Wisting und stellte den Motor ab.

Donald Baker nickte.

Bevor Wisting aus dem Wagen stieg, zog er Handschuhe an und setzte sich eine Mütze auf. Baker hatte von der Bereitschaftstruppe einen gefütterten Overall bekommen. Der war ihm zwei Nummern zu klein, seine Bewegungen wirkten steif.

»Kalt«, konstatierte der Amerikaner.

Wisting nickte. Der Wald um sie herum schützte sie ein wenig vor dem Wind, doch die eisige Luft brannte in den Nasenlöchern.

Eigentlich wurden sie hier draußen in der Winterlandschaft nicht unbedingt gebraucht, aber der FBI-Ermittler war aus demselben Holz wie Wisting geschnitzt. Er musste sich selbst einen Eindruck verschaffen. Den Spuren eines Täters zu folgen, gab ihnen beiden das Gefühl, Schritt zu halten und sich der Lösung zu nähern.

Dort, wo der Weg endete, sahen sie die Spuren von Schneeschuhen, die die Techniker mit ihrer schweren

Ausrüstung auf dem Rücken hinterlassen hatten. Wisting folgte den Spuren, sank aber gleich bis zu den Knien ein. Sofort waren seine Stiefel voller Schnee. Als er weiterlief, spürte er, wie der Schnee schmolz und seine Füße nass wurden.

Als sie zu dem verlassenen Hof kamen, war er durchgeschwitzt und nahm die Kälte kaum noch wahr. Die Überreste der abgebrannten Scheune zeichneten sich als dunkle Wand vor dem Schnee ab. Das verfallene Wohnhaus wirkte wie am Boden festgefroren, öde und eisig. Alle Fenster waren von Frost überzogen, was es unmöglich machte, hineinzusehen.

»Ein perfekter Ort für ihn«, meinte Donald Baker.

Die Mannschaft von der Einsatztruppe hatte bereits ein Zelt aufgeschlagen, und der alte Brunnen war vom Schnee befreit worden.

Der Brunnen war ein rundes Steingebilde mit einer altmodischen Handpumpe, die schräg zur Seite herabhing. Oben auf dem Brunnendeckel lag ein großer Stein, der gerade schwer genug war, dass Kinder ihn nicht anheben konnten. Einer der Polizisten wälzte ihn zur Seite und klemmte einen Spaten unter den aus Brettern gezimmerten Deckel. Der war an den Steinen festgefroren, so dass der Beamte eines der Bretter herausbrechen musste.

In Wistings Jackentasche brummte das Handy. Er zog den rechten Handschuh aus und fischte es heraus. Es war eine unbekannte Nummer, die er nicht gespeichert hatte.

»Ja?«, sagte er.

»Morten P von VG«, stellte sich der Mann am anderen Ende der Leitung vor.

Wisting spürte, wie sich etwas in seiner Magengegend zusammenzog.

»Sie sprechen mit William Wisting«, sagte er. Während er

sprach, drang die Atemluft wie eine weiße Wolke aus seinem Mund.

»Ich rufe wegen einer Sache an, die letzten Freitag passiert ist«, erklärte der Journalist. »Ein Mann wurde tot auf einem Feld gefunden, wo Weihnachtsbäume geschlagen werden. Ist Ihnen die Sache bekannt?«

»Ja«, erwiderte Wisting.

»Ist er identifiziert?«

Es war viel zu kalt, um still zu stehen. Wisting trat von einem Fuß auf den anderen.

»Wir haben noch keine sichere Identifizierung«, erklärte er. »Aber wir haben eine Vermutung, um wen es sich handeln könnte.«

»Wurde er obduziert?«

»Ja.«

»Am Wochenende?«

Der Journalist klang erstaunt, doch Wisting ahnte bereits, dass die Frage nur scheinbar überrascht gestellt war. Er fluchte in sich hinein. Die erfahrenen Kriminaljournalisten wussten natürlich, dass es im Rechtsmedizinischen Institut keinen Wochenenddienst gab und dass außerhalb der normalen Arbeitszeit keine Obduktionen durchgeführt wurden, es sei denn, es handelte sich um einen außergewöhnlichen Fall.

»Ja«, erwiderte er knapp.

»Wurde schon eine Todesursache gefunden?«

»Die Leiche zeigte Merkmale, die dafürsprechen, dass sie lange im Freien gelegen hat«, entgegnete Wisting, um der Frage auszuweichen. »Wahrscheinlich schon seit dem Sommer.«

»Aber wurde denn eine Todesursache gefunden?«

Wisting blickte nervös umher und suchte nach einer Möglichkeit, das Gespräch zu beenden. Der Mann mit dem

Spaten hatte inzwischen mehrere Bretter aus dem Brunnendeckel gelöst. Zwei robuste Beamte von der Einsatztruppe bereiteten Seile und Karabinerhaken vor. Bald würden sie sich hinunterlassen können.

»Eine eindeutige Todesursache wurde bisher nicht nachgewiesen«, sagte Wisting.

»Was soll das heißen?«

»Dass der Pathologe zu keinem Urteil gekommen ist«, erklärte er. Es entsprach der Wahrheit. Ein endgültiger Bericht lag ihm noch nicht vor.

»Wie gehen Sie bei dem Fall weiter vor?«, wollte der Journalist wissen. Die letzten Bretterteile verschwanden von der Brunnenöffnung. Donald Baker und einge andere Männer traten an den Rand heran und sahen hinunter.

»Wir halten natürlich alle Möglichkeiten offen«, sagte Wisting. »Was aber nicht bedeutet, dass das jetzt ein schlagzeilenkräftiger Fall ist. Sehr wahrscheinlich handelt es sich um einen Unfall.«

Der Journalist ließ nicht locker.

»Was für ein Unfall?«

»Das werden die Ermittlungen dann zeigen.«

»Das heißt, Sie gehen davon aus, dass er dort starb, wo er gefunden wurde?«

Wisting schluckte, hoffte aber, dass es über Telefon nicht zu hören war.

»Anderenfalls wäre es ja dann ein klarer Mordfall«, kommentierte er.

»Aber das ist es nicht?«

Nils Hammer kam mit einer massiven Lampe aus dem Zelt, schaltete sie ein und richtete den Lichtkegel auf den Grund des Brunnens.

»Tut mir leid, aber ich muss jetzt auflegen«, entschuldigte Wisting sich, war aber gleichzeitig überzeugt, das

Gespräch so beendet zu haben, dass der Journalist nicht noch misstrauischer wurde. »Können Sie mich in zwei Stunden zurückrufen?«, fügte er hinzu, um glaubwürdig zu klingen.

»In zwei Stunden«, bestätigte der Journalist.

Wisting speicherte die Nummer unter *Morten P,* VG, ab und legte das Telefon zurück in die Tasche. Dann lief er zum Brunnen und beugte sich über den Rand. Er war tiefer, als er gedacht hatte, vielleicht sechs oder sieben Meter. Das gefrorene Wasser lag wie ein schwarzer Spiegel auf dem Grund.

44

Die großen Kirchentüren fielen hinter Line zu. Obwohl sie durch das Gespräch mit dem Nachrichtenchef aufgehalten worden war, kam sie rechtzeitig. Der Mann vom Beerdigungsinstitut stand schon bereit. Er lächelte sie sanft an und reichte ihr ein Heftchen, das den Verlauf der Trauerfeier erläuterte. Line erwiderte sein Lächeln, nahm die Broschüre entgegen und drehte sie um. Auf der Rückseite stand: *Danke für Ihre Teilnahme.*

»Darf ich ein paar Fotos machen?«, fragte sie.

Der Mann im dunklen Anzug deutete mit ruhiger Hand auf das leere Kirchenschiff.

Der weiße Sarg stand vor dem Altar, auf jeder Seite flankiert von einem großen, dreiarmigen Kandelaber mit brennenden Kerzen, die ein flackerndes Licht auf die weiß gekälkten Wände warfen.

Line zog ihre Kamera heraus und schoss ein paar Bilder. Der Kranz, den sie bestellt hatte, stand am Fuße des Sargs. Auf dem Sargdeckel lag ein einfaches Bukett aus roten Rosen, darüber hinaus gab es keine Blumen.

Line wählte einen Bildausschnitt, auf dem die Schleife mit den Grüßen der Nachbarn nicht zu sehen war.

Als ihre Mutter gestorben war, hatte sie viel über Begräbnisrituale nachgedacht. *Der Verstorbene ist von uns gegangen,* war in den Anzeigen häufig zu lesen, so als befände er sich bloß an einem anderen Ort. *Ruhe in Frieden,* stand auf Schleifen und Grabsteinen, als handele es sich beim Tod um einen lang ersehnten Schlaf im weichen Federbett. Einige Zeit danach hatte sie für das Wochenendmagazin einen

Artikel über den Tod geschrieben. Unter anderem hatte sie mit einem Sprachforscher erörtert, wie mittels Sprache stets verschleiert wurde, worum es beim Tod eigentlich ging. Wie die Menschen die brutale Tatsache zu verbergen suchen, dass das Ende gekommen ist.

Bis jetzt waren noch keine anderen Trauergäste anwesend. Line wählte einen Platz in der dritten Reihe auf der rechten Seite. Die Strahlen der Wintersonne drangen durch die Glasmalereien im Chor und machten die Staubkörner sichtbar, die durch die Luft wirbelten.

Der Organist begann zu spielen. Ein gedämpftes Präludium, in dem Line die Töne eines Chorals wiedererkannte, den sie oft gehört hatte, an dessen Text sie sich jedoch nicht erinnern konnte.

Hinter sich hörte sie, wie die Tür geöffnet wurde. Dann erklangen Schritte auf dem Steinfußboden, die wieder verstummten, als jemand sich hinsetzte.

Line bereute, dass sie sich einen Platz so weit vorn ausgesucht hatte. So würde sie nicht sehen können, wer nach ihr hereinkam und sich weiter hinten hinsetzte. Sie stand auf und trat in den Mittelgang.

Es war Eivind Aske, der gekommen war. Der Kunstmaler. Line nickte ihm im Vorbeigehen zu und setzte sich in die Bankreihe gleich hinter ihm.

Sie schaute auf die Uhr. Es war sieben Minuten vor elf. Sie hatte am Vormittag schon viel erledigen können, dachte sie. Wenngleich nicht alles zu Ergebnissen geführt hatte. Sie war in den umliegenden Lebensmittelgeschäften gewesen und hatte die Angestellten befragt, aber niemand konnte sich an Viggo Hansen erinnern. Zumindest konnten sie es nicht mit Sicherheit sagen, ohne sein Bild gesehen zu haben. Genauso war es im Frisörsalon gewesen. Viele ältere Männer waren dort Kunden, aber keiner wusste, wer Viggo Hansen war.

Danach hatte sie den Schlüsseldienst angerufen und sich Namen und Telefonnummer des Monteurs geben lassen, der die beiden neuen Schlösser in Viggo Hansens Tür eingesetzt hatte und anscheinend der Letzte gewesen war, der ihn lebend gesehen hatte. Line hatte versucht, ihn vor der Beerdigung anzurufen, aber er war nicht erreichbar gewesen.

Bevor sie dann in die Kirche gefahren war, hatte sie ihre E-Mails überprüft. Die Rechercheabteilung hatte einen Frank Iversen gefunden, der ein Jahr älter als Viggo Hansen war. Er hatte in Stavern gewohnt und war später nach Langesund gezogen. Mittlerweile hatte er sich in Dänemark niedergelassen, aber die Zeitung hatte seine Adresse und Telefonnummer dort unten ebenfalls herausgefunden.

Die Kirchenglocken fingen an zu läuten. Im selben Moment wurde die Tür geöffnet, und Line hörte leichte Schritte.

Die Frau, die an ihr vorbeilief, war klein und hatte ihr blondes Haar zu einem Zopf geflochten. Line konnte sie nur von der Seite sehen. Sie hatte eine langstielige rote Rose dabei, ging ganz nach vorn und legte sie auf den Sarg. Dann drehte sie sich um, lief ein paar Schritte zurück und setzte sich dorthin, wo Line zuvor gesessen hatte. Sie konnte in Viggo Hansens Alter sein, ungefähr sechzig. Ihr Gesicht war schmal und blass.

Irene von den Weihnachtskarten, dachte Line und beschloss, sie nach der Trauerfeier anzusprechen.

Die Glocken verstummten. Der Pastor trat aus der Sakristei, stellte sich neben den Sarg, verneigte sich tief und setzte sich hin.

Der Organist fing wieder an zu spielen. Der Mann vom Beerdigungsinstitut nahm in der Bankreihe schräg gegenüber von Line Platz und begann zu singen.

»So nimm denn meine Hände und führe mich bis an mein selig Ende und ewiglich.«

Line öffnete das Programmheftchen und sang mit.

»Ich mag allein nicht gehen, nicht einen Schritt: wo du wirst gehn und stehen, da nimm mich mit.«

Gegen Ende des Lieds erhob sich der Pastor und bestieg eine schmucklose Kanzel.

»Wir sind heute hier zusammengekommen, um Abschied zu nehmen von Viggo Hansen«, sagte er, während die Orgeltöne verstummten. »Gemeinsam wollen wir ihn dem Herrn übergeben. Nicht viel können wir seiner angedenk in Worte fassen. Wir versammeln uns in aller Stille.«

Line neigte den Kopf, während der Pastor das Einleitungsgebet sprach. Dann folgte ein Choral, *Jesus bleibet meine Freude.* Schließlich räusperte sich der Pastor und begann seine Rede.

»Der Winter hat seine Spuren in der Natur hinterlassen«, sagte er. »Fast scheint es, als verberge er etwas, das einmal war. Darüber möchte ich gern meine Gedanken mit euch teilen, wenn wir Abschied von Viggo Hansen nehmen.«

Er ließ seinen Blick über die Anwesenden schweifen. Von Line über die Frau, die mit der einzelnen Rose gekommen war, weiter zu dem Mann vom Beerdigungsinstitut bis zu Eivind Aske und wieder zurück zu Line.

»Ich kannte Viggo Hansen nicht«, fuhr er fort. »Ich kann nicht sagen, was für ein Mensch er war, wovon er träumte, worüber er lachte und was ihn zum Weinen brachte. Und dennoch ist es erlösend, die Toten als Teilhaber am Lauf der Geschichte in Erinnerung zu behalten. Alle haben Platz im Buch des Lebens. Niemand lebt vergeblich.«

Dann setzte er die Rede fort, die er im Pfarrbüro mit Line vorab besprochen hatte. Während er weitersprach, stand er ganz still da und hielt sich am Geländer der Kanzel fest, so als hätte er Angst zu fallen, wenn er losließ. »In Gottes Gedanken an uns liegt Trost und Erlösung«, rief er und blickte zur Decke empor. »Durch Gott wird unser für immer gedacht. Bei ihm allein geht nichts verloren.« Dann senkte er den Blick und flüsterte ein leises Amen.

Neben dem Sarg befand sich ein schwarzer schmiedeeiserner Kasten mit einem Spaten darin. Der Pastor griff nach dem Spaten und häufte Erde darauf.

»Von Erde bist du genommen, zu Erde sollst du werden«, verkündete er und ließ ein wenig Erde auf den Sarg rieseln. »Unser Herr Jesus Christus möge dich auferwecken am Jüngsten Tag.«

Dann war die Trauerfeier vorüber. Die Kirchenglocken gaben drei Mal hintereinander drei Schläge von sich. Der Pastor schritt durch den Mittelgang, gefolgt vom Mann des Beerdigungsinstituts. Line erhob sich, blieb aber stehen, bis die Frau aus der dritten Reihe an ihr vorbeigegangen war, und folgte ihr dann.

Für gewöhnlich wurde der Sarg zu einem wartenden Wagen hinausgetragen. So hatten sie es mit dem Sarg ihrer Mutter gemacht, dachte Line. Hier allerdings gab es nicht genügend Trauergäste. Niemand konnte den Sarg tragen, weswegen alle stehen blieben.

Ohnehin hatte Line schon eine Vereinbarung mit dem Krematorium getroffen. Der Sarg sollte am Freitag verbrannt werden. Line hatte darum gebeten, kommen zu dürfen, um ein Foto zu machen. Ein letztes Bild.

Die Kälte war schneidend, als Line vor die Kirche trat. Sie knöpfte ihre Jacke zu. Aus Respekt vor den Trauernden war ein Mann auf dem Bürgersteig vor der Kirche stehen geblieben. Er warf einen Blick durch die geöffneten Kirchentüren und eilte weiter, als er sah, dass der Trauerzug nicht größer wurde.

Auch die kleine Frau, die die Rose auf den Sarg gelegt hatte, war stehen geblieben. Ihre Nase war gerötet. Line vermutete, dass sie entweder erkältet war oder gerade geweint hatte. Die Frau kramte in ihrer Tasche, blickte aber auf, als Line zu ihr hintrat.

»Irene?«, fragte Line.

Die Augen der Frau flackerten kurz auf, dann nickte sie.

Line stellte sich als ehemalige Nachbarin von Viggo Hansen vor.

»Haben Sie Zeit für eine Tasse Kaffee?«, fragte sie.

Ein leichtes Zittern durchfuhr die Frau, als ängstige sie der Gedanke, sich hinzusetzen und sich mit Line zu unterhalten. Sie öffnete den Mund, um etwas zu sagen, schloss ihn aber wieder.

Dann nickte sie.

45

Unten im Brunnen war es so eng, dass nur ein Mann Platz fand. Einer der erfahrenen Polizisten von der Einsatztruppe sprang auf die Brunnenkante, stellte sich mit dem Rücken zum Schacht hin und zog ein paar Mal an dem Seil, um die sichere Verankerung zu prüfen. Dann lehnte er sich zurück und ließ sich mitsamt seiner am Kopf befestigten Lampe und einem Eispickel am Gürtel vorsichtig in den Brunnenschacht hinunter.

Wisting beobachtete den Abstieg. Ein paar der Steine in der Brunnenwand hatten sich durch Frosteinwirkung ein wenig verschoben. Der Polizist suchte Halt in Ritzen und an kleinen Vorsprüngen. Als er sich dem gefrorenen Grund näherte, setzte er vorsichtig einen Fuß auf das Eis. Es trug.

Während er sich weiterhin an dem Seil festhielt, zog er seinen Eispickel aus dem Gürtel und hackte ein paar Mal prüfend auf die gefrorene Schicht. Winzige Eisstückchen wirbelten auf. Der Brunnenschacht verursachte ein Echo, und die Schlaggeräusche drangen mit einem seltsamen Klang zu den Wartenden hinauf.

»Die Zeitungen fangen an zu graben«, sagte Wisting zu dem FBI-Agenten, der neben ihm stand.

»Deswegen?«, fragte Donald Baker und deutete mit einer Kopfbewegung in Richtung des Mannes im Brunnen.

»Nein, wegen Bob Crabb«, erklärte Wisting.

Baker verzog das Gesicht.

»Und was machen wir damit?«

»Wir versuchen, sie auf Abstand zu halten.«

Auf dem Grund des Brunnens hatten sich inzwischen

größere Eisbrocken gelöst. Ein Eimer wurde heruntergelassen, um sie nach oben zu transportieren. Wisting hockte an der Brunnenkante und musste plötzlich an all die Menschen denken, die hier vor über hundert Jahren den Wald gerodet, das Haus gebaut und den Brunnen gegraben hatten. Irgendwer hatte gegraben und gegraben, zunächst in hoffnungsvoller Erwartung, nachdem die Wünschelrute genau hier ausgeschlagen war, dann vielleicht voller Wut, als kein Wasser sprudelte, und schließlich mit sturer Verbissenheit, bis die Wasserader gefunden war. Mit jedem Eimer Erde, Lehm und Kies, der hinaufgezogen wurde, war der Brunnen tiefer geworden. Und als sie schließlich da unten in der Tiefe Wasser gefunden hatten, wurde die Brunnenwand mit Schiefersteinen verkleidet, um das Wasser sauber zu halten.

»Ich bin durch!«, rief der Mann vom Grund des Brunnens herauf und riss Wisting aus seinen Gedanken. »Das Eis ist circa zwanzig Zentimeter dick.«

Er machte noch eine Viertelstunde weiter, bevor er schließlich wieder hinaufkletterte und sich von einem Kollegen ablösen ließ. Der neue Mann ging mit großem Eifer ans Werk und brach immer größere Eisstücke heraus, die nach und nach herauftransportiert wurden.

»Kannst du mal die Tiefe überprüfen?«, rief Hammer zu ihm hinunter.

Der Polizist im Brunnen antwortete mit einem Winken, woraufhin Hammer eine Schnur mit einem Lot hinunterließ. Der Mann nahm sie entgegen und ließ sie in das kalte Wasser sinken. Die Schnur glitt durch seine Hand, bis das Lot schließlich auf dem Grund des Brunnens liegen blieb. In Abständen von je einem halben Meter war die Schnur mit Knoten versehen. Als der Mann sie wieder heraufzog, konnte Wisting vier Knoten zählen. Zwei Meter tief.

»Auch wenn wir hier was finden«, sagte Donald Baker und deutete auf das Brunnenloch, »und Robert Godwin fassen können, wird es nicht leicht werden, ihn mit den Morden in Verbindung zu bringen.«

Wisting nickte. Schon vor einiger Zeit war ihm derselbe Gedanke gekommen. Das letzte potenzielle Opfer auf der Liste war vor zweieinhalb Jahren als vermisst gemeldet worden. Wisting hatte nicht viel Hoffnung, dass technische oder biologische Spuren gefunden würden, die den Täter mit dem Fall verknüpfen könnten. Allein die Identifizierung der toten Frauen würde eine große Herausforderung darstellen.

»*Wir* können uns um ihn kümmern«, fuhr Baker fort. »Die Anklage ist schon vorbereitet. Sobald wir ihn finden, können wir ihn nach Hause fliegen und dafür sorgen, dass er nie wieder das Tageslicht sieht.«

»Das müssen dann die Juristen und Politiker entscheiden«, meinte Wisting. »Jetzt oder wenn die Zeit gekommen ist. Aber bevor wir ihn ausliefern können, muss er sich grundsätzlich dafür verantworten, was er hier in Norwegen getan hat.«

Der Mann im Brunnen hing jetzt nur noch an seinem Seil und brach die letzten Eisreste auf. Dann kletterte er wieder herauf.

»Wir werden sehen«, erwiderte Baker mit einem Nicken. Sein Gesichtsausdruck wirkte verbissen. Wisting begann zu ahnen, dass der FBI-Ermittler einen Auftrag hatte, der darüber hinausging, die norwegische Polizei zu unterstützen.

Das Motorengeräusch eines Stromaggregats ließ das Gespräch verstummen. Nils Hammer hielt Halteseile und den Schlauch einer Pumpe bereit, die in den Brunnen hinuntergesenkt wurde. Es gluckerte, als die Pumpe auf die Wasseroberfläche traf. Kurz danach floss schlammiges Wasser aus dem Schlauch. Espen Mortensen hatte eine Holzkiste mit einem feinmaschigen Netz zu sich herangezogen, in die das Wasser geleitet wurde. Falls die Pumpe irgendwelche Gegenstände aus dem Brunnen heraufsaugte, würden sie auf dem Netz liegen bleiben.

»Wird wohl 'ne halbe Stunde dauern, bis er leer ist«, kommentierte Hammer, der einen Stapel Pappbecher in der einen und eine Thermoskanne in der anderen Hand hielt.

Wisting bedankte sich und zog den rechten Handschuh aus, um einen Becher entgegenzunehmen. Er nippte an dem Kaffee und hielt den Becher fest umschlossen, um sich die Finger zu wärmen.

Das Wasser, das aus dem Pumpenschlauch floss, war hellbraun, wurde aber nach und nach immer dunkler. Ein paar Zweige und kleine Steine blieben auf dem Netz liegen. Der Schlauch wölbte sich plötzlich und kündigte einen größeren Gegenstand an. Donald Baker umfasste den Rand der Holzkiste und führte gleichzeitig seinen Kaffeebecher an die Lippen. Der Schlauch spuckte ein rostiges, gebogenes Metallstück aus. Mortensen hob es auf und inspizierte es eingehend. Es sah aus wie ein von einem Eimer abgebrochenes Henkelstück. Mortensen warf es zurück in die Auffangkiste.

Das Aggregat versorgte auch einen Scheinwerfer mit Strom. Nils Hammer befestigte ihn an einem Stativ, rückte ihn dicht an den Brunnen heran und richtete den Lichtstrahl auf den Grund des Brunnens.

Wisting beugte sich über den Rand und blickte hinein. Das Brackwasser strömte einen fauligen Geruch aus.

Zwei Polizisten kamen zu ihm herüber und stellten sich neben ihn, dann folgte noch einer. Bald waren alle Polizeibeamten um das Brunnenloch versammelt. Niemand sagte etwas. Schweigend beobachteten sie, wie der Wasserstand zentimeterweise sank. Schließlich tauchte die Pumpe auf dem Grund auf und saugte die letzten Reste des schlammigen Wassers in sich hinein.

Wisting seufzte enttäuscht. Es war nichts zu sehen. Der Brunnen war leer.

46

Die ältere Frau hieß Irene Skisaker. Line führte sie in Jensens Konditorei. Sie fanden einen Tisch ganz hinten in dem etwas heruntergekommenen Café, wo sie ungestört sitzen konnten. Line ging zum Tresen und bestellte Sahneschnittchen und Kaffee für sie beide.

»Da sind ja heute nicht sehr viele Leute gekommen«, kommentierte Line und setzte sich.

»Ich dachte, ich wäre die Einzige«, sagte die Frau und legte die Hand um die Kaffeetasse. Ihre schlaffe, fast durchsichtige Haut spannte sich über den Knöcheln.

»Der Mann, der gekommen ist, heißt Eivind Aske«, erklärte Line. »Ein alter Klassenkamerad von Viggo.«

Irene Skisaker lächelte sanft und führte die Tasse zum Mund.

»Haben Sie den Kranz gekauft?«, fragte sie, während sie die Tasse zurück auf den Unterteller stellte.

»Im Namen der Nachbarn«, erwiderte Line mit einem Nicken.

»Aber nur Sie waren da?«

Line nickte abermals.

»Ich arbeite als Journalistin bei VG«, sagte sie und erzählte kurz über die Reportage, an der sie arbeitete.

»Es ist ziemlich schwierig, jemanden zu finden, der ihn kannte«, schloss sie. »Jemand, der mir erzählen könnte, wer er war.«

Die Frau schien ein wenig in sich einzusinken, als versuche sie, weniger sichtbar zu sein.

»Wozu machen Sie das eigentlich?«, fragte sie.

Line musste überlegen.

»Weil ich denke, dass es ungerecht ist«, sagte sie nach einer Weile.

»Was denn?«

»Dass ihn niemand bemerkt hat«, führte Line aus. »Es kommt mir vor, als hätte er für niemanden etwas bedeutet. Deshalb dachte ich, dass er jetzt ein wenig Bedeutung bekommen könnte, in einem Zeitungsartikel, so dass er uns daran erinnern kann, dass wir aufeinander achten müssen und die Zeit nutzen, die wir miteinander haben.«

»Er hat mir etwas bedeutet«, sagte die Frau leise.

»Woher kannten Sie ihn?«

»Wir waren einmal im selben Krankenhaus. Vor zwanzig Jahren.«

Line schwieg, um die Frau fortfahren zu lassen, aber sie sagte nichts mehr.

»Welches Krankenhaus war das denn?«, fragte Line.

»In Granli.«

Line nickte. Das Krankenhaus in Granli, außerhalb von Tønsberg, war eine kommunale Einrichtung für die Langzeitbehandlung von Patienten mit psychischen Erkrankungen.

»Es gab mal eine Phase in meinem Leben, in der ich Hilfe brauchte«, erklärte die Frau und hob den Blick, als hätte sie beschlossen, stark zu sein. »Da sind wir uns dann begegnet. An einem solchen Ort hat man einander schnell gern. Man blickt sozusagen direkt in die Seele des anderen. Man entdeckt auch die dunklen Seiten, aber das macht es leichter, sich anzufreunden. Es ist gut, ein paar Freunde zu haben, bei denen nicht alles so glatt lief und die wissen, wie das Leben ist. Da fühlt man sich mit einem Mal nicht mehr so allein.«

»Wieso war Viggo Hansen dort?«, wollte Line wissen.

»Er hatte Zwangsvorstellungen, wurde aber lange vor mir entlassen. Später kam er dann und besuchte mich, erst im Krankenhaus, und nach meiner Entlassung auch zu Hause in Horten.«

»Und Sie haben den Kontakt aufrechterhalten?«, fragte Line, bemühte sich aber, nicht allzu aufdringlich zu klingen.

Irene Skisaker fuhr sich mit der Handfläche über die Stirn.

»Zumindest eine Zeitlang«, erwiderte sie. »Es war seltsam. Als wir beide krank waren, konnten wir über alles Mögliche reden, aber außerhalb des Krankenhauses wurden wir einander dann immer fremder. Wir trafen uns immer seltener, und dann schlief der Kontakt ein.«

»Wie haben Sie von der Beerdigung erfahren?«

»Meine Mutter hat die Todesanzeige entdeckt. Sie lebt in einem Pflegeheim draußen in Søbakken und wird bald neunzig. Viel interessiert sie nicht mehr, aber die Todesanzeigen liest sie immer. Ich habe oft daran gedacht, Viggo zu besuchen, wenn ich sowieso in der Nähe war, um meine Mutter zu sehen. Einmal habe ich das auch getan, aber er war nicht zu Hause. Zumindest hat er nicht aufgemacht.«

»Diese Zwangsvorstellungen«, hakte Line vorsichtig nach, »worauf basierten die?«

»Er hat nicht darüber gesprochen. Er hat wohl gedacht, je weniger er sagt, desto schneller wird er wieder entlassen. Jedenfalls ging es darum, von bösartigen Übeln besessen zu sein oder so etwas.«

»Böse Geister?«

»Nein, so hat er es eigentlich nicht genannt, aber er hatte die Vorstellung, dass da ein Mensch den Körper eines anderen übernommen hatte. Er war auf jeden Fall davon überzeugt, dass jemand, den er kannte, nicht der war, für den er sich ausgegeben hat.«

»Wer denn?«, fragte Line. »Er kannte doch gar nicht viele.«

Die Frau zuckte mit den Schultern.

»Wie gesagt, er hat nicht viel darüber geredet.«

»Wie lange ist es her, seit Sie zuletzt mit ihm geprochen haben?«

»Das ist lange her. Irgendwann Mitte der Neunziger, aber dann bekam ich im Sommer einen Brief.«

Line richtete sich auf.

»Einen Brief? Was hat er geschrieben?«

Irene Skisaker schüttelte den Kopf.

»Es war ziemlich unzusammenhängendes Zeug, und seine Handschrift war kaum zu entziffern, aber er wollte mich treffen. Er schrieb, er hätte damals recht gehabt. Dass er niemals krank gewesen sei, aber wegen der Zwangseinweisung auch keine Bitterkeit verspürt habe. Denn wenn die nicht gewesen wäre, hätte er mich nie kennengelernt. Und so wollte er mich wiedersehen.«

»Und haben Sie ihn getroffen?«

»Ich habe nie wieder von ihm gehört.«

»Aber Sie haben den Brief beantwortet?«

»Ich schrieb ihm zurück, aber da war es offenbar schon zu spät. In der Todesanzeige stand, er sei im August gestorben. Ungefähr zur selben Zeit, als ich ihm geantwortet habe.«

»Aber …«, setzte Line an. Sie hatte Viggo Hansens Haus durchsucht, ohne auf einen Brief von Irene Skisaker gestoßen zu sein. In einem der Polizeiberichte war der Inhalt des Briefkastens aufgelistet worden, aber persönliche Briefe waren auf der Liste nicht aufgetaucht. »Aber was ist passiert?«, fragte Line und griff die Unterhaltung wieder auf. »Was hat ihn nach so vielen Jahren veranlasst, wieder Kontakt aufzunehmen?«

»Es hatte wohl damit zu tun, dass er meinte, nicht verrückt gewesen zu sein«, erklärte Irene Skisaker. »Dass er sich damals vor zwanzig Jahren nichts eingebildet hätte. Auf mich wirkte es so, als sei er wieder krank geworden. Ich habe kurz überlegt, das Krankenhaus anzurufen und dort Bescheid zu geben, aber Sie wissen ja, wie so was ist, man möchte sich nicht einmischen, also ließ ich es bleiben. Tja, und dann war es zu spät.«

»Ich habe Viggo Hansen als einen sehr einsamen Menschen kennengelernt«, sagte Line und blickte Irene Skisaker direkt an. »Aber was Sie mir da über Sie beide erzählt haben: Heißt das, dass ihm in seinem Leben die Liebe begegnet ist?«

Die Frau gegenüber Line errötete. Ihre Antwort war ein Lächeln.

47

Die Scheiben des Dienstwagens waren frostüberzogen. Wisting startete den Motor und ließ die Heizung mit voller Kraft arbeiten, bevor er den Eiskratzer hervorholte. Die Abgase stiegen in die Luft, während er mit schnellen, regelmäßigen Bewegungen die Scheiben frei kratzte. Die kreideweiße Eisschicht fiel in dünnen Streifen herunter.

Dann setzte er sich hinters Lenkrad, legte den Rückwärtsgang ein und rollte hinaus auf den verschneiten Weg, während er den rechten Arm um die Rücklehne des Beifahrersitzes legte.

»Was machen wir jetzt?«, fragte Donald Baker.

»Wir müssen uns darauf konzentrieren, Robert Godwin zu finden«, erwiderte Wisting. »Und nicht nur seinem Schemen nachzujagen.«

Die Sonne drang durch die frostweißen Bäume am Wegesrand.

»Bob Crabb hat ihn gefunden«, fuhr Wisting fort. »Es muss irgendetwas in seiner Wohnung in Minneapolis geben, was uns verraten kann, wie er auf seine Spur gekommen ist.«

Donald Baker beugte sich vor und schaute in den blauen Himmel.

»Falls dem so ist, dann muss er es mitgenommen haben. Unsere Leute haben jeden Zentimeter seiner Wohnung abgesucht. Jedes einzelne Dokument wurde untersucht und analysiert.«

Sie kamen zurück auf die Hauptstraße. Wistings Handy klingelte. *Morten P*, VG. Wisting bereute, dass er den Journalisten gebeten hatte, ihn wieder anzurufen. Er ging nicht dran, wenngleich er wusste, dass dies den Journalisten nur umso neugieriger machen würde.

Er legte das Telefon auf die Mittelkonsole, klappte die Sonnenblende herunter und fuhr in südwestliche Richtung. Am äußersten Rande der Straße kämpfte sich ein Mann auf einem Moped mit Seitentaschen langsam vorwärts.

»Wohin fahren wir?«, fragte Baker.

»Wir werden seine Familiengeschichte verfolgen«, sagte Wisting. »Robert Godwins Ururgroßvater wanderte 1889 nach Amerika aus. Er kam von einem der Höfe hier draußen.«

Er deutete auf die von Schneemassen bedeckte Winterlandschaft.

»Als Godwin aus den USA floh, folgte er den Spuren seiner Vorfahren bis hierher«, fuhr Wisting fort. »Ich glaube, dass Bob Crabb denselben Spuren folgte. Und dass er ihn so gefunden hat.«

»Haben Sie jemanden darauf angesetzt?«

Wisting nickte.

»Torunn Borg ermittelt alle Nachkommen des Fabrikarbeiters Niels Gustavsen. Der Hof, von dem er stammt, liegt allerdings auf der anderen Seite des Hügelkamms.«

Das Telefon klingelte erneut. Wisting blickte auf das Display hinunter. Eine nicht gespeicherte Nummer aus Oslo. Er ließ es klingeln. Wer immer ihn auch erreichen wollte, könnte ebenso gut eine Nachricht hinterlassen.

Schweigend fuhren sie weiter, kamen an überfrorenen Feldern und leeren Höfen vorbei, bis Wisting schließlich bremste und an den Straßenrand fuhr.

Auf einem schneebedeckten Acker standen zwei braune Pferde hinter einer Umzäunung. Sie bewegten sich nicht und wandten einander die Köpfe zu.

»Da drüben«, sagte Wisting und zeigte auf ein Bauernhaus, das unterhalb eines von Bäumen bedeckten Felsvorsprungs lag. Aus dem Schornstein stieg ein dünner weißer Rauchstreifen in die Luft.

»Wer wohnt da jetzt?«

»Ein junges Paar.«

Wisting zog seinen Notizblock hervor und las davon ab.

»Sie kommen nicht aus dieser Gegend, wohnen hier aber seit zwei Jahren.«

»Wir sollten mal mit denen reden«, schlug Donald Baker vor.

Wisting nickte. Bob Crabb hatte sie vielleicht bei seiner Jagd nach Godwin aufgesucht.

»Ich kann im Wagen warten«, schlug der FBI-Agent vor.

Eines der Pferde warf den Kopf in den Nacken, hob den Schwanz und wieherte, als sei plötzlich etwas Beunruhigendes aufgetaucht. Wisting legte den Gang ein, bog in den schmalen Hofweg ab und fuhr vor das Haus.

»Zehn Minuten«, sagte er und stieg aus.

Eine junge Frau von Ende zwanzig erschien in der Tür, bevor Wisting die Vortreppe erreicht hatte. Eine Katze schlich um ihre Beine. Laut Unterlagen hieß die Frau Ada Alsaker. Sie hatte ihr dunkles Haar zu einem Pferdeschwanz gebunden, ihr Gesicht war schmal und blass.

Wisting begrüßte sie mit einem Nicken.

»Ich bin von der Polizei«, sagte er und zog seinen Dienstausweis aus der Tasche. »Es ist alles in Ordnung, ich hätte nur ein paar Fragen wegen einer Geschichte im Sommer.«

Die Frau war dünn angezogen, machte aber keine Anstalten, ihn hereinzubitten.

»Haben Sie einen Moment Zeit?«, fragte Wisting und blickte in den Flur hinter ihr.

»Ja, natürlich.« Sie beugte sich hinunter und hob die Katze auf.

»Kommen Sie rein.«

Sie setzten sich an den Küchentisch.

»Sind Sie allein?«, fragte Wisting.

»Mein Mann ist in der Stadt«, sagte die junge Frau. »Worum geht es denn?«

»Das ist ganz einfach«, erklärte Wisting. »Wir wüssten gern, ob Sie hier im Sommer Besuch hatten. Von einem Amerikaner.«

Die Frau senkte langsam den Kopf und hob ihn wieder, um die Tatsache nachdrücklich zu bestätigen.

»Seine Familie lebte im 19. Jahrhundert auf diesem Hof«, sagte sie. »Bevor der Sohn nach Amerika ging.«

Wisting horchte auf.

»Wissen Sie noch, wie er hieß?«

Sie schüttelte den Kopf. Wisting nahm ein Bild des Universitätsprofessors aus der Innentasche.

»Ist er das?«

Ada Alsaker setzte ein breites Lächeln auf. Offenbar hatte sie Bob Crabb wiedererkannt.

»Ja, das war er.«

Crabb hatte sich anscheinend für Godwin ausgegeben, folgerte Wisting.

»Wann war er hier?«, fragte er.

»Das war am Tag vor Eiriks Geburtstag, dem 15. Juli.«

Einen Tag, nachdem er in Norwegen angekommen war, dachte Wisting.

»Und was wollte er?«

»Ich glaube, er wollte sich nur umsehen. Er wollte wissen, ob wir irgendetwas über seine Verwandten wüssten, ob wir die Nachkommen der Leute kannten, die hier im 19. Jahrhundert gelebt haben.«

»Wissen Sie irgendwas darüber?«

»Ich habe nicht die leiseste Ahnung. Die Vorbesitzer des

Hofs lebten hier zehn Jahre. Ich schätze, es ist lange her, seit hier jemand aus seiner Sippschaft gelebt hat.«

»Hat er noch etwas anderes gesagt?«

»Nein, aber er hat ’ne Menge Fotos gemacht.«

Wisting kam plötzlich eine Idee. Er zog die Fotos der beiden nicht identifizierten Brunnen aus der Tasche und reichte der jungen Frau zuerst das Bild, auf dem der pyramidenförmige Brunnendeckel zu sehen war.

»Wissen Sie, wo das hier ist?«

Die Frau beugte sich vor und betrachtete das Bild eingehend. Dann schüttelte sie den Kopf.

»Nein.«

»Was ist hiermit?«, fragte Wisting und zeigte ihr das Foto, auf dem der vermeintliche Schachtdeckel einer Bewässerungsanlage abgebildet war.

Die Frau nahm es ihm aus der Hand und hielt es ins Licht.

»Sieht aus, als wäre das drüben in Skaret«, sagte sie.

»Wo ist das?«

Sie stand auf und trat ans Küchenfenster. Wisting folgte ihr. Donald Baker saß immer noch im Wagen. Der Motor lief, damit der FBI-Mann nicht frieren musste.

»Auf der anderen Seite der Straße«, sagte die Frau.

Wisting blickte in die Richtung, in die sie zeigte. Der graue Kältedunst lag wie ein Schleier über der Landschaft, doch auf der gegenüberliegenden Seite konnte Wisting ein flaches Feld erkennen. Dort, wo es an den Wald grenzte, zerschnitt ein Weg das Terrain und führte zwischen zwei flachen Hügeln hindurch.

»Ich reite da drüben immer«, sagte die Frau und deutete auf das Bild. »Ich bin ganz sicher, dass das der alte Weg ist, der durch Skaret führt.«

Wisting bedankte sich und nahm das Foto wieder an sich.

»Stimmt es, dass es da so einen Schachtdeckel aus Beton gibt?«, fragte Wisting, während er Ada Alsaker erneut das Foto hinhielt.

»Ja, das sind Überreste von der alten Bewässerungsanlage, aber die ist nicht mehr in Gebrauch.«

48

Nach der Begegnung mit Irene Skisaker verließ Line Stavern, fuhr an der Kirche in Tanum vorbei und folgte der Landstraße, bis sie zum Brunlanesvei kam. Zu beiden Seiten der Straße erstreckte sich die flache Landschaft, mit schneebedeckten Feldern und krumm gebeugten Fichten. Hier draußen war es dünn besiedelt, und die Häuser waren nach dem Entfernungsprinzip numeriert. Das bedeutete, dass den Adressen Hausnummern zugeteilt waren, die sich am Startpunkt der Straße orientierten und von dort aus nach festen Abständen von je einhundert Metern berechnet wurden. Der Brunlanesvei 550 lag somit 5,5 Kilometer vom Zentrum Larviks entfernt.

Die Hausnummer war mit schwarzen Buchstaben auf ein weißes Schild gemalt worden, das an einem Telefonmast befestigt war. Line bog in den schmalen Seitenweg ab und sah den Namen Linge auf dem Briefkasten stehen.

Das Haus lag am Fuß eines schneebedeckten Hügels, ein paar hundert Meter abseits der Straße. Es war ein typisches, zweistöckiges Haus aus den siebziger Jahren, mit großen Panoramafenstern und einem separaten Kellereingang.

Als sie näher kam, fiel ihr auf, dass das Haus renovierungsbedürftig war. Farbe und Putz waren abgeblättert, und an mehreren Stellen hatte das Holz zu faulen begonnen. Auf dem Dach standen drei Parabolantennen, die in verschiedene Richtungen zeigten. Eine davon war mit großen Rostflecken übersät.

In der näheren Umgebung gab es kein anderes Haus, nur dieses eine. Aber wenn jemandem mehr als sechzig Jahre nach dem Krieg noch immer der Spitzname Deutschen-Ole anhing, war dies vielleicht ein Ort, an dem man gern wohnen wollte.

Line stellte den Wagen hinter einem alten Mercedes ab und stieg aus. Der Fichtenwald grenzte unmittelbar an die Hauswände. Die Äste bogen sich unter dem Gewicht des Schnees.

Ole Linge begrüßte sie, ohne erkennen zu lassen, wie er den unverhofften Besuch empfand. Nicht das kleinste Lächeln, kein Nicken und kein freundlicher Blick, nur ein schmales, steifes Gesicht, als sei er daran gewöhnt, seine Gedanken und Gefühle für sich zu behalten.

»Kommen Sie rein«, sagte er.

Line zog sich im Flur die Stiefel aus und folgte ihm eine Treppe hinauf. Alles im Haus wirkte alt. Laminierte Einbauteile, langflorige Teppiche, Streifentapeten und Lampenschirme mit Fransen. Ein Fernsehgerät war in ein dicht gefülltes Wandregal gestopft worden.

Ole Linge bot Line einen Platz in einem von zwei braunen Ledersesseln an, die an einem runden Tisch vor dem großen Fenster standen. Unten auf der Hauptstraße fuhr ein Auto mit einem Pferdeanhänger vorbei. Anscheinend hatte Ole Linge hier gesessen, auf sie gewartet und sie dann ankommen sehen.

»Danke, dass Sie Zeit für mich haben«, sagte Line mit einem Lächeln.

Ole Linge antwortete mit einem Nicken.

»Annie Nyhus hat mir erzählt, dass Sie Viggo Hansen kannten.«

»So würde ich das nicht ausdrücken«, erwiderte Ole Linge und setzte sich. »Muss zwanzig Jahre her sein, dass ich zuletzt mit ihm gesprochen habe. Vielleicht noch länger.«

Er griff nach der Fernbedienung auf dem Tisch und stellte den Fernseher leiser.

»Sie wohnen auch allein«, bemerkte Line und dachte, dass es genauso gut Ole Linge hätte sein können, der vier Monate tot vor dem Fernseher saß, ohne dass es jemandem auffiel.

»Hat sich so ergeben«, sagte Linge. Er sprach langsam und schien jedes Wort abzuwägen. »Haben Sie, abgesehen von Annie, noch mit anderen Leuten gesprochen?«

»Ich habe mich mit Odd Werner Ellefsen und Eivind Aske unterhalten.«

»Und, was haben die erzählt?«

»Eigentlich nicht so viel. Sie hatten wohl auch lange Zeit keinen Kontakt zu ihm.«

»Haben die was über mich erzählt?«

»Nein.«

»Mit wem werden Sie sonst noch reden?«

»Ich versuche, Frank Iversen aufzuspüren. Erinnern Sie sich an ihn?«

Ole Linge blickte aus dem großen Fenster und schien nachzudenken.

»Er war der Sohn des Lotsen«, versuchte Line zu helfen. »Sie wissen nicht zufällig, wo er abgeblieben ist?«

»Nein, er muss weggezogen sein. Ich habe ihn lange nicht mehr gesehen.«

Line zog ihren länglichen Notizblock hervor, begriff aber, dass der Mann vor ihr wohl nicht allzu viel beitragen konnte.

»Was ich suche«, sagte sie, »ist jemand, der mir ein paar Geschichten über Viggo erzählen kann, irgendetwas, das er oder sie von ihm noch in Erinnerung hat.«

»Ich bin nicht gut mit Geschichten«, warnte Ole Linge. »Ich möchte auch nicht in die Zeitung kommen. Das ist nichts für mich.«

Line ging nicht auf seine Bemerkung ein.

»Ich habe das so verstanden, dass Sie mehr oder weniger zusammen aufwuchsen, obwohl Sie ein paar Jahre älter sind«, fuhr sie fort. »Können Sie sich an irgendwas aus dieser Zeit erinnern?«

Ole Linge schüttelte den Kopf.

»Viggo hat nicht so viel unternommen«, erwiderte er. »Soweit ich mich erinnere, stand er meist nur da und hat zugesehen.«

Line machte sich Notizen.

»Und er war freundlich. Freundlich und hilfsbereit. Hat nie irgendwelchen Blödsinn gemacht«, fügte er hinzu.

»Waren Sie mal bei ihm zu Hause?«

»Nicht drinnen.«

»Haben Sie mit seinen Eltern gesprochen?«

»Nicht viel. Die waren genau wie Viggo. Haben nicht viel geredet.«

Line blieb noch eine halbe Stunde. Nur langsam kamen die Worte aus dem Mund ihres Interviewpartners, aber obwohl er nicht so viel über Viggo Hansen sagen konnte, äußerte er doch ein paar Dinge, die Line verwenden konnte. Einsamkeit bedeute nicht, allein zu sein, sondern niemanden zu haben, den man vermisst, hatte sie aufgeschrieben, wohl wissend, dass er aus eigener Erfahrung sprach.

49

Line zog die Lokalzeitung aus dem Briefkasten und schloss die Tür auf. Während sie im Flur saß und sich die Stiefel auszog, klingelte das Telefon. Sie lief in die Küche und warf die Zeitung auf den Tisch.

»Ist dort William Wisting?«

»Wer ist denn da, bitte?«, wollte Line wissen und schälte sich aus ihrer Jacke.

»Hening Juul von *123Nachrichten.* Tut mir leid, wenn ich störe, aber ich habe versucht, ihn im Büro und über Handy zu erreichen, aber er geht nicht ran.«

Line wusste, um wen es sich handelte. Ein paar Mal hatten sie über dieselben Fälle berichtet. Er war ihr aufgefallen, weil er so engagiert wirkte.

»Er ist nicht zu Hause«, sagte sie.

»Okay«, gab der Journalist zurück, entschuldigte sich noch einmal für die Störung und legte auf.

Line legte das Telefon auf den Küchentisch, hielt aber plötzlich inne und starrte es an. Der Journalist war so erpicht darauf, mit ihrem Vater zu sprechen, dass er es sogar mit der Privatnummer versucht hatte. Das konnte nur mit einer einzigen Sache in Verbindung stehen. Der tote Mann unter den Weihnachtsbäumen, draußen auf dem Bauernhof Halle.

Die Lokalzeitung hatte die Kältewelle als Hauptthema auf der Titelseite. Line blätterte die Ausgabe durch und überlegte, Sandersen in der Nachrichtenabteilung anzurufen. Irgendetwas Großes war da im Gange, und jetzt lief ihre Zeitung Gefahr, von *123Nachrichten* überholt zu werden.

Wetteränderung gegen Ende der Woche, las sie und überblätterte dann Leserbriefe zur Schulreform, eine Reportage über eine Weihnachtsmesse sowie Immobilienanzeigen, bis sie zum Fernsehprogramm auf der letzten Seite kam. Kein Anschlussartikel über den Toten unter den Weihnachtsbäumen auf dem Bauernhof Halle, stellte sie fest.

Line rief Sandersens Nummer auf dem Handy auf, war aber unsicher, was sie jetzt tun sollte. Eigentlich konnte sie nichts anderes beitragen, als zu bestätigen, dass da anscheinend eine Sache im Gange war. Aber das wussten sie ja bereits. Wenn sie jetzt anrief, würde sie wahrscheinlich von der Reportage abgezogen und darauf angesetzt werden, herauszufinden, worum es sich bei dem Fall ihres Vaters drehte. Und wie es jetzt aussah, hatte sie weder Lust, Viggo Hansen zu vergessen, noch, sich in die Arbeit ihres Vaters einzumischen.

Noch bevor sie zu einer Entscheidung gekommen war, vibrierte das Handy in ihrer Hand. Die Nummer auf dem Display war nicht im Telefonverzeichnis abgespeichert.

»Hallo, hier ist Line«, meldete sie sich.

»Hallo«, sagte ein junger Mann am anderen Ende der Leitung. »Roger Nicolaysen. Sie haben versucht, mich anzurufen?«

Line versuchte, den Namen einzuordnen. Der Schlosser, der bei Viggo Hansen gewesen war, fiel ihr schließlich ein.

»Ah ja, danke für Ihren Rückruf«, sagte sie und erklärte, dass sie für VG arbeite und ein paar Fragen zu dem Auftrag habe, den er im August ausgeführt hatte.

Der Mann stieß ein Pfeifen aus, als wolle er sie vorwarnen, dass August schon ein wenig zu lange her sei und sie kaum hoffen könne, dass er sich noch erinnerte.

»Sie haben da zwei neue Schlösser in ein Haus in der Herman Wildenveys gate eingesetzt.«

»Ach, ja«, rief er überaschend schnell. »Daran kann ich mich gut erinnern. Das war doch bei dem, der gestorben ist. Ich war vorige Woche auch noch mal für die Polizei da, nachdem sie ihn gefunden haben. Musste dieselben Schlösser wieder aufbohren und ein neues einsetzen.«

»Warum wollte er neue Schlösser haben?«, fragte Line.

»Na, die er da hatte, waren ja uralt.«

»Aber Sie haben zwei Schlösser eingesetzt?«

»Ja, stimmt. Er war so einer von diesen nervösen Typen.«

»Inwiefern nervös?«

»Ja, nein … er kam mir nur so vor, so als hätte er vor irgendwas Angst. War sehr vorsichtig, als er mir geöffnet hat.«

Line wurde hellhörig.

»Wovor hatte er denn Angst?«, fragte sie, rechnete aber nicht damit, eine befriedigende Antwort zu bekommen.

»Keine Ahnung. Aber so was steht ja dauernd in den Zeitungen, irgendwelche Ausländer, die bei Leuten einbrechen. Sogar wenn jemand zu Hause ist.«

»Können Sie sich noch an irgendwas anderes erinnern?«

»Nein, eigentlich nicht.«

»Hat er was gesagt?«

»Nein, er hat eigentlich mehr gemurmelt als gesprochen. Hat ja und danke gesagt, und das war's dann. Wieso fragen Sie das alles?«

»Sie waren wahrscheinlich der Letzte, der mit ihm gesprochen hat«, erklärte Line und erzählte, dass sie eine Reportage über Einsamkeit schrieb.

»Ich könnte mir gut vorstellen, ein Foto von Ihnen zu verwenden«, sagte sie. »In Arbeitskluft und vielleicht mit Ihrem Werkstattwagen.«

Das würde gut in die Bildauswahl passen, dachte Line. Inmitten der Fotos von alten Schulkameraden und allem, was in die Vergangenheit gehörte, würde sich ein Foto des Menschen, der mit Viggo Hansen zuletzt gesprochen hatte, sicher gut machen. Und dass er ein Handwerker war, der zufällig Dienst hatte, passte ohnehin gut in die Geschichte von Viggo Hansens Leben.

Line vereinbarte mit ihm, sich am nächsten Tag wieder zu melden. Dann könnten sie sich treffen.

Frank Iversen war der nächste Punkt auf der To-do-Liste. Line aß eine Scheibe Brot, während sie noch einmal die E-Mail von dem Mitarbeiter aus der Rechercheabteilung durchlas. Sie hatten einen Frank Iversen aufgespürt, der ein Jahr älter als Viggo Hansen war, in Stavern gewohnt hatte und später dann nach Langesund umgezogen war. Mittlerweile hatte er sich in Dänemark niedergelassen, es gab eine Adresse in Hirtshals.

Line gab die Nummer ein, die in der E-Mail verzeichnet war. Es klingelte lange, bis schließlich ein Mann mit typisch weicher dänischer Aussprache antwortete.

»Hallo, hier ist Frank, Aqua Consulting.«

»Frank Iversen?«

»Am Apparat.«

»Hallo, mein Name ist Line Wisting, ich rufe aus Stavern in Norwegen an. Stimmt es, dass Sie hier mal gewohnt haben?«

Der Mann am anderen Ende der Leitung ließ sich Zeit.

»Ja«, bestätigte er schließlich, als hätte er seine Antwort erst genau überlegen müssen. »Aber das ist viele Jahre her.«

»Ich rufe wegen Viggo Hansen an«, fuhr Line fort. »Erinnern Sie sich an ihn? Sie haben damals zusammen in der Krabbenfabrik gearbeitet.«

Wieder dauerte es eine Weile, bis der Mann antwortete.

»Ja, aber das ist nun wirklich lange her.«

Line setzte sich an den Küchentisch.

»Ich weiß nicht, ob Sie es gehört haben, aber Viggo Hansen ist tot.«

»Ach, das ist ja schade. Wann ist das passiert?«

»Er ist im Sommer gestorben.«

»Was sagten Sie noch, wer sind Sie, bitte?«

Line erläuterte die Umstände des Todesfalls und erklärte, dass sie eine ehemalige Nachbarin sei und jetzt für ihre Zeitung über Viggo Hansen schreiben wolle.

»Ich rede mit denjenigen, die ihn kannten«, fügte sie hinzu. »Ich versuche herauszufinden, was für ein Mensch er war.«

»Aha.«

»Haben Sie einen Moment Zeit?«

Offenbar musste er nachdenken. »Ja, in Ordnung«, sagte er dann.

Line nahm ihren Notizblock zur Hand.

»Ist es lange her, dass Sie in Stavern waren, oder in Norwegen?«

Dieses Mal kam die Antwort schneller.

»Ich bin jetzt in Norwegen«, sagte er. »In Larvik.«

»In Larvik? Aber wohnen Sie denn nicht in Dänemark?«

»Doch, schon, aber ich arbeite als Berater für eine Firma, die sich mit Fischaufzucht und Aquakultur beschäftigt. Gerade jetzt sehe ich mir eine Muschelbank vor Stavern an.«

»Könnten wir uns treffen?«

»Tja, ich weiß nicht ...«

»Wo wohnen Sie, wenn Sie hier sind?«

Frank Iversen zögerte abermals.

»Im Hotel Farris Bad.«

»Kann ich Sie dort treffen?«, schlug Line vor und sah auf die Uhr. »Um acht Uhr?«

»Ja ... das dürfte wohl gehen.«

20.00 Uhr schrieb Line auf.

»Okay, dann sehen wir uns dort.« Line beendete das Gespräch und versah die Uhrzeit mit einem Kreis.

Im selben Moment streifte sie ein Gedanke. Es gelang ihr nicht, ihn festzuhalten, bevor er sich wieder davonmachte und wie Asche im Wind zerstob, aber es hatte irgendetwas mit dem Fernsehprogramm auf dem Wohnzimmertisch bei Viggo Hansen zu tun.

Line holte ihren Laptop, öffnete den Dateiordner mit den Fotos, klickte sich bis zu der Aufnahme des Programmhefts vor und vergrößerte sie.

Um 20.00 Uhr begann die Sendung *Archive des* FBI auf Discovery Channel. *Verfolgen Sie die Ermittler auf der Jagd nach den Tätern,* las sie in der Programmbeschreibung. Die Sendezeit eines späteren Programms hatte er mit einem Kreis markiert, um 22.50 Uhr begann bei NRK 2 eine Naturreportage über Elche in Alaska.

Erst ein Haken, dann ein Kreis. Zwei verschiedene Arten, eine Sendung zu kennzeichnen. Warum hatte er das gemacht?

50

Nils Hammer rollte eine große Karte auf dem Schreibtisch aus. Wisting brauchte eine Weile, um sich zu orientieren, entdeckte aber schließlich den Einschnitt zwischen den beiden Hügeln sowie den Ort, den die Frau mit dem Pferdeschwanz als Skaret bezeichnet hatte.

»Da«, sagte er und legte den Zeigefinger auf die Landkarte.

»Das wird nicht einfach«, kommentierte Hammer. »Der Schacht liegt in offenem Gelände und ist von allen Seiten einsehbar.«

Wisting trat ans Fenster und starrte in die abendliche Dunkelheit. An den Straßenecken hatten sich grauweiße Schneeverwehungen gebildet.

»Aber ich finde eine Lösung«, versprach Hammer und rollte die Karte wieder zusammen. »Wir machen es morgen früh.«

Hinter einem Fenster auf der gegenüberliegenden Straßenseite wurden die Lichter eines Adventssterns eingeschaltet.

»Ich fahre jetzt nach Hause«, sagte Hammer. »Wir sehen uns morgen.«

Wisting drehte sich um und nickte Hammer zu, der durch die Tür verschwand.

Das Handy klingelte. Zum dritten Mal dieselbe Nummer. Auch dieses Mal ging Wisting nicht ran, doch nachdem das Klingeln aufgehört hatte, setzte er sich vor den Computer und gab die Telefonnummer in die Suchmaschine ein.

123Nachrichten.

Als der VG-Journalist noch einmal angerufen hatte, war es Wisting gelungen, ihn auf Abstand zu halten. Der Mann würde sicher nicht lockerlassen, und wahrscheinlich würde am nächsten Tag ein Artikel in der Zeitung stehen. Aber vorläufig schien es Wisting, als hätte der Journalist keine Ahnung, worum es hier eigentlich ging.

Wisting beugte sich über den Schreibtisch und zog den Papierstapel mit den Kopien über insgesamt zwölf Fälle, in denen Frauen vermisst wurden, zu sich heran. Die Namen von der *Hauptliste,* wie Leif Malm es ausgedrückt hatte.

Die Ermittler in den verschiedenen Polizeibezirken hatten systematisch gearbeitet, um die Fälle der verschwundenen Frauen aufzuklären. Alle erdenklichen Fakten waren zusammengetragen worden. Analyse von Persönlichkeitsstruktur und Lebenssituation. Ebenso waren elektronische Spuren von Mobiltelefonen und Bankkarten verfolgt worden, aber die zwölf Vermisstenfälle blieben ungelöst.

Eines hatten die Ermittler indessen nicht getan, nämlich jeden einzelnen Fall im Zusammenhang mit einem anderen zu betrachten. Grundsätzlich war es Ermittlern irgendwo im Land auch nicht abzuverlangen, dass sie ihre Fälle mit anderen abglichen, die irgendwo anders im Land und zu einem anderen Zeitpunkt passiert waren. Vielleicht hatte irgendjemand schon einmal einen ähnlichen Gedanken gehabt, aber wahrscheinlich war der dann zu groß gewesen, um ihn weiterzuverfolgen.

Der ganz oben auf dem Stapel liegende Fall betraf Charlotte Pedersen aus Porsgrunn, einundzwanzig Jahre alt. Zum letzten Mal war sie an einer Statoil-Tankstelle an der E 18 in Eidanger gesehen worden, kurz hinter der Stadtgrenze. Am 19. Juni 2009 um 16.23 Uhr hatte sie ein Päckchen Kaugummi und eine Zehnerschachtel Prince Mild gekauft. Die Aufnahmen der Überwachungskamera im Innern der Tankstelle waren den Unterlagen beigefügt. Danach verloren sich alle Spuren.

Die andere Akte enthielt Dokumente über den Diana-Fall in Drammen, im Herbst 2007. Sie hatte in einem Imbiss in der Tollbugate gearbeitet. Der Imbiss hatte am Abend des 27. September, einem Donnerstag, um elf Uhr geschlossen. Die neunzehnjährige Diana Bender hatte die Tageseinnahmen im Nachtsafe der Bank in Strømsø deponiert. Danach war sie in der Konnerudgate gesehen worden, war aber nie zu ihrem Elternhaus im Tårnvei, einen guten Kilometer von ihrer Arbeitsstelle entfernt, zurückgekommen.

Dann gab es die zwanzig Jahre alte Hilde Jansen, die 2005 von Risør nach Kristiansand getrampt war, um am Quartfestival teilzunehmen. Sie war von einem Lastwagenfahrer mitgenommen worden, der Waren zum Einkaufszentrum Sørlandssentrum bringen sollte. An der Abbiegung zum Tierpark hatte er sie abgesetzt. Mehrere Zeugen hatten sie am Straßenrand stehen sehen, wo sie versucht hatte, weiter ins Stadtzentrum zu trampen, aber niemand hatte beobachtet, dass sie mitgenommen wurde.

Wisting ging hinüber in den Kopierraum. Im obersten Fach des Regals, in dem leere Aktenordner, Schreibblöcke, Kugelschreiber, Reißzwecken und Kopierpapier lagerten, lag außerdem eine zusammengerollte Landkarte von Südnorwegen. Wisting brachte sie zusammen mit einer Schachtel Reißzwecken und Pinnadeln mit farbigen Plastikköpfen in sein Büro. Um Platz zu schaffen, nahm er die Bilder von der Wand ab und hängte die große Landkarte auf. Danach begann er überall da, wo eine Frau verschwunden war, den Ort mit einem der bunten Pins zu markieren.

Zuerst übertrug er die drei Fälle, mit denen er sich bereits bekannt gemacht hatte. Charlotte aus Porsgrunn, Diana aus

Drammen und Hilde aus Risør. Er schrieb ihre Namen und das Datum, an dem sie verschwunden waren, auf kleine Post-it-Zettel und befestigte sie neben den Nadeln, die für die jeweiligen Orte standen. Danach suchte er sich die passenden Bilder aus den Dokumentenmappen, schnitt sie aus und befestigte sie ebenfalls auf der Karte.

Dann kamen die anderen Fälle an die Reihe: Anita aus Stavanger, Karoline aus Kristiansand, Silje aus Vinstra, Malin aus Halden, Thea und Nora aus Oslo, Julie aus Arendal, Maja aus Hamar und Janne aus Sarpsborg.

Wisting las sich die Protokolle der Vernehmungen durch, die mit Eltern, Geschwistern, Lehrern, Arbeitskollegen, Nachbarn sowie den festen Freunden der Mädchen durchgeführt worden waren. Dann nahm er sich die Berichte über Suchaktionen, Einsätze der Hundestaffeln, Tür-zu-Tür-Befragungen und Telefondatenüberwachung vor. Nichts davon hatte irgendein Ergebnis gebracht.

Nach drei Stunden war die Karte mit zwölf Namen versehen. Zwölf Gesichter.

Zehn der jungen Frauen waren blond. Diana aus Drammen hatte dunkles Haar und eine dunkle Hautfarbe. Nora aus Oslo unterschied sich ebenfalls deutlich von den anderen. Sie war mollig, und auf dem Foto trug sie schwarzes Haar mit ein paar roten Strähnen darin. Sie hatte ein Piercing in der Augenbraue und einen Ring in der Nase. Alle anderen waren junge blonde Frauen.

Wisting trat näher an die Karte heran und betrachtete das Foto von Charlotte aus Porsgrunn. Die Aufnahme war in der Tankstelle gemacht worden, wo man sie zum letzten Mal gesehen hatte. Er konnte sich an den Fall erinnern. Ihr Name war der aktuellste auf der Liste. Das Bild, das sie vor dem Tresen der Tankstelle zeigte, war dasselbe, das die Zeitung verwendet hatte, als ihr Verschwinden öffentlich gemacht worden war. Ihr Haar wirkte unbändig, wie bei Line. Und sie hatte neugierige blaue Augen.

Genauso, wie Donald Baker die Vorgehensweise des Interstate Stranglers beschrieben hatte, befanden sich alle Pinnnadeln auf der Karte an einer Fernstraße. Die E18 verband als dunkelorangene Linie die Städte zwischen Stavanger und Oslo, während die E6 von der Hauptstadt nordwärts führte, durch Hamar und hinauf nach Vinstra. In Richtung Süden setzte sie sich zu Janne in Sarpsborg und Malin in Halden fort.

Larvik lag wie ein Knotenpunkt im Zentrum der Karte. Von dort aus war Stavanger mit dem Auto in circa fünf Stunden erreichbar, ebenso lange dauerte es in den Norden nach Vinstra, die Strecke nach Halden war etwas kürzer.

Wisting trat einen Schritt zurück, legte den Kopf schräg und spürte seinen Puls ansteigen. Die orangene Strecke führte weiter über die gestrichelte Linie, die die Landesgrenze zu Schweden markierte. Folgte man der E6 in südliche Richtung genauso weit wie nach Vinstra im Norden, würde man in Göteborg landen.

Die Namen und Bilder verschwammen vor Wistings Augen, und er musste sich am Schreibtisch festhalten. Plötzlich nahm die Geschichte ein viel größeres Ausmaß an. Es gab überhaupt keinen Grund zu glauben, dass Robert Godwin in Halden umgekehrt oder an der Grenze bei Svinesund stehen geblieben war. Es blieb ihnen somit nichts anderes übrig, als auch eine Vermisstenliste von der Polizei in Schweden einzuholen.

Der Gedanke machte Wisting äußerst nervös. Rastlos lief er hin und her und blieb schließlich vor dem Fenster stehen. Er lehnte die Stirn an das kühle Glas und versuchte, seine Gedanken zu ordnen. Sein Blick fiel auf die Lichter der Dänemark-Fähre, die hinaus auf den dunklen Fjord glitt.

Der ganzen Geschichte haftete etwas Erschreckendes an. Es war etwas, das Wisting bisher nicht erlebt hatte und das ihm das Gefühl vermittelte, ein kleines Kind zu sein, das im Dunkeln nichts sehen konnte, aber gleichwohl wusste, dass es da draußen irgendetwas gab.

51

Das Hotel lag ganz unten am Wasser, am äußersten Ende des Larvikfjords. Teile des Gebäudes ragten auf Säulen über den Strand und das Wasser hinaus, wodurch es aussah wie ein gestrandetes Kreuzfahrtschiff.

Line war nur einmal zuvor in dem Hotel gewesen, war aber auch dieses Mal von der ruhigen Atmosphäre fasziniert. Das moderne Hotel verfügte über harmonische Proportionen, und Böden, Wände und Inneneinrichtung waren in Naturfarben gehalten.

Sie bat den jungen Mann an der Rezeption, Frank Iversen anzurufen und ihn zu informieren, dass sie angekommen war.

»Er kommt gleich«, wurde ihr mitgeteilt.

Line nutzte die Wartezeit, um sich die Bilder an den Wänden anzusehen. Es waren große Schwarzweißfotografien von Morten Krogvold und dem amerikanischen Fotokünstler Robert Mapplethorpe.

Frank Iversen hatte graue Haare, doch sein Gesicht war trotz seines Alters noch glatt. Er kam gleich auf sie zu, offen und freundlich, genauso wie er am Telefon gewesen war.

»Line Wisting?«, fragte er und streckte die Hand aus.

»Das bin ich«, bestätigte Line. Sein Händedruck war übertrieben kräftig, als müsse er beweisen, dass er stark sei.

»Wollen wir uns in die Bar setzen?«

Sie nahmen einander gegenüber auf zwei Sofas Platz, die neben einem Tisch am Fenster standen. Weit draußen auf dem Fjord waren die Lichter der Dänemark-Fähre zu sehen. Im Innern des Fjordarms war das Wasser zu Eis gefroren.

Die Wellen brachen die dünne Oberfläche auf und schichteten die Eisschollen am Ufer übereinander.

Ein Kellner kam, um die Bestellung aufzunehmen.

»Ein Glas Apfelsaft«, bat Line ihn und drehte sich zu Frank Iversen um. »Was möchten Sie?«

»Ich könnte ein Bier vertragen.«

Der Kellner nickte, schrieb alles auf und verschwand wieder.

»Sind Sie öfter in Norwegen?«, fragte Line und zog ihren Notizblock hervor.

»Vielleicht ein paar Mal im Jahr.«

»Haben Sie noch Familie hier?«

»Nein. Das steht alles im Zusammenhang mit meiner Arbeit.«

Der Kellner kam mit Flaschen und Gläsern zurück und schenkte ein.

»Was haben Sie von Viggo Hansen noch in Erinnerung?«, fragte Line, nachdem der Kellner wieder gegangen war.

Frank Iversen zuckte mit den Schultern.

»Eigentlich erinnere ich mich gar nicht an ihn«, sagte er.

»Sie sind nur zweihundert Meter voneinander entfernt aufgewachsen«, erinnerte Line ihn, »und haben zusammen in der Krabbenfabrik gearbeitet.«

Frank Iversen führte sein Glas zum Mund.

»Das ist mehr als vierzig Jahre her«, seufzte er und wischte sich den Schaum von der Oberlippe. »Ich kann mich kaum noch daran erinnern, dass ich da selbst mal gearbeitet habe.«

Line lächelte. Der Mann ihr gegenüber redete in einem Mischmasch aus Norwegisch und Dänisch. Da er jetzt mit ihr sprach, versuchte er, mehr Norwegisch zu sprechen, aber dennoch war seine Aussprache etwas schleppend, und die Sätze wirkten schwerfällig.

»Sie haben ihm Weihnachtskarten geschickt«, fuhr Line fort.

Er nahm wieder einen Schluck Bier.

»Das kann wohl stimmen, aber nicht in den letzten zwanzig Jahren.«

»Wieso nicht?«

»Hat sich so ergeben. Er hat mir nie welche zurückgeschickt.«

Line nahm ihr Glas und lehnte sich zurück. Ein Mann in schwarzem Anzug, der hinter Frank Iversen an der Bar stand, blickte zu ihr herüber. Sie erwiderte seinen Blick für eine Sekunde und sah dann weg.

»Ich habe gestern mit Annie Nyhus gesprochen«, sagte Line. »Erinnern Sie sich an sie?«

»Der Name kommt mir bekannt vor«, räumte Frank Iversen ein.

»Sie wohnte schräg gegenüber von Ihrem Elternhaus«, erklärte Line. »Neben Doktor Welgaard.«

Frank Iversen lächelte.

»Die alte Annie, ja. Was ist denn mit ihr?«

»Sie hat mir von Ihnen und Viggo erzählt. Dass Sie öfter zusammen waren. Ich hatte gehofft, Sie könnten sich an etwas mehr erinnern.«

»Tut mir leid, aber es ist, wie es ist. Ich erinnere mich daran, dass wir aus Stavern weggezogen sind. Aber alles aus der Zeit, in der ich da noch wohnte, ist nur noch ein vager Schatten.«

»Wann sind Sie nach Dänemark gezogen?«

»1990. Erst lernte ich eine Frau kennen, und dann bekam ich einen Job da unten. Jetzt ist nur noch der Job übrig.«

Line stellte ihm noch einige Fragen, bekam aber keine Informationen, die sie dichter an Viggo Hansen gebracht hätten. Frank Iversen hatte sein Bier ausgetrunken. Line bot ihm kein weiteres an, als der Kellner kam und die Gläser wegräumte.

»Tja«, sagte er und stand auf. »Es war nett, mit Ihnen zu sprechen. Tut mir leid, dass ich Ihnen nicht weiterhelfen konnte.«

Line erhob sich und dankte ihm für die Unterhaltung. Dann setzte sie sich wieder hin und sah ihre Notizen durch. Sie hatte viele Menschen ausfindig gemacht, die zu irgendeinem Zeitpunkt ein Teil von Viggo Hansens Leben gewesen waren, doch es schien so, als wäre von allen ein Schleier des Vergessens über ihn gebreitet worden. Frank Iversen hatte ihr nichts erzählt, das sie nicht schon vorher wusste. Eher im Gegenteil, eigentlich hatte sie ihm erzählt, was sie wusste.

Der Kellner tauchte wieder auf und stellte einen Drink mit Eiswürfeln, Limettenscheiben und Strohhalm auf den Tisch.

Line blickte auf.

»Ich habe nichts bestellt«, sagte sie.

»Von dem Herrn da drüben«, sagte er und deutete auf den Mann im dunklen Anzug.

Der Mann, der Line den Drink spendiert hatte, glitt von seinem Barhocker und kam zu ihr herüber. Er war in ihrem Alter. Der leichte Bartwuchs verlieh seinen Wangen einen dunklen Hauch, und sein Gesicht deutete darauf hin, dass er sich viel im Freien bewegte. Die Muskeln an Hals und Nacken waren straff. Seine braunen Augen blickten neugierig, mit einer Art glühender Intensität.

»Do you mind?«, fragte er mit breitem amerikanischen Akzent und deutete mit der Hand auf den Platz, auf dem Frank Iversen gesessen hatte.

Leicht verwirrt blickte Line ihn an. Sie war für einen Barbesuch weder richtig gekleidet noch frisiert, lächelte aber und nickte.

Der Amerikaner streckte die Hand aus und begrüßte sie, bevor er sich hinsetzte.

»John Bantam.«

»Angenehm«, erwiderte Line auf Englisch und warf einen Blick auf seine Hand. Kein Ring. »Line.«

»Wohnen Sie hier im Hotel?«, fragte der Amerikaner.

»Nein, ich wohne in Stavern«, erwiderte sie und erklärte ihm, wo der kleine Ort lag. »Ich hatte hier nur eine Besprechung.«

Er sah sie auf eine angenehme Art und Weise an.

»Sie leben in einem schönen Land«, sagte er.

»Danke. Und wo kommen Sie her?«

»Minneapolis.«

Im Geiste verortete Line die amerikanische Stadt auf der Landkarte. Weit oben im Norden, in der Nähe der großen Seen an der Grenze zu Kanada.

»Sie würden sich da zu Hause fühlen«, fuhr er fort. »Schnee, Wind, Mützen und Handschuhe.«

»Und was machen Sie hier?«

»Mein Job«, entgegnete er und wischte die Frage mit einer Handbewegung beiseite, als beschäftige er sich mit etwas äußerst Langweiligem. »Ich bin Analytiker«, fügte er hinzu.

Line probierte den Drink, den er ihr spendiert hatte. Gin Tonic, stellte sie fest. Ihr Wagen stand draußen, aber ein paar Schluck konnte sie wohl trinken, ohne dass es etwas ausmachte.

Er hob sein Glas, lächelte und stellte Fragen über Norwegen, über norwegische Schriftsteller, Musiker, Thor Heyerdal und die Polarfahrer.

»Mein Ururgroßvater war einer der Ersten auf der Welt, die am Südpol waren«, erzählte Line.

John Bantam machte große Augen.

»Wirklich?«

Line erzählte von Roald Amundsens Südpolexpedition vor hundert Jahren und erwähnte, dass einer ihrer Vorfahren in der Gruppe gewesen war, die im Jahr 1911 das Ziel erreichte.

»Mein Ururgroßvater stammte aus Kristiansand«, erzählte der Amerikaner. »Er hieß Daniel Larsen. Vielleicht kannten sie sich ja?«

Nach einer halben Stunde hatte Line mehr getrunken, als sie beabsichtigt hatte, und schob das halbleere Glas von sich weg.

»Ich muss jetzt aufbrechen«, sagte sie, obwohl es eigentlich keinen Ort gab, zu dem sie jetzt fahren musste. So etwas wie dies hatte sie sich ersehnt, wenn sie allein in ihrer Wohnung in Oslo hockte. Unverbindliche und interessante Gespräche.

Er griff nach seinem Glas.

»Schon?«

»Ich habe eine Verabredung«, log sie, ohne zu wissen, warum.

Der einzige Plan bestand darin, sich vor den Computer zu setzen und aufzuschreiben, was der Tag ihr gebracht hatte.

»Wie lange werden Sie hier wohnen?«, fragte Line.

Er stand gleichzeitig mit ihr auf.

»Das ist noch nicht ganz entschieden«, erwiderte er. »Es wäre nett, wenn wir uns vielleicht an einem anderen Abend wiedersehen könnten. Wäre es zu viel verlangt, wenn ich Sie um Ihre Telefonnummer bitte?«

Sie war erfreut, dass er fragte, und zog eine Visitenkarte aus der Tasche. Er nahm sie entgegen und blickte darauf. Sie hatten nicht darüber geredet, womit sie ihr Geld verdiente, und Line war schon darauf vorbereitet, ihre Arbeit bei VG zu erläutern.

»Wisting«, sagte er und klopfte mit der Karte leicht auf seine Handfläche, »ist das hier ein weitverbreiteter Name?«

»Nicht besonders.«

»Okay, Line«, sagte er und schob die Karte in die Innentasche seines schwarzen Anzugs. »Es war schön, Sie kennengelernt zu haben.«

52

Der Platz vor dem Haus war leer, als Line in die Einfahrt bog. Ihr Vater arbeitete anscheinend noch.

Als sie die Zündung abstellte, kamen ein paar hämmernde Laute und ein unbestimmbar rasselndes Geräusch aus dem Motorraum. Als es verebbte, nahm Line ihre Tasche und stieg aus. Ein Windstoß trieb ihr losen Schnee ins Gesicht. Sie zog ihre Jacke enger um den Hals und hob die Schultern an. Einen Augenblick lang blieb sie in der kalten Dunkelheit stehen. Dann zog sie den Schlüssel zu Viggo Hansens Haus aus der Tasche, lief die Straße hinunter und schloss die Tür auf.

Drinnen war es kalt und still. Die schwere, abgestandene Luft saß immer noch in den Wänden.

Sie betätigte den Lichtschalter im Flur, betrat das Wohnzimmer und schaltete die alte Stehlampe und die Wandleuchten ein.

Ihr Mobiltelefon gab einen Signalton von sich. Sie zog es aus der Tasche und las die Nachricht. *Danke für das nette Gespräch*, stand da auf Englisch. *John.*

Eigentlich hätte sie nicht erwartet, noch einmal von dem Amerikaner zu hören, doch sie schrieb zurück, dass sie es auch nett gefunden habe.

Die Programmzeitung lag immer noch auf dem Tisch. Die ehemals glänzenden Seiten waren inzwischen matt und an den Rändern gewellt.

Line hob die Zeitschrift auf und blätterte darin. Das trockene Papier knisterte. An mehreren Stellen waren die Sendezeiten der Programme, die Viggo Hansen sich ansehen wollte, mit einem Kreis versehen, an anderen Stellen waren sie mit einem Haken markiert.

Line blickte zum Fernseher hinüber und wieder zurück auf die Programmzeitschrift. Es dauerte nicht lange, bevor sie den Code geknackt hatte. Die Haken erschienen immer dann, wenn zwei Programme zur selben Zeit gesendet wurden. Auf dem Fernsehtisch unter dem Gerät stand ein Videorekorder. Viggo Hansen musste die Sendungen, die er aufnehmen und später ansehen wollte, mit einem Haken gekennzeichnet haben. Trotzdem stimmte irgendetwas nicht. An seinem letzten Tag hatte er die Sendung mit den bekannten Fällen aus dem FBI-Archiv abgehakt, doch diese kollidierte nicht mit irgendeinem anderen Beitrag im Programmschema.

Line legte das Heft zurück auf den Tisch. Es konnte bedeuten, dass die Sendung so interessant war, dass er sie aufnehmen wollte, um sie mehrmals anzusehen, allerdings konnte es auch bedeuten, dass er mit etwas anderem beschäftigt war, während die Sendung lief, und er sie aufnehmen wollte, um sie anzusehen, wenn er die Zeit dazu gefunden haben würde. Wenn diese Annahme zutraf, könnte er vielleicht Besuch erwartet haben.

In der Küche sprang der Kühlschrankmotor an und sandte ein gleichmäßiges Brummen durch die Stille.

Es stimmte mit der vorbereiteten Kaffeemaschine überein, dachte Line.

Sie trat erneut an den kleinen Tisch, auf dem die Patiencekarten ausgelegt waren. Die Karten, die Viggo Hansen in der Hand gehabt hatte, lagen links neben der ausgelegten Patience. Line hob den kleinen Stapel auf. Es waren vier Karten. Kreuz-Vier, Herz-Zehn, Herz-Acht und Karo-Zwei.

Die Zehn konnte sie direkt anlegen. Fünf Züge später war die Patience aufgegangen.

Viggo Hansen hatte die Patience nicht beendet, weil sie nicht aufging, sondern etwas anderes musste ihn veranlasst haben, die Karten mitten im Spiel wegzulegen.

Draußen war es windiger geworden. Die gen Norden ausgerichtete Hauswand knackte, und ein langgezogenes Heulen durchfuhr den Dachfirst.

Line verschränkte die Arme vor der Brust.

Wer war an Viggo Hansens letztem Tag hier gewesen? Sie hatte sein Leben durchforstet, aber die Einzige, die ihn etwas näher gekannt hatte, war eine alte Freundin aus der Zeit seines Aufenthalts in der Psychiatrie vor zwanzig Jahren. Und nach allem, was bekannt war, hatte ein zufällig diensthabender Mann vom Schlüsseldienst zuletzt mit ihm gesprochen.

Line ging langsam zur Haustür und schaltete nacheinander die Lampen aus. Mit jedem Schritt wuchs ein stechendes, unbehagliches Gefühl in ihrem Rücken. Ein Gefühl, dass im Laufe von Viggo Hansens letztem Lebenstag irgendetwas Außergewöhnliches in diesem Haus vorgegangen war.

53

Wisting stand neben John Bantam und studierte die Landkarte an der Bürowand. In der grauen Dämmerung vor dem Fenster waren die Umrisse der Nachbargebäude gerade noch erkennbar.

»Wir fahren zu dem anderen Brunnen, sobald es hell wird«, sagte er.

Der junge FBI-Ermittler führte seine Kaffeetasse zum Mund und nickte.

»Was machen Sie mit den Frauen auf der schwedischen Seite?«, fragte er und hielt den Blick auf die Karte gerichtet.

Wisting trat an den Schreibtisch und sammelte seine Unterlagen für die Morgenbesprechung ein.

»Wir gehen behutsam vor«, erwiderte er.

Leif Malm und Anne Finstad von der Internationalen Abteilung der Kripo waren nach Oslo zurückgefahren, aber Wisting hatte telefonisch mit ihnen darüber gesprochen. Sie waren übereingekommen, eine diskrete Anfrage an die Kollegen von der schwedischen Kripo in Stockholm zu richten.

John Bantam nickte abermals, nahm einen weiteren Schluck Kaffee und folgte Wisting in den Konferenzraum.

Dort war es kalt. Er trat ans Fenster und fasste die Heizung an. Kalt.

»Ich habe schon mit dem Hausmeister gesprochen«, erklärte Torunn Borg, die bereits ihren Platz eingenommen hatte.

Wisting setzte sich ans kurze Tischende und sah sich die Tagesordnung an, während der Raum sich langsam füllte.

Hammer hatte die aktuelle Ausgabe von VG dabei.

»Verdammt kalt hier«, fluchte er.

»Der Hausmeister ist schon informiert.«

»Hier«, sagte Hammer und warf die Zeitung auf den Tisch.

Wisting zog sie zu sich heran. *Mysteriöser Todesfall*, lautete die Überschrift eines Artikels. Wisting las weiter. *Kommissar William Wisting räumt ein, dass der Fall des Mannes, der in der letzten Woche tot auf einer Weihnachtsbaumplantage gefunden wurde, ein großes Rätsel für die Polizei darstellt. Bisher ist nicht bekannt, wer er ist, woher er kommt, wie er gestorben ist oder was er dort getan hat.*

Donald Baker und Maggie Griffin setzten sich neben John Bantam auf ihre gewohnten Plätze. Wisting übersetzte den Artikel für sie.

»Wir müssen unsere Schritte sorgfältig abwägen«, sagte Baker. »Noch ist es ungefährlich, aber wenn die weitergraben, kann die ganze Geschichte zerfallen.«

»Wollen wir anfangen?«, bat Christine Thiis.

Wisting nickte.

»Wir haben einen neuen Brunnen lokalisiert. Hammer?«

»Ja, eigentlich keinen Brunnen, aber den Schacht zu einer privaten Bewässerungsanlage, die die Bauern dort angelegt haben, um ihre Felder zu bewässern. Irgendetwas mit der Fallhöhe hat dazu geführt, dass der Schacht nie genutzt wurde.«

»Wie können wir den untersuchen, ohne Aufmerksamkeit zu erregen?«, fragte Wisting. »Er ist von der Hauptstraße aus gut zu sehen.«

»Ich habe uns Overalls und einen Wagen von der Kommune organisiert«, erläuterte Hammer. »Das sieht dann aus wie eine Inspektion. Eine Behörde weiß sowieso nicht, was die andere gerade treibt.«

»Was ist mit dem dritten Brunnen«, fragte Wisting und drehte sich zu Benjamin Fjeld.

»Nichts Neues, aber diese Arbeit mit den Brunnen beruht ja auf reinem Zufall. Woher wissen wir, ob Godwin überhaupt einen der Brunnen verwendet hat, die von Bob Crabb gefunden wurden? Falls er überhaupt einen alten Brunnen benutzt hat. Sollten wir nicht etwas systematischer vorgehen und alle alten Brunnen ermitteln?«

»Na, hier im Bezirk wird's ja wohl einen auf jedem Hof geben«, warf Mortensen ein.

Wisting stimmte ihm zu.

»Mach das so«, bat er Fjeld. »Aber Bob Crabb muss Informationen gehabt haben, die uns noch nicht vorliegen. Torunn?«

»Das Staatsarchiv in Kongsberg hilft uns dabei, alte Kirchenbücher, Heimatschriften und andere Unterlagen aus dem 19. Jahrhundert durchzusehen. Wir wissen, dass ein gewisser Niels Gustavsen, der 1889 auswanderte, Robert Godwins Vorfahre war und den Familienzweig in den USA gründete. Die Archivare da oben sind noch zwei Generationen weiter zurückgegangen und versuchen momentan, alle in Norwegen lebenden Nachkommen ausfindig zu machen. Das könnte vielleicht etwas bringen, kann sich aber ebenso gut als Sackgasse erweisen.«

»Was ist mit der Liste der aktuellen Godwin-Kandidaten?«

»Sie wird immer kleiner. Das Bilderkennungsprogramm hat keine Übereinstimmungen gezeigt, aber wir konnten einige aufgrund ihrer ethnischen Herkunft ausschließen. Noch bevor der heutige Tag zu Ende geht, dürften wir bei circa fünfzig Männern landen, die wir uns dann buchstäblich genauer ansehen müssen. Die Frage ist nur, wie wir das anstellen, ohne zu verraten, wonach wir eigentlich suchen.«

»Wie sieht's mit dem Phantombild aus?«, wandte sich Espen Mortensen an Donald Baker.

»Unsere Leute haben sein Äußeres einem simulierten Alterungsprozess unterzogen«, erwiderte der FBI-Agent und zog ein paar Bilder aus seiner Mappe.

Es waren drei verschiedene Bilder, auf denen die Gesichtszüge Robert Godwins auf dem Fahndungsfoto wiedererkennbar waren. Eines davon war ein einfaches Bild, auf dem sein Gesicht Falten und weitere Alterungszeichen aufwies. Auf den beiden anderen hatte das Computerprogramm Bart und Brille hinzugefügt. Alle drei Versionen zeigten, dass seine Geheimratsecken inzwischen wohl noch ausgeprägter waren und sein Haarwuchs nachgelassen hatte.

Eine halbe Stunde verging mit der Erörterung praktischer Fragen und der Verteilung von Arbeitsaufgaben. Wesentlich mehr hatte die Besprechung nicht gebracht.

54

Torunn Borg hatte Wisting die vorläufige Liste mit den Namen geschickt, hinter denen sich Robert Godwin verbergen könnte. Der Drucker spuckte ganze dreizehn Seiten aus. Eine alphabetisch geordnete Liste in Frage kommender Männer, mit Adresse und Geburtsdatum.

Die Liste war von 2127 Namen auf 127 geschrumpft. Ein paar davon, die die statistischen Kriterien erfüllten, konnte er streichen. ASKE, Eivind war auf Seite eins aufgeführt. Der Maler, den Line im Zusammenhang mit Viggo Hansen erwähnt hatte.

Ansonsten enthielt die Liste Namen von Menschen, die sich in keiner Weise besonders bemerkbar gemacht hatten. Menschen, die ihr ganzes Leben hindurch ein anonymes Dasein geführt hatten. Höhlenbewohner.

An der Polizeihochschule war die Jagd nach Serienmördern kein Bestandteil des Lehrstoffs oder der Folgeausbildung gewesen. Wisting hatte einiges über Serienmörder gelesen, hatte die aktuelle Forschung auf diesem Gebiet aber nicht näher verfolgt. So etwas lag schlichtweg viel zu weit abseits seines Arbeitsalltags.

Im Internet konnte man unzählige Artikel über geisteskranke Serienmörder lesen, die ihre Opfer aufaßen, den Ermittlern verschlüsselte Nachrichten zukommen ließen und Trophäen sammelten. Auf der Website der europäischen Initiative für internationale Zusammenarbeit in der Ausbildung fand er einen Artikel, der die mehrjährige Forschung über Serienmörder in Australien zusammenfasste. Ein Serienmörder tötete in der Regel Personen, die er oder sie nicht kannte, und die Morde waren für gewöhnlich sexuell konnotiert, las er. Der Zeitraum zwischen den einzelnen Morden konnte Stunden, Tage, Wochen, Monate oder Jahre umfassen. Viele Serienmörder waren Psychopathen mit irgendeiner Form von Persönlichkeitsstörung, doch gleichzeitig konnten sie ganz normal wirken und sich anderen Menschen gegenüber durchaus charmant verhalten.

Der typische Serienmörder war ein weißer, unverheirateter Mann, mit normaler oder manchmal auch höherer Intelligenz als der Durchschnitt.

Ungefähr sechzig Prozent waren bis zum Alter von zwölf Jahren Bettnässer gewesen. Nur selten hatten sie über einen längeren Zeitraum eine feste Arbeit. Schon früh zeigten sie eine Faszination für Pyromanie, Tierquälerei oder ähnlich sadistische Aktivitäten. In der Regel waren sie bei einer alleinerziehenden Mutter aufgewachsen und hatten wenig oder keinen Kontakt zum Vater. Außerdem war es überhaupt nicht ungewöhnlich, dass sie eine höhere Ausbildung genossen hatten und prestigeträchtige Jobs ausführten.

Serienmörder wählten oft denselben Opfertyp aus und gingen bei der Annäherung an das Opfer sowie bei seiner Ermordung auf mehr oder weniger ähnliche Art vor, schloss der Artikel.

Nichts davon half ihm, in diesem Fall weiterzukommen, dachte Wisting und griff nach dem Papierstapel. Er klopfte mit dem unteren Rand auf den Schreibtisch, um die Seiten gleichmäßig auszurichten, und tackerte sie an der oberen linke Ecke zusammen. Dann lehnte er sich zurück und nahm sich jeden Namen einzeln vor.

Erst auf der letzten Seite tauchte ein Name auf, den er schon einmal gesehen hatte. WANG, Jonathan. Der Mann mit der Narbe, der auf den Bauernhof Halle aufgepasst hatte, als Bob Crabb ermordet worden war.

Wisting stand auf, nahm die Papiere mit sich und ging hinüber zu Torunn Borgs Büro. Ihr Schreibtisch war ausnahmsweise unaufgeräumt. Es gab zahlreiche zu Stapeln angeordnete Falldokumente, und verschiedene Ausdrucke mit farblich gekennzeichneten Anmerkungen lagen wild durcheinander.

»Wie viele Namen hast du noch übrig?«, fragte Wisting und setzte sich.

»Achtundfünfzig.«

»Steht Jonathan Wang noch auf der Liste?«

Torunn Borg starrte auf den Bildschirm und scrollte weiter nach unten.

»Ja«, bestätigte sie.

»Er ist der Einzige, der auch in einem anderen Fall auftaucht.«

»Der Aushilfsbauer in Halle«, sagte sie.

Sie zog einen der Dokumentenstapel zu sich heran und nahm das Protokoll der Vernehmung heraus, die Benjamin Fjeld mit ihm geführt hatte.

»Wir haben eine Videoaufzeichnung der Vernehmung«, sagte Wisting. »Als er hier war, habe ich kurz mit ihm gesprochen, aber eigentlich fand ich nicht, dass er Ähnlichkeit mit Godwin hatte.«

»Ich werde ihn mal durch das Bilderkennungsprogramm jagen«, sagte Torunn Borg. »Das Computerprogramm erkennt Gesichtszüge nicht nur rein physisch, so wie wir das tun, sondern misst verschiedene Punkte im Gesicht, zum Beispiel den Abstand zwischen den Augen oder die Breite der Oberlippe. Ein Gesicht enthält verschiedene geometrische Charakteristiken, die dann den Schlüssel bilden, um eine Person zu identifizieren. Aber wir sollten uns wohl nicht zu sehr darauf verlassen. Die Gesichtsform kann sich im Laufe von zwanzig Jahren verändert haben. Brille und

Bart verwirren das System zusätzlich, und schließlich kann sich der Gesuchte auch einer Gesichtsoperation unterzogen haben, um nicht wiedererkannt zu werden.«

Wisting fuhr sich mit der Hand durchs Haar. Der Sache fehlte es an Schwung. Das Wichtigste bei einer Ermittlung war stets, den Fall voranzutreiben. Doch im Moment standen sie einfach nur da und kamen nicht weiter.

Das Handy klingelte. Nils Hammer. Wisting drückte auf die grüne Taste und hoffte, dass Hammer etwas gefunden hatte, das die Ermittlung weiterbringen würde.

»Leer«, lautete die Nachricht am anderen Ende der Leitung.

»Der Bewässerungsschacht?«

»Es dauerte eine Weile, bis wir ihn unter dem Schnee gefunden haben, aber als wir den Betondeckel abgenommen haben, war der Schacht völlig trocken und leer. Nur ein paar Rohre von der Bewässerungsanlage.«

Benjamin Fjeld erschien in der Türöffnung.

»Ich habe den dritten Brunnen gefunden«, sagte er und winkte mit dem Foto von Bob Crabbs Kamera.

»Augenblick«, bat Wisting. Er legte das Telefon auf den Tisch und schaltete die Lautsprecherfunktion ein. »Benjamin hat was gefunden.«

»Der dritte Brunnen liegt ungefähr einen Kilometer von eurem Standort entfernt«, erklärte Benjamin Fjeld, während er sich über den Schreibtisch beugte.

»Es gibt da einen verlassenen Bauernhof, ungefähr wie der, wo ihr gestern wart.«

»Ist deine Mannschaft noch vor Ort?«, wollte Wisting wissen.

»Ja.«

»Dann kommen wir zu euch raus.«

55

Der Pathologe, der Viggo Hansen obduziert hatte, hieß Mogens Poulsen. Seine Aussprache glich der von Frank Iversen. Er verwendete norwegische Wörter, aber mit dänischem Akzent.

»Ich habe Ihren Obduktionsbericht von der Polizei bekommen«, erklärte Line, nachdem sie sich vorgestellt und erläutert hatte, woran sie arbeitete. »Erinnern Sie sich an Viggo Hansen?«

»Aber natürlich«, erwiderte der Arzt am anderen Ende der Leitung. »Das war ja schon ein besonderer Umstand. Normalerweise wäre eine Leiche, die so lange irgendwo gelegen hat, völlig verfault, aber diese war beinahe mumifiziert.«

»Wie kann so etwas passieren?«

»In erster Linie aus Mangel an lebenden Organismen, die Enzyme produzieren und das organische Material abbauen. Noch dazu befand sich diese Leiche in einer fast luftdicht abgeschlossenen Wohnung, in der alle Fenster, Türen und Luftkanäle geschlossen waren. Die niedrige Luftfeuchtigkeit und die geringe Temperatur trugen dazu bei, dass er wie eine Mumie eingetrocknet ist, anstatt zu faulen und sich aufzulösen.« Er hielt inne.

»Aber das betrifft nur die allgemeine Einschätzung. Zu Einzelfällen kann ich mich nicht äußern.«

»Ich hätte eigentlich eher allgemeine Fragen«, beruhigte Line ihn. »Sehr wahrscheinlich werde ich nichts darüber schreiben, aber ich frage mich, woran er wohl eigentlich gestorben ist.«

»Vermutlich an Einsamkeit«, gab der Pathologe zurück.

»Einsamkeit?«, wiederholte Line. Obwohl sie daran zweifelte, dass es sich um eine medizinische Diagnose handelte, hoffte sie doch, den Arzt mit diesen Worten zitieren zu dürfen.

»Oder an seelischer Not«, erklärte er. »Das trifft es vielleicht eher. Er muss ja furchtbar einsam gewesen sein, wenn er vier Monate tot dagesessen hat, ohne dass es jemandem auffiel.«

Line hörte den Pathologen seufzen, bevor er fortfuhr.

»Was nützt uns aller Reichtum der Welt, wenn wir uns nicht mehr umeinander kümmern? Wir sind seelisch verkrüppelt in diesem Land. Leere Hülsen, die nur damit beschäftigt sind, die eigenen Bedürfnisse zu befriedigen.«

»Ist das Ihr Ernst?«, fragte Line. »Dass man an Einsamkeit sterben kann?«

»Aber sicher. Ein gutes soziales Netzwerk wie Freundschaften und Familienbande sind wichtiger für die Gesundheit als Blutdruck und Cholesterin. Verschiedene Untersuchungen haben gezeigt, dass einsame Menschen viel anfälliger für alle möglichen Krankheiten und Leiden sind. Von Traurigkeit, Angst und Depressionen bis zu somatischen Erkrankungen wie Herz- und Gefäßleiden.«

Line schrieb alles auf.

»Viele alte Ehepaare bleiben am Leben, weil sie schöne Tage mit einem Partner genießen können, der ihnen am Herzen liegt«, fuhr der Pathologe fort. »Und weil sie einander helfen und unterstützen. Wenn einer von beiden stirbt, geschieht es ganz oft, dass derjenige, der einsam zurückbleibt, nach wenigen Monaten ebenfalls stirbt.«

Line konnte ein Lächeln nicht unterdrücken. Offenbar hatte sie ein Thema getroffen, das den Arzt beschäftigte.

»Der langjährige Mangel an sozialen Kontakten ist nur

eine Sache«, fuhr er fort. »Dazu kommt aber, dass dann einfach niemand da ist, der 113 wählen kann, wenn man Schmerzen in der Brust hat oder eine Treppe hinunterfällt. Niemand kann sich um freie Atemwege kümmern, eine Mund-zu-Mund-Beatmung ausführen oder Ihr Herz komprimieren, während Sie auf den Notarzt warten.«

»Glauben Sie, dass Viggo Hansen an einem Herzinfarkt oder einem Schlaganfall gestorben ist?«

»Das sind die gewöhnlichsten Todesarten, aber es ist völlig unmöglich, eine abschließende Antwort darauf zu geben.«

»Was könnte es sonst gewesen sein?«

»Wer weiß, womöglich hat er sich verschluckt und ist erstickt? Obwohl der Körper gut erhalten war, konnte ich das leider unmöglich herausfinden. Das Einzige, was ich mit Sicherheit sagen kann, ist, dass er weder erschossen noch erstochen noch mit einem stumpfen Gegenstand erschlagen wurde.«

»Sie gehen also davon aus, dass Viggo Hansen eines natürlichen Todes starb?«

»Der Tod ist natürlich«, erwiderte der Arzt. »Manchmal kommt er eben nur plötzlicher oder brutaler als sonst.«

Line warf einen Blick auf ihren Notizblock. *Erstickt,* hatte sie aufgeschrieben und mit einem Fragezeichen versehen.

»Sie sagten, er sei möglicherweise erstickt?«

»Das war nur ein Beispiel. Es gibt keine Anhaltspunkte, die darauf hindeuten, dass sein Tod nicht natürlich eingetreten ist. Keinerlei Tatortspuren wie umgestürzte Möbel oder andere Anzeichen für einen Kampf. Die Leiche wurde auch nicht in ungewöhnlicher Position gefunden, ganz im Gegenteil. Er ist ganz einfach still und friedlich im Sessel vor dem Fernseher eingeschlafen.«

»Aber könnte ihm vielleicht jemand ein Kissen aufs Gesicht gedrückt oder ihn anderweitig erstickt haben, ohne dabei Spuren zu hinterlassen?«

»Ich sage nur, dass wir wahrscheinlich nie beantworten können, wie Viggo Hansen gestorben ist, zumindest nicht aus der Perspektive der Rechtsmedizin.«

Line bedankte sich für die Auskünfte und stellte sich vors Fenster. Draußen fegte der Wind den losen Schnee auf und wirbelte ihn durch die Straße. Sie hatte genügend Polizei- und Obduktionsberichte sowie andere öffentliche Stellungnahmen gelesen, um zu wissen, dass der Verfasser eines Berichts nur das aufschrieb, dessen er sich ganz sicher war. Dabei dann Zweifel anzumelden oder den Raum für Spekulationen zu öffnen, verursachte in der Regel nur Probleme. Für gewöhnlich waren daher in einem Bericht nur nüchterne Fakten aufgeführt. Ergebnisse, hinter denen man zu hundert Prozent stehen konnte. Das Gespräch mit dem Pathologen hingegen ließ auch andere Möglichkeiten zu.

56

Nils Hammer hatte dafür gesorgt, dass die Zufahrt zu dem Bauernhof und dem dritten Brunnen von Schnee geräumt war. Auf der linken Seite des schmalen Wegs wuchs dichter Wald, auf der rechten trennte eine Mauer aus lose aufgeschichteten Steinen den Weg von einem Acker. Der Wind hatte die oberste Schneeschicht weggefegt, und ein paar einzelne Steine ragten wie Gipfel einer Bergkette aus dem Schnee hervor.

Vor dem alten Wohnhaus hatten sich durch den Wind große Schneeverwehungen gebildet. Auf dem Hofplatz standen ein Traktor mit Schneepflug und derselbe anonyme Lieferwagen, den sie schon am Tag zuvor benutzt hatten. Die meisten Polizisten trugen gefütterte Overalls, die mit der Aufschrift *Larvik Kommune* gekennzeichnet waren. Ein paar von ihnen hatten sich um einen Propangaskocher versammelt, auf dem eine Kaffeekanne dampfte.

Wisting stieg aus dem Wagen und musste die Augen zukneifen, da der Wind den Schnee in seine Richtung wirbelte.

»In fünf Minuten sind wir so weit«, sagte Hammer und deutete mit dem Kopf in Richtung Scheune, wo zwei Männer ansetzten, den vom Schnee befreiten, pyramidenförmigen Brunnendeckel anzuheben, während ein anderer ein Kletterseil vorbereitete.

Wisting stellte sich mit dem Rücken in den Wind.

»Ist da Wasser drin?«, fragte er.

»Ja, aber der Abstand zur Oberfläche ist nicht so groß.«

Die Männer am Brunnen signalisierten, dass sie bereit

waren. Ein Stromaggregat wurde angeworfen, und ein Scheinwerfer leuchtete in die Tiefe hinein.

Der erste Polizist befestigte seine Sicherungsleine am Kletterseil, stieg auf die Brunnenkante, lehnte sich zurück und verschwand.

Wisting trat zum Brunnen und blickte in die Öffnung. Es war ein viereckiger Schacht, dessen Wände unter dem Rand mit einer einen Meter breiten Betonschicht verkleidet waren. Wisting konnte die Abdrücke der Verschalungsbretter im grauen Zement erkennen. Unterhalb der Betonschicht waren nackte Steine zu sehen.

Die Eisschicht auf der Wasseroberfläche war ungefähr genauso dick wie die, die sie am Tag zuvor aufgebrochen hatten. Der Mann im Brunnen brauchte fünf Minuten, um sie zu durchdringen, und brach erst kleine und dann immer größere Eisstücke heraus. Die Brocken wurden nach oben gezogen und neben dem Brunnen zu einem Haufen aufgeschichtet, der nach einer Weile wie ein Schuttkegel aussah.

Wisting hob schützend die Schultern und behielt die Hände in den Taschen, während er die Arbeit verfolgte. Die Kälte kroch ihm bis in die Knochen.

Sobald die Eisschicht entfernt war, wurde die Pumpe heruntergelassen. Espen Mortensen führte den Schlauch wieder zu dem Kasten, den er angefertigt hatte, um lose Gegenstände aufzulesen. Das heraufgepumpte Wasser gefror schnell wieder und setzte sich in Form von Eisklumpen am Gitternetz ab. Mortensen musste es mit einem Hammer abklopfen. Am Boden des Kastens bildete sich nach und nach ein kleiner Eiswall.

Wisting sah zu, wie der Wasserstand im Brunnen langsam sank, Zentimeter um Zentimeter.

Plötzlich sah er etwas im dunklen Wasser. Irgendetwas blitzte auf, bewegte sich und verschwand wieder.

Er beugte sich über die Brunnenkante und spähte in die Tiefe. Mortensen und Hammer stellten sich neben ihn und starrten ebenfalls hinunter. Ein Gegenstand wurde in den Pumpenschlauch gesaugt. Der Schlauch zuckte und beulte sich aus, bevor er schließlich ein Stück von einem alten Brett ausspuckte.

Doch dann bewegte sich wieder etwas auf dem Grund des Brunnens. Erst sah es so aus, als sei es ein Strudel, der von der Pumpe im Wasser verursacht wurde, dann aber wölbte sich etwas direkt unter der Wasseroberfläche.

»Verdammt«, fluchte Hammer. »Das ist ein Aal.«

»Ein Aal?«, fragte Mortensen.

»In alten Tagen haben die Leute Aale in den Brunnen ausgesetzt, um sie von Würmern und anderem Getier frei zu halten.«

Wisting stöhnte. Irgendwo hatte er gelesen, dass Aale mehr als achtzig Jahre alt werden konnten. Der Aal konnte sich über Jahrzehnte hinweg von Schnecken, Kaulquappen, Insektenlarven und Gott weiß was sonst noch allem ernährt haben.

»Es sind zwei«, sagte Mortensen und zeigte hinunter.

Es stimmte. Zwei glatte Körper wanden sich unter der Oberfläche. Je weniger Wasser nach und nach im Brunnen zurückblieb, desto verzweifelter schlängelten sich die Fische umeinander.

Plötzlich gab die Pumpe ein anderes Geräusch von sich. Das gleichmäßige Brummen wurde von einem hochfrequenten Heulen abgelöst, so als ob der Motor durchdrehte. Der Schlauch spuckte die letzten Wassertropfen aus.

Hammer schaltete den Strom ab und zog die Pumpe herauf. Ein Stück Stoff blockierte den Ansaugstutzen. Espen Mortensen entfernte es. Es hatte die Größe einer Zeitungsseite, die Kanten waren rauh, als sei der Stoff zerrissen worden. Der von braunem Schlamm überzogene Stofffetzen war von undefinierbarer Farbe, allerdings war ein Streifenmuster erkennbar, wie bei einem Kleidungsstück.

Wisting lehnte sich abermals über die Brunnenkante. Nachdem sie von der Pumpe nicht länger gestört wurden, hatten sich die Aale beruhigt. Das übriggebliebene Wasser war von aufgewirbeltem Schlamm durchsetzt, so dass es selbst mit dem stärksten Scheinwerfer nicht möglich gewesen wäre zu erkennen, was sich dort unten womöglich befand.

Hammer ließ die Pumpe wieder herunter. Abermals floss braunes Brackwasser aus dem Schlauch. Ein weiterer, kleinerer Stofffetzen tauchte auf, er trug dasselbe Streifenmuster.

Nach fünf Minuten gab die Pumpe nur noch glucksende Geräusche von sich. Das Wasser im Brunnen war abgepumpt. Die Aale wanden sich und schlugen im Schlamm umher. Aber noch etwas anderes lag dort unten. Irgendetwas ragte aus dem Grund hervor. Im ersten Moment sah es wie eine Baumwurzel aus, braun, rund und glatt, aber das war es nicht. Dort unten lag das, wonach sie suchten. Deswegen waren sie hier. Die schleimigen Aale wanden sich um den Knochen eines Menschen.

57

Eine halbe Stunde später war ein großes Zelt über die Brunnenöffnung und den Bereich daneben gespannt. Die Zeltwände schützten vor dem kalten Wind. Ein Heizgerät erhöhte die Temperatur so weit, dass die Polizisten ihre Handschuhe ausziehen und ihre Schals lösen konnten.

Eine Leiter war in den Brunnen hinuntergelassen worden. Die Aale lagen steif gefroren im Schnee vor dem Zelt.

Espen Mortensen kletterte die Leiter hinunter, um den aus dem Schlamm herausragenden Knochen heraufzuholen. Ein schmatzendes Geräusch erklang, als er ihn herauszog. Er blieb auf der untersten Sprosse stehen, inspizierte ihn von allen Seiten und kletterte wieder hinauf. Der Knochen war dunkelbraun und sah aus wie ein knorriges Stück Holz.

»Menschlich oder tierisch?«, fragte Wisting.

Mortensen antwortete nicht. Er legte das Knochenstück auf einen Tisch und zog ein dickes Buch aus dem Rucksack, das er eigens für die Aktion mitgenommen hatte. Henry Gray: *Anatomy of the Human Body.*

Er blätterte durch die Seiten, bis er fand, wonach er suchte. Die Illustration eines menschlichen Knochens, von vorn und von hinten betrachtet.

»Humerus«, las er auf Latein vor und legte den Zeigefinger auf eine Skizze, auf der sich ein entsprechendes Knochenstück im Oberarm eines menschlichen Skeletts befand.

Wisting zog Latexhandschuhe über und hob den Knochen vorsichtig auf. Der Geruch von fauligem Brunnenwasser drang in seine Nase.

Er hielt den Knochen über das Buch und glich ihn Punkt für Punkt mit der Illustration ab. Es bestand kein Zweifel. Der gefundene Knochen stammte vom Oberarm eines Menschen.

Mortensen stieg erneut die Leiter hinunter. Genauso wie ein Archäologe die Reste vorzeitlicher Artefakte ausgrub, benutzte er kleine Geräte, um die braune, schlammige Masse auf dem Grund des Brunnens zu durchkämmen. Recht schnell tauchten weitere Knochen auf. Jeder Fund wurde fotografiert, in einen Korb gelegt und heraufgezogen. Es gab Teile einer Wirbelsäule, einen Hüftknochen sowie Knochenreste mit Gelenkkugeln und -schalen. Jedes Knochenteil wurde genau registriert und in Papiertüten gelegt, die in Kisten überführt wurden.

Nach und nach kamen auch weitere Stofffetzen zutage. An einem hingen die Überreste eines Reißverschlusses. Ein dunkler Gürtel mit einer rostigen Schnalle wurde heraufgeholt, verzeichnet und eingepackt.

»Hier ist noch was!«, rief Mortensen und deutete auf ein kugelförmiges Objekt. Je mehr Schlamm er davon abkratzte, desto deutlicher wurde es, dass es sich um einen Schädel handelte.

Nachdem er den oberen Teil weitgehend freigelegt hatte, legte er die Hände um den Schädel und zog ihn heraus. Abermals erklang ein schmatzendes Geräusch, als der Schlamm den Schädel freigab. Mortensen drehte ihn herum. Zwei leere Augenhöhlen starrten in die Luft.

»Ich glaube, da war nur dieser«, sagte er und kletterte wieder die Leiter hoch, nachdem der Schädel heraufgezogen worden war. »Der Brunnengrund ist von circa dreißig Zentimetern Schlamm bedeckt«, erklärte er. »Ich schätze, da unten ist nur Platz für ein Skelett.«

Mortensen setzte die mühsame Arbeit fort, entfernte

eine weitere Schicht der übelriechenden Brühe und legte die Sohle eines Schuhs frei. Er legte ein Lineal daneben und machte ein Foto.

»25,5 Zentimeter«, rief er hinauf.

Größe 41, dachte Wisting, ohne dass ihm sofort einfallen wollte, welche der vermissten Frauen so große Füße hatte.

Unten im Brunnen zog Mortensen den Schuh aus dem Schlamm und drehte ihn herum. Es war eine Sandale. Irgendwo hatte Wisting gelesen, dass eine der Vermissten Sandalen getragen hatte, wusste aber nicht mehr, wer es war. So oder so bedeutete der Fund, dass die Person, die unten im Brunnen lag, dort im Sommer gelandet war. Inzwischen waren die Arbeiten ein gutes Stück vorangekommen. Im Laufe des Nachmittags würde sich vermutlich erahnen lassen, wen sie dort gefunden hatten.

Wisting blieb noch eine Stunde vor Ort und sah zu, wie Mortensen sich Schicht für Schicht auf den Brunnengrund vorarbeitete. Weitere Knochenteile tauchten auf, doch angesichts von Größe und Menge schien Mortensen recht zu behalten. Es handelte sich um nur einen Menschen.

Die Arbeit im Brunnen würde sich noch mehrere Stunden hinziehen, aber Wisting hatte gesehen, was er sehen musste.

Als er die Zeltplane beiseiteschlug und hinaustrat, schnitt ihm der eisige Wind ins Gesicht. Er fühlte sich rastlos und angespannt. Jetzt fängt es an, dachte er. Erst jetzt fängt es wirklich an.

58

Line war sich nicht sicher; wäre sie es gewesen, hätte sie die Polizei eingeschaltet. Nichtsdestotrotz schlug ihre Arbeit eine andere Richtung ein. Es ging nicht länger nur darum herauszufinden, wer Viggo Hansen gewesen war, sondern was sich in den letzten Stunden seines Lebens abgespielt hatte.

Auf dem Computer hatte sie bereits einen Entwurf von mehr als fünftausend Zeichen gespeichert, in dem Viggo Hansen als ein einsamer Mensch geschildert wurde. Irgendwann gegen Ende seines Lebens war diese Einsamkeit jedoch durchbrochen worden. Dessen glaubte Line sich sicher sein zu können. Aber wer hatte Kontakt zu ihm aufgenommen, und warum? Und was war das Motiv, wenn hier die Rede von einer Begegnung war, die mit dem Tod geendet hatte?

Sie schaute auf die Uhr. Fast zwei. Sie war mit Jonas Utklev verabredet, dem Leiter des Komitees, das anlässlich des vierzigjährigen Abgangsjubiläums der Schulklasse im Jahr 2004 das Klassentreffen arrangiert hatte. Die Einladung zu dem Fest hatte Line in Viggo Hansens Papieren gefunden, aber laut Aussage von Utklev hatte Viggo nicht einmal darauf geantwortet. Dennoch hatte Utklev zugestimmt, sich mit Line zu treffen.

Jonas Utklev wohnte in einem der oberen Terrassenblöcke in Ohlselia. Der Fußweg würde weniger Zeit in Anspruch nehmen als die Fahrt mit dem Wagen.

Line ließ das Auto stehen, bereute ihre Entscheidung allerdings nach nur hundert Metern. Die Kälte hatte nicht im mindesten nachgelassen. Der Wind ließ alles noch kälter wirken und blies ihr direkt ins Gesicht.

Jonas Utklev hatte einen großen kahlen Schädel und unter der Nase einen steifen Bart. Er öffnete die Tür und winkte Line sofort herein, so als sei ihm sehr daran gelegen, das kalte Wetter auszusperren.

»Sind Sie etwa zu Fuß gekommen?«, fragte er und blickte gleichzeitig auf die Straße hinaus, um nachzusehen, wo sie den Wagen abgestellt hatte.

»Ja«, gab Line zurück und deutete auf den Felshügel gleich hinter sich. »Ich wohne direkt auf der anderen Seite.«

»Ach so. Jaja, Sie sind doch die Tochter von William Wisting, dem Polizisten«, plapperte er drauflos und führte Line in ein enges, vollgestopftes Wohnzimmer. »Sie wohnen oben in der Herman Wildenveys gate. Als ob ich das nicht wüsste.«

Das Wohnzimmer roch nach Leder, Pfeifentabak und unregelmäßiger Belüftung. Line schaute sich um. Kiefernmöbel, Teppichboden, Familienfotos an der Wand, auf dem Boden Töpfe, aus denen Grünpflanzen mit großen Blättern wuchsen. Ein Schaukelstuhl in der Ecke und ein Handarbeitskorb auf dem Fußboden daneben.

»Meine Frau musste was erledigen«, erklärte Utklev, dem Lines Blick nicht entgangen war.

Line setzte sich. Der Kaffee stand fertig auf dem Tisch. Eine Thermoskanne und kleine Tassen aus dünnem Porzellan. Utklev schenkte ein und schob eine Tasse zu Line hinüber, ohne zu fragen, ob sie etwas wollte.

»Sie sind also mit Viggo Hansen zur Schule gegangen?«, begann Line.

»Genau, genau«, erwiderte Utklev nickend und füllte seine eigene Tasse.

»Können Sie sich noch an etwas aus dieser Zeit erinnern?«

»Nein, er hat ja nie viel Aufhebens um sich gemacht. Ich weiß noch, er saß immer ganz hinten im Klassenzimmer. Immer ganz hinten. Ich glaube nicht, dass er sich überhaupt mal gemeldet hat, um etwas zu sagen oder eine Frage des Lehrers zu beantworten. Er war einfach nur da, aber die meisten hätten wohl gar nicht gemerkt, wenn er nicht da gewesen wäre.«

»Gab es niemanden in der Klasse, mit dem er etwas mehr zu tun hatte?«

»Doch, von den Schweigsamen gab's immer zwei. Viggo Hansen und Odd Werner Ellefsen.«

Line nickte. Erst vor zwei Tagen hatte sie mit dem wortkargen und einfältigen Klassenkameraden gesprochen, aber sie erwähnte es nicht.

»Wobei ich nicht weiß, ob die eigentlich befreundet waren«, fuhr Utklev fort. »Das war wohl eher so, dass sie beide immer für sich waren, verstehen Sie? Wenn wir eine Fußballmannschaft oder so was ausgewählt haben, waren's immer die beiden, die übrig blieben. Wahrscheinlich denke ich deshalb immer an beide zusammen, weil sie immer für sich allein waren.«

»Was sagten Sie, wann haben Sie zuletzt mit Viggo Hansen gesprochen?«

»Ach, das ist lange her. Ich weiß ja nicht mal, ob ich ihn überhaupt wiedererkannt hätte. Wir hatten 2004 ja dieses vierzigjährige Jubiläum, aber da ist er nicht hingekommen. Hat nicht mal auf die Einladung reagiert. Weder er noch Odd Werner. Die beiden haben jedenfalls gefehlt, und Eivind Aske. Aber nachdem der Künstler geworden ist, ist er sich wohl ein bisschen zu fein für alles. Er grüßt nicht mal, wenn ich ihn auf der Straße treffe. Zumindest nicht, bevor ich ihn zuerst grüße.«

Line lehnte sich zurück.

»Wenn es jemanden gegeben hätte, der Viggo Hansen besuchen wollte …«, sagte Line und forderte Jonas Utklev damit zu einem kleinen Ratespiel auf, »… wer könnte das dann gewesen sein?«

»Tja, wer nur? Bestimmt keiner aus alten Zeiten.«

Line hörte, wie die Eingangstür geöffnet wurde. Frau Utklev trat, mit einem Mantel bekleidet, ins Wohnzimmer. Ihre Wangen waren von der Kälte ganz gerötet.

Jonas Utklev erhob sich und stellte die beiden Frauen einander vor.

»Wir unterhalten uns über Viggo Hansen«, sagte er.

Frau Utklev schürzte die Lippen.

»Du musst erzählen, was passiert ist, als er letzten Sommer bei euch war«, forderte ihr Mann sie auf. »Maren arbeitet in der Bibliothek«, erklärte er.

»Haben Sie letzten Sommer mit ihm gesprochen?«, fragte Line.

Maren Utklev knöpfte ihren Mantel auf.

»Er kam in die Bibliothek«, sagte sie. »Ich habe ihn erst überhaupt nicht wiedererkannt.«

»Maren war eine Klasse unter uns«, fügte Utklev hinzu.

Sie trat hinaus in den Flur, hängte ihren Mantel auf, kam zurück und blieb in der Türöffnung zur Küche stehen.

»Ich glaube auch nicht, dass er sich noch an mich erinnerte«, begann Maren Utklev. »Er war nie zuvor da gewesen und hatte keinen Bibliotheksausweis.«

»Er hat nichts ausgeliehen«, warf ihr Mann ein. »Hat da bloß rumgesessen und ein paar Bücher durchgeblättert.«

»Was für Bücher?«, fragte Line.

»Er hat da einige Stunden gesessen und sich verschiedene Bücher aus unserer Orts- und Heimatkundeabteilung angesehen«, erklärte Maren Utklev. »*Erinnerungen an Stavern* und solche Sachen.«

»Das ist eine Fotosammlung mit ein paar kurzen Texten über Stavern, wurde vor zehn oder fünfzehn Jahren herausgegeben«, informierte Jonas Utklev. »Als wir das Haus noch hatten, stand eine Ausgabe bei uns im Regal, aber als wir dann umgezogen sind, konnten wir doch nicht alle Bücher mitschleppen. Wir hatten auch gar keinen Platz, und außerdem hatten wir ja alle schon gelesen. Manche sogar mehrmals. Und dann haben wir sie in einem Antiquariat abgegeben.«

»Wonach hat er denn gesucht?«

»Woher soll ich das wissen?«, erwiderte Maren Utklev und kniff wieder die Lippen zusammen.

»Er hat ein paar Buchseiten herausgerissen«, erklärte ihr Mann. »Hat sie einfach rausgerissen und mitgenommen.«

»Ich hab's erst gemerkt, nachdem er schon wieder weg war«, sagte Maren Utklev. »Das Buch stand an der falschen Stelle, und als ich es anderswo hinstellen wollte, hab ich es gemerkt.«

»Und welche Seiten hat er da rausgerissen?«

Maren Utklev zuckte mit den Schultern.

»Anscheinend irgendwas, das ihn interessiert hat«, erwiderte sie. »Vielleicht ein Bild, auf dem er selbst war. Keine Ahnung.«

»Aber lässt sich das herausfinden?«, fragte Line. »Welche Seiten da fehlen?«

Frau Utklev schüttelte den Kopf.

»Wir haben das Buch nicht mehr«, sagte sie. »Das mussten wir ja aussortieren. Glücklicherweise hatte die Hauptbibliothek noch mehrere Exemplare auf Lager, so dass wir es ersetzen konnten.«

»Haben Sie das weiterverfolgt?«, wollte Line wissen. »Wollten Sie Schadenersatz von ihm oder so etwas?«

»Ich konnte es ja nicht ganz sicher sagen«, erklärte Maren

Utklev. »Es konnte ja auch jemand anderes gewesen sein, jemand, der das Buch vor ihm hatte. Ich wusste ja nicht mal genau, ob er überhaupt Viggo Hansen war. Gunvor von der Bank hat mir dann erzählt, wer er war.«

Line legte den Kopf schräg und wartete auf eine Fortsetzung.

»Also, Gunvor war zur selben Zeit in der Bibliothek. Nachdem Viggo Hansen gegangen war und ich entdeckte, dass ein paar Seiten im Buch fehlten, habe ich sie gefragt, ob sie vielleicht wüsste, wer er war. Sie kannte ihn aus der Bank. Ich selbst hab ihn seit der Schulzeit nicht mehr gesehen.«

Irgendwo im Haus schlug eine Uhr drei Mal.

»Wie lange ist die Bibliothek geöffnet?«, fragte Line.

»Heute ist Mittwoch«, erwiderte Jonas Utklev. »Da ist bis vier Uhr geöffnet.«

59

Line hatte völlig vergessen, dass sie nicht mit dem Wagen gekommen war. Jetzt musste sie zuerst nach Hause laufen, um von dort zur Bibliothek fahren zu können, die im Zentrum von Stavern lag.

Mit eingezogenem Kopf stemmte sie sich gegen den Wind und starrte beim Gehen auf ihre Füße. Der Schnee wurde vom Boden heraufgefegt und stach ihr ins Gesicht wie feine Nadeln. Viggo Hansen konnte nicht rein zufällig in die Bibliothek gekommen sein, dachte sie. Er musste etwas ganz Spezielles gesucht haben, und hatte es offenbar auch gefunden.

Der Wagen war kalt und machte Startschwierigkeiten. Beim dritten Versuch sprang er schließlich an. Line ließ den Motor laufen, stieg aus und kratzte das Eis von den Scheiben.

Sie behielt die Handschuhe an, nachdem sie sich wieder hineingesetzt hatte, und fuhr los. Ihr Atem bildete feine weiße Wölkchen und ließ die Innenseiten der Scheiben beschlagen.

Vor der Bibliothek gab es einen freien Parkplatz. Sie stellte den Wagen ab und lief die ausgetretenen Treppenstufen hinauf zu der kleinen Bibliotheksfiliale im ersten Stock.

Die Frau hinter dem Tresen lächelte und blickte Line über den Rand ihrer Brille hinweg an.

»Hallo«, sagte Line. »Ich suche ein Buch, das *Erinnerungen an Stavern* heißt.«

»Davon gibt es drei«, erwiderte die Bibliothekarin sofort. »Also drei Bände.«

Line seufzte. Das würde es noch schwieriger machen, herauszufinden, wonach Viggo Hansen gesucht hatte.

»Dann würde ich gern alle drei ausleihen.«

»Die sind nicht zur Ausleihe bestimmt«, erklärte die Frau hinter dem Tresen. »Sie gehören zu unserer Orts- und Heimatkundeabteilung und können leider nicht mitgenommen werden.«

»Okay. Kann ich sie mir ansehen?«

Die Bibliothekarin nickte, verschwand und kam nach kurzer Zeit mit drei farbenfroh eingebundenen Büchern zurück.

Bilder aus dem Volk, lautete der Untertitel.

Line nahm sie mit sich zu einer Sitzgruppe und begann zu blättern. Viele Bilder stammten aus dem Krieg. Einige waren sogar noch älter und zeigten, wie der Ort und die Küste vor hundert Jahren ausgesehen hatten. Es gab aber auch ein paar jüngere Bilder, von Sommerfesten, Sonnenwendfeiern und Umzügen am Nationalfeiertag. Tanzveranstaltungen, Flohmärkte, Fußballspiele und Turnfestivals. Eigentlich wusste Line nicht, wonach sie suchte, hoffte aber, es zu verstehen, wenn sie es entdeckte.

Sie fand Fotos von der Krabbenfabrik, der Konservendosenfabrik und von der Schule in Stavern, aber die Bildtexte verrieten nichts besonders Interessantes.

Lines Mobiltelefon vibrierte und gab ein kurzes Tonsignal von sich. Sie zog es aus ihrer Tasche und öffnete die SMS.

Heute Abend? stand da auf Englisch. *Selber Ort? Gleiche Zeit? John.*

Der Amerikaner, den sie am Abend zuvor kennengelernt hatte.

Line starrte auf die kurzgefasste Einladung. Sie kannte ihn nicht, aber gerade deswegen fühlte es sich viel einfacher an, einem neuen Treffen zuzustimmen. Ohne Verpflichtungen. Ganz unkompliziert.

Okay gab sie ein, löschte es aber umgehend wieder. *Gern,* schrieb sie stattdessen und schickte die Nachricht los.

Die Bibliothekarin trat auf sie zu.

»Wir schließen in fünf Minuten«, ließ sie Line wissen.

Line blätterte weiter, hielt inne und blätterte zurück. Ein Farbfoto aus dem Jahr 1967 zeigte vier Teenagerjungs vor einem bekannten Gebäude.

Der geistesgegenwärtige Einsatz von vier zufällig vorbeikommenden Jungen rettete im Herbst 1967 Reimes Krabbenfabrik vor einem Feuer, las sie in der Bildunterschrift. *Von links nach rechts: Frank Iversen, Odd Werner Ellefsen, Cato Tangen und Viggo Hansen.*

Hinter ihnen stand ein Feuerwehrwagen, ein uniformierter Mann rollte einen Schlauch zusammen.

Der dritte Junge von links wirkte etwas älter als die anderen. Cato Tangen hing über der Lenkstange eines Mopeds. Sein Gesicht war schmal, eingerahmt von langen Haaren, die an beiden Seiten herabfielen.

Vorne am Tresen klapperte die Bibliothekarin mit den Schlüsseln. Line zog ihre Kamera aus der Tasche und fotografierte die aufgeschlagene Buchseite. Eine Sekunde später wurde das Licht ausgeschaltet. Line wusste nicht, ob es diese Seite war, die Viggo Hansen herausgerissen hatte, aber es war das einzige in Frage kommende Motiv, was sie überhaupt gefunden hatte.

60

Als Line die Bibliothek verließ, war es draußen dunkel geworden. Im Lichtkegel einer Straßenlaterne stand ein Mann mit einem schwarzen Hund, ansonsten war die Straße leer.

Als sie in die Herman Wildenveys gate einbog, landete sie hinter einem grauen Kombi mit einer Skibox auf dem Dach. Der Wagen mühte sich auf der glatten Fahrbahn ab und gelangte nur schwerfällig über den Hügel, hinter dem sich die Straße zum alten Wasserbecken hin wieder abflachte. Line ließ den Kombi in einiger Entfernung vor sich herfahren und sah plötzlich, dass er in die Einfahrt zum Brunvall-Haus einbog, schräg gegenüber von Viggo Hansen. Sie rollte an ihrer eigenen Einfahrt vorbei und sah Steinar Brunvall aus dem Wagen steigen.

Line hatte es aufgeschoben, bei ihm anzuklingeln. Irgendwie war ihr nicht ganz klar, weshalb sie so lange gewartet hatte. Vielleicht lag es daran, dass er verheiratet war und Kinder hatte, während sie selbst noch immer allein lebte.

Laut Polizeibericht hatten weder er noch seine Frau irgendetwas mit Viggo Hansen zu tun gehabt, und eigentlich hatte Line es als überflüssig empfunden, mit ihnen zu sprechen. Jetzt allerdings hatte sich die Situation geändert. Es ging nicht länger nur darum, ein einsames Leben zu dokumentieren, sondern etwas zu finden, das die Theorie stützen könnte, die sie gerade entwickelte.

Line bog in die Einfahrt ein und hielt hinter dem Kombi an. Steinar Brunvall spähte herüber, wurde aber von den Scheinwerfern geblendet. Auch nachdem sie die Zündung abgestellt hatte, schien er nicht sehen zu können, wer in dem Wagen hinter ihm saß.

Line stieg aus und rief seinen Namen.

»Line?«, sagte er mit einem Lächeln. »Das ist ja lange her. Bist du über Weihnachten nach Hause gekommen oder wie?«

Line begann zu erläutern, weswegen sie zu Hause war. Noch bevor sie geendet hatte, unterbrach er sie und bat sie ins Haus.

Drinnen roch es nach Abendessen. Sie folgte ihm in die Küche, wo er sie mit seiner Frau Ida bekannt machte. Sie stand vor dem Herd und rührte in einem Topf. Aus dem Wohnzimmer hörte Line die Kinder.

»Ich bleibe nicht lange«, sagte Line und führte ihre Erklärung weiter aus.

Ida stemmte die Hände in die Hüften.

»Kein Mensch verdient so einen Tod«, sagte sie und nahm den Kochlöffel aus dem Topf. »Wirklich schändlich, dass die Menschen um ihn herum so gleichgültig sein konnten. Und das gilt genauso sehr für uns wie für alle anderen.«

Ihr Mann stimmte ihr zu.

»Wir hier in der Nachbarschaft hätten uns viel mehr kümmern müssen.«

»Aber so ist die gesellschaftliche Entwicklung«, fuhr Ida fort. »Wir haben immer nur Zeit für uns selbst. Hier, in einem so kleinen Ort wie Stavern, sollte man doch eigentlich glauben, dass niemand verlorengeht, aber Viggo Hansen ist überhaupt nie aufgefallen.«

Steinar Brunvall nickte.

»Er hatte niemals Besuch, von keiner Menschenseele. Und wenn mal ein paar Losverkäufer oder andere an seiner Tür geklingelt haben, hat er nicht aufgemacht.«

»Im Sommer war doch jemand da«, erinnerte sich Ida.

»Ja, stimmt. Da war ein Mann. Ich war gerade im Garten beschäftigt und wunderte mich, wieso da plötzlich ein Wagen vor seinem Haus stand.«

»Sonst stehen da ja nie irgendwelche Autos«, warf Ida ein.

»Es war ein Leihwagen«, fuhr Steinar fort. »Ein grauer Audi. Da klebte so ein Schild von Avis an der Heckscheibe. Ich war so überrascht, dort ein Auto zu sehen, dass ich zur Hecke vorgelaufen bin. Und da kam ein Mann aus dem Haus.«

»Was hat er da gemacht?«, fragte Line, ohne auf eine Antwort zu hoffen.

Steinar Brunvall zuckte mit den Schultern.

»Er hatte einen dicken Umschlag bei sich. Hat ihn auf den Rücksitz gelegt, bevor er losfuhr.«

»Wann war das?«

»Das muss irgendwann gegen Ende Juli gewesen sein. War seit Jahren der einzige Mensch, den ich dort gesehen habe.«

»Wie sah er aus?«

»Er war etwas älter als Viggo Hansen, und etwas dicker. Trug Bart und Brille.«

Die Beschreibung passte auf niemanden, mit dem Line gesprochen hatte.

»Kinder!«, rief Ida Brunvall ins Wohnzimmer hinein. »Abendessen in fünf Minuten!« Dann drehte sie sich wieder zu Line.

»Wir werden wohl nie erfahren, woran er gestorben ist«, sagte sie. »Vielleicht war es sein Herz? Er war ja nicht mehr der Jüngste. Und auch wenn wir ein schlechtes Gewissen haben, weil er da vier Monate tot gesessen hat, so verändert das nichts. Er wäre ja so oder so gestorben.«

61

Anstatt die Knochenteile zum Anatomischen Institut der Osloer Universität zu schicken, war ein Professor mit dem Spezialfach Biologische Anthropologie ins Polizeipräsidium Larvik gekommen, um den Fund zu systematisieren und eine vorläufige Einschätzung darüber abzugeben, womit die Polizei es hier zu tun hatte.

Auf dem Arbeitstisch des kriminaltechnischen Labors in der ersten Etage des Präsidiums hatte Mortensen graues Papier ausgelegt. Die vom Grund des Brunnens stammenden Knochen waren so darauf angeordnet, dass sie ein Skelett formten. Wie Wisting feststellen konnte, fehlte nichts.

Auf einem angrenzenden Tisch waren die gestreiften Stoffreste in der Form eines Hemds zusammengelegt worden, und ein paar dickere Stofffetzen bildeten ein Paar Shorts. Am unteren Ende des Tisches lagen die Überreste der beiden Sandalen.

Anhand der Vermisstenmeldungen stellten sie fest, dass Julie aus Arendal Sandalen getragen hatte, doch ihre Schuhgröße war 38. Janne aus Sarpsborg allerdings hatte Sommerschuhe der Größe 41 getragen, als sie verschwand. Prinzipiell konnte es sich bei den Sommerschuhen auch um Sandalen gehandelt haben.

Neben den Arbeitstischen befanden sich alle übrigen Funde aus dem Brunnen auf einer Trockenvorrichtung aus rostfreiem Stahl. Der Schlamm vom Brunnengrund war in große Plastikbeutel gepackt und danach gefiltert worden, so dass Erde und Dreck weggespült und größere Gegenstände zurückbleiben konnten, ungefähr so, als würde man Gold in einer Pfanne waschen.

Der interessanteste Fund war ein im Jahr 1985 geprägtes Fünfkronenstück. Außerdem waren ein paar rostige Schrauben und Nägel aufgetaucht, die sehr wahrscheinlich aus der Zeit des Brunnenbaus stammten, sowie ein Knopf und ein weiterer Gegenstand, bei dem es sich anscheinend um die Reste eines Kugelschreibers handelte.

Professor Mons Holgersen hatte dickes graues Haar, eine Knollennase sowie buschige Augenbrauen und trug seine Brille an einer Schnur um den Hals.

»So, dann wollen wir ihn mal näher ansehen«, sagte der Professor, setzte seine Brille auf und beugte sich über die Knochen.

»Ihn?«, fragte Wisting.

»Oh ja, das ist ein Mann.«

Holgersen zog einen Schreiber aus der Brusttasche und zeigte damit auf den Unterleib des Skeletts.

»Die Bechenknochen verraten uns das Geschlecht. Das Becken einer Frau ist insgesamt geräumiger als das eines Mannes. Die Seitenwände hier sind trichterförmig, wohingegen der Beckenkanal einer Frau fast zylindrisch geformt ist. Die Öffnung ist größer und runder, der Winkel ist so angepasst, dass ein Kind bei der Geburt möglichst leicht hindurchkommt.«

Inzwischen waren auch Nils Hammer und Espen Mortensen an den Untersuchungstisch herangetreten. Alle drei Ermittler wirkten skeptisch angesichts der Überzeugung des Professors.

»Sowohl Eingang als Ausgang sind bei der Frau breiter angelegt«, fuhr der Professor fort und zeichnete die kreisförmige Öffnung des Beckenknochens mit seinem Stift nach. »Die vordere Beckenwand ist flacher, der Abstand zwischen den Hüftgelenkschalen größer. Das Kreuzbein ist etwas kürzer und breiter und weniger gekrümmt.«

»Sie sind also ganz sicher?«, wollte Wisting wissen.

»Absolut«, erwiderte der Professor und trat näher an den Brustkasten heran.

»Auch an den Rippenknochen sind die Geschlechtsunterschiede erkennbar«, erklärte er. »Frauen haben eine rundere Form, und die weichen Knorpelteile am vorderen Brustbein bleiben bis ins hohe Alter intakt. Bei Männern setzt die Verknöcherung früher ein.«

Die Ermittler ließen den grauhaarigen Professor das ganze Skelett untersuchen, ohne weitere Fragen zu stellen. Er hob einzelne Knochen an, hielt sie ins Licht und legte sie wieder hin, verschob ein paar Rückenwirbel und spähte über den Rand seiner Brille, während er den Schädel aus verschiedenen Winkeln inspizierte.

»Können Sie sagen, wie alt er ist?«, fragte Wisting nach einer Weile. »Oder wie lange er schon tot ist?«

Mons Holgersen trat einen Schritt zurück, nahm die Brille ab und betrachtete die Ansammlung der Knochen.

»Auf jeden Fall ist er ein erwachsener Mann«, fasste er zusammen. »Ein Mann in der Mitte des Lebens.«

»Vierzig Jahre?«

»Plus / minus zehn Jahre. Ich muss eine radiographische Untersuchung vornehmen, bevor ich etwas Konkretes über die Reife des Skeletts sagen kann.«

»Was ist mit dem Todeszeitpunkt?«

»Der ist noch schwieriger zu bestimmen. Eine chronometrische Datierung wird keine genaue Antwort geben können. Aber Sie haben die Münze. Wenn sie in der Tasche des Opfers gelegen hat, heißt das, dass er irgendwann nach 1985 dort unten gelandet ist. Gleichzeitig verraten uns die geschrumpften Knochen, dass er dort mindestens fünfzehn

Jahre gelegen hat. Der Todeszeitpunkt liegt somit zwischen 1985 und wahrscheinlich … na, sagen wir mal, 2000.«

»Können Sie uns noch mehr sagen? Gewicht? Körpergröße?«

Der Professor fasste nach der Brille, die an seinem Hals hing, und biss in einen der Bügel.

»Normale Größe, mehr kann ich nicht sagen. Das Gewicht lässt sich nur schwer einschätzen.«

Espen Mortensen fasste zusammen: »Wir haben also einen circa 1,80 Meter großen Mann, der zwischen dreißig und fünfzig war, als er in dem Brunnen landete, und dort zwischen fünfzehn und fünfundzwanzig Jahren gelegen hat?«

»Das sind natürlich keine sicheren Parameter«, räumte der Professor ein, »aber derzeit sind sie das, was die Wissenschaft zu bieten hat.«

Der Pathologe klickte zweimal mit dem Kugelschreiber, den er als Zeigestock verwendet hatte, und steckte ihn zurück in die Brusttasche.

»Die Todesursache ist einfacher zu bestimmen«, sagte er.

»Woran ist er gestorben?«

Der grauhaarige Professor setzte wieder seine Brille auf und hob den Totenschädel an. Er drehte ihn herum und zeigte den Ermittlern einen spinnennetzförmigen Bruch am Hinterkopf.

»Das ist ein Bruch ohne Knochenwuchs«, erklärte er. »Keine Anzeichen für ein Zusammenwachsen. Was bedeutet, dass die Verletzung zum Zeitpunkt des Todes entstanden ist.«

»Könnte die Verletzung daher stammen, dass er in den Brunnen gefallen ist?«, fragte Hammer.

Der Professor legte den Schädel wieder hin, mit der Gesichtsseite nach unten.

»Falls kein Wasser darin war«, erwiderte er und zog seine Latexhandschuhe aus. »Aber die dicht nebeneinanderliegenden Bruchlinien deuten darauf hin, dass er sehr kräftig mit einem schweren harten Gegenstand geschlagen wurde. Vielleicht eine Eisenstange oder so etwas.«

Er blickte die Ermittler nacheinander an.

»Haben Sie eine Vermutung, um wen es sich handeln könnte?«

Wisting schüttelte den Kopf. Der Professor griff wieder nach seinem Kugelschreiber.

»Hier ist vielleicht etwas, das bei der Identifizierung helfen könnte«, sagte er und zeigte auf einen linken Unterarmknochen. »Möglicherweise ein alter Bruch. Die Röntgenbilder könnten das bestätigen.«

Wisting fuhr sich mit der Hand durchs Haar.

»Okay«, sagte er. »Vielen Dank für Ihre Hilfe.«

Der Professor blickte ihn über den Rand seiner Brille hinweg an.

»Irgendetwas sagt mir, dass das, was ich herausgefunden habe, nicht das ist, was Sie hören wollten.«

62

Nachdem das Skelett in Kisten verpackt und für weitere Untersuchungen weggeschickt worden war, versammelten sich die Ermittler wieder im Konferenzraum. Maggie Griffin war in die USA zurückgeflogen, ihre beiden Kollegen waren geblieben.

John Bantam hatte seine schwarze Anzugjacke abgestreift und krempelte sich die Hemdsärmel auf.

»Ein Mann?«, fragte er und hob eines der Fotos auf, die draußen am Brunnen von den Knochen gemacht worden waren.

»Ein Mann«, bestätigte Wisting. Er suchte eine Weile nach der Lasche der vor ihm stehenden Pizzaschachtel und nahm sich schließlich ein kaltes Stück, das anscheinend mit Bacon belegt war. »Vielleicht müssen wir in eine ganz neue Richtung denken«, sagte er. »Wir haben eine Liste mit vermissten Frauen, die streng genommen nichts mit unserem Fall zu tun haben. Wir haben Bob Crabb, mit den Fingerabdrücken eines amerikanischen Serienmörders in seiner Innentasche und ein paar Frauenhaaren in seiner Hand. Und dazu haben wir jetzt die Leiche eines circa vierzig Jahre alten Mannes, der vor ungefähr zwanzig Jahren erschlagen wurde.«

»Sie haben den Caveman gefunden«, sagte Donald Baker. »Oder zumindest den, hinter dem er sich jetzt versteckt.«

Wisting ließ den FBI-Agenten weiterreden.

»Bei der Leiche handelt es sich vermutlich um Robert Godwins erstes Opfer in Norwegen. Ein sorgfältig ausgewähltes Opfer, ohne Familie, Freunde, Arbeitskollegen oder sonst irgendjemanden, der ihn vermisst hätte oder dem aufgefallen wäre, dass ein anderer Mensch seinen Platz eingenommen und dasselbe einsame Dasein weitergeführt hat.«

»Ein Caveman«, sagte Wisting. »Das heißt also, dass wir Robert Godwin gefunden haben, wenn es uns gelingt, die Leiche aus dem Brunnen zu identifizieren?«

»Wie ist so was überhaupt möglich?«, protestierte Hammer. »Dass niemand merkt, wenn ein Mensch den Platz eines anderen Menschen einnimmt? Gibt's denn überhaupt irgendwen, der so anonym lebt?«

»Das ist durchaus möglich«, konstatierte Wisting und dachte dabei an Viggo Hansen in seiner eigenen Nachbarschaft. Er war bestimmt nicht der Einzige, der so isoliert gelebt hatte, ohne Arbeit und engere Verwandte. Ohne Freunde oder irgendeinen sozialen Umgang mit den Nachbarn. Ohne dass irgendwer zu Besuch gekommen war.

»Die Liste ist mittlerweile auf sechsundvierzig Namen geschrumpft«, informierte Torunn Borg sie und legte die Hand auf einen Stapel Ausdrucke. »Niemand von denen taucht im Passregister auf. Ich versuche gerade, Zugang zum Führerscheinverzeichnis zu bekommen. Aber so oder so wird es Zeit, dass wir mal an ein paar Türen klopfen.«

»Ist unter diesen sechsundvierzig einer, der Zugang zu Chloroform haben könnte?«, fragte Mortensen.

»Nicht nach unseren Informationen«, erwiderte Torunn Borg. »Die allermeisten auf dieser Liste sind ohne Beschäftigung.«

Christine Thiis legte das Foto zurück, auf dem die spinnennetzartige Bruchstelle am Schädel der Leiche zu sehen war.

»Können wir herausfinden, wer das ist?«

»Eine Identifizierung ist ja üblicherweise nichts anderes, als eine Theorie zu bestätigen«, sagte Wisting. »Ausgehend von vermissten Personen innerhalb eines bestimmten Zeitrahmens, können wir versuchen, anhand von Zahnabgleichen oder DNA-Proben eine Bestätigung zu bekommen. Oder durch besondere Kennzeichen wie Tätowierungen, Narben oder Muttermale, sofern der Körper intakt ist. Aber hier haben wir vorläufig nichts, wovon wir ausgehen können.«

»Wir haben den gebrochenen Arm«, erinnerte ihn Mortensen. »Der Mann aus dem Brunnen hatte einen Bruch im linken Unterarm.«

»Wo sollen wir da anfangen?«, fragte Hammer. »Angenommen, er hat sich den Arm als erwachsener Mann gebrochen, dann müssten wir alle Armbrüche zwischen 1970 und 1990 ausfindig machen. Ich glaube, dass nicht mal die Krankenhäuser so eine Übersicht haben, selbst wenn wir Zugang zum Archivmaterial bekämen.«

Wisting nickte.

»Wir lassen das vorläufig sein«, sagte er und stieß einen Seufzer aus.

»Wie sieht's denn eigentlich mit der Ahnenforschung aus?«, wollte Christine Thiis wissen. »Haben wir irgendwelche Nachkommen von Robert Godwins Ururgroßeltern gefunden?«

»Das ist wohl nicht so einfach«, erwiderte Torunn Borg, die diese Aufgabe übernommen hatte. »Aber ich soll da morgen eine Antwort bekommen.«

»Derjenige, der in die USA ausgewandert ist, hieß der nicht Gustavsen?«, fragte Hammer und zog die Ausdrucke mit den Namen zu sich heran. »Gibt's da keine einsame Seele auf der Liste, die Gustavsen heißt?«

»Kein Gustav und kein Gustavsen«, sagte Torunn Borg mit einem Lächeln. »In den Generationen nach ihm verschwindet der Familienname.«

Das informelle Treffen löste sich auf. Wisting ging zurück in sein Büro und zog den vorläufigen Obduktionsbericht über Bob Crabbs Leiche aus seinen Unterlagen. Auf einigen der beigefügten Fotos waren seine Haare abrasiert, die Haut am Hinterkopf war zur Seite geklappt und die Verletzung gereinigt worden. Wisting konnte an seinem Hinterkopf ein paar ähnliche Bruchstellen wie an dem Schädel erkennen, den sie aus dem Brunnen geborgen hatten.

Er legte die Papiere zur Seite und entschied sich, einen Schritt zurückzutreten, den ganzen Fall noch einmal von vorn zu durchdenken und sich alle Details ins Bewusstsein zu rufen. Wenn er seinen Gedanken freien Lauf ließ, suchte er für gewöhnlich etwas, das sie vielleicht übersehen hatten. Jetzt suchte er nach etwas, das den Fall vorantreiben konnte.

Das Verwirrendste waren die Haare, die in Bob Crabbs geschlossener Hand gefunden worden waren. Dieser Fund widersprach allem, was ihnen bisher bekannt war, musste aber dennoch in irgendeinem Zusammenhang stehen. Sehr wahrscheinlich war die Erklärung logisch und natürlich, doch im Augenblick wollte ihm nichts Passendes einfallen.

Eine halbe Stunde hatte er in Gedanken versunken dagesessen, als plötzlich das Handy klingelte. *Morten P,* VG.

Er überlegte kurz, den Anruf zu ignorieren, drückte schließlich aber doch auf die grüne Taste.

»Irgendwas Neues in dem Fall?«, wollte der Journalist wissen.

»Welcher Fall?«, fragte Wisting in dem Versuch, die ganze Sache zu entschärfen.

»Die Leiche von der Weihnachtsbaumplantage. Ist er identifiziert?«

»Nein.«

»Wieso dauert das so lange?«

»Das müssen Sie wohl die Rechtsmediziner fragen.«

»Das habe ich versucht. Sie sagen nichts.«

»Gut zu hören.«

»Also, es gibt nichts Neues?«

»Streng genommen nicht.«

Wisting hörte den Journalisten in ein paar Papieren blättern.

»Wir haben einen Tipp bekommen. Demnach handelt es sich um einen Amerikaner namens Bob Crabb«, sagte er. »Er soll im Sommer eine Wohnung in Stavern gemietet haben, wo er dann sein Gepäck zurückgelassen hat.«

Wisting fluchte wortlos in sich hinein. Else Britt Gusland musste die Zeitung angerufen haben.

»Können Sie das bestätigen?«, fuhr der Journalist fort.

»Wir sind über seinen Aufenthalt in Norwegen informiert.«

»Was hat er hier gemacht?«

»Soweit wir wissen, hat er hier nach seinen Vorfahren gesucht«, erwiderte Wisting und bediente sich Bob Crabbs eigener Deckgeschichte. »Seine Ahnen sind Ende des 19. Jahrhunderts in die USA ausgewandert.«

»Hatte er Familie auf dem Bauernhof, wo er gefunden wurde?«

»Das weiß ich nicht.«

»Hat ihn seine Familie in Amerika nicht als vermisst gemeldet?«

»Er hatte keine Familie.« Wisting hörte wieder ein paar Papiere rascheln.

»Irgendeinen Hinweis auf die Todesursache?«

»Zu früh, um mit Sicherheit etwas sagen zu können.«

Der Journalist stellte noch ein paar Fragen und kam wieder auf die zurück, die er bereits gestellt hatte, aber Wisting schaffte es, sich ohne direkte Lügen oder irgendeine Aussage, die zu fetten Schlagzeilen geführt hätte, aus dem Gespräch herauszuwinden.

Er hatte gerade aufgelegt, als das Telefon abermals klingelte. *Leif Malm, Kripo.*

»Die Schweden haben fünf Namen«, sagte er kurzerhand. »In Strömstad, Uddevalla, Trollhättan und zwei in Göteborg. Die haben sich die Fälle bereits im Zusamenhang mit unserem angesehen. Ein Ermittler von der schwedischen Polizei ist schon auf dem Weg nach Norwegen.«

63

Line hatte geduscht und etwas zum Anziehen gefunden, das ihr ein wenig passender für die Bar im Hotel Farris Bad schien. Eigentlich war es ein Kleid, das sie zu Heiligabend tragen wollte.

Bevor sie sich anzog, blieb sie eine Weile in BH und Höschen vor dem Computer sitzen. Sie lud neue Fotos von der Kamera herunter und druckte das Bild aus, das sie in der Bibliothek gefunden hatte. Vier halbwüchsige Jungs, die 1967 einen Großbrand in Reimes Krabbenfabrik verhindert hatten. Dann nahm sie sich noch einmal die alten Steuerlisten vor, die sie seit Beginn ihrer Arbeit an der Reportage verwendete, und auf der alle mit Viggo Hansen gleichaltrigen Personen in der Kommune aufgeführt waren. Kein Cato Tangen.

Im Internet fand sie mehrere Personen mit gleichem Namen, aber keiner passte in die Altersgruppe des Jungen, der sich über den Lenker des alten Mopeds gebeugt hatte.

Als sie losfuhr, war ihr Vater noch nicht nach Hause gekommen. Sie hatte einen Zettel auf den Küchentisch gelegt und geschrieben, dass es spät werden könnte.

Mit der Verabredung verband sie keinerlei Erwartungen, außer der, dass es unkompliziert sein würde. Irgendwie war es verlockend, mit einem Mann auszugehen, den sie nicht am nächsten Tag in der Kantine oder in der nächsten Woche in einem Café treffen würde. Manchmal vermisste sie eine feste Beziehung und die damit verbundene Sicherheit und Stabilität. Nun allerdings fühlte es sich großartig an, keine ernsten Absichten zu verfolgen und sich unverbindlich in ein Abenteuer zu stürzen.

Viele feste Freunde hatte sie nicht gehabt. Die längste Beziehung war die mit Tommy Kvanter gewesen. Besonders seine Energie hatte es ihr angetan. Er war stets aktiv und hatte eine kraftvolle Ausstrahlung. Als sich zu Beginn ihrer Beziehung sein Enthusiasmus auf sie richtete, fühlte sie sich wie verzaubert. Alle trivialen Alltagsprobleme waren wie weggeblasen, und sie lebte in einem Glücksrausch. Nach ein paar Monaten hatte Tommy allerdings damit begonnen, seine Energie auf ganz andere Dinge als auf sie zu richten. Seine Wochenenden verbrachte er mit Rafting, Klettertouren im Gebirge und mit anderen Extremsportarten. Sie hatte immer gedacht, dass ihm so viel daran lag, weil er völlig im Augenblick lebte. Der Extremsport forderte eine Art von Konzentration, die es ihm unmöglich machte, an die Vergangenheit oder Zukunft zu denken. Und das mochte er am liebsten.

Line war ein wenig zu früh losgefahren, hatte aber geplant, Odd Werner Ellefsen in Torstrand erneut einen Besuch abzustatten, bevor sie ins Hotel fuhr.

Als Line den Wagen abstellte, stand der alte Schulkamerad von Viggo Hansen vor dem offenen Garagentor. Er nahm zwei gefüllte Plastiktüten aus dem Kofferraum, die für ein Warenhaus kurz hinter der schwedischen Grenze warben.

»Hallo noch mal«, sagte Line. »Waren Sie einkaufen?«

»Schweden«, gab Ellefsen mit einem Nicken zurück. Er setzte die Einkaufstüten ab und knallte den Kofferraumdeckel zu.

Line wurde plötzlich klar, dass sie eigentlich nicht dafür angezogen war, dort draußen zu stehen und sich zu unterhalten.

»Ich habe hier ein Bild, das ich Ihnen gern zeigen würde«, sagte sie und kam gleich zur Sache.

Odd Werner Ellefsen blickte sie an.

»Ich versuche, Cato Tangen ausfindig zu machen«, sagte sie und zeigte ihm das Bild vom Brand in der Krabbenfabrik.

»Kann Ihnen nicht helfen«, erwiderte Ellefsen knapp und schloss das Garagentor.

»Sie wissen nicht vielleicht, wo er jetzt lebt?«

Er deutete mit dem Kopf auf das Bild in Lines Händen.

»Das ist lange her«, sagte er und nahm eine Tüte in jede Hand. »Kalt«, fügte er hinzu und bewegte sich auf die Haustür zu.

Line sah ihm nach, während er die Haustür öffnete und sie wieder hinter sich schloss. Dann setzte sie sich ins Auto, startete den Motor und stellte die Heizung so ein, dass die Wärme auf ihre Füße geblasen wurde.

Sie stellte den Wagen auf dem Parkplatz für Hotelgäste ab. Es war Viertel vor neun. Sie hatte keine bestimmte Uhrzeit mit dem Amerikaner ausgemacht, hatte aber das Gefühl, etwas zu früh zu sein. Sie blieb im Wagen sitzen, ließ den Motor laufen und wählte die Nummer von Annie Nyhus. Die alte Dame hatte ihr von der Krabbenfabrik und Frank Iversen erzählt. Line war es so vorgekommen, als wüsste sie am besten über die Nachbarschaft Bescheid, in der Viggo Hansen in den fünfziger und sechziger Jahren aufgewachsen war.

Nach zweimaligem Klingeln ging Annie Nyhus ans Telefon.

»Kann ich Ihnen noch irgendwie weiterhelfen?«, fragte sie freundlich, nachdem Line ihren Namen genannt hatte.

»Ich versuche, einen gewissen Cato Tangen zu finden«, erwiderte Line. »Ich habe ihn auf einem alten Foto entdeckt, zusammen mit Viggo Hansen. Der Brand in der Krabbenfabrik 1967.«

»Aber, meine Liebe. Cato Tangen ist tot. Er starb 1968 bei einem Motorradunfall.«

Line runzelte die Stirn und nahm das Bild vom Beifahrersitz. Seltsam, dass Odd Werner Ellefsen nichts davon wusste.

»Hier ist noch ein anderer Junge auf dem Foto«, sagte sie. »Kennen Sie jemanden aus dieser Zeit, der Odd Werner Ellefsen heißt?«

»Der Ellefsen-Junge, ja, sicher. Nora und Peter haben ihn Mitte der fünfziger Jahre zu sich genommen. Sie haben beide bei Agnes in der Streichholzfabrik gearbeitet und hatten selbst keine Kinder.«

»Er war also ein Pflegekind?«

»Ja, seine Mutter ist ein paar Monate nach der Niederkunft gestorben«, berichtete Annie Nyhus. »Sein Vater war Peters Bruder. Sigurd hieß er. Er war Brunnenbohrer, hat aber von morgens bis abends getrunken. Er konnte die Verantwortung für das Kind nicht übernehmen, und da haben Nora und Peter den Jungen zu sich genommen. Er war ein seltsamer Junge, in jeder Hinsicht. Aber er hatte wohl keinen guten Start ins Leben. Hat ja auch die Krabbenfabrik angezündet. Aber das ist nie so richtig rausgekommen.«

»Er hat den Brand gelegt?«

»Deutschen-Ole bekam die Schuld, aber er war es nicht. Viel ist ja ohnehin nicht passiert, aber die meisten haben sich ihren Teil gedacht, als Odd Werners Vater vier Jahre später verbrannt ist.«

»Was ist passiert?«

»Ach, das weiß niemand so genau. Er wohnte in einer der Arbeiterwohnungen bei Agnes, und eines Nachts ist er verbrannt. Das war 1971. Odd Werner war damals einundzwanzig. Nachdem er zu seinen Pflegeeltern kam, hatte er keinen Kontakt mehr zu seinem Vater. Aber am Abend vor dem Brand ist er bei ihm gewesen. Die Nachbarn haben sie streiten hören.«

Line legte das Bild von den vier Jungen wieder zur Seite. Vielleicht war es ja gar nicht verwunderlich, dass Odd Werner Ellefsen so wortkarg war, wenn er das Feuer in der Krabbenfabrik gelegt hatte.

»Leben Nora und Peter noch?«

»Ach nein, das war auch so eine Tragödie. Im selben Jahr, in dem sein Bruder verbrannte, ist Peter beim Eisfischen ertrunken. Nora wurde krank und starb im Sommer darauf.«

»Odd Werner ist also allein zurückgeblieben?«

»Er war ja schon erwachsen, ich glaube allerdings nicht, dass er jemals eine Freundin hatte oder so. Zumindest nicht, solange er in Stavern wohnte. Später ist er ja dann nach Larvik gezogen. Aber wie gesagt, er war ein seltsamer Junge.«

Line bedankte sich für das Gespräch, stellte den Motor ab und ging hinüber zum Parkautomaten. Sie warf dreißig Kronen ein, genug, um bis 00.53 Uhr zu parken. Doch anstatt den Parkschein auszudrucken, lief sie schnell zum Wagen zurück und sammelte alle Münzen ein, die auf der Mittelkonsole lagen. Nachdem sie alle eingeworfen hatte, zeigte die Parkuhr 09.55 Uhr an. Bis dahin konnte ihr Wagen auf dem Parkplatz stehenbleiben.

64

John Bantam saß auf demselben Platz wie beim letzten Mal. Als sie hereinkam, stand er auf, nahm ihre Hand und betrachtete Line aufmerksam, bevor er sich schließlich vorbeugte und sie umarmte. Der schwache Duft eines maskulinen Parfums umgab ihn.

»Haben Sie schon gegessen?«, fragte er.

Line schüttelte den Kopf. Erst jetzt wurde ihr bewusst, dass sie ziemlich hungrig war.

Der Empfangschef wies ihnen einen Tisch am Fenster zu. John Bantam schob Line den Stuhl zurecht und setzte sich erst, nachdem sie ihren Platz eingenommen hatte. Line konnte sich nicht erinnern, wann sie so etwas zuletzt erlebt hatte.

John Bantam öffnete die Speisekarte.

»Ich bin froh, dass Sie gekommen sind«, sagte er. »Es ist schön, mal etwas anderes zu tun, als nur zu arbeiten.«

»Was machen Sie denn?«, fragte Line.

»Ich bin Analytiker«, erwiderte er.

»Und was analysieren Sie?«

»Informationen. Ich arbeite überwiegend damit, Wissen und Informationen für öffentliche Behörden einzuholen. Ich versuche, die Dinge im Zusammenhang zu betrachten.« Er lächelte. »Aber jetzt habe ich frei.«

Line erwiderte sein Lächeln. Auch sie hatte wenig Lust, über ihre Arbeit zu reden. Der typische Smalltalk bei einem ersten Date. Wie ein Gespräch über das Wetter.

John Bantam empfahl ihr, gebackenen Heilbutt als Vorspeise und als Hauptspeise Entenbrust zu bestellen.

»Sie fahren heute nicht?«, fragte er und blickte auf die Weinkarte.

Line schüttelte den Kopf.

»Gut«, sagte er und bestellte eine Flasche argentinischen Weißwein. »Der ist fast so weit gereist wie ich.«

Er war unterhaltsam. Redete über alles Mögliche, von Musik über Filme bis zu amerikanischer Politik. Erzählte lustige Geschichten über Menschen, die er getroffen, und Orte, die er besucht hatte.

Nach dem Hauptgericht bestellte er Mousse au chocolat für sie beide, und noch eine Flasche Wein.

Zwei Stunden später waren sie in seinem Zimmer. Es lag in der obersten Etage, mit Blick aufs Meer. Draußen war es kalt. Der Mond schien, und in der Entfernung konnte Line am Horizont eine Linie erkennen, hinter der sich dunkle Wolken auftürmten.

»Das Wetter ändert sich«, sagte er. »Es wird milder.«

Seine Stimme klang leicht zögerlich, als wäre er in dieser Situation etwas weniger selbstsicher als gewöhnlich.

Er zog sie dicht an sich und legte seinen Kopf an ihren Hals. Sie umarmte ihn, zog ihn noch dichter an sich heran und ließ die Hände auf seinem Rücken ruhen. Dann schob er sie ein Stück von sich weg und sah sie an. Das Mondlicht glänzte in seinen Augen.

»Ich werde uns noch was zu trinken organisieren«, sagte er.

Das war gar nicht nötig, doch sie erhob keine Einwände und ging so lange ins Bad. Dort nahm sie ihr Handy und schrieb eine kurze Nachricht an ihren Vater. *Wurde aufgehalten. Komme morgen nach Hause.* Sie musste ihm zwar nicht Bescheid geben, doch solange sie bei ihm wohnte, wollte sie es trotzdem tun. Sie wusste, dass er sich Sorgen machen würde, wenn sie nicht nach Hause kam, ohne sich zu melden. Und Sorgen hatte er offenbar schon zur Genüge.

65

Als Wisting in die Hauseinfahrt bog, gab sein Handy ein Signal von sich. Er stellte den Motor ab und zog es hervor. Es war eine Nachricht von Line, vor morgen würde sie nicht zurückkommen. Er antwortete mit einem Okay, öffnete die Wagentür und stieg aus. In der Nachbarschaft war es völlig still. Der Himmel war mit Sternen übersät, und der volle Mond leuchtete hell. Die schneebeladenen Bäume warfen bleiche Schatten auf den Boden.

Wisting betrat das leere Haus, hängte seine Jacke auf, zog die Schuhe aus und ging in die Küche. Er öffnete den Kühlschrank und hoffte, etwas Einfaches zu finden, das seinen Hunger stillen könnte, ohne dass er es zubereiten müsste. Schließlich nahm er sich ein Joghurt mit Weizenkleie und einen Apfel.

Nachdem er gegessen hatte, ging er ins Bad, zog sich aus und griff nach der Zahnbürste. Er betrachtete den nackten Körper im Spiegel vor sich. Zog für einen Augenblick den Bauch ein, auf Spurensuche nach einer jüngeren und athletischen Ausgabe seiner selbst, atmete aber schnell wieder aus und ließ den Bauch in seine natürliche Position zurückfallen. Er seufzte, schaltete das Licht aus und schlich nach oben ins Bett und unter die Decke. Kurz bevor er einschlief, klingelte das Telefon.

Es war an ein Ladegerät angeschlossen und lag auf dem Nachttisch. Wisting griff danach und drückte auf die grüne Taste, bevor er entdeckte, dass *Morten P*, VG, auf dem Display stand.

»Tut mir leid, dass ich so spät noch anrufe«, entschuldigte sich der Journalist.

Wisting gab ein Grunzen von sich.

»Wir gehen in einer Stunde in Druck«, fuhr der Journalist fort. »Da ist etwas aufgetaucht, worüber ich vorher gern mit Ihnen sprechen wollte. Wir haben Kontakt zur Polizei in Minneapolis aufgenommen, wo Bob Crabb herkommt, und die bestätigen, dass er der Tote ist und dass sie auf Anfrage der norwegischen Polizei seine Wohnung durchsucht haben.«

»Aha«, war alles, was Wisting herausbringen konnte.

»Was ist der Hintergrund, Wisting? Unsere Informationen besagen, dass dieser Fall mit höchster Priorität behandelt wird. Von der örtlichen Polizei, von der Kripo, von Interpol und vom 3. Polizeidistrikt in Minneapolis. Aber nach unseren Recherchen ist dieser Bob Crabb nur ein pensionierter Lehrer der Universität von Minnesota.«

»Professor«, korrigierte Wisting ihn und war froh, dass der Journalist bisher noch nichts über die Beteiligung des FBI herausgefunden hatte.

»Mein Punkt ist, wieso da so ein riesiger Apparat in Bewegung gesetzt wurde. Ich könnte das ja verstehen, wenn es sich um einen wichtigen Politiker handelt oder so etwas, einen Hollywood-Star, aber ein Rentner auf Urlaubstour in Norwegen?«

Wistings Gedanken waren träge. Er hatte schon viele ähnliche Anrufe von Journalisten bekommen, die ihn mit Informationen konfrontierten, die von den Ermittlern aus taktischen Gründen unter Verschluss gehalten wurden. Er war daran gewöhnt, zu improvisieren und die Fragen mit Kommentaren zu parieren, die so schwammig waren, dass sie beinahe schon die Grenze zur Lüge streiften. Jetzt allerdings war sein Gehirn wie abgestorben, und er brachte kein einziges Wort heraus.

Er hörte den Journalisten mit irgendwelchen Papieren rascheln.

»Nach der Berichterstattung in der heutigen Ausgabe

sind wir in Kontakt mit einem Hochschullehrer namens Endre Jacobsen gekommen. Er und sein Sohn haben die Leiche gefunden, als sie einen Weihnachtsbaum schlagen wollten. Er ist sich völlig sicher, dass die Leiche sorgfältig unter den Zweigen versteckt war. Dass er sich da weder so hingelegt haben kann noch dass es ein Unfall war.«

»Aha«, sagte Wisting abermals.

»Ich verstehe schon, dass Sie nicht viel über die Sache sagen können«, fuhr der Journalist fort, »aber ermitteln Sie jetzt in einem Mordfall oder nicht?«

Wisting räusperte sich und öffnete den Mund, um dem Journalisten die Standardantwort zu geben, die da lautete, dass sie alle Möglichkeiten in Betracht zogen. Plötzlich jedoch erwachte sein Gehirn zu neuem Leben. Der Journalist hatte Kontakt zur amerikanischen Polizei aufgenommen. Was bedeutete, dass der Fall in der folgenden Ausgabe sowieso wieder aufgegriffen würde. Eine Möglichkeit für Wisting, den Informationsfluss zu steuern.

»Wir ermitteln in einer Mordsache«, bestätigte er und dachte, dass dies vielleicht die beste Möglichkeit wäre, den Fall voranzutreiben. Alles, was ihnen über Bob Crabbs Aufenthalt in Norwegen bekannt war, hatten sie von der Zimmerwirtin erfahren. Sie mussten einfach mehr wissen. Irgendwo gab es eine Verknüpfung zwischen dem amerikanischen Professor und Robert Godwin.

»Wir wissen sicher, dass er zum letzten Mal am Mittwoch, dem 10. August, um die Mittagszeit im Restaurant Skipperstua im Zentrum von Stavern gesehen wurde«, fuhr er fort. »Derzeit arbeiten wir daran, alle seine Bewegungen in Norwegen zu ermitteln.«

»Haben Sie eine Theorie darüber, was da passiert sein kann?« Der Journalist war hellhörig geworden und wusste, dass die Stimmung sich verändert hatte.

»Nichts Konkretes.«

»Warum haben Sie so lange gewartet, das bekanntzugeben?«

»Wir wollten uns sicher sein, dass es sich überhaupt um einen Mordfall handelt.«

»Sonst noch etwas, das Sie zurückhalten?«

»In einer Ermittlung wie dieser halten wir niemals etwas zurück. Die Schwierigkeit unserer Arbeit besteht darin, dass seit dem Mord vier Monate vergangen sind. Und das hat es für die Rechtsmediziner und Kriminaltechniker nicht gerade einfach gemacht, zu einem Ergebnis zu kommen. Jetzt hoffen wir darauf, dass irgendwer Informationen hat, die uns erklären können, was genau geschehen ist.«

Der Journalist hatte zwar noch weitere Fragen, schien das Gespräch aber dennoch beenden zu wollen, um die Deadline einzuhalten.

Nachdem Wisting aufgelegt hatte, blieb er auf dem Rücken liegen und betrachtete das vom Mondlicht hervorgerufene Schattenmuster, das langsam über die Wände und die Decke glitt. Der Fall würde in Fahrt kommen, dachte er. Dann wurde es dunkler im Zimmer. Eine tiefliegende, blauschwarze Wolke schob sich vor den Mond.

66

Im Laufe der Nacht hatte sich das Wetter geändert. Es war milder geworden, und als Wisting auf dem Hof des Präsidiums parkte, fielen die ersten Schneeflocken.

Auf dem Weg hinein traf er Christine Thiis. Sie hatte eine Ausgabe von VG bei sich.

»Hätten wir das vorher nicht besprechen sollen?«, fragte sie leicht verkniffen und hielt die Zeitung hoch.

Christine Thiis war die zuständige Polizeijuristin in diesem Fall. Alle Verlautbarungen gegenüber der Presse sollten, formell betrachtet, über sie gehen, oder zumindest vorab mit ihr besprochen werden.

Wisting gab ihr recht und erklärte, dass dazu keine Zeit geblieben sei.

»Die werden sowieso eine Story bringen«, sagte er und hielt ihr die Tür auf. »Und da gibt es zwei Möglichkeiten. Ich dachte, wir versuchen, sie dahin zu bekommen, dass sie es auf unsere Art machen.«

Christine Thiis nickte. Sie war erst seit zwei Jahren in der Behörde und zögerte noch immer, die erfahrenen Ermittler zu kritisieren. Außerdem war sie nicht der Typ, der auf Prinzipien und Formalitäten herumritt.

Leif Malm hatte angekündigt, dass er um zehn Uhr mit einem Ermittler der schwedischen Polizei eintreffen würde. Wisting entschied sich daher für eine kurze Morgenbesprechung. Er berichtete den Kollegen über die letzten Informationen aus Schweden und bat Nils Hammer und Espen Mortensen, an dem Gespräch mit dem schwedischen Beamten teilzunehmen. Dann informierte er über den Hintergrund des aktuellen VG-Berichts, worin Wistings Stellungnahme zu der Mordermittlung zitiert wurde und dem ein Bild von Bob Crabb hinzugefügt worden war.

Der jüngere FBI-Ermittler war nicht gekommen. Wisting konnte Donald Baker ansehen, dass ihm nicht gefiel, was er da hörte.

»Wir laufen Gefahr, ihn zu verscheuchen«, wandte Baker ein, ohne seine norwegischen Kollegen unmittelbar zu kritisieren.

»Die Polizei in Minneapolis hatte das meiste bereits bestätigt«, erklärte Wisting. »Das hier ist ein Versuch, die Geschichte so zu drehen, dass wir einen Nutzen davon haben.«

Hammer hielt den Artikel mit dem Foto von Bob Crabb hoch.

»Ich möchte bezweifeln, dass sich irgendwer erinnert, ihn an einem geschäftigen Sommertag vor vier Monaten gesehen zu haben.«

Christine Thiis beendete die Diskussion.

»Ich bin mit der getroffenen Entscheidung einverstanden«, sagte sie. »Wir können die Presse nicht ewig an der Nase herumführen. Das Ganze war eine gute Reaktion, die uns vielleicht etwas bringen kann.«

Wisting war dankbar für die Unterstützung, wäre dem Zeitungsartikel aber gern ein Stück voraus gewesen. Weitere Journalisten und Medienvertreter würden sich bald melden. Vermutlich war es nur eine Frage der Zeit, bis sie über die Anwesenheit des FBI informiert wären und herausfinden würden, womit die Polizei sich eigentlich beschäftigte.

»Ich werde unseren Pressesprecher hinzubitten, damit er sich um die Medien kümmern und den Informationsfluss steuern kann«, fuhr Christine Thiis fort.

»Nun«, sagte Wisting. »Wir haben viel zu tun. Torunn hat eine Liste mit sechsundvierzig in Frage kommenden

Personen erarbeitet. Langsam wird es Zeit, sie auch einzusetzen. Ich schlage vor, dass wir ein Bild von Bob Crabb mitnehmen, an die Türen klopfen und fragen, ob einer ihn im Sommer gesehen hat. Lasst es wie eine allgemeine Tür-zu-Tür-Aktion aussehen, eine ernstzunehmende Befragung. Und dabei müssen wir dann vorfühlen und herausfinden, ob wir da mit jemandem sprechen, den wir streichen können oder den wir genauer unter die Lupe nehmen müssen.«

Wisting erhob sich und beendete die Besprechung. Er überließ es Torunn Borg, die praktischen Fragen zu erörtern.

»Vergesst dabei aber nicht, immer zu zweit loszugehen«, sagte er. »Einer von denen auf der Liste kann unser Mann sein.«

Nach der kurzen Besprechung ging Wisting in sein Büro. Nachdem die anderen nach Hause gegangen waren, hatte er hier die letzten Abende damit verbracht, die Dokumente über die zwölf Vermisstenfälle genau zu studieren. Er hatte sich nicht damit begnügt, die Ermittlungsberichte durchzulesen, sondern sich auf der Jagd nach Einzelheiten und Details, die ein Muster zeigen könnten, durch alle Papierstapel gewühlt. War irgendwo an verschiedenen Orten ein bestimmter Autotyp beobachtet worden? Hatte es wiederkehrende Personenbeschreibungen gegeben?

Bevor die amerikanischen Ermittler den berühmten Serienmörder Ted Bundy verhaften konnten, hatten sie ein Muster entdeckt. Zeugen an einigen der Tatorte war ein junger Mann mit einem Arm in der Schlinge aufgefallen. Unter dem Vorwand, sich den Arm verletzt zu haben und praktische Hilfe zu benötigen, hatte sich der Mörder seinen Opfern genähert, und gleichzeitig hatte ihn die Schlinge harmlos wirken lassen.

Wisting lehnte sich zurück. Diese Art der Polizeiarbeit konnte man keinem Computer überlassen. Es ging darum, jedes winzigste Detail wahrzunehmen, um dann schließlich auf genau das zu stoßen, was alles im richtigen Licht erscheinen ließ. Das Problem war, dass er nicht wusste, wonach er suchte. Er war nicht einmal sicher, ob es solch ein Detail überhaupt gab, und falls es vorhanden war, hieß das noch nicht, dass er es sofort entdecken würde. Doch alle Informationen blieben in einem Winkel seines Gehirns liegen und arbeiteten dort weiter. Und dann konnte plötzlich ein Satz aus irgendeinem anderen Bericht auftauchen und dazu führen, dass er alles viel klarer und deutlicher sah.

Allerdings hatte er in den Papierstapeln bisher nur eine erhebliche Variationsbreite entdecken können. Alle Frauen waren zwar im Sommerhalbjahr verschwunden, doch an verschiedenen Wochentagen, zu verschiedenen Uhrzeiten und an unterschiedlichen Orten. Einige waren auf dem Heimweg gewesen, andere auf dem Weg zur Schule oder unterwegs, um sich mit Freunden zu treffen. Der einzige gemeinsame Nenner war, dass sie sich alle in der Nähe einer Fernverkehrsstraße mit starkem Durchgangsverkehr aufgehalten hatten.

Wisting blickte auf die Karte mit den Fotos der Frauen an der Wand. Er hatte das Bild der Dunkelhaarigen aus Oslo, mit dem Piercing in der Augenbraue, und das von Diana aus Drammen abgenommen, so dass nur noch zehn blonde Frauen übrig waren.

Neben der Karte mit den mutmaßlichen Opfern hing eine Karte des Polizeidistrikts. Im Westen grenzte er an Telemark, im Norden an Lardal und den inneren Teil Vestfolds und im Osten an Andebu und Sandefjord. Nicht mehr als ungefähr fünfhundert Quadratkilometer. Rund dreiundvierzigtausend Einwohner.

Wisting stand auf und trat näher an die Karte heran. Er nahm einen Kugelschreiber zur Hand, suchte nach dem Hof, wo sie das Skelett auf dem Grund des Brunnens gefunden hatten, und malte einen Kreis darum. Dann kreuzte er die beiden Stellen an, an denen sie die leeren Brunnen gefunden hatten.

Irgendetwas, das in seinem Unterbewusstsein gärte, war auf dem Weg an die Oberfläche. Alle Höfe haben doch wohl einen Brunnen, hatte Espen Mortensen gesagt, bevor es ihnen gelungen war, die drei Orte zu lokalisieren, die Bob Crabb fotografiert hatte. Jetzt erschien es Wisting, als ob der Satz irgendetwas in seinem Gehirn zurechtrückte. Fast wie eine Lampe, die einen Winkel in der Gedankenhöhle erhellte.

Er trat zurück an den Schreibtisch und suchte die Aussage von Per Halle heraus, dem Besitzer der Weihnachtsbaumplantage. Ganz oben in den Personalangaben auf dem Vernehmungsbogen stand seine Telefonnummer.

»Nur eine kurze Frage«, sagte Wisting, nachdem er seinen Namen genannt hatte. »Haben Sie einen Brunnen auf Ihrem Hof?«

Der Mann am Telefon zögerte, bevor er antwortete.

»Keinen, der zurzeit in Gebrauch ist.«

67

Line erwachte vom Geräusch der Dusche. Sie setzte sich halbwegs auf und wippte ein wenig auf der ungewohnt weichen Matratze herum, bevor sie den Kopf auf das Kissen zurücksinken ließ. In einem fremden Hotelzimmer aufzuwachen, war eine ungewohnte Erfahrung, die sich aber weder falsch noch peinlich anfühlte.

Das Geräusch aus dem Badezimmer erstarb. Sie hörte ein paar andere, unbestimmbare Geräusche, dann kam John heraus. Er hatte sich in ein Handtuch gewickelt, seine Haare tropften.

»Bist du wach?«, fragte er mit einem Lächeln.

Line setzte sich wieder auf. Mit einer Verlegenheit, die einige Stunden verspätet kam, zog sie die Bettdecke bis zum Hals herauf. John kam zu ihr, beugte sich über das Bett und küsste sie.

»Tut mir leid«, sagte er. »Aber ich habe eine Besprechung. Ist das okay?«

Sie antwortete mit einem Lächeln. Sie hatte nichts dagegen, dass er ging, denn es war ihr angenehmer, sich in aller Ruhe und allein anziehen und auf den Tag vorbereiten zu können.

»Es könnte ein langer Tag werden«, fuhr er fort. »Aber ich hoffe, dass wir uns heute Abend sehen können. Vielleicht zeigst du mir ein bisschen was von deiner Stadt?«

»Ich muss auch arbeiten«, gab sie zurück. »Aber schick mir doch eine SMS, falls du was unternehmen willst.«

»Mach ich«, versicherte er und verschwand wieder im Bad. Fünf Minuten später erschien er in weißem Hemd,

Krawatte und schwarzem Anzug. Er ging zu ihr und gab ihr noch einen Kuss. Dieses Mal schmeckte er nach Zahncreme. Dann ging er auf die Tür zu und nahm das *Bitte nicht stören*-Schild mit sich.

»Bleib liegen, solange du magst«, sagte er und ging.

Sobald er die Tür hinter sich geschlossen hatte, warf Line die Decke zur Seite und setzte sich auf die Bettkante. Am Abend zuvor hatten sie die Vorhänge nicht zugezogen. Draußen hatte es wieder angefangen zu schneien. Die weißen Flocken schwebten dicht an dicht durch die Luft und bildeten einen matten, sanften Schleier.

Line hob ihr Höschen vom Boden auf, ging ins Bad und stellte sich unter die Dusche. Das Wasser hatte genau die richtige Temperatur. Sie seifte sich ein, schloss die Augen und hielt das Gesicht in den heißen Strahl. Sie ließ das Wasser über ihren Körper strömen und lehnte sich dabei mit dem Rücken an die glatten weißen Fliesen an der Wand. Sie ließ sich Zeit und dachte zurück an den Abend und die Nacht. Es gab nichts zu bereuen. Dann wanderten ihre Gedanken wieder zu Viggo Hansen und der Reportage, an der sie arbeitete.

Sie stellte das Wasser ab, nahm ein Handtuch und trocknete sich ab. Dann zog sie ihr Höschen an, beugte sich über das Waschbecken und wischte mit der Hand über den beschlagenen Spiegel. Dort zeichnete sich deutlich ein Lächeln auf ihrem Gesicht ab, bevor der Dampf wieder alles verschleierte.

Neben dem Waschbecken stand John Bantams Kulturtasche. Lines Blick fiel auf eine ID-Karte, die eingeklemmt zwischen Zahnpastatube und Deodorant lag. Auf der Karte war ein Bild des Mannes zu sehen, mit dem sie die Nacht verbracht hatte. Doch nicht das erregte ihr Interesse, sondern die fetten Buchstaben daneben. FBI.

Line nahm die Karte heraus und sah sie sich genauer an.

Special Agent John Bantam of the Federal Bureau of Investigation, United States Department of Justice.

Sie wich einen Schritt zurück, behielt den Dienstausweis jedoch in der Hand. Ein leichtes Frösteln durchfuhr sie.

Er hatte gesagt, er sei Analytiker, dachte sie. Dass sein Job darin bestehe, Informationen für öffentliche Behörden einzuholen und Dinge im Zusammenhang zu betrachten.

Lines Gedanken wirbelten durcheinander. John Bantam arbeitete für das FBI. Was tat er hier in Norwegen? Welchen Auftrag hatte er?

Viele kleine Dinge passten plötzlich zusammen und wurden zu einem großen. Der Fall, über den ihr Vater nicht reden wollte. Sandersen, der aus der Nachrichtenabteilung anrief und sich über die Überstunden der Rechtsmediziner wunderte. Das auf einen Einsatz wartende Team der Kriminaltechniker von der Kripo. Alles drehte sich um den Mann, der unter den Weihnachtsbäumen auf dem Bauernhof Halle tot aufgefunden worden war. Line wusste nicht, was da vorging, aber es war etwas Großes.

Ein Fall, der sogar einen Spezialagenten vom FBI nach Norwegen gebracht hatte. So musste es zusammenhängen.

Line spürte, wie sich ihr Herz zusammenzog. Sie fühlte sich benebelt und verwirrt.

Sie trat aus dem Bad, nahm ihre Tasche und holte das Handy heraus. Im Laufe der Nacht hatte sich der Akku entladen. Ohnehin wusste sie nicht, wen sie anrufen sollte. Ihren Vater oder Sandersen in der Nachrichtenabteilung. Offensichtlich gab es hier eine Story. Eine große Sache. Sie wusste nicht, wann das FBI die norwegische Polizei zuletzt unterstützt oder mit ihr zusammengearbeitet hatte. Als *Der Schrei* und die *Madonna* aus dem Munch-Museum gestohlen worden waren, landeten sie auf der FBI-eigenen

Top-Ten-Liste der meistgesuchten gestohlenen Kunstwerke der Welt, aber Line konnte sich an keinen Fall erinnern, bei dem das FBI an einer Ermittlung in Norwegen beteiligt gewesen war.

Sie zog sich an und verließ mit nassen Haaren das Hotel. Der Wagen war von einer Schicht Neuschnee bedeckt. Line fegte die Frontscheibe frei, warf ihre Tasche auf den Beifahrersitz und setzte sich hinein.

Unter der Haube gab der Motor schleifende und ratternde Geräusche von sich, bevor er schließlich ansprang und langsam in einen gleichmäßigen Arbeitsrhythmus verfiel. Die Heizung blies kalte Luft ins Wageninnere, und Line zog Kopf und Schultern ein, um durch die kleine Öffnung am unteren Rand der beschlagenen Scheibe spähen zu können.

Nach ein paar hundert Metern fing der Motor an zu stottern. Er ächzte und klapperte wie nie zuvor. Die Tachonadel fiel von sechzig auf fünfzig. Line probierte den alten Trick und trat das Gaspedal durch. Für einen Augenblick lief der Motor ganz normal. Die Nadel kroch von vierzig auf fünfundvierzig. Dann setzte wieder das Rütteln ein. Line trat abermals das Gaspedal durch, doch dieses Mal funktionierte es nicht. Unvermittelt setzte der Motor aus. Am Armaturenbrett blinkten mehrere Signallampen. Der Wagen rollte nur noch, und hinter ihr begann sich der Verkehr zu stauen. Im letzten Moment schaffte sie es, auf eine Bushaltestelle einzubiegen. Als sie den Fuß vom Gaspedal nahm, um zu bremsen, machte der Wagen einen letzten Satz und blieb schließlich stehen.

Line betätigte den Schlüssel in der Zündung. Der Anlasser drehte sich, doch aus dem Motorraum kamen nur ein paar erstickte Geräusche.

Sie drehte den Zündschlüssel vor und zurück, zog ihn

heraus und schob ihn mehrmals wieder hinein, während sie das Gaspedal durchdrückte.

Lediglich die Scheibenwischer bewegten sich ein Stückchen und verharrten schließlich in der Mitte der Scheibe.

Line spürte Schweißperlen auf der Stirn.

»Jetzt komm schon!«, rief sie, drehte den Zündschlüssel ein weiteres Mal und gab abermals Gas, aber ohne Erfolg.

Mit den Händen am Lenkrad saß sie da und starrte vor sich hin. Graue, schwere Schneeflocken fielen herab und blieben auf der Frontscheibe liegen.

Sie war nicht warm genug angezogen, um jetzt loszulaufen, und durchsuchte Handschuhfach und Mittelkonsole nach einem Ladegerät für das Handy. Im Ablagefach an der Fahrertür fand sie eine signalgelbe Reflexweste, die immer noch in einer durchsichtigen Plastikverpackung steckte. Line kam sich dumm vor, zog die Weste jedoch an und trat hinaus in das Schneegestöber. Wenn sie Glück hätte, würde es nicht lange dauern, bis jemand vorbeikam, den sie kannte und der sie mitnehmen könnte.

Sie öffnete den Kofferraum und nahm das Warndreieck heraus. Sie hatte es noch nie zuvor benutzt und brauchte eine Weile, um es aufzubauen. Gerade als sie losgehen wollte, um es am Straßenrand aufzustellen, bog ein Wagen auf die Bushaltestelle ein. Er rollte bis dicht an sie heran und blieb stehen, dann stieg der Fahrer aus.

»Brauchen Sie Hilfe?«, fragte er.

Im ersten Moment war Line froh, ein bekanntes Gesicht zu sehen. Dann jedoch sah sie das Dunkle in seinem Blick und begriff, dass irgendetwas völlig faul war.

68

Der Ermittler der schwedischen Kriminalpolizei hieß Ingemar Bergquist. Er war Kriminalkommissar, eine der höchsten Positionen, die man ohne Jurastudium in der Hierarchie des schwedischen Polizeiapparats einnehmen konnte. Er war ein ernsthafter Mann um die fünfzig und hatte welliges schwarzes Haar, das Wisting für ein Toupet hielt. Bergquist trug fünf dicke Dokumentenmappen, die er nun zu einem Stapel zusammenlegte.

Neben Wisting nahmen noch sechs weitere Personen teil: Leif Malm von der Kripo saß neben seinem schwedischen Kollegen. Es folgten Christine Thiis, Espen Mortensen, Donald Baker und John Bantam, der in letzter Minute und etwas atemlos hereingekommen war.

Eigentlich hätte Wisting auch gern Nils Hammer dabeigehabt, hatte ihn aber zum Bauernhof Halle schicken müssen, um den Brunnen zu lokalisieren, der fünfzig Meter vom Fundort der Leiche Bob Crabbs entfernt liegen sollte.

Zuerst ließ er Donald Baker die zwanzig Jahre zurückliegenden Ermittlungen des FBI erläutern. Dann fasste er den aktuellen Fall in kurzen Zügen zusammen. Die Leiche unter den Weihnachtsbäumen, die Broschüre mit den Fingerabdrücken von Robert Godwin, die Frauenhaare in der Hand des Toten und die Liste der vermissten Frauen.

»Haare von einer Frau?«, fragte der schwedische Ermittler. »Sind Sie da ganz sicher?«

»Wir haben zwei voneinander unabhängige Tests durchgeführt«, erklärte Espen Mortensen. »Das Ergebnis war eindeutig.«

Ingemar Bergquist schüttelte verständnislos den Kopf. Die steifen Haare seines Toupets bewegten sich unnatürlich.

»Wie erklären Sie sich das?«, wollte er wissen.

»Perücke«, sagte Wisting.

Erst als das Wort seinem Mund entschlüpfte, wurde ihm der Zusammenhang richtig klar.

»Robert Godwin hat sehr wahrscheinlich sein Aussehen verändert«, beeilte er sich zu sagen. »Das gilt auch für seine Haare. Anscheinend benutzt er eine Perücke oder ein Toupet. Die werden aus echten Haaren hergestellt. Arme Frauen in Osteuropa und Indien verkaufen ihr Haar an Perückenmacher.«

Espen Mortensen starrte ihn an und öffnete den Mund, schloss ihn jedoch wieder und nickte einvernehmlich.

»Das könnte eine Erklärung sein«, sagte er.

Wisting erteilte wieder Donald Baker das Wort. Der berichtete über die Vorgeschichte des Serienmörders und erläuterte die Theorie, gemäß der Godwin nach Skandinavien geflohen war und die Identität eines anderen Mannes angenommen hatte.

»Ein Caveman«, sagte der schwedische Ermittler nachdenklich. »Interessant.«

»Wir versuchen, den Fall von zwei Seiten anzugehen«, fuhr Wisting fort. »Zunächst wollen wir herausfinden, hinter welcher Identität er sich verbirgt. Darüber hinaus glauben wir, dass er sich in dieser Gegend versteckt hat, weil seine Vorfahren von hier stammen. Das ist dieselbe Spur, der Bob Crabb gefolgt ist und die ihn im Sommer hierhergebracht hat. Wir glauben, dass Godwin möglicherweise zu seinen Wurzeln zurückgekehrt ist, und ermitteln daher den Teil seiner Vorfahren, der in Norwegen blieb, als einer seiner Ahnen in die USA auswanderte.«

Der schwedische Ermittler hatte sich viele Notizen gemacht. Jetzt war er an der Reihe, seine Fakten zu präsentieren.

»Am 27. Juli 1996 verschwand Agneta Gunnarson«, begann er und legte das Foto einer jungen Frau auf den Tisch. Ihr blondes Haar war zu einem Pferdeschwanz gebunden, der von einem flauschigen Haarband zusammengehalten wurde.

»Am Vormittag nahm sie den Bus zum Einkaufszentrum Torp, sieben Kilomter außerhalb vom Stadtzentrum Uddevalla. Die letzte Spur von ihr ist das Foto einer Überwachungskamera vor einem Hennes-&-Mauritz-Geschäft, aufgenommen um 15.23 Uhr.«

Er holte ein weiteres Bild hervor. Eine andere blonde Frau.

»Sonia Thuv«, sagte er. »Zuletzt gesehen auf dem Campingplatz Daftö außerhalb von Strömstad. Sie hatte dort im Kiosk einen Ferienjob, kam aber nie nach Hause zurück, nachdem der Kiosk am Abend des 4. August 1999 schloss.«

Die dritte Frau hieß Lisbeth Larsson und kam aus Göteborg.

»Sie wollte am Abend des 11. Juni 2002 per Anhalter nach Kungsbacka fahren. Zuletzt gesehen wurde sie an einer Kreuzung bei Mölndal, südlich von Göteborg.«

»Wir haben auch eine Anhalterin«, warf Espen Mortensen ein.

»Mehrere der Opfer in Minnesota waren ebenfalls per Anhalter unterwegs«, sagte Donald Baker.

»Anja Lundgren wollte auch ein Auto anhalten«, erklärte Bergquist und legte das Foto einer Überwachungskamera vom 28. Juni 2008 zu den anderen Bildern. »Der letzte Zeuge sah sie an einer Q8-Tankstelle in Hisings Backa, nördlich von Göteborg.«

Der schwedische Ermittler schob die vier Bilder zur Seite und legte ein Fahndungsplakat mit dem Foto eines kurzhaarigen, etwa achtzehn oder neunzehn Jahre alten Mädchens auf den Tisch, das große blaue Augen und Sommersprossen hatte.

»Und in diesem Sommer verschwand Kikki Lindén«, sagte er. »Ihr Fahrrad wurde hinter einem Bushäuschen an der Ausfallstraße nördlich von Trollhättan gefunden.«

Wisting zog das Plakat zu sich heran.

»Wann im Sommer?«, fragte er.

»Am 18. Juli.«

»Vier Tage, nachdem Bob Crabb in Norwegen ankam«, rechnete Mortensen aus.

»Was hat Sie veranlasst, diese Fälle im Zusammenhang zu betrachten?«, fragte Wisting.

»Ein dickköpfiger Polizist«, erwiderte der Ermittler aus Schweden. »Der Kollege von der Polizei in Trollhättan, der für den Fall Kikki Lindén verantwortlich war, wollte einfach nicht aufgeben. Als die letzten Spuren dieses Falls im Sande verliefen, fing er an, sich ähnliche Fälle anzusehen. Und fand einen Zusammenhang zwischen diesen fünf. Es sind alles junge blonde Frauen, sie sind innerhalb einer geografisch begrenzten Gegend verschwunden, es handelt sich weder um psychisch kranke noch selbstmordgefährdete Frauen, und nichts lässt vermuten, dass sie einen Unfall erlitten haben oder aus freien Stücken untergetaucht sind. Außerdem gibt es noch etwas, was sie von anderen unterscheidet. Sie gehören nicht zu dem Typ von Frauen, der mitunter in den Polizeiberichten erscheint. Sie sind weder mit einem gewalttätigen Ehemann verheiratet, noch gehören sie zum Drogen- oder Prostituiertenmilieu, und sie haben keinen Umgang mit Kriminellen. Sie waren schlichtweg zur falschen Zeit am falschen Ort.«

Wisting nickte. Die Einschätzung passte genauso gut zu den Frauen auf ihrer Liste.

»Haben Sie eine Spur?«, wollte Christine Thiis wissen.

»Wir haben gar nichts«, erwiderte Ingemar Bergquist. »Fünf Fälle ohne eine einzige konkrete Spur.« Der schwedische Ermittler sammelte die Fotos wieder ein. »Und was haben Sie?«

Christine Thiis überließ Wisting die Antwort.

»Wir haben zehn Fälle«, seufzte er. »Mindestens zehn Fälle, und keine Spur.«

Dann erläuterte er die beiden Richtungen in den Ermittlungen. Das Einkreisen von Robert Godwin und die Suche nach den Leichen, die er irgendwo zurückgelassen haben könnte.

»Und wie ist der Stand?«, fragte Bergquist.

Wisting warf einen Blick auf das Mobiltelefon auf dem Tisch.

»Wir sind gerade dabei, den vierten Brunnen zu öffnen«, erwiderte er.

»Und dieser amerikanische Serienmörder?«

»Wir wissen nicht, ob wir näher an ihn herankommen. Außerdem besteht natürlich die Gefahr, dass wir ihn verscheuchen.«

»Eine durchaus effektive Jagdmethode«, sagte der Mann aus Schweden. »Das Wild aufscheuchen, um es dann zu erledigen, wenn es auf der Flucht ist.«

»Ihn zu finden, ist aber nur eine Sache«, sagte Wisting. »Dann beginnt die eigentliche Arbeit erst. Wir müssen ihn mit jedem einzelnen Opfer in Verbindung bringen können.«

»Die geografische Verteilung gewährt uns einen Vorteil«, erwiderte der Schwede. »Wir müssen seine Bewegungen ermitteln und die Linie mit der der Opfer abgleichen. Dann sehen wir ja, ob und wie sie sich zeitlich oder örtlich berühren.«

Wisting nickte. Der schwedische Kollege hatte offenbar dasselbe taktische Vorgehen im Sinn. Allerdings würde es sich womöglich als unlösbare Aufgabe erweisen, Robert Godwin mit Tatorten in Verbindung zu bringen, die vor Jahren oder sogar Jahrzehnten aktuell gewesen waren. Der letzte schwedische Fall mit dem Mädchen aus Trollhättan ließ indes ein wenig Hoffnung aufkeimen. Gemessen am sonst üblichen Zeitrahmen einer Ermittlung, waren vier Monate nicht viel, und wenn sie Godwin erst mal mit einer Sache in Verbindung bringen könnten, würden sich früher oder später auch die anderen damit verknüpfen lassen. Wie fallende Dominosteine.

»Wenn wir Glück haben, hat er alles auf eine Karte gesetzt«, fuhr der Schwede fort. »Wollen wir fahren und uns ansehen, was in dem vierten Brunnen ist?«

69

Donald Baker und der Ermittler aus Schweden fuhren mit Wisting hinaus zum Bauernhof Halle. Espen Mortensen, Leif Malm und John Bantam folgten im Wagen dahinter.

Der erneute Schneefall hatte schon wieder zu einem Verkehrschaos geführt. Ein Bus blieb mitten auf der Fahrbahn stehen und ließ einen Fahrgast aussteigen. An der Bushaltestelle stand ein eingeschneiter Wagen, auf dessen Dach die Konturen eines Warndreiecks erkennbar waren.

Die Fahrt zum Bauernhof Halle dauerte doppelt so lange wie normalerweise. Noch immer wurden Weihnachtsbäume verkauft, allerdings begann der Verkauf erst in vier Stunden.

Wisting stoppte den Wagen neben der Verkaufsbude. Zwischen den Bäumen war ein neuer, vom Schnee befreiter Weg entstanden. An dessen Ende stand ein Traktor mit einer orangenen Warnlampe auf dem Dach. Ein paar Männer waren mit einer Kette beschäftigt.

»In Stockholm scheint die Sonne«, seufzte Ingemar Bergquist und öffnete die Wagentür.

Wisting setzte eine Mütze auf, bevor er aus dem Wagen stieg.

»Bob Crabb wurde da drüben gefunden«, sagte er und zeigte auf eine Stelle inmitten des dichten Fichtenwalds.

»Wieso wurde er denn nicht in den Brunnen geworfen, wenn es hier einen gibt?«, fragte der Schwede.

Wisting antwortete nicht. Er zog die Jacke enger um den Hals und lief den freigeräumten Weg hinunter. Die anderen Ermittler folgten ihm schweigend. Nils Hammer kam ihnen entgegen. Seine Haare waren von Schnee bedeckt.

»Der Brunnen ist alt und tief«, erklärte er und schützte seine Augen mit der Hand vor den Schneeflocken. »Ist seit den sechziger Jahren nicht mehr benutzt worden. Früher lag da nur ein Deckel drauf, aber im Frühjahr hat der Bauer einen großen Feldstein auf die Öffnung gelegt. Wir versuchen gerade, ihn da herunterzubekommen.«

»Aha«, sagte der Schwede und beantwortete damit seine zuvor gestellte Frage, wieso Bob Crabbs Leiche nicht in dem Brunnen gelegen hatte. Alle waren sich einig, dass Robert Godwin ihn sehr wahrscheinlich dort hatte hineinwerfen wollen. Aber der alte Brunnendeckel war gegen einen unverrückbaren Felsblock ausgetauscht worden.

Mittlerweile war die Kette am Stein befestigt, und einer der Männer gab Per Halle ein Zeichen, mit seinem Traktor anzufahren und den Stein herunterzuziehen. Dicker schwarzer Rauch quoll aus dem Auspuff, als sich die große Maschine in Bewegung setzte. Der Steinblock knirschte, als er über die Brunnenkante gezogen wurde, und fiel dann herunter. Per Halle zog ihn ein paar Meter durch den Schnee, bis Hammer ihm ein Stoppzeichen gab.

Wisting und die anderen Ermittler traten an den Brunnen und blickten hinein. Einen guten halben Meter unter der Brunnenkante lag eine alte Waschmaschine. Darunter waren ein Fahrrad und anderer Metallschrott erkennbar.

Per Halle sprang aus dem Führerhaus und kam zu den anderen.

»Wir haben da ein paar alte Sachen reingeworfen, die in der Scheune herumstanden«, entschuldigte er sich.

»Was ist denn da unter dem ganzen Zeug?«, fragte Wisting.

»Wasser, was sonst. Ich verstehe immer noch nicht, was Sie eigentlich vorhaben.«

»Wir wollen auf den Grund«, sagte Hammer.

»Na gut, also an meinem Lastwagen ist ein Kran befestigt«, bot der Bauer an. »Der wäre in einer Viertelstunde einsatzbereit.«

Per Halle wartete die Antwort nicht ab, sondern setzte sich wieder in seinen Traktor und tuckerte los.

Hammers Leute spannten ein Arbeitszelt neben den Brunnen und hängten große Planen als Sichtschutz auf. Die schneebedeckte Landschaft war zu einem Kommandoplatz umfunktioniert worden, auf dem hektische Aktivität herrschte. Tragbare Stromaggregate wurden angeworfen und Scheinwerfer aufgestellt.

Per Halle kam rückwärts mit dem Lastwagen an den Brunnen gefahren. Er manövrierte den Kranarm über die Öffnung, während einer der Polizisten mit einem Lastenseil hinunterkletterte, das er an der Waschmaschine befestigte. Dann wurde die Maschine langsam heraufgezogen und auf dem Boden neben dem Brunnen abgesetzt. Das Fahrrad und einige kleine Gegenstände wurden von zwei Polizisten heraufgezogen, die sich über die Brunnenkante beugten und sie entgegennahmen. Ein paar größere Gegenstände wie der Rahmen eines Mopeds und ein alter gusseiserner Holzofen mussten mit dem Kran nach oben befördert werden. Nach einer Weile war neben dem Brunnen ein Schrotthaufen herangewachsen, aber nun lag die Eisfläche im Brunnen frei. Eine Wagenachse ragte ein Stück weit daraus hervor. Der Polizist im Brunnen befestigte das Lastenseil an der Achse, und als sie heraufgehievt wurde, hing die gesamte Eisfläche wie ein Deckel daran.

Die Pumpe wurde wieder hinuntergelassen und eingeschaltet. Je tiefer der Wasserstand wurde, desto mehr Schrottteile tauchten auf. Einer der erfahrenen Männer von der Einsatztruppe hatte sich heruntergelassen und befestigte die verschiedenen Gegenstände am Lastenseil. Nach einer

Weile waren sie so tief hinuntergekommen, dass der Kranarm nicht mehr heranreichte. Stattdessen wurde eine Seilwinde mit einem Haken daran befestigt, der die restlichen Gegenstände heraufzog.

Wisting stand mit Leif Malm, dem schwedischen Ermittler und den beiden FBI-Agenten im Innern des Zelts. Die dem Brunnen zugewandte Längsseite war offen, so dass sie die Arbeiten verfolgen konnten. Wisting hatte eine Thermoskanne mitgebracht und verteilte nun Pappbecher, die er mit heißem Kaffee füllte.

Nils Hammer kam zu ihnen herein.

»Die ersten Journalisten sind da«, sagte er. »Zwei Typen von VG. Wir sperren den ganzen Bereich ab, damit sie sich nicht von der Seite heranschleichen können.«

Wisting nickte einvernehmlich. Solange die Journalisten keinen direkten Einblick bekämen, würde es so aussehen, als fänden hier an dem Ort, wo Bob Crabb vor einer knappen Woche tot aufgefunden worden war, nur weitere Untersuchungen statt.

Wisting biss in den Rand seines Pappbechers und blickte in den grauen Himmel. Wäre kein Schnee gefallen, hätten im Laufe des Tages ein paar Hubschrauber über ihnen gekreist.

Wenn der Brunnen tatsächlich enthielt, was sie befürchteten, würde Robert Godwin ohnehin verstehen, womit sie hier beschäftigt waren. Vermutlich hatten sie nur diesen einen Tag zur Verfügung, bevor Godwin aufgescheucht und vertrieben würde.

Von der Brunnenkante ertönte ein Ruf. Wisting warf den Pappbecher weg und ging näher heran. Aus dem Brunnen wurde gerade eine Rolle rostigen Stacheldrahts gezogen. Daran hing ein Gegenstand. Eine Handtasche.

Die Rolle wurde zur Seite bugsiert und blieb tropfend

am Kranarm hängen. Mortensen trat näher heran. Es war eine kleine braune Tasche mit Schulterriemen. Er löste sie vom Stacheldraht und trug sie ins Zelt.

Sie sah aus wie eine Ledertasche, war aber aus Plastik.

Wir sind am richtigen Ort, dachte Wisting. Er sah das Fahndungsfoto von Charlotte Pedersen vor sich, die 2009 verschwunden war. Das Foto war von einer Überwachungskamera an einer Statoil-Tankstelle außerhalb von Porsgrunn gemacht worden. Sie hatte Zigaretten und Kaugummi gekauft, die sie in eine kleine braune Tasche stopfte.

Mortensen legte die Tasche auf einen Tisch. Sie war von einer Schicht aus glitschigem, wachsartigem Schlamm überzogen. Er öffnete sie. Der Inhalt hatte sich teilweise in eine morastige Masse verwandelt, doch ein Lippenstift und eine kleine Parfumflasche waren klar erkennbar. Mortensen legte alles in eine Plastiktüte, kennzeichnete sie und trug den Fund in ein Protokoll ein.

Das braune Wasser, das aus dem Brunnen gepumpt wurde, bildete kleine Furchen im Neuschnee. Ein durchdringend fauliger Gestank lag in der Luft.

»Stopp!«, rief der Mann, der das Abpumpen kontrollierte. Der Motor wurde ausgeschaltet, und das Wasser versiegte.

Wisting trat an den Brunnenrand. Im Licht des Scheinwerfers konnte er ein unförmiges Bündel erkennen, das an der Oberfläche des dunklen Wassers zum Vorschein gekommen war. Einer der Männer seilte sich ab und zog vorsichtig an dem Bündel, bevor er das Lastenseil daran befestigte.

Langsam wurde ein tropfnasser Sack aus dem Brunnen gezogen. Das Geräusch des heruntertropfenden Wassers wurde von der Brunnenwand zurückgeworfen. Als der Sack die Brunnenkante erreichte, konnte Wisting sehen, dass es sich um einen Schlafsack handelte. Das Kopfende, an dem das Lastenseil befestigt war, war mit einem zerfransten Stück Tau verknotet.

Der Schlafsack blieb hin- und herschwingend über dem Brunnen hängen, während das Wasser von ihm heruntertropfte. Espen Mortensen legte eine Plane auf dem Boden aus. Nils Hammer ergriff den Schlafsack, zog ihn herüber und signalisierte, ihn herunterzulassen.

Die Männer bildeten einen Halbkreis um den Schlafsack.

Hilde Jensen, dachte Wisting. Sie war im Sommer 2005 mit Rucksack und Schlafsack von Risør in Richtung Kristiansand getrampt, um am Quartfestival teilzunehmen.

Hammer löste das Taustück und überließ Espen Mortensen das Übrige. Er bat zwei der Kollegen, den Stoff des Schlafsacks zu spannen, während er mit dem Skalpell einen meterlangen Schnitt ausführte.

Ein fauliger Gestank schlug ihnen entgegen. Ein paar der Ermittler wichen zurück. Wisting bedeckte Mund und Nase mit dem Unterarm und trat einen Schritt näher heran.

Im Schlafsack ragten zarte Knochen unter Stoffresten hervor.

Mortensen verlängerte den Schnitt und klappte den feuchten Schlafsack auseinander. Die menschlichen Überreste lagen mit dem Kopf nach unten im Schlafsack. Ein schmutziges Gesicht mit offenem Mund. Neben der Leiche lagen ein paar Steine, die offenbar benutzt worden waren, um den Schlafsack zu beschweren.

Schweigend klappte Mortensen den Schlafsack wieder zu und überführte ihn mit der Hilfe zweier Kollegen in einen Leichensack aus weißem Plastik. Der Schnee fiel lautlos vom Himmel und legte sich darüber.

Die Pumpe kam wieder zum Einsatz, musste aber nach wenigen Minuten erneut abgeschaltet werden.

Am Grund des Brunnens war ein weiteres Bündel aufgetaucht. Es schien dort schon länger gelegen zu haben, und die Ermittler wollten nicht das Risiko eingehen, es in diesem Zustand heraufzuhieven. Stattdessen wurde eine Trage hinuntergesenkt und unter das Bündel geschoben, so dass es, ähnlich einem verunglückten Bergsteiger, der aus einer Felsspalte gerettet wird, heraufgezogen werden konnte.

Es handelte sich um eine grobe Wolldecke, die zusammen mit einem großen flachen Stein von einem Seil zusammengehalten wurde. Die Decke befand sich in einem Zustand der Auflösung und erinnerte an mürbe gewordene Stoffstreifen um eine Mumie.

Mortensen ließ sich wieder dabei helfen, das Bündel in einen Leichensack zu legen, ohne es eingehender zu untersuchen.

Die Pumpe beförderte immer mehr dickflüssigen Schlamm nach oben. Die Männer, die die aufgesaugten Gegenstände sichern sollten, legten eine Reihe von kleinen braunen Knochen in durchsichtige Plastiktüten. Es musste sich um Teile einer Hand handeln.

Wisting trat wieder an den Brunnen heran. Er enthielt jetzt kein Wasser mehr. Der Abstand von der Brunnenkante zum Grund betrug ungefähr sieben Meter. Der Mann, der das Lastenseil bedient hatte, blickte zu ihm herauf. Seine Wangen waren von schmutzigen Schweißstreifen überzogen. Unter ihm lagen nicht identifizierbare Knochenteile ineinander verhakt. Zwei gelbliche Schädel lagen einander zugewandt, wie in ein intimes Gespräch versunken.

Wisting wandte sich zu Leif Malm.

»Ich glaube, du solltest dein Team kommen lassen«, sagte er.

»Die sind schon unterwegs«, erwiderte Malm.

70

In Wistings Wagen wurde es eng, als Leif Malm, Ingemar Bergquist und die beiden FBI-Agenten sich hineinsetzten, um zurück zum Polizeipräsidium zu fahren. Sie hatten gesehen, was sie sehen mussten. Am Fundort der Leichen konnten sie jetzt nichts mehr ausrichten.

Das Presseaufgebot vor den Absperrungen war größer geworden, als Wisting mit den anderen losfuhr. Erfahrene Journalisten, die eine Sensation witterten, saßen in ihren Autos am Straßenrand. Als sie Wisting langsam wegfahren sahen, stiegen sie aus. Vorläufig wussten sie nicht, worum es sich bei der Polizeiaktion handelte, dachte Wisting. Wenn es allerdings herauskäme, würde die Journalistenmeute von Minute zu Minute anwachsen, wie ein Virus, das sich in Rekordzeit ausbreitet.

»Er wird uns entgleiten«, sagte Donald Baker und wich dem Blick einer Kameralinse aus. »In wenigen Stunden ist er außer Landes.«

Sobald sie die Pressevertreter passiert hatten, begann Wistings Handy zu klingeln. Er nahm es und sah auf das Display. *Morten P*, VG.

»Allerdings sind wir jetzt dichter an ihm dran, als Sie es in zwanzig Jahren gewesen sind«, erinnerte ihn Wisting.

Als sie zur Hauptstraße kamen, erhöhte er die Geschwindigkeit. Ein entgegenkommender Lastwagen wirbelte eine Wolke aus Schnee auf und nahm ihnen die Sicht.

»Wir haben die Liste mit den in Frage kommenden Namen«, sagte Wisting und bremste ab. »Wir können alle darauf durch den Zoll an der Ausreise hindern. Wenn einer der

Namen auf einem Flug- oder Fährticket auftaucht, können wir das verfolgen.«

»Das Problem ist nur, dass wir nicht wissen, ob er auf der Liste steht«, wandte Leif Malm ein.

Wisting hatte bereits Torunn Borg angerufen, um sie zu bitten, die Namen an den Zoll weiterzugeben.

Im Präsidium wurde Wisting vom Pressesprecher des Polizeidistrikts empfangen. Es war 13.00 Uhr. Sie zogen sich kurz in Christine Thiis' Büro zurück, wo Wisting sie über die Situation aufklärte.

»Wir müssen eine Mitteilung an die Presse rausschicken und eine Pressekonferenz einberufen«, sagte der Sprecher sogleich. »Wann könnt ihr vor die Presse treten?«

Wisting war schon wieder an der Tür.

»Wir können uns mit der Presse beschäftigen, wenn Robert Godwin verhaftet ist«, erwiderte er. »Vorläufig haben wir Wichtigeres zu tun.«

Die nächsten Stunden flossen zäh dahin. Alle Bemühungen führten nicht weiter. Jetzt ging es darum, sich mit dem Strom treiben zu lassen und abzuwarten, was geschah.

Nachdem VG ein Foto von Bob Crabb abgedruckt hatte, waren einige Hinweise hereingekommen. Alle Notizen lagen auf Wistings Schreibtisch. Zwei von Crabbs Nachbarn in Stavern hatten sich gemeldet, ohne weitere Hinweise geben zu können, und ein Rentnerehepaar glaubte, ihn an Bord einer Fähre nach Dänemark gesehen zu haben, wo sie Ferien gemacht hatten.

Ein Passagier, der im selben Flugzeug nach Norwegen gekommen war, glaubte sich melden zu müssen, hatte aber an Bord nichts Außergewöhnliches an Crabb bemerkt. Drei weitere Anrufer meinten, im Sommer einen Mann in Stavern gesehen zu haben, der der Person auf dem Foto glich, konnten jedoch keine genauen Zeitangaben machen und hatten in diesem Zusammenhang auch keine weiteren Beobachtungen angestellt.

Prinzipiell unterschied sich dieser Fall nicht von anderen. Die Fahndung nach einem Verdächtigen war ein Unterfangen, das in zahllose Sackgassen führte und Unmengen Zeit und Energie vergeudete.

Um Viertel vor zwei kam der erste Wagen mit den menschlichen Überresten. Der Schießstand im Keller des Präsidiums wurde als provisorischer Sammelpunkt eingerichtet. Wisting ging hinunter, um nachzusehen, wie die Techniker von der Kripo ihre Arbeit organisierten.

Der Gestank des fauligen Brunnenwassers hatte sich inzwischen auch hier ausgebreitet und überdeckte den Geruch von Blei und Pulver, der für gewöhnlich in den Wänden saß.

Der Schießstand bot nicht nur den meisten Platz, sondern verfügte außerdem über eine separate Ventilation mit häufigem Luftaustausch, um eine Ansammlung gefährlicher Gase, die beim Schießen auftraten, zu vermeiden.

Auf dem Boden waren dicke Plastikplanen ausgerollt worden. Männer in weißen Overalls machten Notizen, fotografierten, sortierten und registrierten. Einer von ihnen war der Kriminaltechniker Jon Berge, der bereits an der per Video übertragenen Obduktion teilgenommen hatte. Er nickte Wisting kurz zu und widmete sich wieder seinen Aufzeichnungen.

In eine Wolldecke eingewickelt lag eine Leiche im Flutlicht der großen Deckenlampen nahe bei der Tür. Ein Kriminaltechniker fotografierte das zusammengeknotete Tau aus nächster Nähe und schnitt es dann durch. Die Wolldecke wurde aufgeschlagen. Vor ihnen lag eine wachsartige Gestalt mit den äußeren Konturen eines Körpers. Wisting hatte ähnliche Verwandlungen schon bei Wasserleichen und anderen Körpern gesehen, die lange in feuchter Umgebung gelegen hatten. Das Körperfett hatte sich in eine weiße, spröde, aufgequollene Masse verwandelt, die an geronnenes Stearin erinnerte.

Die makabren Überreste würden die Identifizierung allerdings leichter machen, als wenn nur Knochen übrig wären. Durch Gewebeproben würden sie ein DNA-Profil erhalten, doch schon jetzt gab ein verblichener roter Ledergürtel mit rostiger Schnalle einen Hinweis darauf, um wen es sich handelte. Silja aus Vinstra. Über vierhundert Kilometer war sie in einem Wagen transportiert worden, bevor man sie in den Brunnen geworfen hatte.

Wisting versuchte sich vorzustellen, was sie durchlebt haben mochte, bevor sie in die Wolldecke eingewickelt und fest darin verknotet worden war. Bevor Godwin begonnen hatte, seine Spuren in den USA zu verwischen, hatte er seine Opfer in Straßengräben entlang der Interstate Highways geworfen. Kriminaltechniker und Rechtsmediziner hatten somit genügend Untersuchungsmaterial zur Verfügung und konnten feststellen, dass einige der Opfer noch bis zu zweiundsiebzig Stunden gelebt hatten, bevor sie getötet wurden. Im Laufe dieser Stunden waren sie mehrmals vergewaltigt worden.

»Die Körper weisen verschiedene Stufen der Verwesung auf«, erläuterte Jon Berge. »Alles ist abhängig von der Zeitspanne, die sie im Brunnen gelegen haben, sowie von dem Material, in das sie eingewickelt wurden. Bei den ältesten Funden vom Grund des Brunnens sind allerdings nur noch Knochen vorhanden.«

Wisting folgte ihm zu der Leiche im Schlafsack. Reste von zerbröckelten Kleidungsstücken waren mit schwarzen Knochen vermischt, an denen noch immer organisches Material hing, das sich noch nicht aufgelöst hatte.

»Unfassbar, dass das so lange gehen konnte«, fuhr der Kriminaltechniker fort. »Über zwanzig Jahre, ohne dass jemand ein Muster erkannt oder den geringsten Verdacht gegen irgendjemanden gefasst hat.«

Wisting antwortete nicht.

»Aber es ist natürlich möglich«, sagte der Techniker. »Wenn man es auf die richtige Art und Weise macht und nicht übereifrig wird. Jedes Jahr verschwindet irgendwo ein Mädchen, eins im Westen, eins im Osten und eins im Süden Norwegens. Das erinnert mich ein wenig an diesen Kerl, der die ersten Computerprogramme für die Sparkassen eingerichtet hat. Er hatte so ein Programm entwickelt, bei dem alle Überweisungen auf glatte zehn Øre abgerundet wurden. Die wenigen Øre, die dann abgerundet wurden, landeten auf seinem Konto. Niemand hat gemerkt, dass hier und da ein paar Øre fehlten, aber er hat eine Menge Geld damit gemacht.«

Wisting wollte gerade erzählen, dass der Bankangestellte gefasst und wegen Betrugs zu drei Jahren Gefängnis verurteilt worden war, wurde aber vom Klingeln seines Handys unterbrochen.

Er nannte seinen Namen, hörte jedoch nur ein Rauschen. Die Betonwände unten beim Schießstand verhinderten eine gute Funkverbindung. Wisting ging näher zur Tür.

»Hallo?«, versuchte er es abermals, als er in den Flur gekommen war.

»Hallo?«, gab jemand am anderen Ende der Leitung zurück.

»Tut mir leid, schlechte Verbindung«, entschuldigte Wisting sich. »Wer ist denn da, bitte?«

»Steinar Brunvall«, sagte der Mann. »Wir sind sozusagen Nachbarn.«

»Sie sind der Sohn von Tor und Marianne«, entgegnete Wisting und lief die Treppe hinauf. »Ist etwas passiert?«

»Nein, nein. Ich wollte eigentlich Line sprechen. Sie war neulich bei uns und erzählte von ihrer Reportage über Viggo Hansen. Und da habe ich ihr von dem Mann erzählt, der im Sommer bei ihm zu Besuch war.«

»Ein Mann?«, fragte Wisting und wollte damit hauptsächlich signalisieren, dass er weiter zuhörte.

»Ja, und heute ist ein Bild von ihm in der Zeitung.«

Wisting blieb stehen.

»Was meinen Sie damit?«

»Ich habe mehrmals versucht, Line anzurufen, aber sie geht nicht ran. Und da sagte Ida, dass ich besser Sie anrufen sollte. Die Polizei hat ihn doch gesucht.«

»Wovon reden Sie jetzt eigentlich?«, fragte Wisting und spürte, wie sich etwas in seiner Brust zusammenzog.

»Line wollte unbedingt herausfinden, wer da im Sommer bei Viggo Hansen zu Besuch war. Er hatte doch sonst niemals Besuch, und heute ist da also ein Bild von ihm in der Zeitung. Das mit dem Leihwagen stimmt übrigens auch. Bob Crabb aus den USA. Der Professor, der letzte Woche tot unter den Weihnachtsbäumen gefunden wurde.«

Wisting blieb stumm, während er die Worte des Mannes in sich aufnahm. Es kam ihm vor, als hätte sich eine verschlossene Geheimtür plötzlich vor ihm geöffnet.

71

Line erwachte frierend. Sie hatte starke Kopfschmerzen und keine Ahnung, wie lange sie bewusstlos gewesen war. Alles um sie herum war dunkel. Es war eng. Sie lag zusammengekrümmt und konnte sich kaum bewegen. Ihre Hände waren auf dem Rücken gefesselt und mit den Füßen verbunden. Ihr Mund war mit einem Klebestreifen verschlossen, und irgendetwas lag auf ihr, eine Wolldecke vielleicht. Line warf den Kopf zurück und schaffte es, ihren Kopf zu befreien, ohne dass es ihr half, sich zu orientieren.

Sie blieb liegen und atmete duch die Nase. Die Luft in dem dunklen Raum war schlecht, und sie spürte Übelkeit in sich aufsteigen. Wenn sie sich erbrechen müsste, könnte das fatale Folgen haben.

Die Unterlage gab federnd nach, als sie sich erneut bewegte, und Line begriff, dass sie im Kofferraum eines Autos lag.

Sie hielt den Atem an und versuchte, etwas zu hören, doch es war völlig still. Der Wagen musste demnach an einer verlassenen Stelle abgestellt sein. Andere Personen konnten auch nicht im Wagen sein, dann hätte sie es bemerkt. Eine Bewegung oder ein Geräusch.

Line überlegte, ob sie versuchen sollte, sich irgendwie bemerkbar zu machen, aber mit auf dem Rücken gefesselten Händen und Füßen konnte sie weder gegen den Kofferraumdeckel treten noch schlagen.

Trotz ihrer stark eingeschränkten Bewegungsmöglichkeiten begann Line, ihre Umgebung zu erforschen. Die Unterlage schien aus Filz zu bestehen. Ihre Finger ertasteten etwas, eine leere Plastikflasche. Daneben lagen ein paar Zeitungen und irgendetwas, das sich wie ein Pinsel anfühlte. Dann spürte sie etwas anderes. Eine dünne Metallplatte mit einem Handgriff. Eine Spachtelkelle, dachte sie. Genauso eine hatte sie benutzt, als sie ihre Wohnung renoviert und Löcher und Ritzen in der Wand mit Spachtelmasse gefüllt hatte. Die Kanten waren scharf genug, um damit das Seil zu durchtrennen.

Sie zog die Kelle zu sich heran, versuchte, sie festzuhalten, und brachte sie schließlich so in Position, dass sie das Seil, mit dem Hände und Füße auf dem Rücken zusammengebunden waren, über die scharfe Kante reiben konnte.

Kleine Schweißperlen bildeten sich auf ihrer Oberlippe. Line blies sie weg und machte weiter, schloss die Augen und fürchtete, dass jeden Moment der Kofferraumdeckel geöffnet werden könnte.

Während sie sich weiter abmühte, überlegte sie, wie sie überhaupt in diese Situation geraten war. Sie erinnerte sich, dass ihr Wagen stehengeblieben war und dass sie sich gefreut hatte, als ein anderer Wagen anhielt und sie das Gesicht der Person erkannte, die ausstieg, um ihr zu helfen. Dann fiel ihr wieder der Geruch ein. Ein unangenehmer Geruch von einem feuchten Lappen, der ihr auf Mund und Nase gedrückt wurde. Er erinnerte an Leim oder Lack. Ein brennendes Gefühl auf den Lippen und in der Nase, dann war alles schwarz geworden. Line wusste nicht, wie viel Zeit vergangen war, fragte sich aber, ob sie nicht hätte voraussehen müssen, dass so etwas passieren würde. Ob sie nicht hätte begreifen müssen, dass sie zu nah herangekommen war, zu nah an die Wahrheit über Viggo Hansen.

Plötzlich riss das Seil. Ihre Beine schnellten vor und stießen an die Seitenwand des Kofferraums.

Sie blieb eine Sekunde still liegen und überdachte den

nächsten Schritt. Fragte sich, ob sie versuchen sollte, sich bemerkbar zu machen, und ob sie dann auch von anderen gehört werden würde als von dem, der sie hier eingesperrt hatte.

Sie beschloss, es zu versuchen. Hände und Füße waren noch immer gefesselt, aber Line wand sich so geschickt, dass sie gegen den Kofferraumdeckel treten konnte. Automatisch versuchte sie zu rufen, doch das Klebeband ließ nur ein paar erstickte Laute zu. Sie lauschte. Nichts war zu hören. Keine Schritte. Keine Autos in der Ferne.

Wenn sie hier liegen blieb, würde sie erfrieren. Und ohnehin musste sie versuchen, aus dem Kofferraum zu kommen, bevor er kam und sie holte.

Line wand sich herum und drückte die Füße gegen die Rücksitzlehne, die den Kofferraum vom vorderen Bereich des Wagens trennte. Sie spürte, dass sie leicht nachgab. Line zog die Knie zur Brust heran und trat zu. Der ganze Wagen schaukelte, die Rücksitzlehne knackte. Sie trat abermals dagegen, und plötzlich erkannte sie einen Streifen grauen Lichts. Es war also immer noch hell da draußen.

Sie stemmte sich mit dem Rücken gegen die Kofferraumwand und presste die Füße gegen die Sitzlehne, bis ihr schwarz vor Augen wurde. In ihren Nasenlöchern pfiff es, als sie Luft holte. Der immer größer werdende Lichtstreifen verlieh ihr neue Kräfte. Dann gab die Rücksitzlehne mit einem lauten Krachen nach.

72

Lines Handy war entweder ausgeschaltet oder befand sich in einem Bereich ohne Netzabdeckung.

Auf dem Weg zu seinem Büro versuchte Wisting es drei Mal, sowohl auf dem Handy als auch zu Hause, aber ohne Erfolg.

Es gab eine Verbindung zwischen ihrer Arbeit und seiner Ermittlung. Eine Verbindung, die Viggo Hansen betraf. Die Spur war bereits vier Monate alt, aber offenbar gab es irgendetwas Neues. Verschiedene Fäden, die sich miteinander verknüpften. Er musste unbedingt erfahren, was Line wusste.

Die FBI-Agenten hatten von der Veröffentlichung des VG-Artikels über Bob Crabb nicht viel gehalten. Jetzt allerdings war ein Zeuge aufgetaucht, dessen Aussage sie vielleicht weiterbrachte. Er bat seine Kollegen und die beiden Amerikaner zu einer kurzen Lagebesprechung und berichtete über die Entwicklung.

»Fahr zu diesem Zeugen nach Hause«, sagte er und zeigte mit dem Kugelschreiber auf Benjamin Fjeld. »Er soll alles erzählen, was ihm von diesem Besucher im Sommer noch einfällt.«

Der junge Ermittler verschwand aus der Tür.

»Wer ist denn dieser Viggo Hansen?«, wollte Donald Baker wissen.

»Er wohnte sogar ganz in meiner Nähe«, erklärte Wisting und berichtete von dem Mann, der seit dem 11. August tot in seiner Wohnung gesessen hatte, aber erst vor zwei Wochen gefunden worden war.

»Und dieser Mann bekam im Juli Besuch von Bob Crabb?«, wollte der FBI-Agent bestätigt haben.

»Unser neuer Zeuge behauptet das jedenfalls«, erwiderte Wisting mit einem Nicken.

»Was wissen Sie über ihn?«

Wisting berichtete, was er aus den Falldokumenten noch in Erinnerung hatte. Noch während er sprach, begriff er plötzlich, dass Viggo Hansen die perfekte Schale wäre, hinter der sich Robert Godwin versteckt haben könnte.

Allen anderen im Raum war derselbe Gedanke gekommen.

»Haben Sie Fingerabdrücke von ihm?«, fragte Donald Baker.

Wisting schüttelte den Kopf. Fingerabdrücke hatten sich bei dem fast mumifizierten Körper nicht sicherstellen lassen.

»Nur DNA«, erwiderte er.

»Wann könnten wir die bekommen?«

Leif Malm zog sein Handy hervor.

»Ich werde die zuständige Abteilung bitten, das Profil dahin zu senden, wo auch Crabbs Profil hingegangen ist«, sagte er. »Wie schnell können Sie die Profile abgleichen?«

»Sobald wir die DNA vorliegen haben«, erwiderte der FBI-Ermittler und zog ebenfalls sein Handy aus der Tasche.

Christine Thiis blätterte durch ihre Papiere.

»Wieso steht Viggo Hansen nicht auf der Liste der in Frage kommenden Kandidaten?«

Torunn Borg lehnte sich zurück.

»Wir haben doch nur nach lebenden Menschen gesucht«, seufzte sie.

Die Polizeijuristin nickte, griff nach einem Kugelschreiber und schrieb etwas auf.

Wisting fuhr sich mit der Hand durchs Haar. Sie durften sich nicht nur auf diese eine Möglichkeit beschränken.

»Wie ist sonst der Stand der Dinge?«, fragte er.

»Der Zoll ist informiert«, erklärte Torunn Borg. »Außerdem haben wir ein paar Besuche gemacht und können einige Namen von der Liste streichen. Ein paar Ermittler aus dem Nachbarbezirk sind aber immer noch da draußen und überprüfen weitere Namen.«

»Hast du mit Line gesprochen?«, fragte Christine Thiis.

»Noch nicht. Sie war heute Nacht nicht zu Hause.«

»Weißt du, wo sie ist?«

Wisting schüttelte den Kopf. Er konnte sich nicht erinnern, wann Line zuletzt nicht telefonisch erreichbar gewesen war.

»Ich fahre mal schnell nach Hause«, sagte er. »Wahrscheinlich sitzt sie da in ihre Arbeit vertieft.«

Er nahm seine Jacke und lief hinunter zum Wagen auf dem Hof. Er machte sich mehr Sorgen, als er eigentlich zugeben wollte.

Line war eine furchtlose Journalistin. Das bezog sich nicht nur darauf, gegen den Strom zu schwimmen oder über schwierige Fälle zu schreiben, sondern auch auf ihre Arbeitsweise. Sie ging gern ihre eigenen Wege, doch fürchtete Wisting, dass sie eine gefährliche Spur gekreuzt haben könnte.

Es schneite kräftig. Große Schneeflocken wirbelten vom grauen Himmel herab. Die Scheibenwischer arbeiteten auf Hochtouren, und die Straßen waren glatt.

Wie weiche Daunen hatte der Neuschnee die Wagenspuren vom Morgen überdeckt. Line konnte inzwischen nicht nach Hause gekommen sein. Wisting beschloss trotzdem, ins Haus zu gehen. Er hatte gesehen, dass Line in Ingrids altem Arbeitszimmer Notizen und Zeitungsausschnitte gesammelt hatte. Es gefiel ihm ganz und gar nicht, seine Nase in ihre Unterlagen zu stecken, aber vielleicht lag da ja irgendetwas über Bob Crabb.

Als er aus dem Wagen stieg, klingelte das Telefon. Leif Malm.

»Wie sieht's denn aus?«, wollte er wissen.

Wisting suchte nach dem richtigem Schlüssel an seinem Bund.

»Sie ist nicht da«, sagte er und schloss die Tür auf.

»Eines solltest du wissen«, sagte der Ermittler von der Kripo.

»Und das wäre?«

»Deine Tochter war heute Nacht im Hotel Farris Bad.«

Wisting blieb im Flur stehen.

»Im Hotel? Was meinst du damit?«

»Es geht eigentlich weder dich noch mich etwas an«, erklärte Leif Malm. »Aber sie hat im Zimmer von John Bantam übernachtet.«

»Ich verstehe nicht ...«, setzte Wisting an.

»Donald Baker hat es mir erzählt. Sie haben sich vor zwei Tagen abends in der Bar kennengelernt. Und letzte Nacht war sie bei ihm.«

»Verdammt, wie konnte er nur ... Sie ist doch Journalistin.«

»Bantam hat erst im Laufe des Abends kapiert, dass sie deine Tochter ist.«

»Es ist völlig egal, wessen Tochter sie ist. Das war verdammt unprofessionell.«

»Aber jetzt ist sie eine interessante Zeugin«, sagte Leif Malm. »Wir müssen herausfinden, was sie über die Verbindung zwischen Bob Crabb und diesem Viggo Hansen weiß.«

Wisting sah auf die Uhr. Es war kurz vor halb fünf.

»Könnte sie vielleicht noch in dem Hotelzimmer sein?«, fragte er und lief weiter ins Haus hinein, ohne sich die Schuhe auszuziehen.

»Wird gerade überprüft«, erwiderte Leif Malm. »Niemand geht da im Zimmer ans Telefon, aber Bantam ist losgefahren, um nachzusehen.«

Wisting war auf der Treppe in den ersten Stock.

»Sag mir bitte Bescheid, falls sie da ist«, sagte er, ohne wirklich an diese Möglichkeit zu glauben, und beendete das Gespräch. Viel wahrscheinlicher war es wohl, dass die Redaktion sie auf den Fall angesetzt hatte, an dem er selbst arbeitete.

Er öffnete die Tür zu Ingrids altem Arbeitszimmer. Der Schreibtisch war aufgeräumt, der Computer ausgeschaltet.

Dokumente und Ausdrucke lagen zu verschiedenen Stapeln geordnet. Sie war wie er, dachte Wisting. Zog Papiere elektronischen Dokumenten vor.

An der Tafel hatte sie Bilder und Notizen zu einer chronologischen Übersicht von Viggo Hansens Leben zusammengestellt. Es war ziemlich beeindruckend, wie es ihr gelungen war, eine Art Porträt des einsamen Mannes zu zeichnen. Ein trauriges Leben, wie es schien. Ein Vater, der auf einer Baustelle arbeitete, in Viggos Jugend die meiste Zeit abwesend war, und dann vier Jahre im Gefängnis verbracht hatte. Die Mutter in die Psychiatrie eingewiesen.

1969, las er und fuhr mit dem Finger über die Zeitlinie. *Vater erhängt sich im Keller. Viggo findet ihn.*

1974 – Mutter tot.

1989 – Einweisung in die Psychiatrie.

Line hatte auch eine Art Beziehungsdiagramm erstellt. In die Mitte eines großen Bogens hatte sie *Viggo Hansen* geschrieben. Darum herum hatte sie die Namen aller Menschen aufgeführt, die sich auf irgendeine Weise und zu einem bestimmten Zeitpunkt in seinem Umkreis befunden hatten. Ein paar der Namen waren Wisting bekannt. Da waren die Nachbarn und Viggos Eltern, und der Kunstmaler Eivind Aske, der, wie Line erzählt hatte, mit Viggo Hansen zur Schule gegangen war. Aber auch ein paar andere Namen kamen ihm vage bekannt vor, ohne dass er sie richtig einordnen konnte.

Odd Werner Ellefsen.

Wisting las den Namen laut vor, in der Hoffnung, auf etwas zu stoßen, was sein Gehirn zwar absorbiert, jedoch nicht richtig bearbeitet hatte. Seine Blick glitt über die anderen Notizen und blieb an einem alten Klassenfoto hängen, auf dem der Name ebenfalls auftauchte. Odd Werner Ellefsen war der Junge rechts neben Viggo Hansen. Nichts an diesen Gesichtszügen, die inzwischen fünfzig Jahre älter sein mussten, kam ihm bekannt vor.

Er löste das Beziehungsdiagramm von der Korktafel ab und faltete es zusammen. Dann fiel es ihm ein. Odd Werner Ellefsen war einer der sechsundvierzig. Einer der Namen, die Torunn Borg auf ihrer Liste mit möglichen Cave-Men stehen hatte.

73

Auf dem Weg nach unten rief Wisting Torunn Borg an. Der Schnee, den er ins Haus geschleppt hatte, war geschmolzen und bildete kleine Pfützen im Flur.

»Odd Werner Ellefsen«, sagte er. »Sind unsere Leute bei ihm gewesen?«

»Lass mich mal nachsehen.«

Draußen hatte es aufgehört zu schneien.

Wisting zog die Tür zu und schloss sie hinter sich ab.

»Wieso?«, fragte sie.

Wisting erklärte, wie er auf einen konkreten Kreuzungspunkt zwischen Lines Arbeit und seiner eigenen Ermittlung gestoßen war. Er konnte Torunn Borg in ihren Papieren blättern hören, während sie zuhörte.

»Es gibt da eine Verbindung«, schloss er.

»Er wohnt in Torstrand«, informierte ihn Torunn Borg. »Wir waren dort um 13.45 Uhr. Er war nicht zu Hause.«

Wisting fluchte.

»Haben wir ein Foto von ihm?«

»Nein.«

»Sind die Kollegen immer noch draußen?«

»Ja.«

»Lass die Adresse beschatten«, bat Wisting. »Und finde so viel über ihn raus, wie du kannst.«

Wisting legte auf, setzte sich in den Wagen und rief Nils Hammer an. Er erklärte ihm, wie die Personen in den beiden Fällen wie Glieder einer Kette zusammenhingen. Bob Crabb hatte eine Verbindung zu Viggo Hansen, der wiederum mit Odd Werner Ellefsen verbunden war.

»Er ist einer der wenigen auf Torunn Borgs Liste, die noch nicht überprüft wurden«, sagte er und fuhr den Wagen zurück auf die Straße. »Wir beobachten seine Wohnung, aber ich möchte, dass du eine Mannschaft von der Einsatztruppe auf eine mögliche Aktion vorbereitest.«

Hammer bestätigte und beendete das Gespräch, ohne weitere Fragen zu stellen.

Wisting fuhr auf die Hauptstraße und erhöhte die Geschwindigkeit. Er wusste, dass sie sich in einer juristischen Grauzone befanden, und überlegte, wie er die Situation Christine Thiis erklären sollte, bevor er sie anrief. In ihrer Eigenschaft als Polizeijuristin musste sie entscheiden, ob Odd Werner Ellefsen festgenommen und seine Wohnung durchsucht werden konnte. Die Strafprozessordnung verlangte einen sogenannten *hinreichenden Verdachtsmoment* auf eine strafbare Handlung, bevor die Polizei aktiv werden konnte. Es musste so sein, dass Odd Werner Ellefsen mit größter Wahrscheinlichkeit derjenige war, nach dem sie suchten. Bislang konnte es sich allerdings genauso gut nur um eine zufällige Verknüpfung der Umstände handeln. Wisting wusste, dass er aus dem Bauch heraus handelte, doch obwohl in einem Gerichtssaal nur Fakten und unumstößliche Beweise zählten, waren es oft diese unbestimmten Gefühle, die zum Durchbruch in einem Fall führten.

Er wählte ihre Nummer und erläuterte die Umstände.

»Wir brauchen mehr«, sagte sie.

»Wir arbeiten daran«, fuhr er fort. »Wir stellen eine Beschattung auf die Beine und ermitteln seinen Hintergrund.«

Zu spät merkte er, dass er mit etwas zu hoher Geschwindigkeit in eine Kurve eingefahren war. Er rammte den Fuß auf die Bremse. Das ABS-System tat seine Wirkung und ließ das Bremspedal unter seinem Fuß vibrieren. Der Wagen rutschte über die glatte Fahrbahn, stellte sich für einen kurzen Moment lang quer und schien kurz davor, sich ganz herumzudrehen. Der aufgewirbelte Schnee hüllte den Wagen in eine Wolke und nahm Wisting die Sicht. Er drehte das Lenkrad in die entgegengesetzte Richtung, der Wagen rutschte weiter geradeaus. Dann griffen plötzlich wieder die Reifen, und er bekam sein Auto wieder unter Kontrolle.

»Gib mir Bescheid, sobald du was gefunden hast«, bat Christine Thiis. »Vorläufig reicht das für eine Festnahme nicht aus. Sollte er zustimmen, könnt ihr ihn zur Vernehmung ins Präsidium bringen und seine Fingerabdrücke nehmen, aber mehr auch nicht.«

Wisting hatte keine andere Antwort erwartet, dennoch war es wichtig, Christine Thiis über die Entwicklung auf dem Laufenden zu halten, damit sie eine schnelle Entscheidung treffen könnte, wenn das entscheidende Puzzleteilchen auftauchte.

Auf dem Weg in die Innenstadt kam er am Hotel Farris Bad vorbei. Das Gebäude mit seinen erleuchteten Fenstern lag wie ein riesiges Eisschloss unten am Strand, eingehüllt in Schnee.

Line hatte seit über einem Jahr keine feste Beziehung. Er wusste wenig über ihr Leben in Oslo, war aber überrascht, dass sie die Nacht mit einem Mann verbracht hatte, der streng genommen ein Fremder war.

Er rief Leif Malm an.

»Gibt's was Neues?«, fragte er.

»Sie ist nicht im Hotel. Das Zimmer wurde gegen halb eins sauber gemacht. Sie muss es vorher verlassen haben.«

»Okay«, erwiderte Wisting nachdenklich. »Aber das mit dem Hotelzimmer bleibt unter uns, ja?«

»Deshalb ist Donald Baker ja zu mir gekommen. Keiner von deinen Leuten weiß etwas darüber.«

»Danke.«

Einen Augenblick lang war es still am anderen Ende der Leitung.

»Sollten wir irgendwas veranlassen?«, fragte Malm schließlich. »Ihr Telefon orten oder so etwas?«

»Noch nicht«, erwiderte Wisting. »Ich habe da eine Ahnung, wo sie sein könnte.«

Er beendete das Gespräch und hielt an der Statoil-Tankstelle in Torstrand an. Odd Werner Ellefsens Haus lag nur ein paar Blocks entfernt.

Wisting blätterte durch sein Telefonverzeichnis, bis er die Nummer von *Morten P,* VG, fand. Der Journalist ging sofort ran.

Wisting betrachtete sich selbst im Rückspiegel.

»Hier ist William Wisting«, sagte er.

»Das sehe ich«, erwiderte der Journalist. »Ihr Name taucht im Display auf.«

»Sind Sie noch immer in Larvik?«, fragte Wisting und blickte durch die Frontscheibe in den Himmel hinauf. Der Himmel hatte sich ein wenig aufgeklärt. Schon bald würden die großen Zeitungsredaktionen Hubschrauber in die Luft schicken.

»Ich bin hier unten in Halle«, sagte Morten P. »Gibt es was Neues?«

Wisting antwortete nicht.

»Ich wüsste nur gern, ob meine Tochter da mit Ihnen zusammen ist«, sagte er. »Line.«

»Nein, warum fragen Sie?«

»Ich kann sie nicht erreichen.«

»Ich habe auch schon versucht, sie anzurufen. Wahrscheinlich ist ihr Akku leer oder so.«

»In Ordnung, vielen Dank.«

»Aber«, setzte der Journalist an, »da ich Sie schon mal an der Strippe habe ... Was ist eigentlich los? Sie haben ein großes Waldgebiet abgesperrt, und viele Leute sind da drinnen. Ständig fahren Autos hin und her, und es ist völlig unmöglich, irgendetwas in Erfahrung zu bringen.«

»Klären Sie das bitte mit unserem Presseverantwortlichen«, erwiderte Wisting. »Im Laufe des Abends wird es eine Pressemitteilung geben.«

»Also gibt es eine Entwicklung?«

»Soll ich Ihnen die Durchwahl geben?«

»Ich habe bereits mit ihm gesprochen, aber er verrät uns nicht mehr, als wir schon wissen. Sie waren doch immer offen und geradeheraus. Wollen Sie mir nicht sagen, worum es geht?«

»Tut mir leid«, sagte Wisting. »Hier kommt gerade ein anderer Anruf herein.«

Er unterbrach das Gespräch mit dem Journalisten und nahm den Anruf von Torunn Borg entgegen.

»Odd Werner Ellefsen«, sagte sie und machte eine Pause, als lese sie einen Text und sei zu einem Doppelpunkt gekommen. »Er wuchs bei seinem Onkel und seiner Tante auf. Sie starben, als er Anfang zwanzig war. Er hat nie eine Familie gegründet, und wie es aussieht, sind unter seiner Adresse auch keine anderen Bewohner gemeldet gewesen.«

»Keine Mitbewohner«, wiederholte Wisting mit einem Nicken.

»In den Neunzigern hat er zeitweilig in einer Lack- und Farbenfabrik der Firma Jotun gearbeitet, ist aber seit 1998 frühverrentet.«

»Lösungsmittel«, unterbrach Wisting sie. »Weißt du, ob in dieser Fabrik Chloroform verwendet wurde?«

Sollte Odd Werner Ellefsen Zugang zu dem chemischen Stoff gehabt haben, würde das den Verdacht gegen ihn erhärten können.

»Das können wir herausfinden«, erwiderte Torunn Borg.

»Was hast du sonst noch?«

»Er fährt einen silberfarbenen Toyota Camry, Baujahr 1998.«

»Vorstrafen?«

»Eine gebührenpflichtige Verwarnung vom Zoll, im Sommer. Einfuhr von vier Litern Spirituosen aus Schweden, sonst nichts.«

»Schweden?«, fragte Wisting. »Wann im Sommer?«

Er hörte Torunn Borg in ihren Papieren blättern.

»Am 19. Juli.«

»Verdammt!«, fluchte Wisting. »Kikki Lindén verschwand am 18. aus Trollhättan. Wer ist für die Beschattung verantwortlich?«

»Nils Hammer.«

Wisting legte auf und rief Hammer an.

»Was hast du zu berichten?«, fragte er.

»Dass er nicht zu Hause ist«, erwiderte Hammer. »Anscheinend ist er mit dem Auto unterwegs. Die Garage ist leer. Den Reifenspuren in seiner Einfahrt nach zu urteilen, sieht's so aus, als wär er losgefahren, kurz nachdem es zu schneien anfing.«

»Ist das Haus gut abgesichert?«

»Wir haben einen Wagen an jedem Straßenende, und wir sind hier im Haus gegenüber. Einer meiner Leute sitzt mit der Frau, die hier wohnt, im selben Elternbeirat. Sie backt gerade Waffeln.«

»Kann sie irgendwas über ihn sagen?«

»Sie haben keinen Kontakt zu ihm. Haben auch nie andere Leute bei ihm beobachtet. Allerdings haben sie gesehen, dass wahrscheinlich Line bei ihm war, eine circa dreißigjährige Frau in einem grauen Golf. Zum ersten Mal war sie am Montag bei ihm. Da war sie im Haus, und dann ist sie gestern Abend noch mal hier gewesen.«

»Gestern Abend?«

»Ja. Hast du rausgekriegt, was sie weiß?«

Wisting schüttelte den Kopf, als ob Hammer ihn sehen könnte.

»Ruf mich an, sobald ihr irgendwas beobachtet«, bat er und legte auf.

Sofort danach rief er wieder Leif Malm an.

»Wisting«, sagte er und räusperte sich. »Wie schnell kannst du ihr Telefon orten?«

74

Line drehte sich in dem engen Kofferraum auf den Bauch. Ihre Hände waren immer noch auf dem Rücken gefesselt. Das Seil schnitt in die Handgelenke.

Sie tastete sich vor, fand die Kelle wieder, griff nach ihr und aalte sich über die umgeklappte Rückenlehne. Mühsam zog sie sich mit den Schultern nach vorn und schob von hinten mit den Beinen nach, bis sie weit genug in das Wageninnere vorgedrungen war, um den Kopf zu heben und nach draußen zu sehen. Der Wagen war von weißem Schnee umgeben, der teilweise wie ein glatter Teppich wirkte und an anderen Stellen vom Wind zu Schneewehen zusammengeschoben war.

Der Wagen stand am Anfang einer alten Birkenallee. Am Ende konnte sie ein rotes Haus erahnen. Die Straße war nicht geräumt worden, und Line konnte vage ein paar Fußspuren erkennen, aber kein Mensch war in der Nähe.

Der Wagen musste sich festgefahren haben, schloss sie. Er musste sich auf dem Weg zu dem roten Haus befunden haben, war aber dann im Schnee liegengeblieben.

Line setzte die Kelle an das Seil um ihre Handgelenke und begann zu feilen. Bewegte die Hände vor und zurück. Sie konnte spüren, wie sich die scharfe Kante in das Tauwerk grub. Plötzlich fiel die Kelle zur Seite. Sie konnte sie gerade noch auffangen, bevor sie auf den Wagenboden fiel, brauchte dann aber eine Weile, um sie wieder dort anzusetzen, wo das Seil schon teilweise durchtrennt war.

Ihr ganzer Körper stand unter Hochspannung, die Nasenlöcher vibrierten beim Atmen. Sie verstärkte den Druck auf die Kelle. Es fühlte sich an, als ob sie damit mehr Haut als Seil absäbelte, und nur der Klebestreifen auf ihrem Mund hinderte sie, laut zu schreien. Schmerz und Verzweiflung trieben ihr Tränen in die Augen, aber sie arbeitete unbeirrt weiter und versuchte zu überlegen, was sie tun sollte, wenn sich sich befreit hätte. Sie warf einen Blick auf das Zündschloss. Der Schlüssel fehlte. Die Gegend um sie herum wirkte verlassen, als sei sie weit draußen auf dem Land. Trotzdem musste sie versuchen wegzukommen. Flucht war die einzige Möglichkeit, doch der Schnee würde ihre Spuren deutlich sichtbar machen.

Noch bevor sie den Gedanken zu Ende gedacht hatte, war das Seil durchtrennt.

Line riss sich das Klebeband vom Mund und atmete tief durch. Sie rieb sich eine Weile die Handgelenke, zog dann die Füße an und stocherte mit einer Ecke der Spachtelkelle in dem straffen Knoten herum. Nach einer Weile löste sich der Knoten so weit, dass sie die Tauenden aufdröseln konnte. Sie kroch weiter nach vorn, hob den Kopf und blickte hinaus. Alles schien einsam und verlassen.

Vorsichtig öffnete sie die Wagentür. Die Luft war kalt, mit einem schwachen Hauch von Salzwasser. Sie musste sich irgendwo nahe der Küste befinden, dachte sie.

Als sie ausstieg, versanken ihre Füße im Schnee. Sie verharrte einen Moment, beugte sich dann wieder in den Wagen hinein, griff nach der Kelle und ging neben dem Hinterrad in die Hocke. Sie presste eine Ecke der Kelle tief in den Reifen hinein, bis sie die Luft pfeifend ausströmen hörte. Gebückt schlich sie um den Wagen herum und machte dasselbe mit zwei anderen Reifen. Dann ging sie los.

Für einen längeren Fußmarsch war sie nicht passend angezogen. Das Kleid, das sie für den Abend zuvor ausgewählt hatte, war viel zu kurz. Die hohen Stiefel beschützten ihre Füße etwas, doch darüber trug sie nur eine dünne Strumpfhose, die noch dazu schon einige Löcher bekommen hatte.

Der Abstand zwischen ihr und dem Wagen wurde größer. Sie lief schneller. Nur die weiße Winterlandschaft umgab sie.

75

Wisting war zurück ins Präsidium gefahren. Unten in der Garderobe betrat er die Toilette, öffnete den Wasserhahn, beugte den Kopf hinunter und spritzte sich kaltes Wasser ins Gesicht. Dann trocknete er sich mit einem Papierhandtuch ab und starrte dabei auf sein Spiegelbild. So sahen ihn die anderen. Sein Ausdruck war ruhig und ernst, aber nur an der Oberfläche. Eine Woge der Unruhe durchströmte ihn. Die Situation machte ihn schwindelig, und ihm war übel.

Das Handy klingelte.

Er fischte es aus der Tasche und sah, dass es Lines Kollege war, Morten P.

»Ja«, sagte er beinahe atemlos.

»Möchten Sie das kommentieren?«, fragte der Journalist.

»Was?«

»Das Bild, das ich Ihnen geschickt habe?«

»Was für ein Bild?«

»Ich hab's gerade geschickt, auf Ihr Handy. Haben Sie es nicht bekommen?«

Wisting nahm das Telefon vom Ohr weg und blickte auf das Display. Eine Nachricht war eingegangen. Sie musste gekommen sein, als das Wasser lief und er nichts hören konnte.

Er öffnete sie und schaute auf das Foto. Sogar auf dem kleinen Bildschirm konnte er die weißen Leichensäcke erkennen. Einer wurde gerade in einen Wagen gehoben, die beiden anderen lagen auf dem Boden.

Wie angewurzelt stand Wisting mit dem Telefon in der Hand da. Unwillkürlich schnappte er nach Luft.

»Die Redaktion formuliert gerade die Überschrift, dass

mehrere Leichen geborgen wurden«, hörte er den Journalisten sagen. »Wollen Sie das dementieren?«

Wisting räusperte sich.

»Kein Kommentar«, sagte er und trat auf die Treppe zu. »Derzeit nicht.«

Der Journalist bohrte weiter, aber Wisting unterbrach das Gespräch.

Der Fotograf musste sich hinter die Absperrung geschlichen haben. Wenn die Fotos erschienen, würde der ganze Fall explodieren. Noch Wochen würden die Zeitungen darüber schreiben.

Das Foto musste in der VG-Redaktion erhebliche Aktivität ausgelöst haben. Der Pressesprecher kam aus Christine Thiis' Büro gelaufen. Er hatte rote Flecken im Gesicht und am Hals.

»Sie bringen es«, sagte er, noch bevor Wisting näher gekommen war. »VG hat Fotos von den Leichensäcken am Fundort.«

»Ich weiß«, erwiderte Wisting mit einem Nicken.

Es war nur eine Frage der Zeit gewesen, dass die Geschichte bekannt wurde. Trotzdem waren sie schlecht vorbereitet.

»Wir müssen eine Pressemitteilung herausgeben«, sagte der Sprecher und zückte seinen Notizblock. »Wir können das nicht länger zurückhalten.«

Wisting drehte sich um, ging auf sein eigenes Büro zu und rief nach Benjamin Fjeld. Dessen Büro lag am anderen Ende des Gangs, aber er hatte ihn garantiert gehört.

Der Pressesprecher folgte Wisting in sein Büro.

»Wir haben schon viel zu lange gewartet«, sagte er.

Benjamin Fjeld tauchte in der Türöffnung auf. Wisting wühlte in den Papieren auf seinem Schreibtisch herum und zog die Liste über die zehn vermissten Frauen heraus.

»Nimm Kontakt mit den zuständigen Ermittlern auf«, sagte er und reichte Benjamin Fjeld den Papierbogen. »Setz sie über den Stand der Dinge in Kenntnis und bitte sie, Familien und Angehörige zu informieren.«

Christine Thiis erschien ebenfalls in der Türöffnung. Sie nickte anerkennend.

»Die Eltern müssen wissen, dass wir vielleicht ihre Töchter gefunden haben, bevor sie anfangen, über die Zeitungsmeldungen zu spekulieren«, fuhr Wisting fort.

Benjamin Fjeld nahm die Liste und antwortete mit einem Nicken.

Wisting wandte sich an den Pressesprecher.

»Du schreibst Folgendes«, sagte er. »Die Polizei hat in dem Gebiet, in dem der siebenundsechzigjährige amerikanische Staatsbürger Bob Crabb am Freitag, dem 9. Dezember, tot aufgefunden wurde, weitere Untersuchungen vorgenommen. Dort wurde etwas gefunden. Weitere Informationen folgen auf einer Pressekonferenz um …« Er sah auf die Uhr. Es war fast halb drei. Jetzt entwickelte sich alles sehr schnell. »… 18 Uhr«, schlug er vor und warf Christine Thiis einen Blick zu. Sie nickte. »Weitere Anfragen der Presse werden vorläufig nicht beantwortet.«

Der Presseverantwortliche schrieb alles auf und verließ kommentarlos das Büro. Wisting setzte sich.

»Ich brauche dich hier«, sagte Christine Thiis.

»Wir müssen da alle zusammen auf dem Präsentierteller sitzen«, stimmte Wisting zu. »Sprichst du mit Donald Baker?«

Christine Thiis nickte, ging hinaus und traf an der Tür auf Espen Mortensen.

»Was Neues?«, fragte Wisting.

»Als ich losfuhr, waren es acht Leichen«, erwiderte der Kriminaltechniker. »Aber wir sind noch nicht auf dem Grund. Da unten können noch mehr sein.«

Er stellte sich vor die Karte mit den zehn Fotos der Frauen.

»Ich habe gehört, dass Odd Werner Ellefsen unser Mann sein könnte«, sagte er. »Hast du mit Line gesprochen?«

Wisting schüttelte den Kopf und versuchte, sich nichts anmerken zu lassen.

»Ich kann sie nicht erreichen«, sagte er und zog ein tragbares Funkgerät aus der Schublade. Er schaltete es ein und wählte den Kanal, über den die Kollegen in der Nähe von Ellefsens Haus kommunizierten.

Mortensen setzte sich.

»Haben wir irgendeine Vermutung, wo er sein könnte?«, fragte er.

»Die Reifenspuren vor seiner Garage waren wieder zugeschneit«, erklärte Wisting. »Was bedeutet, dass er irgendwann heute Vormittag von zu Hause losgefahren ist. Er kann schon weit weg sein.«

»Wie lange hattest du eigentlich schon die Idee mit der Perücke?«, wollte Mortensen wissen. »Dass die Haare in Bob Crabbs Hand von einer Perücke stammen?«

»Es ist mir genau in dem Moment eingefallen«, erwiderte Wisting. »Kann das überhaupt stimmen? Aus kriminaltechnischer Sicht?«

»Unbedingt.«

Im Funkgerät war ein Krächzen zu hören: *»Ein Mann nähert sich zu Fuß«*, gab einer der verdeckten Ermittler durch. *»Passiert gerade die Kreuzung zur Huitfeldts gate.«*

Wisting drehte die Lautstärke auf. Der Ermittler im Haus gegenüber von Ellefsen bestätigte. *»Geht weiter über die Bugges gate«*, wurde durchgegeben. *»Schnelle Schritte, blickt sich nicht um.«*

Wisting nahm das Funkgerät und meldete sich mit Namen.

»Ist er es?«, fragte er, obwohl er wusste, dass die Ermittler durchgegeben hätten, wenn er sicher identifiziert worden wäre.

»Das Problem ist, dass wir nicht wissen, wie er aussieht«, gab einer der Ermittler durch. *»Es gibt keine Bilder von ihm.«*

»Hatten wir nicht eine Beschreibung?«

»Sechzig Jahre, circa 1,80 groß, laut Nachbarn normaler Körperbau«, mischte sich Hammer ein. *»Grauer Bart, zerzauste dunkelblonde Haare.«*

»Größe und Körperbau könnten stimmen«, gab der andere Ermittler durch. *»Alter auch, ausgehend von der Gangart, aber er hat seinen Jackenkragen hochgeschlagen.«*

»Seid ihr sicher, dass der Wagen nicht in der Garage steht?«, fragte Wisting.

»Ja«, lautete die kurze Antwort.

Einen Augenblick war es still. Dann gab Hammer durch, dass er ihn sehen könne. Das Haus von Odd Werner Ellefsen war das vorletzte in der Straße, die an einem umzäunten Industriegebiet endete. Je weiter der Mann die Straße hinunterlief, desto größer wurde die Chance, dass es Ellefsen war.

»Fox 0–5«, sagte Wisting und rief damit den Leiter der operativen Einsatztruppe. *»Habt ihr da Leute, die ihn aufhalten können, bevor er reingeht?«*

»Negativ. Wir haben unsere Ausrüstung eingepackt und fahren jetzt los.«

Wisting stand auf, trat ans Fenster und sah den Wagen der Einsatztruppe auf die Straße einbiegen.

»Er ist es«, gab Hammer durch. *»Schließt gerade die Tür auf.«*

Wisting war zu aufgeregt, als dass er noch länger im Büro sitzen konnte.

»Kommst du mit?«, fragte er und packte das Funkgerät ein.

Mortensen schüttelte den Kopf.

»Ich bleibe hier und bereite die Untersuchung der Fingerabdrücke vor«, sagte er. »Wenn ihr ihn herbringen könnt, dauert es nur ein paar Minuten, um rauszufinden, ob er der ist, für den er sich ausgibt.«

76

Wisting hielt hinter dem Einsatzwagen, der einen Block von Ellefsens Haus entfernt stand. Die Ungewissheit über Line nagte an ihm. Er fühlte sich, als hätte er etwas Verdorbenes gegessen. Angst und böse Vorahnungen ließen seinen Magen verkrampfen. Sein Mund war trocken, er konnte kaum schlucken, und seine Hände waren feucht.

Donald Baker begleitete ihn. Er beugte sich vor und starrte durch die Frontscheibe auf das Haus am Ende der Straße. Ein paar Beamte der Einsatztruppe bezogen ihre Posten schräg gegenüber, so dass sie den ganzen Straßenabschnitt beobachten konnten.

»Wo hat er sie versteckt gehalten?«, fragte Wisting.

»Wovon reden Sie?«, erwiderte der FBI-Agent.

»In einem der Berichte stand, dass die ersten Frauen, deren Leichen Sie fanden, noch bis zu zweiundsiebzig Stunden gelebt haben, bevor er sie tötete«, sagte Wisting. »Wo hat er sie untergebracht?«

»Wahrscheinlich in einer Baracke am Rande der Apfelfarm seines Onkels«, erwiderte Baker. »Die wurde einige Jahre später untersucht. Man fand zwar keine technischen Spuren, aber alles war auffallend sauber.«

»3–0 Alpha in Position«, wurde über Funk durchgegeben. *»Alle Vorhänge sind zugezogen.«*

»Verstanden«, antwortete der Einsatzleiter. *»Abwarten.«*

Die Beifahrertür des Einsatzwagens öffnete sich. Der Einsatzleiter stieg aus, kam auf Wistings Wagen zu und setzte sich auf die Rückbank.

»Was machen wir?«, fragte er.

»Ich gehe rüber und klingele an«, sagte Wisting.

Der Einsatzleiter blickte ihn an.

»Okay, wenn das der Plan ist. Ich habe zehn bewaffnete Leute bereitstehen.«

»Uns fehlt die rechtliche Grundlage für eine Festnahme«, erklärte Wisting. »Das Problem ist, dass wir nicht wissen, ob er der Mann ist, nach dem wir suchen. Solange es also nur darum geht, seine Identität zu überprüfen, sollten wir uns so ruhig wie möglich verhalten.«

Der Einsatzleiter lehnte sich zurück.

»Gut«, sagte er. »Es ist Ihre Show, aber Sie können da nicht allein hingehen.«

»Ich nehme Hammer mit.«

»In Ordnung, ich informiere die Mannschaft.«

Fünf Minuten später stand Wisting mit Nils Hammer auf der Außentreppe und klopfte an die geriffelte Scheibe in der Haustür.

Ein Schatten tauchte hinter dem Glas auf, und ein bleicher Mann öffnete die Tür.

»Mister Godwin?«, versuchte sich Wisting.

Der Mann vor ihm hob die Augenbrauen, doch sein Gesichtsausdruck verriet nichts anderes als Verwirrung. Er trug einen Bart, der fast sein ganzes Gesicht bedeckte, aber Wisting konnte keine Ähnlichkeit mit dem mehr als zwanzig Jahre alten Fahndungsfoto von Robert Godwin feststellen. Seine Haare schienen echt zu sein. Sie standen nach allen Seiten ab und sahen so aus, als hätte er sie selbst geschnitten.

»Mister Robert Godwin?«, probierte Wisting es erneut.

»Ellefsen«, sagte der Mann. »Das muss ein Irrtum sein. Ich heiße Ellefsen. Odd Werner Ellefsen.«

Er wollte die Tür wieder schließen, aber Wisting hinderte ihn daran.

»Ich bin von der Polizei«, erklärte Wisting und nannte seinen Namen. »Wo ist Ihr Wagen?«

»Mein Wagen?«

»Wo ist er?«

»Bei Viking. Ich bin vom Weg abgekommen, und die haben ihn abgeschleppt.«

»Hören Sie«, sagte Hammer. »Wir arbeiten an einem Fall und benötigen Ihre Fingerabdrücke, um Sie als Täter ausschließen zu können.«

»Ah? Ja, gut.«

Odd Werner Ellefsen wirkte wie jemand, der nicht daran gewöhnt war, seine eigene Meinung zu äußern, sondern sich stets der Meinung anderer anschloss. Sollte sich ein Serienmörder hinter ihm verbergen, gab es zwei mögliche Reaktionsweisen: Angriff oder Flucht. Er musste damit gerechnet haben, dass dieser Tag kommen könnte. Seine Passivität konnte daher kaum eine vorbereitete Reaktionsweise sein. Doch andererseits würde er auch kaum damit gerechnet haben, dass ihn seine Vergangenheit in Form eines älteren Polizeibeamten in Zivil einholen könnte.

»Wir möchten Sie bitten, uns ins Polizeipräsidium zu begleiten«, fuhr Wisting in einem Tonfall fort, der dem Mann klarmachen sollte, dass ihm keine andere Wahl blieb.

»Jetzt gleich?«

»Ja, es dauert nicht lange.«

Odd Werner Ellefsen nickte und nahm seine Jacke vom Garderobenhaken. Wisting konnte ihm ansehen, dass er viele Fragen hatte, aber nicht daran gewöhnt war, sie auch zu stellen.

»Sie hatten Besuch von einer Journalistin«, sagte Wisting, nachdem sie sich in den Wagen gesetzt hatten. »Was wollte sie?«

»Über die Vergangenheit reden.«

»Worüber genau?«

»Leute, mit denen ich keinen Kontakt mehr habe.«

»Wer wäre das?«

»Viggo Hansen. Und Cato Tangen. Sind beide tot. Nichts, worüber man reden könnte. Nichts, worüber man schreiben könnte.«

»Sie war mehrmals bei Ihnen?«, fuhr Wisting fort.

»Kam gestern wieder«, bestätigte Ellefsen.

»Wieso das?«

»Noch mehr Fragen. Über dasselbe.«

Wisting bremste für ein paar Kinder, die mit ihren Rutschbrettern die Straße überqueren wollten.

»Was ist mit Bob Crabb?«, fragte Wisting, als sie weiterfuhren. »Haben Sie den Namen schon mal gehört?«

»Stand was in der Zeitung über ihn«, erwiderte der andere so wortkarg wie schon zuvor.

Schweigend legten sie den Rest des Wegs zum Präsidium zurück. Dort wurde Odd Werner Ellefsen mit Espen Mortensen bekannt gemacht, der schon mit seinem Fingerabdruckleser bereitstand. Auf dem Weg in sein Büro kam Wisting an Torunn Borgs geöffneter Tür vorbei. Sie beendete gerade ein Telefonat und blickte zu ihm auf.

»Bei Jotun wird kein Chloroform verwendet«, erklärte sie.

»Ich glaube sowieso, dass wir den Falschen haben«, sagte Wisting und lehnte sich an den Türrahmen. »Er ist jetzt bei Mortensen, aber ich kann mir nicht vorstellen, dass er irgendjemandem auch nur ein Haar gekrümmt hat.«

»Das mit dem Chloroform bringt uns ohnehin nicht weiter, das ist doch nur ein blödes Filmklischee«, fuhr Torunn Borg fort. »Er kann alle möglichen betäubenden Stoffe verwendet haben, im Prinzip jede Art von Lösungsmittel. Wenn man zum Beispiel Verdünner oder Terpentin einatmet, läuft man ja auch Gefahr, das Bewusstsein zu verlieren.

So wie die Jugendlichen, wenn sie nur zum Spaß Feuerzeuggas oder Klebstoff einatmen.«

»Verdünner und Terpentin, wer benutzt so was?«

»Maler zum Beispiel. Damit verdünnen sie die Farbe und reinigen Pinsel und andere Geräte.«

»Gibt's sonst was Neues?«

»Die Ahnenforschung bringt uns anscheinend nirgendwohin.«

»Aber irgendwohin muss das doch führen.«

»Die Leute im Staatsarchiv haben einen Cousin dritten Grades ausfindig gemacht. Er lebt in Dänemark. Er und Godwin haben denselben Ururgroßvater.«

Ein Stück den Gang hinunter tauchte Leif Malm auf und deutete mit dem Kopf auf Wistings Büro. Wisting hob die Hand und signalisierte Torunn Borg, dass er sich den Rest später anhören müsste. Er folgte Leif Malm in sein eigenes Büro und setzte sich.

»Die Telefonortung hat nichts gebracht«, erklärte Malm. »Letzte Aktivität war gestern Abend. Da befand sich ihr Handy im Hotel Farris Bad. Vermutlich hat es sich im Laufe der Nacht entladen.«

»Letzte Position also im Hotel?«

Der Mann von der Kripo nickte.

»Wir haben die Überwachungskameras im Hotel überprüft. Sie hat das Hotel heute Morgen um 9.33 Uhr verlassen.«

»Kannst du sonst noch irgendwas versuchen?«, fragte Wisting.

»Wir haben noch mehr untersucht«, erwiderte Leif Malm. »Ihr PC ist heute den ganzen Tag nicht benutzt worden, zumindest war er nicht mit dem Internet verbunden. Sie hat auch nicht ihre E-Mails überprüft, weder von ihrem PC oder Handy noch von irgendeinem anderen Computer aus. Offenbar sieht sie sonst regelmäßig und häufig nach, aber das letzte Mal war gestern Abend um Viertel nach neun.«

Wisting runzelte die Stirn.

»Habt ihr ihre E-Mails angesehen? Könnt ihr das machen?«

»Den Inhalt können wir nicht lesen, aber wir sehen, wann ihr E-Mail-Account mit dem Server in Kontakt ist.«

»Was ist denn mit Mautstationen oder Blitzern?«, schlug Wisting vor. »Könnt ihr da vielleicht was finden?«

»Wir haben ein Überwachungsnetz gesponnen«, erklärte Malm. »Und vor fünf Minuten ist etwas aufgetaucht.«

Malm reichte Wisting einen Ausdruck. Es war eine Meldung von der Telefonzentrale der Polizei, die alle Anrufe protokollierte. Auf Bitte der Verkehrsgesellschaft war ein Wagen von einer Bushaltestelle am Stavernsvei abgeschleppt worden. Der Halter könnte den Wagen gegen eine Gebühr auslösen. Kennzeichen des Wagens und Name des Halters waren aufgeführt. Lines Wagen.

»Wir haben bei dem Abschleppdienst angerufen«, fuhr Malm fort. »Der Wagen war nicht abgeschlossen, und auf dem Beifahrersitz liegt eine Handtasche. Und ihr Handy liegt da drinnen.«

Er hielt kurz inne und fuhr dann fort: »Ich habe zwei Leute von der Spurensicherung zu der Bushaltestelle geschickt. Die sollten eigentlich die Skelettteile im Keller sortieren, aber ich habe sie gebeten nachzusehen, ob sie dort etwas finden.«

Er machte abermals eine kurze Pause und fügte dann hinzu: »Wenn wir das im Zusammenhang mit allem anderen betrachten, fürchte ich, dass wir Grund zur Sorge haben.«

Wisting blinzelte ein paar Mal schnell hintereinander und versuchte, eine logische Erklärung für die Informationen zu finden. Irgendetwas, das den Handlungsverlauf als ungefährlich erklären könnte. Doch seine Gedanken wollten in eine andere Richtung.

77

Line war kalt. Ihr Atem bildete kleine Wölkchen in der Luft. Die Kälte drang in die Beine, doch am schlimmsten spürte sie sie in den Fingern. Sie hatte die Hände in die Jackentaschen gesteckt, aber die Eiseskälte drang von den Fingerspitzen weiter in den Körper vor. Außerdem wurden ihre Füße langsam ziemlich kalt.

Die Landschaft war ihr fremd, rechts und links der Straße standen hohe Kiefern. Sie wusste nicht, wo sie sich befand, folgte aber der Straße, die in diesem Bereich vom Schnee geräumt worden war. Offenbar gab es hier nur wenig Verkehr. Eine Lage Neuschnee lag auf der Fahrbahn, und nur die Reifenspuren eines einzelnen Fahrzeugs waren zu sehen. Als Line sich umblickte, sah sie, dass ihre Spuren keinen Zweifel daran ließen, in welche Richtung sie sich bewegte.

Die schmale Straße schlängelte sich durch eine Waldlandschaft. Sie fragte sich, ob sie vielleicht besser in die andere Richtung hätte gehen sollen, schlug die Zweifel aber in den Wind. Sie war sicher, aus dieser Richtung gekommen zu sein, und irgendwann musste sie schließlich auf eine andere Straße mit mehr Verkehr stoßen. Andererseits war sie unsicher, ob sie einfach auf der Straße weitergehen sollte, bis ihr ein Wagen begegnete. Vielleicht sollte sie sich besser irgendwo einen Unterschlupf suchen, um sowohl der Kälte als dem Mann zu entkommen, der sie mit Sicherheit verfolgen würde. Auf einer Anhöhe stand dicht neben der Straße ein Schuppen. *Vremmen,* stand auf einem Schild daran. Line sagte die Bezeichnung nichts, aber es handelte sich anscheinend um eine alte Milchrampe. Teile des Dachs waren eingestürzt, und zwischen den grauen Planken waren ein paar kleine Bäumchen emporgewachsen.

Von dem Schuppen aus führte ein kleiner, verschneiter Weg zu ein paar im Wald verstreut liegenden Gebäuden, ungefähr fünfzig Meter von der Straße entfernt. Zwischen ein paar windschiefen Masten war eine Stromleitung gespannt. Anscheinend wurde der Ort nur im Sommer frequentiert, doch wenn sie Glück hatte, war der Strom noch immer angeschlossen.

Line entschied sich schnell. Es war ihr egal, ob ihre Spuren im Schnee entdeckt werden könnten. Ihre Füße waren so gut wie taub.

Sie stapfte in den Schnee und versank unmittelbar bis fast zu den Knien darin. Schon nach wenigen Schritten waren ihre Stiefel mit Schnee gefüllt. Missmutig kämpfte sie sich weiter vor. Das Wohnhaus war abgebrannt. Türen, Fenster und Wände waren verschwunden, nur die Grundmauern mit Schornstein und Feuerstelle waren übrig.

Die Scheune stand noch, war aber vom Zahn der Zeit gezeichnet. Von Sonne und Wind ganz grau geworden, hatte sie sich zur Vorderseite hin abgeneigt, nachdem die Balkenkonstruktion irgendwann offenbar gebrochen war.

Das Scheunentor war geschlossen und mit einem Riegel versehen. Line hob den Riegel an und zog die Tür auf. Der Schnee blockierte die Unterkante des Türblatts, doch Line bekam sie so weit aufgezogen, dass sie durch einen kleinen Spalt schlüpfen konnte.

Die Bodendielen knirschten unter ihren Füßen. Es roch nach altem trockenem Holz und dichtem Staub. Line hatte keine Idee, was sie jetzt tun sollte, sondern wusste nur, dass sie Wärme brauchte. Hier konnte sie sich zumindest ausruhen und abwarten, bis es draußen dunkler wurde.

Durch zwei winzige Fenster im Dachfirst und ein paar Ritzen in den Wänden drang etwas Licht herein, gleichwohl brauchten Lines Augen Zeit, um sich von der gleißenden Winterhelligkeit an die Dunkelheit in der Scheune zu gewöhnen. Etwas entfernt stand ein Karren, und gleich dahinter hing Heu über den Rand einer Balkenwand herunter, die den Scheunenbereich vom Heuboden trennte. Gleich neben Line standen ein paar altersgraue Kisten und Truhen. An der Wand hingen zurückgelassene Geräte. Eine Heugabel, ein Brecheisen und zwei Spaten.

Weiter hinten befand sich eine Wand mit einer Tür. Line öffnete sie und betrat den Raum dahinter. Die Luft roch schimmelig feucht und abgestanden. Ein Fenster hoch oben an der Wand spendete Licht. Die einst weiß gekälkten Wände waren von feuchten Flecken übersät, die vom Boden in die Höhe zu kriechen schienen. An einem Nagel hing ein vergilbtes Plakat mit dem Foto eines Pin-up-Models. Es gab zwei Stühle und einen Tisch, verschiedene Maschinenteile lagen über eine Werkbank verstreut. Auf einem Regal standen kleine Schachteln, Plastikbehälter und Marmeladengläser mit Schrauben und Nägeln. Eine Pfeife ruhte auf dem Rand eines Aschenbechers.

In der hintersten Ecke lagen ein paar Jutesäcke. Line hob zwei davon an. Kleine Kügelchen aus Mäusekot rollten herunter, und Line sah, dass die Säcke angenagt waren. Aber sie waren dick und konnten etwas Wärme spenden. Sie zog ein paar davon aus dem Stapel heraus, legte sich auf den Boden und deckte sich mit fünf oder sechs Säcken zu. Es war kein Ort, an dem sie bleiben konnte, aber sie brauchte etwas Wärme und musste sich überlegen, was sie als Nächstes tun sollte.

78

»Sie passt zum Profil seiner Opfer«, sagte Leif Malm.

Wisting schüttelte den Kopf und spürte gleichzeitig, dass er viel zu verwirrt und bekümmert war, um klar denken zu können.

»Line ist zu alt«, sagte er. »Sie ist achtundzwanzig.«

»Aber sie hat sich in eine hochriskante Situation begeben«, erwiderte Malm. »Irgendwann im Laufe ihrer Arbeit muss sie Robert Godwins Pfade gekreuzt haben.«

Jemand klopfte an die Bürotür. Wisting schloss sie nicht so oft. Was er mittlerweile über Line wusste, wollte er nur ungern mit den anderen teilen, aber schon bald müsste er wohl alle darüber in Kenntnis setzen, dass seine Tochter ein Teil des Falls geworden war, an dem sie arbeiteten.

»Ja, bitte!«, rief er.

Es war Mortensen. »Wir können ihn abhaken«, sagte er. »Er kommt nicht mal im Entferntesten in Frage. Odd Werner Ellefsens Fingerabdrücke weisen bogenförmige Muster auf, die von Robert Godwin schleifenförmige.«

Der Kriminaltechniker setzte sich und sah die beiden anderen mit fragendem Blick an, als habe er der seltsam ruhigen Stimmung schon entnommen, dass etwas nicht in Ordnung war.

»Erzähl schon«, bat er, als niemand etwas sagte.

Wisting fasste in ein paar kurzen Sätzen zusammen und konnte dem Kriminaltechniker ansehen, dass er nachdachte und Schlussfolgerungen zog. Als Ermittler waren sie alle daran gewöhnt, in Bahnen zu denken, die auch zum schlimmsten Ergebnis führen konnten.

»Sie kann irgendwas entdeckt haben«, sagte Mortensen und legte den Kopf in den Nacken.

»Sie kann den Höhlenbewohner gefunden haben«, fügte Wisting hinzu.

Mortensen nickte.

»Als sie mit den ganzen Leuten über Viggo Hansen gesprochen hat, ist sie vielleicht mit ihm in Kontakt gekommen«, sagte er. »Was möglicherweise auch heißt, dass Viggo Hansen keines natürlichen Todes gestorben ist.«

»Du hast den Tatort doch untersucht«, erinnerte ihn Wisting.

»Den Fundort«, korrigierte Mortensen. »Es gab ja nichts, das auf eine kriminelle Handlung hindeutete. Aber vielleicht waren wir voreingenommen. Sozusagen geblendet von der Annahme, dass es kein Motiv für einen Mord gab und auch keine Hinweise auf irgendwen in seiner Nähe, der ihm womöglich etwas angetan haben könnte. Inzwischen wissen wir allerdings, dass Bob Crabb ihn im Sommer besucht hat. Er kann da irgendwas aufgewirbelt haben.«

Der Kriminaltechniker beugte sich wieder vor und legte die Handflächen auf die Knie.

»Wo ist ihr Computer?«, fragte er.

»Zu Hause«, erwiderte Wisting.

Er war davon ausgegangen, dass Lines Computer mit einem Passwort geschützt war, bereute aber jetzt, ihn nicht mitgebracht zu haben. Im Präsidium gab es genügend Leute, die mit solchen Dingen umgehen konnten. Noch dazu hatte er ihre Unterlagen nicht sorgfältig genug untersucht. Das Beziehungsdiagramm war das Einzige, das er mitgenommen hatte.

»Was sehen wir hier nicht?«, fragte Leif Malm. »Bob Crabb fand etwas, das ihn hierher zu uns gebracht hat. Und jetzt ist Line anscheinend über dasselbe gestolpert.«

»Bob Crabb hat die Vorfahren zurückverfolgt«, sagte Wisting. »Wir sind doch von der Theorie ausgegangen, dass es Robert Godwins norwegische Vorfahren waren, die ihn veranlassten, nach Larvik zu kommen, als er hierher geflohen ist. Seine Vorfahren stammten von hier. Und Crabb folgte dann denselben Spuren.«

Plötzlich kam Wisting ein Gedanke. Er durchwühlte die Papiere auf seinem Schreibtisch und zog die Liste mit den Hinweisen hervor, die nach der Veröffentlichung von Bob Crabbs Bild in der Zeitung eingegangen waren. Dann rief er Torunn Borg über die interne Sprechanlage an.

»Hast du nicht gesagt, dass Robert Godwin keine noch lebenden Verwandten in Norwegen hat?«, fragte er.

»Ja. Der letzte, der hier lebte, hieß Iversen. Ist in den sechziger Jahren zuerst nach Langesund gezogen und später dann nach Dänemark.«

Wisting hielt den Hinweis des Rentnerehepaars hoch, das glaubte, Bob Crabb an Bord der Dänemark-Fähre gesehen zu haben, und spürte plötzlich, wie sein Puls schneller wurde. Dann zog er Lines Beziehungsdiagramm aus der Tasche.

»Hieß er Frank Iversen?«, fragte er und bemerkte, dass seine Stimme leicht zitterte.

»Ja, er wohnt in Hirtshals, ist 1990 dort hingezogen. Hat keine weitere Familie.«

Wisting drehte sich zu Leif Malm um.

»Wir müssen alles über ihn rausfinden«, sagte er. »Und wir brauchen es so schnell wie irgend möglich.«

79

Alles andere blieb liegen. Die vorhandenen Informationsquellen wurden angezapft, und schon nach wenigen Minuten begann sich ein Bild von Frank Iversen abzuzeichnen.

»Seine Adresse lautet Fyrrevænget 16«, vermeldete Torunn Borg. »Das ist ein Reihenhaus. Laut dänischem Einwohnermeldeamt lebt er allein. War nie verheiratet. Keine Kinder.«

»Keine Einträge im norwegischen Strafregister«, warf Leif Malm ein, der die Informationen von der Nachrichtenabteilung der Kripo von seinem Laptop ablas. »Soweit bekannt ist, arbeitet er für die Firma Aqua Consulting«, berichtete er weiter.

Wisting gab den Firmennamen in die Suchmaschine ein. Es tauchte eine Homepage auf, aus der hervorging, dass das Unternehmen als Berater für Aquakulturbetriebe tätig war. Frank Iversen tauchte im Angestelltenverzeichnis auf. Es gab zwar kein Bild von ihm, aber seine Handynummer war vermerkt.

Wisting drehte den Bildschirm zu Leif Malm.

»Kannst du damit was anfangen?«, fragte er.

»Wir sind schon dabei«, erwiderte der Mann von der Kripo.

Wisting drehte den Bildschirm wieder um und klickte sich willkürlich durch das Menü.

»Hier ist was«, sagte er und zeigte auf den Schirm.

Eines der Projekte, das die Firma Aqua Consulting betreute, war eine Aufzuchtanlage für Miesmuscheln an der Küste außerhalb von Stavern.

Wisting griff zum Hörer seines Bürotelefons. Die Anlage

war so eingerichtet, dass die Nummer bei ausgehenden Anrufen nicht angezeigt wurde. Er wählte die Nummer von Aqua Consulting in Dänemark, schaltete den Lautsprecher ein und fragte nach Frank Iversen, nachdem sich eine Frau gemeldet hatte.

»Er ist auf Reisen«, wurde ihm mitgeteilt. »Aber Sie können seine Mobilfunknummer haben.«

»Ist er in Norwegen?«, fragte Wisting.

»Ja, ganz richtig.«

»Bei der Muschelanlage in Stavern?«

»Ja, er ist ab Montag wieder hier. Wollen Sie seine Handynummer haben?«

»Ja, bitte.«

Wisting schrieb die Nummer auf. Es war dieselbe, die auch auf der Homepage verzeichnet war.

»Er ist hier«, sagte er, nachdem er aufgelegt hatte.

Mortensen drehte seinen Laptop zu Wisting und zeigte ihm ein Suchergebnis aus dem Internet. Die Stichwortkombination *Miesmuscheln* und *Chloroform* hatte fast zweihundert Treffer ergeben. Darunter auch ein Eintrag zur Firma Aqua Consulting, der sich mit Giftstoffen in Muscheln beschäftigte.

»Sieht so aus, als verwendeten sie Chloroform, um die Algengifte in den Muscheln zu kontrollieren«, sagte er und las laut vor: *»Giftstoffe in den Muscheln werden mit Chloroform extrahiert und in unserem modernen Speziallabor analysiert.«*

Wisting konnte nicht mehr still sitzen. Er stand auf und trat ans Fenster. Das Wetter war etwas ruhiger geworden, und ein Hubschrauber flog über den Fjord in Richtung Bauernhof Halle. Anscheinend wurde der Fundort der Leichen dort draußen von Journalisten regelrecht belagert.

»Meine Leute sind jetzt eingetroffen«, sagte Leif Malm

und deutete auf den Hubschrauber. »Ich habe sie angewiesen, sich in Bereitschaft zu halten. Möglicherweise brauchen wir sie noch.«

Wisting nickte, blieb aber am Fenster stehen und hörte dem geschäftigen Treiben in seinem Büro zu, das zu einer Art Kommandozentrale umfunktioniert worden war. Klappernde Tastaturen und intensiver Gedankenaustausch der Ermittler, die kamen und gingen.

»Er hat bis heute Morgen im Hotel Farris Bad gewohnt«, ließ sich Mortensen vernehmen. »Hat um 08.53 Uhr ausgecheckt.«

»Wurde das Zimmer schon sauber gemacht?«

»Das ja, aber noch nicht wieder belegt. Ich habe das Hotel gebeten, das Zimmer zu blockieren.«

Wisting drehte sich zu den anderen um. Donald Baker stand mit dem Rücken an die Wand gelehnt und beobachtete die Aktivitäten schweigend. Die Gespräche wurden auf Norwegisch geführt, doch auch wenn er die Sprache nicht beherrschte, war es bestimmt nicht sonderlich schwer zu verstehen, dass die Ermittlung auf Hochtouren lief. In den meisten Fällen ging es darum, den Schuldigen zu finden. In diesem Fall hatten sie fast von Anfang an gewusst, um wen es sich handelte, doch es war ihnen nicht gelungen, ihn auch zu finden. Die ganze Zeit hatten sie im Dunkeln getappt. Nachdem sie jetzt endlich etwas Greifbares in der Hand hatten, lief die Maschinerie fast wie von selbst.

Torunn Borg kam zurück.

»Laut Passagierlisten bei Color Line ist er am Montag hierhergekommen und hat einen Platz auf der Fähre gebucht, die heute um 17.30 Uhr zurückgeht«, informierte sie die anderen. »Auf der Boardingliste ist ein Opel Vectra mit dem Kennzeichen XM43251 aufgeführt. Anscheinend steht er schon in der Warteschlange und will aufs Schiff.«

Das Büro leerte sich umgehend. Nur Wisting, Leif Malm und Torunn Borg blieben zurück. Die Mannschaft, die schon im Zusammenhang mit Odd Werner Ellefsen bereitgestanden hatte, wurde zum Fährhafen kommandiert.

»Kann man anhand der Passagierlisten feststellen, wann er zuletzt in Norwegen war?«, wollte Leif Malm wissen.

»Ich überprüf das mal«, erwiderte Torunn Borg.

Der erste Beobachtungsposten meldete, dass Frank Iversens Opel Vectra in der vierten Spur stand und er darauf wartete, an Bord zu fahren.

Wisting stand noch immer am Fenster. Eine bleigraue Winterdämmerung legte sich gerade über die Stadt. Über dem Fjord war wieder der Hubschrauber zu sehen, der für einen Augenblick regungslos in der Luft schwebte. Über Funk hörte Wisting zu, wie die Mannschaften ihre Posten bezogen, dann wurde Funkstille angeordnet.

Angesichts der vielen Menschen in Wistings Büro war die Luft stickig geworden. Das Atmen fiel ihm schwer. Die Sekunden krochen langsam dahin und dehnten sich zu Minuten aus. Wisting hörte Leif Malms angestrengte Atemzüge und versuchte, seine eigene Unruhe zu bekämpfen.

Dann kam Torunn Borg wieder zurück.

»Frank Iversen war im Sommer zwei Mal in Norwegen«, sagte sie und blickte von einem Bogen auf, der das Logo der Fährgesellschaft zeigte. »Erst eine Woche vom 14. bis 21. Juli, und dann noch mal von Montag, dem 8., bis Sonntag, dem 14. August.«

»Die Woche, in der Bob Crabb ermordet wurde«, stellte Malm fest.

»Und Kiki Lindén verschwand am 18. Juli in Trollhättan«, erinnerte Wisting.

Das Funkgerät gab ein Krächzen von sich:

»Ein Mann festgenommen.«

Die kurze Meldung wurde bestätigt, dann wurde es wieder still. Das war alles.

Wisting ballte die Hände zusammen und fühlte den unwiderstehlichen Drang, irgendetwas zu tun. Er betrachtete das Fahndungsfoto von Robert Godwin, das dort zusammen mit den Fotos der vermissten Frauen an der Wand hing. Eine Weile starrte er auf die dunklen Augen und glaubte schließlich, einen verborgenen Ausdruck des Wahnsinns in ihnen zu erkennen. Dann drehte er sich wieder um und lief ein paar Mal ziellos hin und her. Es war zu einfach, dachte er. Es war schlichtweg zu einfach, dass plötzlich alle Rädchen ineinandergriffen und sie ihn aus einer Autoschlange am Hafen herauspicken konnten.

Nils Hammer erschien in der Türöffnung.

»Sie haben ihn.«

Wisting deutete auf das Funkgerät auf dem Schreibtisch und nickte.

»Er war allein«, ergänzte Hammer. »Sie bringen ihn hierher, dann können wir ihn sofort vernehmen.«

»Gut.«

»Aber ich habe das hier gefunden«, fuhr Hammer fort und legte die Kopie eines Porträtfotos auf den Schreibtisch.

Wisting beugte sich darüber. Ein grauhaariger Mann mit leicht schiefer Nase und eingesunkenen Augen.

»Wer ist das?«, fragte Leif Malm.

»Das ist das Passbild von Frank Iversen.«

Wisting richtete sich auf und trat einen Schritt zurück. Der Mann auf dem Foto hatte nicht die geringste Ähnlichkeit mit dem gesuchten Serienmörder.

80

Wisting stand in einem Zimmer neben dem Vernehmungsraum und verfolgte die Kameraübertragung auf dem Bildschirm. Nils Hammer saß auf einem Stuhl gegenüber von Frank Iversen. Niemand glaubte, dass er Robert Godwin war, und es konnte sich nur um Minuten handeln, bevor seine Fingerabdrücke bestätigen würden, dass es sich bei ihm nicht um den Gesuchten handelte. Rein technisch hatten sie einen Verdacht auf Urkundenfälschung und Verwendung falscher Papiere als Anlass für die Festnahme konstruiert. Eine äußerst dünne Anklage, die ihnen aber die Möglichkeit gab, ihn festzuhalten und vernehmen zu können.

Nachdem Hammer die Formalitäten mit ihm durchgegangen war, berichtete Iversen aus freien Stücken, dass er 1949 in Norwegen geboren wurde, in Stavern aufgewachsen, aber dann nach Langesund gezogen war, nachdem sein Vater dort einen Posten als Lotsenvorstand bekommen hatte. Beide Elternteile waren früh gestorben. Er hatte Meeresbiologie studiert und während eines Forschungsprojekts in Dänemark eine Frau kennengelernt. Die Beziehung hatte nicht lange gehalten, aber er hatte einen Job bei Aqua Consulting bekommen und war dann in Dänemark geblieben.

»Worum geht es hier eigentlich?«, fragte er.

Hammer zog ein Foto von Bob Crabb aus dem Ordner und schob es zu Iversen hinüber.

»Es geht um diesen Mann hier«, sagte er.

»Der Amerikaner?«, fragte Frank Iversen und nahm das Bild in die Hand.

»Kennen Sie ihn?«

»Ich kenne ihn nicht, aber er war im Sommer bei mir zu Hause.«

Wisting trat einen Schritt näher an den Bildschirm heran und sah, dass Hammer sich aufrichtete.

»Er war bei Ihnen zu Hause?«, fragte Hammer. »In Dänemark?«

»Ja, es war eigentlich etwas seltsam. Hat er irgendwas Schlimmes angestellt?«

Hammer antwortete nicht.

»Was wollte er?«

»Er wollte über alte Zeiten in Stavern reden.«

»Und wieso?«

»Er sagte, er suche nach einem alten Freund, zu dem er den Kontakt verloren hätte. Ich hab ihm, so gut es ging, geholfen, aber an meine Jugendjahre konnte ich mich kaum erinnern.«

»Gab es da irgendwas oder irgendwen, für den er sich besonders interessierte?«

Frank Iversen dachte einen Augenblick nach und nickte dann.

»Ole Linge schien ihn besonders zu interessieren.«

»Wer ist Ole Linge?«

»Einer, den ich kannte, als ich noch in Stavern wohnte. Er fragte und fragte, und ich hab ihm, so gut es ging, geantwortet.«

Wisting verließ den Nebenraum. Mit schnellen Schritten lief er zurück in sein Büro und holte das Beziehungsdiagramm, das Line angefertigt hatte. Dann ging er zurück und öffnete die Tür zum Vernehmungsraum.

Hammer und Iversen drehten sich zu ihm.

»Ole Linge«, sagte Wisting. »Wurde er vielleicht Deutschen-Ole genannt?«

Frank Iversen warf Hammer einen verwirrten Blick zu. Hammer gab ihm ein Zeichen, die Frage zu beantworten.

»Es hieß, dass sein Vater Deutscher sei«, erklärte Frank Iversen. »Er war etwas älter als wir, wurde kurz nach dem Krieg geboren.«

Wisting blickte abermals auf Lines Übersichtstafel und dann wieder auf den Mann am Tisch.

»Was wissen Sie über ihn?«

»Eigentlich gar nichts. Das hab ich auch versucht, dem Amerikaner zu erklären. Er wollte alles Mögliche über Oles Familie wissen, aber es gab damals ja nur Ole und seine Mutter.«

Wisting bedankte sich und verließ den Vernehmungsraum. Im Videoraum nebenan saß Torunn Borg bereits am Computer.

»Ole Linge«, las sie vom Bildschirm ab. »Geboren 1946. Mutter starb 1972, keine weitere Verwandtschaft bekannt. Letztes Arbeitsverhältnis war 1984. Jetzt Frührentner. Wohnt im Brunlanesvei 550.«

»Das ist nur ein paar Kilometer vom Bauernhof Halle entfernt«, konstatierte Espen Mortensen. »Hat er die Leichen womöglich auf seinem Nachbarhof entsorgt?«

»Wieso steht er nicht auf der Liste?«, wollte Leif Malm wissen.

»Er ist etwas zu alt«, erklärte Torunn Borg.

»Er ist vier Jahre älter als Robert Godwin. Wir haben dagegen alle Männer aufgelistet, die maximal drei Jahre jünger oder älter sind.«

Der Pressesprecher betrat den Raum.

»Die Pressekonferenz ist in einer Viertelstunde«, erinnerte er die anderen.

Wisting ignorierte ihn.

»Haben wir ein Foto?«, fragte er.

Torunn Borg blickte wieder auf den Computer. Nach ein paar Tastendrucken füllte Ole Linges Passfoto den Bildschirm aus. Es war kein Computerprogramm erforderlich, um die Ähnlichkeit mit Robert Godwin festzustellen.

»Das ist er!«, rief Donald Baker. »Wir haben ihn gefunden.«

Das schmale Gesicht blickte sie vom Bildschirm aus an. Die dunklen Augen lagen hinter dick eingefassten Brillengläsern, aber es gab keinen Zweifel. Er war es.

Wisting spürte, dass ihm überall der Schweiß ausbrach. Sein Mund wurde trocken, und in seinem Gesicht zuckte ein Muskel.

»Dann wollen wir mal los«, sagte er.

81

Zum dritten Mal rückten die Männer der Einsatztruppe aus der Tiefgarage aus. Wisting saß auf dem Beifahrersitz.

Polizeitaktisch betrachtet, lag das Objekt in einer nicht unkomplizierten Position am Fuße eines Hügels, mit einer völlig offenen Landschaft im Vordergrund. Normalerweise hätte sich die Mannschaft bei solch einer Aktion im Schutz der Vegetation auf der Rückseite des Hauses herangeschlichen, aber der Einsatzleiter zog einen direkten Vorstoß vor. Sie würden den Mannschaftswagen schnell vor das Haus fahren, so dass die Beamten hinausstürmen und in das Gebäude eindringen konnten. Gleichzeitig sollte ein Polizeihubschrauber das Haus von oben beleuchten und unter Beobachtung halten, falls jemand versuchte, auf der Rückseite zu entkommen, während die Polizei von vorn heranrückte.

»Der Verdächtige besitzt einen grauen Mercedes E220, 1993er-Modell, mit dem Kennzeichen AX81212*«,* wurde über Funk durchgegeben, während sie auf die Adresse zusteuerten.

Der Einsatzleiter beugte sich vor und nahm das Funkgerät in die Hand.

»Verstanden«, antwortete er. »Wir sind in einer Minute vor Ort. Aktion unmittelbar starten.«

Der Fahrer drosselte die Geschwindigkeit und bog von der Hauptstraße auf einen schlecht befestigten Nebenweg ab. Wisting hielt sich am Haltegriff über der Tür fest. Die großen Panoramafenster im Haus waren erleuchtet, aber niemand erschien, um nachzusehen, wer auf das Haus zugefahren kam.

Auf dem Hofplatz vor dem Haus waren keine Autos und auch keine Garage zu sehen, nur ein offener Carport, unter dem Gartenmöbel verstaut waren.

Der große Lieferwagen hielt wenige Meter vor der Haustür an. Die Seitentür glitt auf, und in einem einstudierten Manöver rollten die bewaffneten Beamten förmlich ins Freie hinaus. Zwei trugen eine Brechstange mit sich, einer hatte einen Vorschlaghammer. Die Brechstange wurde zwischen Tür und Rahmen angesetzt. Der Schlag mit dem Hammer ließ das Holz zersplittern, und die Tür wurde aufgerissen.

Kommandorufe ertönten. Die Beamten stürmten das Haus. Wisting wusste, dass diejenigen, die vorausgingen, nach rechts und links in die weiteren Räume vordringen würden, während die Nachfolgenden den Rest des Hauses untersuchten. Hinter den Fenstern konnte er den Schein von Taschenlampen und die roten Laserstrahlen der Maschinenpistolen erkennen.

Über dem Haus schwebte der Polizeihubschrauber und suchte mit seinen Scheinwerferstrahlen die Umgebung in kreisförmigen Bewegungen ab.

»Gesichert«, wurde durchgegeben.

Die Meldung war keine Überraschung. Das Haus war leer.

Zwei weitere Fahrzeuge kamen auf den Hof gefahren. Nils Hammer und der schwedische Ermittler stiegen aus dem einen aus, während Leif Malm und die beiden FBI-Agenten aus dem anderen kletterten.

»Wir bekommen in knapp zehn Minuten Informationen über ihn rein«, erklärte Malm.

Wisting nickte und drehte sich wieder zum Haus. Er wollte unbedingt hinein, um sich ein Bild davon zu machen, wie der gesuchte Serienmörder lebte.

Es roch nach Farbe, als er in einen Kellerraum hinunterkam, der anscheinend gerade renoviert wurde. Darüber hinaus war aus dem Haus, das irgendwann in den siebziger Jahren gebaut worden war, nicht viel gemacht worden. Es gab Stühle aus Hartplastik und Möbel mit Palisanderfurnier. Strapazierfähig und abwaschbar. Tapeten und Teppiche in einer Kombination aus gelbbraunen Farbtönen.

Die Männer der Einsatztruppe durchkämmten jeden Winkel. Schauten unter Betten, durchsuchten Schränke und Kammern.

Wisting stand im Wohnzimmer und blickte umher. Alle Möbel standen an der Wand und ließen den Raum größer wirken.

Ein Regal war mit Büchern gefüllt. Wistings Jahre als Ermittler hatten ihn gelehrt, dass eine Büchersammlung Ausdruck für das Innere eines Menschen sein konnte. Titel und Schriftsteller verrieten mitunter etwas über Charakter und Persönlichkeit.

Er trat näher an das Bücherregal. Es waren überwiegend amerikanische Autoren vertreten: Ernest Hemingway, F. Scott Fitzgerald, Sinclair Lewis, Eugen O'Neill und William Faulkner. Einige der Bücher waren in mehreren Ausgaben vorhanden, sowohl in der Originalsprache als auch in der norwegischen Übersetzung.

Abgesehen von den Büchern verfügte das Haus über keine persönliche Prägung. Keine Bilder und keine Dekoration.

Das Handy klingelte. Torunn Borg rief an.

»Ja«, meldete Wisting sich und ging dabei in die Küche hinüber.

»Ich habe noch mal mit Odd Werner Ellefsen gesprochen«, erklärte sie. »Offenbar hat Bob Crabb ihn im Sommer ebenfalls besucht. Wollte über Ole Linge reden.«

Wisting nickte. Bob Crabb hatte sich wie ein Ermittler verhalten. Er hatte mit verschiedenen Menschen gesprochen und Beweise gesammelt, beispielsweise die Broschüre der MS *Elida* mit Robert Godwins Fingerabdrücken. Er hatte fotografiert und dokumentiert. Anscheinend war Crabb kurz davor gewesen, die Behörden einzuschalten, als Godwin begriffen hatte, dass er auffliegen würde.

Leif Malm rief aus einem Zimmer im hinteren Teil des Hauses nach Wisting. Wisting beendete das Gespräch mit Torunn Borg und ging zu ihm. Es war ein als Büro eingerichtetes Zimmer, mit weiteren Büchern und Aktenordnern und Zeitschriften in den Regalen. Auf dem Schreibtisch stand ein Laptop. Daneben lag eine Kamera mit einem großen Objektiv. Leif Malm hielt einen blauen Pass in den Händen. *United States of America.* Er zeigte ihn Wisting: *Bob Crabb.* Es waren der Pass und die vermissten Gegenstände des amerikanischen Universitätsprofessors.

»Er muss sich hier wohl ziemlich sicher gefühlt haben«, sagte Malm. »Vielleicht dachte er auch, er könnte die Sachen noch anderweitig gebrauchen.«

Wisting nahm die Kamera und drückte auf den Einschaltknopf, aber nichts geschah. Anscheinend war der Akku leer.

Er legte den Apparat wieder weg und dachte daran, dass der Mann, der hier ursprünglich einmal gelebt hatte, der richtige Ole Linge, zusammen mit zwei Aalen zwanzig Jahre auf dem Grund eines Brunnens gelegen hatte. Die ganzen Jahre hatte sich Robert Godwin für ihn ausgegeben, so lange, bis Bob Crabb ihm auf die Schliche gekommen war. Der pensionierte Professor hatte mit denselben Leuten gesprochen, die Line aufgesucht hatte, um sich ein Bild von Viggo Hansen zu machen. Bob Crabb hatte es das Leben gekostet.

Leif Malms Handy unterbrach Wistings Gedanken. Der

Ermittler von der Kripo nahm das Gespräch an, antwortete einsilbig und legte schließlich wieder auf.

»Ole Linges Telefon befindet sich in Schweden«, sagte er. »Die Kripo drüben arbeitet mit der Telefongesellschaft Telia zusammen, um es zu lokalisieren.«

»Schweden?«, sagte Wisting. »Was macht er denn da?«

»Vielleicht ist er auf der Flucht«, sagte Malm. »Vermutlich will er versuchen, von dort aus weiterzukommen. Über die Øresundbrücke nach Dänemark oder mit einer der Fähren über die Ostsee.«

Ingemar Bergquist kam schnell die Treppe herauf. Nils Hammer folgte ihm.

»Er befindet sich in Schweden«, verkündete Leif Malm.

»Ich weiß«, erwiderte der schwedische Ermittler. »Wir haben den Namen durch unsere Register gejagt. Wie sich zeigt, besitzt ein Norweger namens Ole Linge einen kleinen Hof in der Kommune Tanum. Er hat ihn 1982 von seinem Vater geerbt.«

»Aber sein Vater war doch Deutscher«, wandte Wisting ein. »Zumindest besagen das die Gerüchte.«

»Laut unseren Registern hieß sein Vater Olle Fredriksson und stammte von einem winzigen Ort namens Vremmen.«

»Wo in Schweden ist das?«

»In Västra Götaland.«

Wisting sah vor seinem geistigen Auge den schwedischen Landesteil auf der Karte und stellte sich vor, wie die E6 von der Landesgrenze nach Göteborg weiterführte. Dann blickte er aus dem großen Panoramafenster auf den Hubschrauber, der immer noch über dem Haus kreiste.

»Kannst du den runterbeordern?«, fragte er und drehte sich zu Hammer.

82

Line musste geschlafen haben. Sie hatte sich mit mehreren Jutesäcken zugedeckt und schließlich aufgehört zu zittern. Dann war sie müde geworden, und die Augen waren ihr zugefallen. Als sie sie wieder öffnete, war es dunkel in der Scheune. Das Mondlicht fiel durch das kleine Fenster oben in der Wand und erlaubte Line, die Umrisse des Raums, in dem sie lag, zu erahnen.

Sie blieb still liegen und überdachte ihre Lage. Noch immer war ihr kalt. Sie hatte keine Ahnung, wo sie war, wusste nur, dass sie sich in einer verlassenen Gegend befand. Irgendwo da draußen war der Mann, der Viggo Hansen umgebracht hatte. Sie konnte sich nicht vorstellen, weswegen, aber so musste es zusammenhängen. Und ebenso wenig wusste sie, was sie getan oder welche Fragen sie gestellt hatte, um dort zu landen, wo sie jetzt war.

Sie setzte sich auf. Plötzlich fiel ihr ein, dass sie von einem Geräusch geweckt worden war. Jetzt hörte sie es wieder. Das Geräusch eines Autos, das drüben auf der Hauptstraße vorbeisauste. Kurze Zeit später kam noch ein Auto.

Line warf die Säcke zur Seite und raste auf die Tür zu. Sie versuchte, sie aufzudrücken. Es funktionierte nicht. Dann probierte sie, die Tür zu sich heranzuziehen, aber auch das gelang ihr nicht.

Ein paar Mal drückte sie erfolglos die Türklinke herunter, dann legte sie die Schulter ans Türblatt und versuchte, die Tür aufzustemmen, aber es klappte nicht. Sie trat ein paar Schritte zurück und warf sich gegen die Tür. Erst einmal, dann noch einmal. Die Tür erzitterte in den Angeln, gab aber nicht nach.

Er musste sie gefunden haben, das wurde ihr jetzt klar. Ihre Spuren im Schnee waren kaum zu übersehen. Er musste ihr gefolgt sein und sie dann schlafend vorgefunden haben. Dann hatte er offenbar die Tür von außen verbarrikadiert und sie hier eingeschlossen.

Das Fenster oben in der Wand war klein, doch falls sie es schaffte, dort hoch zu gelangen, würde sie sich wohl hindurchquetschen können.

Sie kletterte auf die Werkbank und duckte sich vorsichtig zusammen, um aus dem kleinen Fenster hinauszusehen, erstarrte aber sofort. Da draußen stand er. Nur ein paar Meter von der Scheunenwand entfernt stand Ole Linge und schaufelte Schnee zusammen.

Er hatte eine kräftige Taschenlampe in den Schnee gesteckt und einen viereckigen Bereich von ungefähr zwei Mal zwei Metern freigelegt. Er machte ein paar Minuten weiter, hielt dann inne, drückte den Rücken durch und rammte die Schaufel in einen Schneehaufen. Dann nahm er die Taschenlampe und richtete den Lichtkegel auf den Boden. Es gab eine kleine Erhebung im Boden, und Line sah, was er da freigeschaufelt hatte. Unter dem Schnee war eine Holzluke.

Der Mann fummelte an einem Beschlag herum und klappte die Luke dann zur Seite hin auf. Line begriff, worum es sich handelte: ein alter Brunnen.

83

Der Hubschrauber war mit einem Piloten und einem Systemingenieur bemannt. Wisting, Hammer und Ingemar Bergquist quetschten sich auf der Rückbank zusammen. Wisting hätte auch gern Leif Malm mitgenommen, aber der Hubschrauber bot nur Platz für drei zusätzliche Passagiere, und da sie über die schwedische Grenze wollten, entschied er sich, Bergquist mitzunehmen.

Sie flogen quer über den äußeren Teil des Oslofjords und erreichten südlich von Strömstad das schwedische Festland. Von dort aus folgten sie der Küste nach Süden. Unter sich sahen sie die Lichter dichtbesiedelter Gebiete vorbeisausen, dann änderte der Hubschrauber unvermittelt den Kurs, und Wisting begriff, dass sie sich ihrem Ziel näherten. Der Flug hatte weniger als dreißig Minuten gedauert. Robert Godwin würde für die Strecke mindestens dreieinhalb Stunden benötigt haben.

»Da unten«, sagte der Pilot, drehte sich um und zeigte hinunter. Obwohl er direkt vor Wisting saß, klangen seine Worte über den Kopfhörer seltsam fremd.

Der Hubschrauber beschrieb einen weiten Kreis und blieb dann in der Luft über dem alten Bauernhof hängen, den Ole Linge von seinem Vater geerbt hatte. Unten auf der Straße standen ein paar schwedische Polizeifahrzeuge, und Wisting konnte erkennen, dass sich bereits einige Polizisten in den Schnee hinausbegeben hatten. Sie standen vor einem rotgestrichenen Haus. Ein paar von ihnen blickten zu dem lärmenden Hubschrauber herauf.

Der Systemingenieur wechselte den Funkkanal und rief

die Einsatzkräfte am Boden. Ein paar kurze Meldungen wurden ausgetauscht, die Wisting allerdings nicht verstand. Dann hörte er die Atemzüge des Piloten im Kopfhörer.

»Sie sind drin gewesen«, erklärte er. »Es ist leer.«

Der Pilot hielt den Hubschrauber an Ort und Stelle und richtete den Scheinwerfer auf die Straße. Ein Zivilfahrzeug stand an der Einfahrt zum Hof am Straßenrand. Der Hubschrauber beschrieb einen Halbkreis und ging dann ein Stück hinunter, so dass sie sehen konnten, dass es ein alter Mercedes war. Er war im Schnee steckengeblieben.

Wisting drückte auf den Sprechknopf.

»Er muss hier irgendwo sein«, sagte er. »Sein Wagen steht ja da.«

Der Pilot deutete auf den Bildschirm, der die Bilder einer Wärmebildkamera übertrug. Die Polizisten am Boden verwandelten sich in rot leuchtende Figuren.

Der Hubschrauber beschrieb immer größer werdende Kreise, während die Kamera das Terrain nach Temperaturunterschieden absuchte. Der Bildschirm zeigte unzählige Variationen von Grau.

»Wir haben noch Treibstoff für knapp vierzig Minuten«, gab der Pilot durch. »Wir müssen bald nach Rygge zum Auftanken. Soll ich Sie hier absetzen, oder wollen Sie mitkommen?«

Wisting starrte auf die graue Silhouette endloser, schneebedeckter Wälder in der Dunkelheit.

»Wir gehen runter«, bat er.

84

Der Mann draußen leuchtete mit der Taschenlampe in den Brunnen. Eine ganze Weile stand er nur da und starrte hinunter. Dann schaltete er die Lampe aus, drehte sich um und ging zur Vorderseite der Scheune.

Line spürte Panik in sich aufsteigen. Wie dicker Brei klumpte es sich in ihrem Hals zusammen. Sie musste schlucken, um das Gefühl zurückzudrängen. Jetzt galt es, einen kühlen Kopf zu bewahren. Wenn sie es nicht schaffte, ihre Gedanken zu ordnen, wäre jede Chance, ihm zu entkommen, vertan.

Sie tastete den Fensterrahmen ab und suchte nach einem Haken, begriff aber bald, dass das Fenster weder Haken noch Angeln hatte. Es ließ sich nicht öffnen.

Mit einer Hand stützte sie sich am Fensterrahmen ab und suchte auf dem Regal nach irgendeinem Werkzeug, mit dem sie die Scheibe einschlagen könnte. Plötzlich bemerkte sie, dass ein paar Dachziegel über ihr lose waren.

Sie stellte sich auf die Zehenspitzen, fasste mit beiden Händen zu und drückte auf einen der Ziegel. Er gab nach, und sie konnte ihn problemlos zur Seite schieben. Kalte Luft streifte ihr Gesicht.

Das Wandregal war als Leiter geeignet. Line kletterte zu der dunklen Öffnung im Dach hinauf und stieß dabei ein paar Dinge um, die auf den Fußboden fielen, doch der Lärm war ihr egal. Gleichzeitig suchte sie nach etwas, mit dem sie sich verteidigen könnte. Eine Eisenstange, ein Messer, eine Kette oder etwas anderes. Auf dem obersten Regalbrett lagen eine Axt und eine Schachtel Streichhölzer. Sie ließ die

Axt liegen, griff nach der Schachtel und zog sich das letzte Stück zu der Lücke im Dach hinauf. Unter sich hörte sie das Geräusch der sich öffnenden Scheunentür, aber da war noch ein anderes Geräusch. Ein fern klingender Ton, den sie weder lokalisieren noch einordnen konnte.

Line kniete sich hin, schob den Dachziegel zurück an seinen Platz und versuchte, sich zu orientieren. Sie befand sich ungefähr in der Mitte der Scheune. Von ihrem Standort konnte sie auf den großen Raum hinunterblicken, in den sie zuerst gekommen war. Die Scheunentür stand ein Stück weit offen und ließ etwas Mondlicht herein. Nur wenige Meter entfernt hörte sie Ole Linge irgendwelche Gegenstände herumschleppen, die er anscheinend benutzt hatte, um die Tür zu verbarrikadieren. Das Licht seiner Taschenlampe bewegte sich vor und zurück. Eine Kiste oder etwas Ähnliches wurde über den Boden gezerrt. Dann klang es so, als halte er mitten in der Bewegung inne. Der Lichtstrahl erstarrte und wurde dann nach oben gerichtet, als stünde der Mann ganz still da und lauschte auf etwas.

Der ferne Ton, den sie eben gehört hatte, wurde lauter. Jetzt erkannte Line ihn. Es war das flatternde Geräusch der Rotorblätter eines Hubschraubers.

Line stand wieder auf und blickte vorsichtig in Richtung Heuboden. Dort waren gleich unterhalb des Dachs ein paar Öffnungen in die Wand eingelassen. Line balancierte über einen Dachbalken zu der Wand und der nächstliegenden Öffnung hinüber. Als sie näher kam, sah sie, dass das Guckloch groß genug war, um sich hindurchzuquetschen.

Sie schob den Kopf durch die Öffnung und blickte hinunter. Der Abstand zum Boden betrug ungefähr drei Meter, doch der Schnee lag hoch und würde den Sturz abdämpfen.

Line schaute noch einmal zurück zu dem abgetrennten Raum, aus dem sie gekommen war. Sie hörte, wie die Tür bewegt wurde, und der Lichtstrahl der Taschenlampe verschwand.

Es war ein Fehler gewesen, die Axt nicht mitzunehmen, dachte sie. Sie hätte sich verstecken und den Dachziegel so hinlegen können, dass der Mann daraus geschlossen hätte, dass sie entkommen war. Und dann hätte sie mit der Axt zuschlagen können, wenn er den Kopf durch die Öffnung gesteckt hätte, um nachzusehen, wo sie war.

Aber jetzt war es zu spät. Doch dafür hatte sie einen anderen Plan.

Sie schob das eine Bein durch die Öffnung in der Wand und öffnete die Streichholzschachtel. Sie nahm ein Streichholz heraus und rieb es über die rauhe Fläche an der Seite der Schachtel. Ein paar Funken stoben auf, aber es entzündete sich nicht. Sie versuchte es abermals, doch der Schwefel zerkrümelte bloß.

Die Streichhölzer waren alt, und erst beim vierten Versuch bekam sie Feuer. Sie schützte die kleine Flamme mit der Handfläche, hielt das Streichholz vor sich und warf es auf den Heuboden.

Nichts geschah. Das Streichholz musste ausgegangen sein.

Lines Plan war es, die Scheune in Brand zu setzen, um auf diese Weise auf sich aufmerksam zu machen. In der Zwischenzeit brauchte sie nur irgendwo im Wald Schutz zu suchen. Vielleicht war es nur ein Zufall, dass da ein Hubschrauber in der Nähe war, doch vielleicht hieß das auch, dass nach ihr gesucht wurde.

Sie zog ein neues Streichholz aus der Schachtel, aber auch das wollte nicht brennen. Plötzlich durchschnitt ein Lichtstrahl die Dunkelheit. Ole Linge musste ihren Fluchtweg entdeckt haben.

Der Lichtschein erfasste ihr Gesicht und blendete sie. Erneut wurde Line von einem Panikanfall heimgesucht. Das Blut pochte in ihren Schläfen. Sie fischte ein weiteres Streichholz aus der Schachtel. Es zerbrach, als sie es über die Reibfläche strich.

Ole Linge war schon dabei, den Balken zu besteigen. Line fischte noch ein Streichholz heraus und merkte, dass nur noch zwei oder drei übrig waren. Der nächste Versuch klappte sofort, und das Streichholz brannte mit einer klaren Flamme.

Vorsichtig warf sie es in Richtung Heuboden. Es dauerte eine oder zwei Sekunden, bevor die Flamme das Heu entzündete. Das knisternde Feuer verbreitete sich schnell, und die ersten Rauchschwaden wirbelten spiralförmig zum Scheunendach empor.

Line zog das andere Bein durch die Öffnung und ließ sich so weit herunter, dass sie nur noch an den Händen hing. Dann ließ sie los.

85

Die Zeit reichte noch für einen letzten Überflug. Der Pilot richtete den Hubschrauber so aus, dass das Cockpit nach Osten zeigte. Der Suchscheinwerfer folgte einem Weg, der sich in die schwedische Waldlandschaft fortsetzte. Die Baumkronen bewegten sich sanft hin und her, und der Schnee rieselte von den Ästen.

Auf dem Bildschirm der Wärmebildkamera tauchten zwei rote Flecken auf. Sie verharrten reglos und begannen dann plötzlich, sich wegzubewegen.

»Elche«, sagte der Systemingenieur.

Wisting sah sie vom Bildschirm verschwinden und richtete den Blick wieder auf das Scheinwerferlicht, das dem schmalen Weg folgte. Nach ein paar hundert Metern tauchten auf der linken Seite einige Gebäude auf. Eine Scheune, ein Wohnhaus und ein dazugehöriges Nebengebäude. Auf dem Bildschirm konnte er den Wärmeverlust an Türen und Fenstern als gelbe Vierecke mit grünen Kanten ausmachen.

Eine Person kam auf die Treppe herausgelaufen, und in der Türöffnung erschien noch jemand. Wisting sah zu ihnen hinunter. Ein Mann hielt sich die Hand vor die Stirn, um die Augen vor dem kräftigen Licht zu schützen. Hinter ihm stand eine Frau, die einen Rock trug. Ein Hund schoss zwischen ihren Beinen hindurch und blieb heulend auf dem Hofplatz stehen.

Der Pilot drehte ab und flog zurück. Sie kamen zu dem roten Haus zurück, wo die schwedische Polizei anscheinend noch weitere Untersuchungen anstellte. Dann hob sich der Hubschrauber ein Stück höher, um im sicheren

Abstand über eine Stromleitung hinwegzufliegen. Sie flogen weiter.

Der Systemingenieur entdeckte die Flammen als Erster.

»Ein Uhr«, gab er über Bordfunk durch und zeigte gleichzeitig in die Richtung.

Etwas weiter entfernt konnten sie einen orangenen Lichtschein zwischen den Bäumen entdecken.

Der Pilot drückte den Steuerknüppel von sich weg, senkte die Nase des Hubschraubers ab und erhöhte das Tempo.

Eine Scheune mitten im Wald brannte. Rote, orangene und gelbe Flammen, die unter dem Dach hervordrangen. Schwarzer Rauch quoll in den Himmel.

Der Systemingenieur rief die Bodenmannschaft über Funk an und gab die Koordinaten durch, während der Pilot den Scheinwerfer auf den Bereich vor der brennenden Scheune lenkte. Vor der Scheunentür waren Spuren im Schnee erkennbar.

»Runter!«, rief Wisting und löste seinen Sicherheitsgurt. »Lassen Sie uns runter!«

Der Pilot riss den Hubschrauber ein Stückchen hoch, wendete und flog zurück zu der schmalen Straße, wo er einen Landeplatz ausfindig machte. Er schaltete die Positionslichter ein und brachte den Hubschrauber auf fünfzig Fuß hinunter. Um sie herum wuchsen hohe Fichten in den Himmel. Der Luftstrom der Rotorblätter wirbelte den Schnee auf, bevor der Hubschrauber mit einem Ruck den Boden erreichte. Die Türen wurden aufgerissen. Wisting sprang hinaus in den Schnee, duckte sich unter den Rotorblättern und lief auf die brennende Scheune zu.

86

Ein scharfer Schmerz durchfuhr Lines linkes Bein, als sie auf dem Boden auftraf. Sie musste auf einem Stein oder etwas anderem gelandet sein, das gleich unter dem Schnee lag.

Sie legte sich hin, kämpfte sich rücklings durch den Schnee und zog das Bein hinterher. Von der anderen Seite der Scheune konnte sie hören, wie das Feuer aufloderte und sich ausbreitete.

Als sie sich dem Waldrand näherte, stand sie auf und versuchte, zwischen den Bäumen hindurchzuhinken, aber der Schnee war zu tief. Sie taumelte und fiel hin. Sie stand wieder auf und schleppte sich weiter. Jedes Mal, wenn sie den verletzten Fuß belastete, schoss ein brennender Schmerz durch ihren Körper.

Sie stützte sich an einem Baum ab und blickte zurück. Die Flammen drangen durch die kleinen Öffnungen und züngelten an der Scheunenwand empor. Ihre Spuren im Schnee waren leicht zu verfolgen. Gerade als sie sich umdrehen wollte, um weiter in den Wald vorzudringen, sah sie ihn kommen.

Mit der Taschenlampe in der Hand stapfte er durch den Schnee. Der Lichtkegel der Taschenlampe erfasste ihre Spur. Hinter ihm fraßen sich die Flammen durch das Scheunendach.

Lines Sinne wurden durch die Angst geschärft. Sie hörte wieder das Geräusch des Hubschraubers. Es kam näher. Das Feuer würde die Aufmerksamkeit des Piloten auf sich ziehen. Die Frage war nur, ob er es auch rechtzeitig bemerkte.

Der Mann kam direkt auf sie zu. Ihre Blicke trafen sich. Er war über sechzig, aber dennoch größer und stärker als sie.

Sie wich ein paar Schritte zurück, stolperte, fiel auf den Rücken, stand aber gleich wieder auf. Die Angst erfasste jede Faser ihres Körpers. Sie hob die Hand und streckte den Arm aus. Unzusammenhängende Worte kamen aus ihrem Mund.

»Nicht!«, bettelte sie. »Nicht!«

Der Mann schlug ihr mit der Taschenlampe gegen die Schläfe. Die Wucht des Schlags lähmte sie und zwang sie in die Knie. Line spürte Blutgeschmack im Mund und versuchte aufzustehen, aber er war schon über ihr. Drückte ihr mit einer Hand den Hals zu und versuchte, ihre zappelnden Beine mit der anderen unter Kontrolle zu bringen.

Line wehrte sich, schlug mit den Armen und spürte, dass sie eines seiner Beine getroffen hatte. Dann packte sie seinen Fuß und zog. Er verlor das Gleichgewicht und fiel hin. Kämpfend wälzten sie sich durch den Schnee.

Sie versuchte, ihn in seine Leiste zu treten, doch das schmerzende Bein hinderte sie daran. Er packte plötzlich ihr Handgelenk, fasste mit der anderen Hand nach ihren Haaren und zog sie hinter sich her. Der Schmerz war heftig, und sie versuchte, hinter ihm herzukrabbeln.

Aus dem Augenwinkel sah sie, dass die Flammen das Scheunendach eingehüllt hatten.

Er zerrte sie hinter sich her, auf den Brunnen zu, den er zuvor freigeschaufelt hatte. Line begriff, was er vorhatte. Sie stemmte sich gegen ihn und spürte, dass sich ein paar Haarbüschel von der Kopfhaut lösten. Die Hitze des Feuers wurde stärker.

Als sie den Brunnenrand erreicht hatten, warf sich Line ein Stück vor und rammte ihre Zähne in die Hand des Mannes. Er ließ los. Line streckte den Arm aus und versuchte, die Schneeschaufel zu fassen, die immer noch in einem Schneehaufen steckte, aber Ole Linge stürzte sich wieder auf sie. Abermals rollten sie kämpfend im Schnee umher. Line grub ihre Finger in sein Gesicht. Drückte den Daumen auf seinen Augapfel. Ole Linge schrie auf und schüttelte sie ab. Er stand auf und versetzte ihr einen Tritt, der sie am Kinn traf und fast bewusstlos werden ließ. Dann packte er ihre Füße und zog sie zur Brunnenöffnung.

87

Wisting lief über die schneebedeckte Straße. Sein Puls schlug so heftig, dass ihm fast schwarz vor Augen wurde. Er rutschte aus, fiel hin, stand wieder auf und rannte weiter.

An einer alten Milchrampe entdeckte er Fußspuren, die in den Wald hineinführten. Das Feuer zwischen den Bäumen war kräftiger geworden. Die Flammen schlugen durch das Scheunendach, und eine Woge aus grauem Qualm schlug ihm entgegen.

Fünf Meter vor der Scheune blieb er stehen und hob die Hand, um seine Augen vor dem intensiven Licht zu schützen. Auf der Rückseite des Gebäudes wütete das Feuer am heftigsten, das Dach hatte sich an einer Stelle schon abgesenkt. Die Flammen arbeiteten sich lodernd weiter.

Wisting blickte über die Schulter, trat an das Scheunentor heran und zog es auf. Der Rauch schoss ihm entgegen und brannte in den Augen, die zu tränen anfingen.

Er rief, doch nur die Flammen antworteten ihm. Dann bedeckte er Nase und Mund mit dem Unterarm und ging hinein.

88

Line wurde zum Brunnenrand gezerrt. Sie versuchte, sich irgendwo festzuhalten. In der Hoffnung auf einen Halt gruben sich ihre Hände in den Schnee. Sie wand sich, stemmte sich dem Mann entgegen und bekam plötzlich den Brunnendeckel zu fassen, der zur Seite geklappt war. Ole Linge trat nach ihr und versuchte, sie fortzuzerren. Ein paar Holzsplitter bohrten sich in Lines Hand. Sie war kurz davor, den Halt zu verlieren, als es knallte.

Irgendetwas in der Scheune war explodiert. Der Druck blies eine ganze Wand heraus. Brennende Holzstücke flogen in alle Richtungen. Über einem Meer aus blauen und orangenen Flammen stoben die Funken in den Himmel.

Line blieb liegen und sah die Flammen das restliche Dach verzehren. Die schwarzen Balken wirkten wie ein zartes Skelett. Einer der Stützbalken zwischen Dachfirst und Wand gab langsam nach, glitt in die brennende Scheune hinein und verschwand. Ein paar schwächere Explosionen folgten, bevor sich ein weiterer Balken von der Wand löste. Er schwang ein paar Mal unter dem Dachfirst hin und her und krachte schließlich ebenfalls in die Flammen. Dann fiel das ganze Dach in sich zusammen. Die noch aufrecht stehende Rückwand wurde von einem seltsamen Zittern erfasst, stürzte um und fiel in die Überreste der zusammengestürzten Scheune.

Erst als Line in der Ferne ein paar Blaulichter und die Silhouetten sich nähernder Menschen sah, drehte sie sich um und stellte fest, dass Ole Linge verschwunden war.

Sie richtete sich auf die Knie auf, kroch zum Rand des

Brunnens und blickte hinein. Die immer noch lodernden Flammen warfen einen zuckenden Lichtschein in die Tiefe, doch der Brunnen war zu dunkel und zu tief, um etwas darin zu erkennen.

89

Die Hitze wurde unerträglich. Wisting taumelte aus der Scheune und lief um das Gebäude herum. Er konnte gerade noch Line auf dem Boden erkennen, als alles explodierte. Sie lag auf dem Rücken, mit Robert Godwin über sich. Die Druckwelle der Explosion erfasste Godwin. Wisting sah, wie der amerikanische Serienmörder von Line fortgerissen und wieder auf den Boden geschleudert wurde. Dann verschwand er in einem Regen aus brennenden Holzteilen, die durch die Luft segelten.

Wisting war selbst von der Druckwelle erfasst worden und hingefallen, als er dies beobachtete. Als er versuchte, sich wieder aufzurappeln, wurde er zwischen den Schultern von einem harten, schweren Gegenstand getroffen. Hinter ihm krachte es infernalisch, als die Scheunenwände umstürzten.

Er rannte auf seine Tochter zu. Aus einer Schnittverletzung über ihrem Auge tropfte Blut. Er hielt sie fest an sich gedrückt und sah, wie sich die Flammen in ihren feuchten, rot umrandeten Augen spiegelten.

Eine ganze Weile stand er einfach nur da und hielt sie fest. Behutsam löste sie sich aus seiner Umarmung.

»Er ist gefallen«, sagte sie. »Er ist in den Brunnen gefallen.«

Ein paar schwedische Polizisten kamen mit Waffen und Taschenlampen angelaufen. Wisting dirigierte sie zum Brunnen und stellte sich mit Line an den Rand.

Aus der Tiefe drang ein fauliger Gestank herauf. Die Lichter dreier Taschenlampen leuchteten auf den Grund.

Der Brunnen war ausgetrocknet. Robert Godwin lag sechs oder sieben Meter unter ihnen auf einem Haufen grauer Jutesäcke.

Eines seiner Beine war in unnatürlicher Position am Knie abgewinkelt, doch er hatte den Sturz überlebt. Sie konnten sein schmerzverzerrtes Gesicht sehen, während er sich gegen die Brunnenwand drückte. Dann legte er den Kopf in den Nacken und blickte zu ihnen herauf. Der dunkle Glanz in seinen Augen war erloschen.

90

Erst im Krankenhaus in Göteborg konnte Line sich langsam ein Bild von den Geschehnissen machen. Ihr Vater saß in einem Sessel neben dem Bett und war eingeschlafen. Die Sondersendungen im Fernseher über dem Bett liefen die ganze Nacht hindurch. Immer wieder wurden die Bilder der Pressekonferenz in Norwegen gezeigt, an der auch Vertreter der schwedischen und der amerikanischen Polizeibehörden teilgenommen hatten. Der über den unteren Rand des Bildschirms tickernde Nachrichtentext verriet, dass der einundsechzigjährige Robert Godwin aus Minnesota verdächtigt wurde, dreiundzwanzig Morde in den USA, zehn in Norwegen und fünf in Schweden begangen zu haben.

Die Kamerabilder aus dem Fernsehstudio wurden von einer Live-Schaltung aus einem Waldgebiet bei Hamburgsund abgelöst. Die Feuerwehrleute waren gerade dabei, ihre Schläuche wieder aufzurollen. Eine Reporterin berichtete, dass mehrere Leichen auf dem Areal hinter ihr gefunden worden waren. Ein wortkarger Polizeibeamter beantwortete die Fragen und bestätigte, dass eine gemeinschaftliche Aktion mit der norwegischen Polizei zur Ergreifung des gesuchten Amerikaners geführt habe.

Lines Vater rührte sich in seinem Sessel. Sie wechselte den Kanal und verfolgte die Sendungen auf CNN und Sky News. Auf beiden Sendern war die Verhaftung Thema Nummer eins. Der amerikanische Nachrichtenkanal zeigte Archivbilder von der zwanzig Jahre zurückliegenden Fahndung nach dem Mörder, der den Beinamen The Interstate Strangler erhalten hatte.

Im schwedischen Fernsehstudio wurde ein dicklicher Kriminologe und Schriftsteller interviewt. Der Reporter wollte wissen, wie Robert Godwin es geschafft haben konnte, sich so lange Jahre vor der Polizei zu verstecken. Der Experte schob seine Brille in die Stirn und verbarg sie halbwegs in seiner grauen Mähne, bevor er zu einer langen Antwort ansetzte. Vermutlich gab es über fünfzigtausend Menschen, die sich illegal in Schweden aufhielten. Wer sie waren, konnten die Behörden nicht sagen. Man wusste lediglich, dass die meisten ihren Aufenthalt durch kriminelle Handlungen finanzierten.

Line stellte den Fernseher ab. Noch war ihr Name nicht in den Medien aufgetaucht, aber das würde sich bald ändern. Sie schob die Bettdecke weg und betrachtete ihren eingegipsten Knöchel. Dann griff sie nach Kugelschreiber und Papierstapel, die eine der Krankenschwestern ihr besorgt hatte.

Vor zwanzig Jahren war Viggo Hansen für verrückt gehalten und in eine Klinik eingewiesen worden, als er glaubte, dass einer seiner wenigen Freunde nicht mehr der war, für den er sich ausgab. Jetzt war er ein Bestandteil der weltweiten Nachrichtensendungen geworden. Doch das änderte nichts daran, dass er ein einsamer Mensch gewesen war.

Wir werden niemals genau wissen, wie er eigentlich lebte, schrieb sie, *und ebenso wenig, wie er starb. Wir wissen nur, dass er allein war. Mit allem allein.*

91

Lines Reportage über Viggo Hansen erschien einen Tag nach Weihnachten. Wisting schlief lange, bevor er schließlich aufstand, zum Laden fuhr, frische Brötchen kaufte und die Zeitung mit nach Hause nahm.

Das Haus war leer. Line war zurück in Oslo.

Er schaltete das Radio ein und ließ sich von einer kurzweiligen Plauderei eines Journalisten unterhalten, während er Kaffee bereitete. Er schnitt die Brötchen auf, gab Marmelade auf zwei Hälften und Heringshappen auf eine dritte. Die letzte Brötchenhälfte zerkrümelte er zu kleinen Stückchen, öffnete das Fenster und legte sie auf das Futterbrett für die Vögel.

Robert Godwin beherrschte noch immer die Schlagzeilen. Ein paar VG-Journalisten waren in die USA geflogen und hatten die Familien einiger seiner Opfer interviewt, die sich bei der norwegischen und schwedischen Polizei für die Ergreifung des Mörders bedankten. Das Leben konnte weitergehen.

Godwin war aus dem Krankenhaus entlassen worden und befand sich in einem Hochsicherheitsgefängnis in Tidaholm. Laut Zeitungsmeldungen war er bereit, gegenüber der schwedischen Polizei auszusagen, wollte dafür aber garantiert bekommen, dass man ihn nicht an die USA auslieferte.

Viele Fragen waren noch nicht beantwortet, und Wisting bereitete sich darauf vor, dass einige wohl niemals beantwortet werden konnten. So war es immer. In jeder Ermittlung gab es Bruchstücke, die für immer in irgendwelchen Tiefen verborgen blieben.

Zwei Vögel mit hellroter Brust, blauschwarzem Kopf und grauen Federn auf dem Rücken tauchten vor dem Fenster auf. Während der Weihnachtszeit waren sie da gewesen und hatten sich an den Krümeln auf dem Futterbrett gütlich getan.

Wisting las Lines Artikel zwei Mal. Noch immer handelte die Story von einem einsamen Mann, hatte aber eine andere Färbung bekommen. Mit jedem Wort zeichnete sie das Bild eines Mannes nach, den niemand vermissen würde, der aber dennoch einen Platz auf der Erde gehabt hatte.

Nach einer Weile trat Wisting ans Wohnzimmerfenster und blickte hinüber zu dem leeren Haus unten an der Straße. Wie die Meteorologen vorhergesagt hatten, schneite es wieder. Große Flocken segelten durch die Luft. Sie verschleierten die Aussicht, und schließlich schnitt eine graue Wand Wisting von der Welt draußen ab.

Er lief zurück in die Küche, spülte seinen Teller ab und lehnte ihn zum Trocknen an den Brotkasten. Dann nahm er die Zeitung mit ins Wohnzimmer. Auf der Rückseite war das Fernsehprogramm abgedruckt. Er griff nach der Fernbedienung und wählte einen Film über einen kleinen Jungen, der allein zu Hause war, während Einbrecher versuchten, in das Haus einzudringen.

Er lehnte sich zurück, und nach zehn Minuten war er eingeschlafen. Draußen hatte der Wind aufgefrischt. Eine steife Brise, die den Schnee über den Boden fegte und alle Spuren verwehte.